중국현대중단편 소설선

중국현대중단편 소설선

엄영욱 역

전남대학교출판부

■ 머리말

일반 독자들은 '중국현대소설'하면 모엔의 《붉은 수수밭》이나 따호후잉의 《사람아, 사람아》, 까오싱지엔의 노벨수상작 《영산》 등을 떠올린다. 또는 최근에 많은 한국 독자를 확보하고 있는 위화의 《산다는 것》, 《허삼관 매혈기》, 《형제》 나 쑤통의 《이혼지침서》, 《눈물》 등을 가장 먼저 떠올린다. 그 밖에 싼마오의 《사하라 이야기》, 쟈핑아오의 《폐도》도 있고, 왕쑤어의 《사회주의적 범죄는 아름답다》, 《물위의 연가》 같은 건달소설, 찐용의 《천룡팔부》 같은 무협소설도 있다. 혹은 류헝, 츠리 등 신사실주의 작가들의 작품을 떠올리는 이도 있는데, 기실 이 모든 작품들은 '중국당대작품'으로 분류된다.

이게 무슨 소리인가? 현대면 현대지 무슨 '당대'인가? 중국문학사에서 '현대'는 1917년 혹은 5.4시기부터 중화인민공화국 창건시기인 1949까지를, '당대'는 1949년 이후부터 현재까지를 말한다. 중문학 전공자가 아닌 일반 독자들에게는 꽤 생소한 이 문학사적 구분은 중국의 특수한 상황을 반영하고 있다.

왜 중국은 세계문학사에도 존재하지 않는 이런 시기구분을 하고 있는가? 중화인민공화국의 창건과 함께 구시대의 악습과 봉건제도가 척결되어 신 중국이 탄생되었다는 점을 부각시키기 위한 것이다. 다시 말해 중국 공산당 영도 하에 모든 인민이 나라의 주인이 된 사회주의 국가라는 점을 강조하기 위한 의도에서 기인한 것이다.

본서에 실린 9편의 작품들은 중국이 사회주의 국가로 전환되기 이전에 쓰인 것들로서, 중국 현대 문학사에 있어서 문학사적 가치를 지니고 있는 것들이다. 특히 루쉰(魯迅), 위따푸(郁達夫) 등은 중국 현대 문학사에서 핵심적인 대표 작가들로서, 그 문학적 품격으로 말미암아 반세기 이상의 세월이 지났지만 여전히 우리에게 감동을 주고 있다. 그러나 몇 몇 작품은 심미성과 설득력이 부족하여 여전히 '외국 문학' 이라는 생소한 느낌을 안겨 주기도 할 것이다.

본서는 중국 현대 문학사에 있어 크게 주시하지 않았던 좌련작가 로우스(柔石), 이예즈(葉紫)와 여성 작가인 펑컹(馮鏗), 루인(盧隱), 루어수(羅淑), 그리고 태양사의 장꽝츠(蔣光慈)의 작품을 번역, 소개하였다는 것에 의의를 두고 있다. 특히, 일본 유학체험을 소설화한 창조사의 대표작가 위따푸와 러시아 유학체험을 내재화시킨 태양사의 대표작가 장꽝츠의 자서전적 체험 소설은 독자들에게 흥미로울 것이라 생각한다.

제대로 꽃피우지 못하고 요절한 작가들이 쓴 이 작품들은 1920년대와 1930년대에 쓰여진 것들로, 다소 아마추어 수준을 벗어나지 못했지만 당시 중국민중의 삶이 리얼하게 담겨있고 그들의 젊은 혈흔이 고스란히 드러나 있다.

상업화, 개인화가 만연되고 문학의 사회성이나 시대정신, 리얼리즘이 퇴조해가는 오늘날, 그들의 혁명정신과 문학정신, 여성 작가들의 개성해방과 봉건사상타파, 페미니즘 사상 등은 시공을 초월하여 우리들의 삶을 되돌아보게 하는 힘을 갖는다.

본서는 《중국신문학대계中國新文學大系》(이 책은 맑스 레닌주의와 모택동사상을 바탕으로 한 신문학운동의 노선을 기본으로 삼고 있으며 반제, 반봉건의 작품이 주류를 이루고 있다. 1920년대에서 1930년대 말 사이에 발표된 대표적인 작품을 장르별로 수록하고 있어서 당시 중국현대문학을 한 눈으로 조망할 수 있다. 상해출판사, 1984년)와 《노신전집魯迅全集》(인민문학출판사, 1981년)에서 발췌하여 번역하였고, 고유명사는 현지에서 사용하는 발음에 가까운 음을 채택하였다.

2012. 1.

빛고을 광주에서 옮긴이 씀

차례

아Q정전

루쉰

제 1장 서문

내가 아Q를 위한 정전(正傳)을 쓰려고 한 것이 벌써 한두 해 된 일이 아니다. 그러나 막상 쓰려고 하면 자꾸 망설여졌는데, 이것은 아마 내가 '영원히 전해질 글(立言)'을 쓸 만한 사람이 못 된다는 증거이리라. 원래 불멸의 글은 불후의 인물을 전해야 하는 것이니, 인물은 글에 의해 전해지고 글은 인물에 의해 전해진다. ― 그러고 보면 결국 누가 누구에 의해 전해지는 것인지 점점 애매해진다. 아무튼, 결국 아Q를 글로 써서 전하기로 결정하고 나니 마치 귀신에게 홀린 듯한 기분마저 든다. 그런데 얼마 안 가서 사라져버릴 이 글을 쓰려고 정작 붓을 들고 보니, 이루 말할 수 없는 어려움을 느끼게 된다.

첫째는, 글의 제목이다. 공자는 "명분이 바르지 못하면 말이 순조롭지 못하니라.(名不正則言不順)"고 말하였다. 이것은 특히 주의해야 할 일이다. 전기의 이름은 매우 복잡하다. 열전(列傳), 자전(自傳), 내전(內傳), 외전(外傳), 별전(別傳), 가전(家傳), 소전(小傳)……. 그런데 유감스럽게도 이 모든 것이 내가 쓰려는 글에는 하나도 맞지 않는다. 『열전』이라고 하자니 이 글은 여러 잘난 사람들의 전기와 함께 정사正史에 들 것도 못되고, 『자전』이라고 하자니 나 자신 또한 아Q가 아니다. 『외전』으로 한다고 하면 『내전』은 어디 있겠는가? 또 『내전』이라고 하여도 아Q는 결코 무슨 신선이 아니다. 그럴진대 『별전』은 어떠한가. 대총통께서 국사관(國史館)에 지시를 내려 아Q의 『본전本傳』을 편찬하라고 하신 일도 없다. 물론 영국에서는 정사에 『로드니 스톤 열전博徒烈傳』이라는 것이 없었어도 문호 디킨스[1]가 『로드니 스톤 별전』이라는 책을 쓴 일이 있다. 그러나 그것은 문호이니까 그렇게 할 수 있지 나로서는 바랄 수 없는 일이다. 그 다음에는 『가전』을 들 수 있는데 아Q와 종씨인지 아닌지를 모를 뿐더러 그의 자손들로부터 『가전』을 써달라는 청탁을 받은 일도 없다. 혹시 『소전小傳』이라고 할까 해도 아Q에게는 더구나 『대전大傳』이라는 게 따로 없다. 그러고 보니 이 글이 결국엔 『본전』이 되고 만다. 그런데 나의 글로 말하면, 문체가 속되고 천하여 이른바 '수레를 끌면서 콩국물이나 파는 장사치들'이 쓰는 말이므로 감히 『본전』이라고는 못하겠다. 그래서 3교 9류(三敎九流)[2] 등에는 들지도 못하는 소설가들의 소위 '여담은 그만두고 정전으로 돌아가서'라는 이 틀에 박힌 말 가운데 『정전』이라는 두 글자를 따서 이름을 삼기로 했다. 이것 역시 옛 사람이 지은 『서법정전書法正傳』이라는 책의 『정전』이라는 글자와 혼동될 염려가 있기는 하나 그런 것까지 고려할 수는 없다.

둘째는, 전기를 짓는 통례가 대개 서두에 "아무개는 자가 무엇이고 어

1 여기서 디킨스는 '셜록 홈즈'를 탄생시킨 영국의 대표 추리작가 '코난 도일'의 착오임.
2 삼교는 유교, 불교, 도교, 구류는 유가, 도가, 음양가, 법가, 명가, 묵가, 종횡가, 잡가, 농가를 말함.

디 사람이다."라고 쓰는 것인데 나는 아Q의 성이 무엇인지 모른다. 언젠가는 그의 성이 자오인가 싶더니 다음날에는 어느새 애매해지고 말았다. 자오 영감의 아들이 수재가 되었을 때, 꽹과리 소리 요란한 가운데 그 소식이 동네에 전해졌다. 때마침 황주[3]를 두어 잔 마신 아Q는 신바람이 나서 기뻐 날뛰며, 이것은 자기에게도 아주 영광스러운 일이라고 떠들었다. 왜냐하면 자기는 본시 자오 영감과 증조부뻘이 된다는 것이다. 옆에서 이 말을 듣고 있던 사람들은 모두 엄숙해져서 말없이 경의까지 표시하는 것이었다. 그런데 그 이튿날 띠빠오(地保)[4]가 아Q를 자오 영감네 집으로 데려갔다. 자오 영감은 아Q를 보자마자 얼굴을 잔뜩 붉히고 불호령을 내렸다.

"아Q, 이 개 같은 놈! 네놈과 내가 한 집안이라고 지껄였다지?"

아Q는 아무 말도 하지 않았다.

자오 영감은 더욱 노기등등해져 몇 발자국 뛰어나오며 말했다.

"네 이놈, 어디라고 함부로 주둥이를 놀리느냐! 글쎄 내게 어떻게 너 같은 일가가 있단 말이냐? 네놈이 자오 가라고?"

아Q는 아무 대꾸도 못하고 뒷걸음질을 치려 했다. 이때 자오 영감이 와락 달려들어 아Q의 뺨을 후려갈겼다.

"네놈이 뭐 자오 가라고! 네 따위 놈이 어떻게 자오 가가 될 수 있느냐!"

아Q는 자기의 성이 틀림없이 자오 가라는 한마디 항변도 하지 않았다. 그는 그저 손으로 왼쪽 뺨을 싸쥐고 띠빠오와 함께 물러났다. 밖에서 띠빠오에게 한바탕 훈계를 받고, 게다가 사과 조로 술값 2백 냥까지 그에게 바쳤다. 이 사실을 안 사람들은 모두 아Q는 황당한 놈이어서 매를

3 빛이 누렇고 주정이 비교적 낮은 술.

4 청 말의 지방자치제 경찰.

사서 맞았다고들 하였다. 그리고 그의 성이 쟈오가 아닐 것이라고 하였고, 설사 그가 정말 쟈오 가라 하더라도 쟈오 영감이 이 지역에 있는 한 그런 허튼 소리를 해서는 안 된다는 것이었다. 이런 일이 있던 후로는 어느 누구도 그의 성이며 조상에 대해 말한 일이 없으므로, 나는 끝내 아Q의 성이 무엇인지 알지 못하고 말았다.

셋째로, 나는 또 아Q의 이름을 어떻게 쓰는지 모른다. 그가 살아 있을 때 사람들은 그를 아Q라고 불렀지만 죽은 뒤에는 누구 하나 아Q라고 입 밖에 내는 사람이 없었다. 그럴진대 누가 '그의 사적을 기록에 남길' 리 만무하다. '그의 사적을 기록에 남기'는 것으로는 아마 이 글이 최초가 될 것이다. 그래서 이렇게 첫 난관에 부딪치게 된 것이다. 나는 아Q를 아꾸이(阿桂)로 써야 하는가, 그렇지 않으면 아꾸이(阿貴)로 써야 하는가 하고 곰곰이 생각해 본 일이 있다. 만일 그의 별호가 웨팅(月亭)이라든가 또는 팔월이 그의 생일이라든가 하면 분명 아꾸이일 것이다. 그러나 그에게는 호가 없었을 뿐만 아니라 — 호가 있었는지 모르지만 그것을 아는 사람이 없다. — 생일날에 축사를 받으려고 청첩장을 돌린 일도 없으니까 아꾸이로 쓰는 것은 독단일 것이다. 또 만약 그에게 아푸(阿富)라고 불리는 형님이나 동생이라도 있다면 그의 이름은 틀림없이 아꾸이(阿貴)일 것이지만 그는 혼자뿐이었으니 아꾸이로 쓸 아무런 근거도 없다. 이밖에 또 꾸이(Quei)라는 음을 가진 편벽한 글자들이 있기는 하나 그것은 더욱 더 어울리지 않는다. 전에 나는 쟈오 영감의 아들인 생원에게 물어본 일이 있는데 그렇게 박식한 분까지도 망연해 하는 것이었다. 그러나 그의 결론에 의하면 천뚜시우(陳獨秀)가 『신청년』 잡지를 출판하여 서양 글자를 제창한 바람에 국수적인 것이 없어져 고증할 길이 없다는 것이다. 나에게 남은 마지막 방법은 한 고향 사람에게 아Q의 사건 조서를 한 번 알아봐 달라고 부탁하는 것밖에 없었다. 그런데 여덟 달 만에야 겨우 답장이 오기는 했지만 조서 안에는 아꾸이와 비슷한 이름을 가진 사람이 전혀 없다는 것이다. 정말 없는지 그렇지 않으면 조사를 하지 않았는지 알 수 없지만 하여튼 이 이상 더 알아볼 방법이 없었다. 주음자모(注音字母)[5]는 아직 일반적으로 쓰이지 않는 것 같아서 나는 '서양문자'를 쓰는 수밖에 없었는데, 영국에서 사용되는 발음 표기법으로 그를 아Quei라고 쓰고, 이것을 간략히 아Q라고 하였다. 이것은 『신청년』을 맹종하는 것 같아서 나 자신도 마음에 썩 내키지 않았지만, 생원님조차 모르는 것을 난들 무슨 좋은 방법이 있겠는가.

넷째로, 아Q의 본적이다. 만일 그의 성이 쟈오라면, 요즘 어느 군 어느 명망가 출신이라고 말하기 좋아하는 축들이 하는 식으로 『군명백가성郡名百家姓』의 주해에 따라 "룽시(隴西) 티엔수이(天水) 사람이니라."라고 할 수 있겠지만, 애석하게도 이 성은 그다지 믿을 만한 것이 아니어서 본적도 좀처럼 결정하기 힘들다. 그는 웨이좡(未莊)에서 오래 살기는 하였지만 때때로 다른 곳에 가서 산 적도 있기 때문에 웨이좡 사람이라고 할 수도 없다. 만일 그를 "웨이좡 사람이다." 라고 쓴다면 역시 공정한 사법史法에 어긋나는 것이다.

내가 스스로 약간의 위안을 삼을 수 있는 것은 '아阿'자 하나만은 매우 정확하여 견강부회(牽强附會)[6] 하는 따위의 약점이 전혀 없다는 것이다. 고금 만사에 통달한 학자들에게 보여도 아무 거리낄 게 없을 것이다. 배운 것이 적은 나로서는 기타 다른 점에 대해서는 파고들 수가 없다. 다만 '역사벽(歷史癖)과 고증벽(考證癖)'이 있는 후쓰(胡適) 선생의 제자들

---

5 중국어 발음기호.

6 이치에 맞지 않는 말을 억지로 끌어 붙여 자기에게 유리하게 함.

이 새로운 단서들을 많이 찾아낼지도 모른다는 기대를 걸 뿐인데, 그때쯤이면 나의 이 『아Q정전』이 이미 사라지고 없을지도 모를 일이다. 이상으로 서문을 삼을까 한다.

제 2장 승리의 기록

아Q는 그의 성명과 본적이 모호할 뿐만 아니라 그가 겪어 온 '과거사'도 분명치 않다. 왜냐하면 웨이좡 사람들은 다만 아Q의 손을 빌리거나 그를 웃음거리로 삼을 뿐, 아Q의 '행적'에 대해서는 아무도 마음을 쓰지 않았기 때문이다. 그런데다 아Q 자신도 말을 하지 않았다. 다른 사람과 말다툼을 할 때 간혹 그는 눈을 부릅뜨며 이렇게 말하기는 했다. "우리도 옛날에는……. 네깟 놈보다는 훨씬 잘 살았어! — 네깟 놈이 다 뭐야!"

아Q는 집이 없다. 그는 웨이좡의 사당 안에서 살았다. 일정한 직업이 없이 남의 집에 가서 품팔이를 하였다. 보리를 베게 되면 보리 베는 일을 하고, 쌀을 찧게 되면 쌀을 찧고, 배를 젓게 되면 배를 저었다. 일이 좀 오래 걸리게 되면 임시로 주인집에서 머무르기도 하지만 일이 끝나면 곧 떠났다. 그래서 사람들은 바쁠 때면 아Q 생각을 하는데, 그것은 일을 시키기 위한 것이지 결코 '행실'을 생각해서 그런 것은 아니다. 사람들은 한가해지면 아Q라는 존재마저 어느새 잊어버렸으니, 그의 '행실'에 대해서는 더 말할 나위가 없다. 그런데 언젠가 한 번은 이런 일이 있었다. 어느 늙은이가 "아Q는 일을 참 잘하거든!" 하고 아Q를 높여 주니, 아Q는 웃통을 벗어 여윈 몸을 드러낸 채 멋쩍게 그 노인 앞에서 우두커니 서 있었다. 다른 사람들은 이 말이 과연 진심에서 나온 말인지 그렇지 않으면 놀려대는 말인지 분별을 못하고 있었으나 아Q 자신은 무척 기뻐했다.

아Q는 또 매우 자존심이 강하여 웨이좡 사람들 쯤은 그 누구도 안중에 없었다. 심지어는 두 문동(文童)[7]에 대해서까지 코웃음을 치는 것이었다. 문동은 앞으로 수재가 될지도 모르는 존재이다. 자오 영감과 치엔 영감이 마을 사람들의 존경을 그처럼 대단하게 받는 것은 돈이 많아서일 뿐만 아니라 주로 그들이 문동의 아버지이기 때문이다. 그런데 유독 아Q만은 정신적으로 그들에게 존경을 표시하지 않았으며, 자기의 아들이면 더 훌륭했을 것이라고 생각하였다. 게다가 성안에 몇 번 다녀온 것으로 자부심이 더 강해졌다. 그러면서도 그는 성안 사람들을 몹시 경멸했다. 예를 들면 석 자 길이, 세 치 넓이의 널로 만든 걸상을 웨이좡에서는 '긴 걸상'이라 하고 자기도 '긴 걸상'이라고 부르는데 성안 사람들은 그것을 '쪽걸상'이라고 한다. 아Q에게는 이것이 틀린 것이며 우습기 짝이 없는 것으로 생각되었다. 그리고 웨이좡에서는 도미를 기름에 지질 때 파를 반 치 길이로 썰어 넣는데, 성안에서는 파를 가늘게 썰어 넣는다. 그는 이것도 잘못이며 우습기 짝이 없다고 생각하였다. 그런데 웨이좡 사람들은 정말 세상 물정을 모르는 한심한 시골뜨기들이어서, 성안에서 생선 지지는 것조차 본 적이 없었구나! 하고 아Q는 우쭐했다.

아Q가 "예전에 잘 살았고" 견식이 높았으며 또 "일을 참 잘한다."고 하는 것 등으로 본다면 거의 '나무랄 데 없는 사람'일 것이지만, 애석하게도 그의 몸에 약간 결함이 있었다. 제일 고민스러운 것은 그의 머리에 언제 생겼는지 모를 흉터가 여러 군데 있는 것이다. 이것은 물론 그의 몸에 있는 것이건만 아Q 자신도 이것에 대해서는 자랑을 느끼지 못하는 모양이다. 왜냐하면 그는 '癩—라이'이라는 말과 그에 가까운 모든 음 '賴—라이'를 꺼렸으며 나중에는 그 범위가 넓어져서 '빛光'도 꺼렸으며,

7 수재 시험을 준비하는 자.

'밝은 것亮' 그리고 마침내는 '등불燈'이나 '촛불燭'까지 모두 꺼렸다. 고의적이든 무심코 그랬든 간에 아Q가 꺼리는 바를 누가 건드려 놓기만 하면 아Q는 그 흉터가 난 대머리까지 붉히며 성을 냈다. 상대를 봐서, 말이 어눌한 자 같으면 욕을 퍼붓고, 힘이 약하다 생각되면 달려들어 때렸다. 그런데 어찌된 셈인지 아Q가 손해 보는 경우가 많았다. 그래서 그는 차츰 방법을 바꾸어 대체로 성난 눈으로 노려보기로 했다.

그런데 뜻밖에도 아Q가 '노려보기 수법'을 쓰기 시작한 후부터 웨이좡의 건달들은 오히려 더욱 그를 놀려댔다. 건달들은 아Q를 보면 짐짓 놀란 시늉을 하며 말하는 것이다.

"와, 환해졌구나."

그러면 아Q는 틀림없이 성을 내며 성난 눈으로 상대방을 노려본다.

"오라, 여기 남포등이 있었구나!"

건달들은 조금도 두려워하지 않았다.

아Q는 하는 수 없이 다른 보복의 말을 생각해 내는 수밖에 없었다.

"네깟 놈들에겐……."

그때 아Q는 자기 머리의 흠집은 무슨 귀하고 영광스러운 부스럼 자국이지 결코 흔히 있는 흉터가 아니라고 생각하였다. 그것은 이미 앞에서도 말한 바와 같이 아Q는 교양이 있는 사람인지라 자기가 '금기'에 조금 저촉된다는 걸 알고서 그만 말을 잇지 않는 것이다.

건달들은 그래도 모자라서 그를 계속 놀려대며 마침내는 때리기까지 했다. 아Q는 외형적으로는 패배했다. 그들은 노란 변발을 잡고 담벼락에 소리가 나도록 그의 머리를 네댓 번 찧었다. 깡패들은 그제야 이겼노라고 만족해하며 돌아갔다. 아Q는 잠시 멍하니 서서 "난 아들놈에게 얻어맞은 셈이야. 요즘 세상은 정말 말이 아니야……." 하고 생각했다. 그러고는 그도 역시 만족하여 의기양양하게 돌아가는 것이었다.

아Q는 마음속으로 생각했던 것을 뒤에 가서 하나 하나 입 밖으로 말하는데, 아Q를 놀려대는 사람들은 거의 모두가 아Q에게 자신만의 이러한 정신 승리법이 있다는 것을 알고 난 다음부터 그의 노란 변발을 잡아채며 이렇게 말하였다.

"아Q, 이건 자식이 제 애비를 때리는 게 아니고 사람이 짐승을 때리는 거야. 자, 네 입으로 말해 봐, 사람이 짐승을 때린다고!"

아Q는 두 손으로 자기 변발을 잡고 고개를 옆으로 비틀면서 소리를 질렀다.

"벌레를 때린다고 하면 어때? 그래, 난 벌레요. 이제 좀 놔 줘!"

그러나 벌레라고 하건 무어라고 하건 깡패들은 좀처럼 놓아주지 않고 여전히 아무 데나 가까운 곳으로 끌고 가서, 대여섯 번 소리가 나게 그의 머리를 짓찧고는 그런 뒤에야 만족해하며 의기양양하게 돌아갔다. 이번에는 아Q도 꼼짝 못할 것이라고 생각했다. 그러나 십 초도 지나지 않아서 아Q도 만족해하며 의기양양하게 돌아갔다. 그는 자기야말로 스스로 자신을 업신여기고 낮추는데 있어서 으뜸이라고 생각했다. 그리고는 "스스로 자신을 경시하고 낮춘다."는 말만 빼놓으면 그야말로 자기가 '으뜸'인 것이다. 장원급제한 사람도 '으뜸' 가는 사람이 아니냐? 그런데 네깟 놈들이 다 뭐냔 말이다!

이런 비법들로 적을 해치우고 기분이 좋아진 아Q는 선술집으로 달려가서 술을 몇 잔 들이키고는 사람들과 시시덕거리거나, 말다툼을 하여 또 승리하고 유쾌한 기분으로 사당에 돌아와 꼬꾸라져 잠을 잤다. 돈이 생기면 그는 '야바위' 노름판으로 간다. 사람들이 땅바닥에 쭈그리고 앉아있는 틈에서 아Q는 땀을 뻘뻘 흘리며 곧잘 소리를 지르는데 그의 목소리가 제일 컸다.

"청룡에 사백 걸었다!"

"자 — 젖힌다! — 얏."

물주가 뚜껑을 열면서 얼굴에 땀을 뻘뻘 흘린 채로 노래를 뽑는다.

"천문(天門)이라 — 각(角)은 텄고요. 인(人)과 천당(穿棠)은 아무도 안 걸었고요! 아Q, 네 동전을 이리 보내라 — !"

"천당에 싹 — 백오십!"

아Q의 돈은 이런 노랫소리 가운데서 얼굴이 땀투성이가 된 다른 사람의 주머니 속으로 점점 빨려 들어갔다. 그는 마침내 사람들 틈새에서 밀려나와 뒤에 서서 판이 다 끝날 때까지 남의 승부에 속을 태운다. 그러고는 아쉽고 서운한 마음을 안고 사당으로 돌아갔고 이튿날에는 눈이 벌겋게 충혈된 채 일하러 갔다.

그런데 이른바 "복이 화가 될는지 화가 복이 될는지를 어찌 알리요." 하는 옛말이 있듯이, 아Q는 투전에 한 번 이기기는 했는데 오히려 더 낭패를 보았다.

그것은 웨이좡에서 마을 제사를 지내는 날 밤이었다. 이날 밤도 그전처럼 극놀이가 있었고 또 무대 옆에서는 역시 그전처럼 여러 패의 노름판이 벌어졌다. 아Q의 귀에는 극놀이의 꽹과리와 북소리가 마치 십 리 밖에서 나는 것 같았고 오직 노름판 물주가 불러 넘기는 노랫소리가 들릴 뿐이었다. 아Q는 따고 또 땄다. 동전이 작은 은전으로 변하고 작은 은전이 일 원짜리 은화로 변하고 일 원짜리 은화는 또 더미를 이루었다. 그는 대단히 신바람이 났다.

"천문에 두 냥!"

누구누구하고 무엇 때문에 싸우게 되었는지 그는 알 수가 없었다. 욕하는 소리, 두들겨 패는 소리, 어지러운 발걸음 소리, — 그는 머리가 어찔어찔하고 눈앞이 캄캄해졌다가 한참 만에야 겨우 일어났는데 그때는 노름판도 보이지 않고 사람들도 보이지 않았다. 몸이 군데군데 몹시 쑤시고 아픈 것으로 보아 아무래도 주먹으로 얻어맞고 발길로 걷어 채인 것 같았다. 몇몇 사람이 이상하다는 듯이 자기를 바라보았다. 그는 넋을 잃고 사당으로 돌아왔는데 정신을 차리고 나서야 자신의 은전 뭉치가 없어졌다는 것을 알았다. 그렇지만 마을 제사에 모여든 노름꾼들은 거의 이 지역 사람이 아닌데 어디 가서 재산을 찾을 수 있다는 말인가?

하얗게 반짝이는 은전 뭉치! 그것은 다름 아닌 바로 자기의 것이었건만 — 지금은 보이지 않는다. 아들놈이 가져갔다고 생각해 보았지만 그래도 역시 언짢고 서운하다. 자기를 벌레라고 생각해 보아도 역시 마음이 개운치 않다. 그는 이번에야 실패의 고통을 좀 느꼈다. 그러나 그는 패배를 곧 승리로 바꾸어 놓았다. 그는 오른손을 들어 힘껏 자기 뺨을 세게 쳤다. 좀 얼얼하게 아팠다. 제 뺨을 때리고 나니 마음이 편해지고 기분이 누그러지는 것 같았다. 때린 사람은 자기이고 맞은 사람은 또 다른 자기인 것처럼 느껴졌는데, 좀 지나니까 자기가 다른 사람을 때린 것만 같아서 — 아직 좀 얼얼했지만 — 흡족한 마음으로 승리에 도취되어 자리에 누웠다.

그는 잠이 들었다.

제 3장 승리의 기록(속편)

아Q는 늘 승리를 해 왔지만 유명해진 것은 자오 영감에게서 따귀를 얻어맞은 후부터였다.

그는 띠빠오에게 술값으로 2백 문을 주고는 분이 사그라지지 않아 툴툴거리며 누웠다. 그는 "요즘 세상은 정말 말이 아니야, 아들놈이 애비를 치다니……." 하고 생각했다. 그런데 문득 자오 영감의 위풍이 떠오르는데 바로 그가 자기 아들이라고 생각하니 점점 신명이 나며 우쭐해졌다. 그는 일어나 "젊은 과부 성묘하러 가네."라는 노래를 흥얼거리며 술집으로 갔다. 이때 그는 또 자오 영감이 다른 사람들보다 훨씬 고상한 사람으로 느껴졌다.

기묘하게도 그 뒤로는 과연 사람들이 그를 각별히 존경하는 것만 같았다. 아Q로서는 자기가 자오 영감의 애비이기 때문에 그럴 것이라고 여겼을는지 모르나 사실 그렇지도 않았다. 웨이좡의 통례로는 아치(阿七)나 아빠(阿八)를 때리거나 이 아무개가 장 아무개를 때리는 이런 것들은 별로 문젯거리가 되지 않았다. 반드시 자오 영감과 같이 이름 있는 사람과 관련이 있어야만 사람들의 입에 오르내린다. 일단 사람들의 입에 오르기만 하면 때린 사람이 이미 유명하니까 얻어맞은 사람도 덕분에 유명해진다. 잘못이 아Q 쪽에 있다는 것은 더 말할 여지가 없다. 왜 그런가? 자오 영감이 잘못할 리가 없기 때문이다. 그러면 아Q에게 잘못이 있는데도 왜 모두들 그를 각별히 존경하는 것 같은가? 이것은 잘 이해할 수 없는 노릇이지만 깊이 따져본다면, 아마 아Q가 자오 영감과 한집안이라고 했으니 비록 그가 얻어맞기는 하였으나 사람들은 그게 정말일 수도 있지 않을까 하여 차라리 좀 존경해 주는 것이 낫겠다고 생각한 모양이다. 그렇지 않으면, 공자묘에서 제물로 잡아 놓은 돼지나 양은 다 같은 짐승이지만 성인께서 젓가락을 대신 것이라 선비네들이 함부로 손대지 못하는 것과 같은 이치일 것이다.

아Q는 이때부터 여러 해 동안 득의양양하였다.

어느 해 봄, 그는 술이 얼큰히 취한 채 거리를 걷다 양지바른 담장 밑에서 왕 털보가 웃통을 벗고 이를 잡는 것을 보았다. 아Q도 별안간 몸이 근질근질하였다. 이 왕 털보는 흉터가 있고 또 수염이 더부룩하여 사람들이 왕라이후(王癩胡)라고 불렀는데, 아Q는 거기서 라이 자를 빼고 부르면서 그를 아주 경멸하였다. 아Q 생각에는 흉터는 별로 신기할 게 없으나 뺨의 수염만은 정말 이상하기 짝이 없어 사람 눈에 들지 못한다는 것이었다. 아Q는 왕 털보 곁으로 가서 나란히 앉았다. 다른 건달패들이라면 아Q는 감히 그렇게 가 앉지 못했을 것이다. 그러나 이 왕 털보라면 뭐 무서울 게 있겠는가? 바로 말하자면 아Q가 곁에 앉았다는 사실만으로도 왕 털보의 위신을 올려 주는 것이나 다름없는 것이다.

아Q도 낡아빠진 겹저고리를 벗어 뒤집어 가지고 살펴보았으나, 갓 빨아서 그런지 아니면 대강 보아서 그런지 한참만에야 겨우 서너 마리의 이밖에 잡지 못했다. 그런데 왕 털보를 바라보니 그는 한 마리 또 한 마리, 두 마리 그리고 세 마리씩을 입안에 넣고 씹으니 툭툭 하는 소리가 났다.

아Q는 처음에는 실망했다가 마침내 화가 치밀었다. 같잖은 왕 털보에게는 저렇게 많은데 내게는 이렇게 적으니 이 얼마나 체통이 깎일 노릇인가! 그는 큰 놈을 한두 마리 찾아내려고 애를 썼으나 끝내 찾지 못하고 겨우 중간치 한 마리를 잡아서는 성이 난 듯 두툼한 입술 안으로 밀어 넣어 힘껏 깨물었다. 그러나 그저 픽 소리가 날 뿐 왕 털보가 내는 소리만 못했다. 아Q는 부스럼 자국 하나하나까지 다 시뻘게져서, 옷을 땅바닥에 내동댕이치고는 침을 탁 뱉으며 욕을 퍼부었다.

"야, 이 버러지 같은 놈아!"

"이 빌어먹을 개새끼야, 너 누굴 욕하는 거냐?"

왕 털보는 경멸에 찬 눈으로 대꾸했다.

아Q는 요즘 사람들에게서 비교적 존경을 받으며, 스스로도 더욱 거만하게 굴었지만 싸움 잘하는 건달들을 보면 여전히 겁이 났다. 그러나 이번만은 아주 용감했다. 이따위 털보 자식이 함부로 주둥이를 놀려?

"누군 누구야, 네놈이지!"

아Q는 일어서서 두 손을 허리에 대고 말했다.

"너 이놈, 몸이 근질근질하냐?"

왕 털보도 일어나 옷을 걸치며 말했다.

아Q는 그가 도망치는 줄 알고 얼른 한 걸음 나아가 주먹을 내질렀다.

그러나 그 주먹이 상대방의 몸에 닿기도 전에 왕 털보에게 잡혔다. 왕 털보가 덥석 낚아채니 아Q는 비틀비틀하다가 넘어졌다. 왕 털보는 아Q의 변발을 감아쥐고 담벼락으로 끌고 가서 그전처럼 머리를 짓찧으려 했다.

"군자는 말로 하지 손을 대지 않는다!"

아Q는 고개를 비틀며 말하였다.

왕 털보는 군자가 아닌 듯 이 말에는 아랑곳하지 않고, 연이어 네댓 번 아Q의 머리를 찧고서 힘껏 밀어 던져 아Q가 예닐곱 자 가량이나 멀리 나가 뒹구는 것을 보고야 만족해서 가버렸다.

아Q의 기억 중 이것은 아마 평생 처음 겪는 굴욕일 것이다. 왕 털보는 털보라는 결점 때문에 이제까지 아Q에게 경멸당했으면 당했지 그가 아Q를 경멸하지는 못했고, 더구나 손찌검까지 한다는 것은 정말 있을 수도 없는 일이었다. 그런데 그가 손찌검을 했으니 이것은 너무나 뜻밖이었다. 아니 항간에 떠도는 말처럼 황제가 과거제를 폐지하여 수재와 거인이 필요 없게 되고, 따라서 쟈오 씨네 집 위풍이 떨어졌단 말인가. 그래서 사람들이 자기까지 멸시하는 것일까?

아Q는 어찌할 바를 몰라 멍하니 서 있었다.

멀리서 누군가가 이쪽으로 걸어왔다. 아Q의 적수가 또 나타난 것이었다. 그자도 역시 아Q가 가장 싫어하는 사람의 하나였는데 바로 치엔 영감의 맏아들이었다. 그는 예전에 성안에 들어가 신식 학당에 다녔었다. 그런데 어떻게 된 셈인지 일본에 건너갔다가 반년 만에 집으로 돌아왔는데 다리도 곧아졌고 변발도 없어졌다. 그의 어머니는 십여 차례나 대성통곡 하였고 그의 부인은 세 번이나 우물에 뛰어들었다. 그 후 그의 어머니는 가는 곳마다 "그 애 변발은 몹쓸 놈이 그 애에게 술을 먹여 취하게 해놓고 자른 것이래요. 본래 큰 벼슬을 할 수 있었는데 지금은 방법이 없지. 머리가 길게 자랄 때까지 기다리는 수밖에"라고 말하였다. 그러나 아Q는 그 말을 믿지 않고 그를 "가짜 양놈"이라고 불렀으며 또 "외국과 내통하는 놈"이라고도 불렀다. 아Q는 그를 보기만 하면 속으로 욕하였다.

아Q가 더욱 '골수에 사무치게 증오하는' 것은 그놈의 가짜 변발이었다. 변발이 가짜라면 사람 노릇을 할 자격도 없는 것이었다. 그놈의 여편네가 네 번째로 우물에 뛰어들지 않은 것으로 보아 좋은 여자라고는 할 수 없었다.

바로 그 "가짜 양놈"이 가까이 왔다.

"이 중대가리야, 나귀……."

이제껏 아Q는 속으로만 욕을 했지 소리 내어 욕한 적이 없었는데, 이번에는 잔뜩 분이 치밀었고 한바탕 앙갚음을 하고 싶은 참이라 그만 엉겁결에 말이 새어나왔다.

뜻밖에 그 중대가리가 누런 칠을 한 지팡이 — 바로 아Q가 말하는 상제(喪祭) 지팡이[8]를 들고 성큼성큼 다가왔다. 그 순간 아마 때리려나 보다 하고 온몸에 힘을 주며 어깻죽지를 올린 채 기다렸다. 과연 딱 소리가 나는데 분명 자기 머리를 내리친 것 같았다.

"난 저 앨 보고 그랬는데."

아Q는 근처의 한 아이를 가리키며 변명하였다.

딱! 딱딱!

아Q의 기억 중 이것은 평생 두 번째 겪는 수모일 것이다. 다행히 딱딱 소리가 난 다음에는 그에게 있어서 한 사건이 끝난 것 같아 기분이 오히려 홀가분해지는 것을 느꼈으며, 게다가 또 조상 대대로 물려받은 '망각'이라는 보배가 효력을 나타냈다. 그는 천천히 걸어서 술집 문 앞에 이르자 벌써 기분이 좋아져 있었다.

그런데 맞은편에서 징시우 암자(靜修庵)의 젊은 비구니가 걸어오고 있었다. 평시에도 아Q는 그녀를 보기만 하면 그녀에게 침을 뱉고 욕을 퍼붓곤 하였는데 하물며 금방 수모를 당한 후에야? 그는 기억이 되살아났고 적개심이 치밀어 올랐다.

"난 오늘 왜 이렇게 재수가 없는가 했더니 네년을 만나려고 그랬구나!" 아Q는 이런 생각이 들었다. 그는 마주 다가서서 큰소리로 침을 뱉었다.

"칵, 퉤!"

젊은 비구니는 아랑곳하지 않고 머리를 숙인 채 걸어갈 뿐이었다. 아Q는 그녀의 곁으로 다가가서 불쑥 손을 내밀어 갓 깎은 그의 머리를 쓰다듬고는 입을 헤벌려 웃으며 말했다.

"요 대머리야! 어서 돌아가라. 중놈이 널 기다려."

"왜 사람을 집적거리는 거야?"

---

8 장례 때 짚는 지팡이.

비구니는 온통 얼굴이 새빨개져서 잽싸게 걸어갔다. 술집에 있던 사람들이 와그르르 웃음을 터뜨렸다. 자기의 공로를 칭찬하자 아Q는 더욱 신바람이 났다.

"아니 요것아, 중놈이 집적거리는데 나라고 좀 집적거리면 어때?" 하고 아Q는 그녀의 뺨을 꼬집었다.

술집 안의 사람들이 또 한바탕 웃었다. 더욱 우쭐해진 아Q는 구경꾼들을 만족시켜 주기 위해 한 번 더 힘껏 꼬집어 뜯은 다음에야 놓아주었다.

이번 싸움으로 아Q는 왕 털보를 깡그리 잊었고 또한 가짜 양놈도 잊었는데 마치 오늘 하루의 모든 '액운'에 대해 보복을 한 것 같았다. 그리고 이상하게도 딱딱 소리가 나게 얻어맞은 때보다 몸이 더욱 거뜬하여 둥둥 떠서 날아갈 것만 같았다.

"이 씨알머리가 끊어질 아Q놈아!"

멀리서 젊은 비구니의 울음 섞인 목소리가 들려 왔다.

"하하하!"

아Q는 아주 득의양양해서 웃었다.

"으하하."

술집 안의 사람들도 적이 만족한 웃음을 터뜨렸다.

제 4장 연애의 비극

어떤 사람은 이렇게 말한다. — 어떤 승리자들은 적수가 호랑이나 매 같기를 원한다. 그래야만 승리의 환희를 느낄 수 있다! 만일 적수가 양이나 병아리 같다면 승리해도 오히려 허무한 생각이 든다. 또 어떤 승리자들은 모든 것을 이겨낸 뒤, 죽을 놈은 죽고 항복할 놈은 항복하여 "신은 황공하옵게도 죽을 죄를 지었사옵나이다." 하는 꼴을 보게 되면, 맞수도 벗도 없어지고 하여 자기 홀로 꼭대기에 우뚝 솟아 처량하고 쓸쓸하게 남게 되므로, 오히려 승리의 비애를 느끼게 된다는 것이다. 그러나 우리의 아Q는 그렇게 못나지 않아서 영원히 득의양양하다. 이것은 아마 중국의 정신문명이 지구상에서 으뜸임을 증명해 주는 것인지도 모른다.

보라, 그는 둥둥 떠서 훨훨 날아갈 듯하지 않은가!

그런데 이번 승리는 그에게 좀 이상한 느낌을 주었다. 한참 둥둥 떠다니다가 사당으로 돌아왔으니 항상 그랬듯이 곤드라져서 코를 골아야 했다. 그러나 어찌된 영문인지 이날 밤 그는 좀처럼 눈을 붙일 수가 없었다. 엄지손가락과 둘째손가락이 다른 때보다 더 매끈매끈한 것 같은 이상한 느낌이 들었다. 젊은 비구니의 볼에서 무슨 매끈거리는 것이 자기 손가락에 묻었는지, 그렇지 않으면 손가락을 젊은 비구니의 볼에 문질러서 매끈매끈해졌는지……?

"이 씨알머리가 끊어질 아Q놈아!"

아Q의 귀에는 또 이 말이 들려 왔다. 그는 생각했다. 하긴 계집이 하나 있어야 해, 자손이 끊어지면 제삿밥 한 그릇 떠놓을 놈이 없게 되니……. 아무래도 계집이 꼭 하나 있어야 해. 무릇 "불효에 세 가지가 있으니, 그 중 후손 없는 것이 가장 큰 불효니라." 하였고, "루어아오(若敖)[9]의 귀신이 굶주린다."고 했는데 그것은 인생의 가장 큰 슬픔이다. 그러므로 그의 이러한 생각은 어느 것이고 모두 성현의 가르침에 들어맞는 것인데, 다만 애석하게도 그는 '그 싱숭생숭한 마음을 걷잡을 수가 없게' 되어 버린 것이다.

---

9 공자의 『춘추』를 노나라 사람 좌구명左丘明이 해석한 책인 『좌전左傳』에서 따온 구절로 '루어아오'는 춘추시대 초나라 사람이다.

"여자, 여자!……." 그는 생각에 잠겼다.

"……중놈이 집적거려……. 여자, 여자!……. 여자!"

그는 또 생각에 잠겼다. 우리는 이날 밤 아Q가 어느 때쯤부터 코를 골기 시작했는지 알지 못한다. 그러나 아마 그는 이때부터 손가락 끝이 좀 매끈거리는 것을 느낀 모양이다. 그는 이때부터 마음이 들떠서 "계집……."을 생각하게 되었다.

우리는 이 한 가지 사실만 가지고도 여자란 사람을 해치는 존재라는 걸 알 수 있다.

중국 남자들은 본래 태반이 성현이 될 수 있었는데도 유감스럽게 모두 여자 때문에 신세를 망쳤다. 상(商)나라는 따지(妲己)가 망하게 했고 주周나라는 빠오쓰(褒姒)가 망쳐놓았으며 진(秦)나라는……. 비록 역사에는 밝혀져 있지 않지만 역시 계집 때문에 망했을 것이라고 말해도 크게 틀리지는 않을 것이다. 그러나 똥주어(董卓)는 분명 땨오찬(貂蟬)이 해친 것이다.

아Q는 본래 바른 사람이었다. 그가 어떤 고명한 스승에게서 가르침을 받았는지 모르지만 그는 '남녀유별의 윤리'를 언제나 매우 엄하게 여겼으며 그에게는 또한 이단자 — 말하자면 젊은 여승이나 가짜 양놈 따위 — 를 배척하는 정의감이 꽤 있었다. 그의 학설에 의하면 무릇 여승은 반드시 중놈과 사통하며 여자가 바깥을 싸다니는 것은 반드시 남자를 꾀려는 것이요, 사내와 계집이 쑥덕거리는 것은 반드시 무슨 수작이 있다는 것이다. 아Q는 이런 연놈들을 다스리기 위해 왕왕 눈을 부릅뜨고 흘겨보며, 혹은 몇 마디 큰소리로 속마음을 찌르는 욕설을 퍼붓거나, 혹은 외진 곳이라면 뒤에서 돌멩이를 던져 주었던 것이다.

그렇던 그가 나이 삼십이 다 돼서 젊은 여승 때문에 애를 태우며 정신이 둥둥 들뜰 줄이야 누가 알았으랴. 이 둥둥 들뜨는 정신 상태는 유교에서 볼 때 허용되지 않는다. — 그러기에 여자는 참으로 가증스럽다. 만일 여승의 얼굴이 매끄럽지 않았던들 아Q는 넋을 빼앗기지 않았을 것이요, 또 젊은 여승의 얼굴에 천을 한 겹 걸치기만 했어도 아Q는 홀리지 않았을 것이다. — 5,6년 전에 그가 무대 아래 사람들 틈 사이에서 한 여인의 넓적다리를 꼬집어 뜯은 일이 있었는데 그때는 바지 위로 꼬집었기 때문에 그렇게 정신이 들뜨지는 않았다. — 그러나 젊은 여승의 경우에는 그렇지 않았으니 이것만 보더라도 이단의 가증스러움을 알 수 있다.

"계집……." 하고 아Q는 생각했다.

아Q는 "난봉꾼을 꾀러 다니는 것"으로 보이는 여자를 늘 유심히 살펴보았으나 그들은 자기를 보고 한 번도 웃지 않았다. 그는 자기에게 말을 건네는 여자들의 말에 유심히 귀를 기울였으나, 무슨 수작을 피우는 이야기는 한 번도 하지 않았다. 아, 이것 역시 여자들의 가증스러운 측면이다. 그들은 모두 "정숙한 척" 꾸미는 것이다.

그날, 아Q는 쟈오 영감네 집에서 온종일 쌀을 찧고 저녁을 먹은 다음 부엌에 앉아 잎담배를 피웠다. 다른 집 같으면 저녁을 먹은 후에는 돌아갈 수 있었다. 그러나 쟈오 영감 집에서는 저녁밥이 이르다. 평소에는 등불을 켜지 못하게 하는 까닭에 밥상을 물린 다음에 곧장 잠을 잤지만 때로는 예외가 있었다. 첫째는 쟈오 영감 큰아들이 아직 과거에 붙지 못하여 불을 켜고 글을 읽을 수 있게 한 것이고, 둘째는 아Q가 품삯 일을 할 때 불을 켜고 쌀을 찧게 한 것이다. 이 예외 때문에 아Q는 쌀 방아를 찧기 시작하기 전에 부엌에 앉아서 담배를 피우고 있었던 것이다.

우 씨 어멈은 쟈오 영감네 집의 유일한 여종이었다. 그녀는 설거지를 하고 나서 걸상에 걸터앉아 아Q와 잡담을 나누었다.

"마님은 이틀이나 아무것도 안 드셨어요. 영감이 젊은 첩을 들이겠다는 바람에……."

"계집……. 우 씨 어멈……. 젊은 과부."

아Q는 속으로 생각하였다.

"우리 아씨는 팔월 달에 아기를 낳게 된대요."

"계집……."

아Q는 속으로 생각하였다.

아Q는 담뱃대를 놓고 성큼 일어섰다.

"우리 아씨는……." 하고 우 어멈은 계속 수다를 떨었다.

"우리 같이 자 볼까? 한 번 자 보지."

갑자기 아Q가 우 어멈에게 달려들며 무릎을 꿇었다. 한 순간 조용해졌다.

"어머나!"

우 어멈은 소스라치게 놀라 입을 딱 벌리고 있다가 갑자기 덜덜 떨더니 고함을 지르며 밖으로 뛰어 나갔다. 뛰어가면서도 소리를 질렀고 나중에는 울음이 섞인 것 같았다.

아Q는 벽을 향해 꿇어앉은 채 멍하니 있다가, 두 손으로 빈 의자를 짚고 천천히 일어났다. 뭔가 좀 잘못된 느낌이 들었다. 그는 이때 분명 가슴이 두근거렸다. 허리춤에 담뱃대를 꽂고 허둥지둥 쌀을 찧으러 가려는데 난데없이 무엇인가 딱 하는 소리가 나며 그의 머리를 내리쳤다. 그가 급히 뒤돌아다보니 수재가 굵은 참대 몽둥이를 쥐고 그의 앞에 서 있었다. "일을 저질렀구나……. 이 죽일 놈……."

굵다란 몽둥이가 또 그에게 내리쳐졌다. 두 손으로 머리를 감싸자 이번에는 "딱" 하고 손가락 마디에 맞았는데 지독하게 아팠다. 아Q는 부엌

문을 뛰쳐나갔다. 그런데 또 등줄기를 한 대 얻어맞은 것 같았다.

"이 개 같은 놈!"

수재는 뒤에서 표준말로 이렇게 욕을 퍼부었다.

아Q는 방앗간으로 뛰어 들어가 멍하니 서 있었다. 아직도 손가락이 쑤셨고 "이 개 같은 놈!" 하는 말이 귀에 쟁쟁했다. 이 말은 웨이좡의 시골뜨기들은 여태껏 쓴 적이 없으며 오로지 관청에 드나드는 높은 사람들만이 썼다. 그래서 이 말이 각별히 무서웠고 유달리 그 인상도 깊었다. 이때 "계집……."의 생각도 완전히 사라졌다. 매를 맞고 욕을 먹은 뒤에는 한 가지 일이 결말난 것 같아 오히려 마음이 후련해져서 그는 쌀을 찧기 시작했다. 한참 쌀을 찧고 나니 몸이 달아올라 일손을 멈추고는 웃통을 벗어 던졌다. 막 웃통을 벗었을 때 밖에서 떠들썩하는 소리가 들려왔다. 아Q는 원래 구경을 좋아하는지라 떠들썩한 곳으로 향하였다.

소리 나는 곳을 따라 가보니 어느새 자오 영감네 안마당까지 와버렸다. 날이 저물어 어둑어둑하였으나 그래도 많은 사람들을 알아볼 수 있었다. 자오 영감네 집사람들 중에는 연이틀이나 밥을 입에 대지 않았다는 마님도 있었고 또 이웃집 조우치 아주머니 그리고 진짜 한집안인 자오빠이이엔(趙白眼)과 자오쓰천(趙司晨)도 있었다. 때마침 방에서 젊은 마님이 우 씨 어멈의 손을 끌고 나오며 말하였다.

"밖으로 좀 나오라는데……. 방에 틀어박혀서 속으로 꽁하지 말고……."

"누가 모르나, 임자 행실이 곧은 줄……. 그러니 소견머리 없는 짓을 하여선 절대 안돼."

우 어멈은 그저 울며 간간이 무어라고 중얼거렸으나 똑똑히 알아들을 수 없었다.

아Q는 '흥 재미있는걸. 젊은 과부가 무슨 짓을 저질렀나?'하고 생각하며 물어보려고 쟈오쓰천 곁으로 가까이 갔다. 이때 쟈오 영감의 큰아들이 달려드는 것이 불현듯 아Q의 눈에 띄었는데, 그의 손에는 굵직한 참대 몽둥이가 쥐어져 있었다. 아Q는 그 참대 몽둥이를 보자 자기가 얻어맞은 것이 생각났고 이 소란과 무슨 관련이 있는 것 같은 느낌이 들었다. 돌아서서 방앗간으로 빼소니치려고 하는데 그 몽둥이가 어느새 앞길을 가로막았다. 그래서 아Q는 다시 몸을 돌려 도망을 치다보니 자신도 모르게 뒷문을 빠져 나왔고 조금 후에는 사당 안에 들어와 있었다.

잠시 앉아 있노라니 온몸에 소름이 돋으며 오싹오싹 추워졌다. 봄철이라고는 하나 밤에는 아직도 날씨가 쌀쌀하여 웃통을 벗고는 견디기가 어려웠다. 그는 저고리를 쟈오 영감네 집에 놓고 온 것이 생각났으나 그것을 가지러 가자니 수재의 그 참대 몽둥이가 너무나 무서웠다. 그런데 이때 띠빠오가 들어 왔다.

"아Q 너 이 망할 놈의 자식! 쟈오 씨 댁 하녀까지 희롱을 해. 일을 저질러도 분수가 있지. 나까지 밤에 잠을 못 자게 하고 말이야. 에미 ……!"

이런 식으로 한바탕 설교를 하였으나 아Q는 물론 한마디도 말이 없었다. 결국에는 밤중에 폐를 끼쳤다 하여 띠빠오에게 갑절로 4백 문을 술값으로 물어야 했는데, 아Q는 마침 돈이 떨어져서 털모자를 저당 잡히고 게다가 다음과 같은 다섯 가지 조항을 서약해야 했다.

1. 내일 붉은 초 — 한 근짜리 — 한 쌍과 향 한 봉지를 가지고 쟈오 씨 댁에 가서 빌 것.

2. 쟈오 씨 댁에서 도사를 청해 목매 죽은 귀신을 쫓는 액풀이를 하는데 그 비용은 아Q가 부담할 것.

3. 아Q는 앞으로 자오 씨 댁 문턱 안에 들어오지 말 것.

4. 만일 우 어멈에게 앞으로 무슨 사고가 있으면 아Q가 전적으로 책임질 것.

5. 아Q는 품삯과 저고리를 다시 찾으러 가지 못함.

아Q는 물론 이것들을 모두 승인했으나 유감스럽게도 돈이 없었다. 다행히 벌써 봄철이어서 솜이불은 없어도 될 것이라 생각하여 2천 문에 저당 잡혀서 승인한 조항을 이행하였다. 웃통을 벗은 채 머리를 땅에 대고 사죄를 한 뒤에도 돈이 몇 푼 남았는데, 그는 그것으로 털모자를 찾을 생각도 하지 않고 몽땅 술을 마셔 버렸다. 한편, 자오 씨네 집에서는 향도 피우지 않고 초도 켜지 않았으니, 마님이 불공드릴 때 쓰려고 그것들을 남겨둔 것이었다. 그리고 아Q의 낡은 저고리는 대부분 아씨가 팔월에 낳을 애기의 기저귓감이 되었고 그 나머지 조각은 우 어멈의 헝겊신 밑창으로 쓰였다.

제 5장 생계 문제

아Q는 사죄를 하고 나서 여느 때처럼 사당으로 돌아왔는데 해가 저물자 어쩐지 점점 세상이 이상야릇하게 느껴졌다. 곰곰이 생각해 보던 그는 자기가 웃통을 벗은 데 원인이 있다는 것을 마침내 깨달았다. 누더기 겹저고리가 아직 남아 있는 것이 생각나서 그것을 몸에 걸치고 누웠다. 눈을 떴을 때는 어느새 해가 서편 담 위에서 비치고 있었다. 그는 벌떡 일어나 앉으며 웅얼거렸다. "제기랄……."

그는 일어나서 여전히 거리를 어슬렁어슬렁 거닐었다. 웃통을 벗었을 때처럼 그렇게 살을 에는 아픔은 느끼지 않았으나 어쩐지 차츰 또 세상이 좀 이상야릇한 것만 같았다. 왠지 이날부터 웨이좡의 여자들은 갑자기 수줍음을 타는 듯 아Q가 걸어오는 것을 보기만 하면 저마다 허둥지둥 문안으로 숨어 들어갔다. 심지어 오십이 다 된 조우치 아주머니까지 그들 뒤꽁무니를 따라 허둥지둥 숨었으며 게다가 열한 살짜리 딸년까지 안으로 불러들이는 것이었다. 아Q는 너무도 이상한 나머지 '아, 이것들이 갑자기 아가씨 흉내를 내는구나. 이 화냥년들 같으니…….' 하고 생각하였다.

그러나 그가 세상이 더욱 이상야릇하다고 느낀 것은 여러 날이 더 지난 후였다. 첫째로 술집에서 외상을 주지 않았고, 둘째로 사당의 묘지기 늙은이가 흐지부지 공연한 말을 늘어놓으면서 그를 쫓아내려는 것 같았고, 셋째는 며칠 째인지 확실치는 않으나 분명 여러 날 째 누구 하나 삯일을 부탁하지 않는다는 것이다. 술집에서 외상을 주지 않는 것은 참아 넘기면 그만이고 늙은이가 자기를 쫓아내려는 것도 몇 번 그렇게 잔소리하게 하면 그만두겠지만 누구 하나 그를 불러다 일을 시키지 않는다는 것은 아Q의 배를 곯게 했다. 정말 이것이야말로 두말할 것 없이 분통터질 일이었다.

아Q는 더 이상 참을 수가 없었다. 전에 일해 주던 집들을 찾아다니며 알아보는 수밖에 다른 도리가 없었다. — 그러나 쟈오 씨네 집 문턱만은 넘지 못하게 되어 있다. — 그런데 웬일인지 사정은 달라졌다. 어김없이 남자가 나와서는 아주 귀찮다는 듯이, 마치 거지를 몰아내는 거나 다름없이 손을 내저으며 말하는 것이었다.

"없다. 할 일 없어! 썩 물러가."

아Q는 더욱 더 이상했다. 지금까지 이 집들에는 남의 손 없이는 안

되었는데 갑자기 일거리가 없어질 리 만무하지 않은가? 여기엔 반드시 무슨 곡절이 있을 게다.

이렇게 생각한 아Q가 두루 탐문해 보았더니 아닌 게 아니라 그들은 일이 있을 때면 샤오D(小D)를 불러다 일을 시켰다. 이 샤오D는 가난뱅이로서 말라깽이에다 약골이었다. 아Q는 샤오D를 왕 털보보다도 못하게 여기는 터이다. 그런데 그놈의 자식이 자기 밥그릇을 가로챌 줄은 천만뜻밖이었다. 그래서 이번에 아Q의 분노는 이만저만이 아니었다. 성질이 잔뜩 올라서 걸어가던 그는 갑자기 손을 쳐들고 한 곡조 불러 넘기는 것이었다.

"내 쇠 채찍으로 네놈을 치리라!……."

며칠 후 아Q는 치엔 씨네 집 대문 앞 담장이 있는 곳에서 뜻밖에 샤오D를 만났다. "원수는 외나무다리에서 만난다."고, 아Q가 다가서니 샤오D도 멈추어 섰다.

"이 개새끼!"

아Q는 눈을 부릅뜨며 욕을 퍼붓는데 입에서 침방울이 튀었다.

"난 버러지다. 그러면 되지……?"

샤오D가 말하였다.

이 겸손은 도리어 아Q의 분을 더욱 돋우었다. 그는 손에 쇠 채찍이 없어서 그저 와락 달려들어 샤오D의 변발을 거머쥐었다. 샤오D는 한 손으로 자기 변발을 움켜 누르고 다른 한 손으로는 아Q의 변발을 거머쥐었다. 그전 같으면 샤오D 따위는 아Q에게 상대도 되지 않았지만 아Q는 요즈음 굶어서 바싹 마르고 힘이 없었다. 그렇지만 샤오D만 못지않았다. 그래서 거의 백중지세였다. 네 손이 두 변발을 잡고 서로 허리를 구부리고 버티는 모습의 그림자가 치엔 씨네 집 흰 담장 위로 검은 무지개 모양을 이뤘다. 이렇게 반 시간이나 싸움질이 계속되었다.

"됐다, 됐어!"

구경꾼들의 말리는 듯한 소리가 들렸다.

"잘한다, 잘해!"

또 구경꾼들의 이런 말은 싸움을 말리는 말인지, 칭찬하는 말인지, 아니면 불붙는 데 키질하는 것인지 도무지 분간할 수가 없었다.

그러나 두 적수는 이런 말에 아랑곳하지 않았다. 아Q가 세 걸음 밀고 나가면 샤오D가 세 걸음 밀려 나가서 버티고 섰다. 샤오D가 세 걸음 밀고 나가면 아Q도 세 걸음 밀려 나가서 또 멈춰 섰다. 아마 반시간은 넘었을 것이다. — 웨이좡에는 자명종이 흔하지 않았으므로 딱 그렇다고 말하기는 어렵다. 이십 분쯤 지났을지도 모른다. — 그들의 머리에는 김이 피어올랐고 이마에는 땀이 뻘뻘 흘렀다. 아Q가 손을 늦추자 순간 샤오D도 손을 늦추었다. 그들은 동시에 허리를 펴고 물러서서 구경꾼들을 헤치고 빠져나갔다.

"두고 보자, 우라질 놈의 새끼……."

아Q가 고개를 돌려 말하였다.

"우라질 놈의 새끼. 두고 보자……."

샤오D도 고개를 돌리고 말하였다.

이 '용과 호랑이의 싸움'은 별로 승부가 난 것 같지 않았고 구경꾼들도 만족을 느꼈는지 어쨌는지 모두들 말이 없었다. 그런데 여전히 아Q에게 와서 삯일을 해 달라고 하는 사람은 없었다.

매우 따뜻한 어느 날이었다. 산들바람이 솔솔 불어 제법 여름 기운이 났다. 그런데 아Q는 으쓱으쓱 추위를 느꼈다. 그러나 이것은 그런대로 견딜 수 있었지만 무엇보다도 배고픈 것은 견딜 수가 없었다. 솜이불,

털모자, 홑저고리는 벌써 없어진 지 오래고 솜저고리도 마저 팔아 없앴다. 이제 남은 것은 절대 벗을 수 없는 바지뿐이었다. 너덜너덜한 겹저고리가 하나 있기는 하지만 남에게 거저 주어 신발 밑창이나 누비게 하면 모를까, 팔아서 돈이 될 수는 없었다. 그는 길바닥에서 돈이나 몽땅 주웠으면 하는 요행을 바란 지 오래지만 아직 그런 돈이 눈에 띄지 않았다. 자신이 살고 있는 허물어져 가는 집에서라도 갑자기 돈이 몽땅 나타났으면 하고 허겁지겁 두루 살펴보기도 하였으나, 집안은 텅 비어 말끔하기만 했다. 마침내 그는 밖에 나가 구걸하기로 결심하였다.

그는 길을 걸어가면서 무얼 좀 얻어먹으려고 하였다. 단골 술집도, 낯익은 만두집도, 모두 그냥 지나쳐 버렸다. 그 앞에 잠깐 멈춰 서지도 않았을 뿐만 아니라 아예 구걸할 생각도 하지 않았다. 그가 얻고자 하는 것은 이런 따위의 것이 아니었다. 그러면 그가 얻고자 하는 것은 무엇일까? 자기 자신도 몰랐다.

웨이좡은 본래 그렇게 큰 마을이 아니어서 잠깐 사이에 길거리를 다 지나게 되었다. 길거리를 벗어나면 대부분이 논인데 막 파릇파릇 솟아오르는 어린 벼 포기뿐이었다. 그 속에서 여기저기 움직이는 검은 점들은 논일을 하고 있는 농부들이었다. 아Q는 이런 전원적인 풍경도 감상하려 하지 않고 그냥 걸어갈 뿐이었다. 이러한 것들은 그가 얻어먹으려는 것과는 인연이 너무나 까마득하다는 것을 직감적으로 느꼈기 때문이다. 그는 마침내 징시우 암자의 담 모퉁이에 이르렀다.

암자의 주위도 모두 논이었는데 하얀 담과 잘 어우러져 있었다. 암자 뒤쪽 낮은 토담 안은 채마밭이었다. 아Q는 잠시 주춤하다가 주위를 살펴보았는데 아무도 없었다. 그는 낮은 담에 기어올라 하수(下垂)[10] 오동나

---

10 나뭇가지 따위가 축 늘어져 내리거나 처짐.

무 넝쿨을 틀어잡았다. 담에서 흙이 쏴르르 떨어졌고 아Q의 다리는 후들후들 떨렸다. 마침내 그는 뽕나무 가지를 휘어잡고 안으로 뛰어내렸다. 담 안은 참으로 푸르렀다. 그러나 술과 만두 따위는 없는 것 같았고 그 밖에 다른 먹을 만한 것들도 있을 것 같지 않았다. 서쪽 담장 밑으로는 대밭인데 땅 위에 죽순이 쫑긋쫑긋 돋아나기는 하였으나 애석하게도 삶지 않은 날 것이었다. 유채는 이미 씨가 배었고 갓은 이미 꽃이 피려 했으며 봄배추도 장다리[11]가 돋아 있었다.

아Q는 과거에서 낙제한 문동처럼 몹시 억울했다. 어슬렁어슬렁 문에 이른 그는 갑자기 눈이 휘둥그레지며 기뻐서 어쩔 줄 몰랐다. 그것은 틀림없는 무 밭이었다. 그가 몸을 쪼그리고 앉아 무를 마구 뽑는데 문 앞에 갑자기 동그란 머리가 불쑥 나타나더니 다시 쑥 움츠려 들어갔다. 젊은 여승임이 틀림없었다. 아Q는 젊은 여승쯤은 원래 초개같이 여겼으나, 세상일이란 "한 걸음 물러서서 생각해야" 하는 법인지라 얼른 무 네 개를 뽑아 이파리를 뜯어버리고 저고리 섶에 싸쥐었다. 그런데 늙은 여승이 벌써 나타났다.

"나무아미타불, 아Q. 자네 어째서 남의 밭에 뛰어들어 무를 훔치느냐!…… 암, 벌을 받아도 싸지. 나무아미타불!"

"내가 언제 너희 밭에 뛰어들어 무를 훔쳤단 말이냐?"

아Q는 비실비실 달아나면서 늙은 여승을 힐끔힐끔 바라보고 말하였다.

"지금…… 그건 무엇인가?"

늙은 여승은 아Q의 저고리를 가리키며 말하였다.

"이게 당신네 것이란 말이야? 그럼 이 무에게 당신 것이라고 대답하게

---

11 무, 배추 따위의 꽃줄기.

할 수 있어? 당신은……."

아Q는 말을 채 맺지 못하고 갑자기 뛰었다. 그런데 살진 큰 검정개 한 마리가 쫓아왔다. 이 개는 본래 문 앞에 있었는데 어떻게 된 셈인지 후원에 나타난 것이다. 검정개가 컹컹 짖으며 따라와 아Q의 정강이를 막 물려고 하였다. 다행히 아Q의 저고리 속에서 무 하나가 떨어지는 바람에 개가 움칠 놀라 멈춰 섰다. 그 사이에 뽕나무로 기어오른 아Q는 토담을 타고 무와 함께 담장 밖으로 굴러 떨어졌다. 검정개는 아직도 뽕나무를 쳐다보고 컹컹 짖어대고 늙은 여승은 염불을 하고 있었다.

아Q는 늙은 여승이 또 검정개를 풀어놓지 않을까 겁이 나서 무를 얼른 주워 가지고 뛰었다. 그러면서 길바닥에서 돌멩이를 몇 개 주웠으나 검정개는 다시 나타나지 않았다. 그래서 아Q는 돌멩이를 내던지고 걸어가면서 무를 먹었다. 그는 무를 먹으면서 생각했다. 여기서는 별로 생길 것이 없으니 차라리 성안에 들어가는 것이 나을게다…….

무를 세 개째 다 먹었을 때 그는 성안으로 들어갈 결심을 했다.

제 6장 중흥에서 말로까지

사람들이 아Q가 웨이좡에 다시 나타난 것을 보게 된 것은 그 해 추석이 갓 지난 뒤였다. 아Q가 돌아왔다고 하니 사람들은 모두 놀라는 한편 지난 일을 돌이켜 생각하게 되었다. 아Q가 이제까지 어디에 있었을까? 아Q가 그전에 몇 번 성안에 들어갔을 때에는 대체로 신바람이 나서 사람들에게 자랑을 하였다. 그런데 이번만은 그렇지 않아 누구하나 그에게 관심을 가진 사람이 없었다. 혹시 그가 사당 묘지기 영감에게는 말했을는지 모르나, 웨이좡의 관례로 본다면 쟈오 영감과 치엔 영감, 그리고 수재

나리가 성안에 들어가야만 화제거리가 되는 것이다. 그밖에 가짜 양놈이 성안에 들어간다 해도 이야깃거리가 되지 않았는데 하물며 아Q정도는 말할 나위도 없었다. 그러므로 사당 묘지기 영감이 아Q를 위해 선전할 리도 없었으며 따라서 웨이좡에서는 알 도리가 없었다.

그러나 아Q의 이번 귀향은 전과 다른 점이 이만저만하지 않아서 실로 놀랄 만하였다. 날이 어둑어둑 저물 무렵 아Q는 눈이 게슴츠레해서 술집에 나타났다. 계산대 앞에 다가간 그는 허리춤에서 은전과 동전을 한줌 가득 꺼냈다. 그는 그것을 계산대 위로 내던지며 "현금이오! 술을 좀 주쇼!" 하고 기세등등하게 말했다. 새 겹저고리를 입은 그의 허리에는 큼직한 주머니가 달려 있었는데 어찌나 묵직했던지 허리띠가 활등처럼 축 처져 있었다. 웨이좡의 관례로는 눈길을 주는 인물에 대해서는 업신여기기보다는 존경하는 것이었다. 지금도 분명 아Q인 줄은 알지만 그러나 누더기를 걸치던 아Q와는 어딘가 판이하게 달라 보였다. '선비란 사흘만 못 봐도 마땅히 괄목상대해야 한다.'는 옛말처럼 술집 점원도, 주인, 술꾼들 그리고 지나는 행인들까지 모두 아Q에 대하여 어딘가 의심쩍어 하면서도 존경의 태도를 보였다. 술집 주인이 먼저 고개를 끄덕이고 인사를 차리며 말을 걸었다.

"어! 아Q, 돌아왔군!"

"돌아왔지."

"돈 벌었군, 벌었어. 자네 — 어디에서……."

"성안에 갔었지!"

이 새 소식은 다음날 온 웨이좡에 다 퍼졌다. 그렇게 돈을 벌게 되고 새 겹저고리를 입게 된 아Q 중흥사(中興史)를 사람들은 모두 알고 싶어 했다. 그래서 술집과 찻집에서, 그리고 사당 처마 밑에서 차츰 알아내게 되었다. 그 결과 아Q는 새로운 존경을 받게 되었다.

아Q의 말에 의하면, 그는 거인 영감 댁에서 일손을 도왔다고 한다. 이런 이야기를 들은 사람들은 모두 엄숙해졌다. 그 어른의 성은 빠이(白)인데 성안에 거인이라고는 그 사람밖에 없으므로 따로 무슨 성을 붙이지 않아도 거인이라면 곧 그 사람을 가리키는 것이었다. 웨이좡에서만 그런 것이 아니라 사방 백 리 안에서는 다 그랬다. 사람들은 거의 모두 거인 영감이라는 것을 그의 이름으로 알고 있었다. 그런 사람 댁에서 일손을 돕는다는 것은 당연히 존경받을 만했다. 그런데 또 아Q의 말을 들어보면, 그는 그 집에서 더 이상 일하기가 싫다는 것이다. 그 거인 영감이 너무나 "나쁜 놈"이라는 것이다. 이 말을 들은 사람들은 모두 탄식을 하는 동시에 한편으로는 시원하게 생각했다. 아Q 따위는 본래 거인 영감 댁에 가서 일손을 도울 만한 주제가 못되었기 때문에 시원하게 생각되었던 것이며, 한편 그런 댁에서 일을 안 하겠다는 것 또한 아쉽게도 생각되었던 것이다.

아Q는 마치 성안 사람들이 자신의 마음에 들지 않았기 때문에 돌아온 듯이 말했다. 즉 성안 사람들이 긴 걸상을 쪽걸상이라고 한다든가, 생선을 지질 때 파를 가늘게 썰어놓는다든가, 그리고 요즈음 자기가 관찰해서 알게 된 결함 — 여자들이 걸음을 걸을 때 좌우로 삐뚤거리는 것 등이 아주 볼꼴 사납다는 것이다. 그러나 그 중에는 실로 탄복할 것도 있었다. 이를테면 웨이좡의 시골뜨기들은 서른두 개의 대쪽으로 만든 패를 칠 줄 알 뿐, 기껏해야 가짜 양놈이 마작을 놀릴 수 있는 정도인데, 성안에서는 조무래기들까지도 모두 마작을 제법 능숙하게 한다는 것이다. 가짜 양놈 따위는 성안의 열 몇 살 조무래기들 손에 걸리기만 해도 당장 "염라대왕 앞에 앉은 나졸" 꼴이 된다는 것이다. 이런 말을 듣는 사람들은 모두 저도 모르게 얼굴을 붉혔다.

"자네들, 그래 목 자르는 걸 본 일이 있나?"

이렇게 서두를 떼면서 아Q는 말을 이었다.

"볼 만하지. 혁명 당원의 목을 자른다는 것 말이야. 정말 볼 만해. ……."

그가 고개를 흔들며 떠들어대는 바람에 침이 마주 앉은 자오쓰천의 얼굴에 튀었다. 사람들은 이 말에 모두 소름이 끼쳤다. 그러나 아Q는 옆을 둘러보고는 갑자기 오른손을 쳐들더니 목을 길게 빼 넋을 잃고 이야기를 듣고 있는 왕 털보의 목덜미를 내리치며 소리를 질렀다.

"싹둑!"

왕 털보는 그만 기겁을 해서 목을 움츠렸다. 듣고 있던 사람들은 모두 무서워하면서도 재미있어 했다. 그 뒤로 왕 털보는 여러 날 동안 머리가 멍했으며, 다시는 아Q 곁에 가까이 가지 않았다.

이 무렵 웨이좡 사람들의 눈에는 아Q의 지위가 비록 자오 영감을 능가했다고는 할 수 없지만 거의 비슷하다고 해도 틀린 말이 아닐 정도였다.

얼마 안 가서 아Q의 명성은 또 웨이좡의 규중으로까지 완전히 퍼졌다. 웨이좡에서는 치엔 씨네와 자오 씨네 두 집안이 큰 집이고, 그밖에 열에 아홉은 모두 안방을 제대로 갖추지 못한 집들이지만 그래도 역시 안방은 안방이었다. 아낙네들은 서로 만나기만 하면 조우치 아주머니가 아Q에게 남색 비단 치마를 샀는데 좀 낡기는 했지만 단 90전을 주었다는 이야기를 하였다. 그리고 자오빠이이엔네 어머니 ― 일설에는 자오쓰천의 어머니라고 하는데 고증해 보아야 하겠다. ― 도 어린아이의 빨간 옥양목 셔츠를 한 벌 샀는데, 거의 새것이나 다름없는데도 값은 단지 3백 문 정도였다 한다. 그래서 아낙네들은 모두 아Q를 무척 만나보고 싶어 했다. 비단 치마가 없는 아낙네는 비단 치마를 팔 것이 있느냐고 물어 보고 싶었고, 옥양목 셔츠가 부러운 아낙네는 그것을 살 수 있는지 물어 보고 싶었다. 이제는 아Q를 보고 피하는 게 아니라 오히려 아Q가 지나갔는데도 쫓아가서 불러 세우고 묻는 것이었다.

"아Q, 아직 비단 치마가 있나? 옥양목 셔츠도 좋은데 그건 있겠지?"

다음날 이런 소문들이 일반 아낙네들로부터 나리 댁 마님들의 귀에 들어갔다. 그것은 조우치 아주머니가 너무도 기쁜 나머지 자기가 산 비단 치마를 자오 씨네 마님에게 가지고 가서 보여준 것에서 발단되었다. 이 마님이 자오 영감에게 그 이야기를 하면서 참 잘 샀노라고 한바탕 치켜세웠기 때문이다. 자오 영감은 저녁 식탁에서 수재 나리와 상의한 끝에 아Q 녀석이 아무래도 좀 수상하니 문단속을 잘 해야겠다고 하였다. 그러면서도 그 녀석 물건 가운데 아직도 살 만한 것이 있는지, 혹시 정말 좋은 것이 있을지도 모른다고 생각하였다. 게다가 마님도 값싸고 좋은 모피 조끼를 사려고 하는 판이었다. 그래서 가족이 합의한 끝에 아Q를 곧장 찾아오도록 조우치 아주머니에게 부탁하였다. 그리고 이 때문에 이날 밤 등불 켜는 것을 잠시 허락하는 세 번째 예외가 새로 생겨났다.

등잔 기름이 적지 않게 닳았는데 아Q는 아직 나타나지 않았다. 자오 씨네 온 식구들은 모두 속을 태우며 하품을 자꾸 하였다. 그들은 아Q가 너무 건들거리고 떠돌아다니느라 오지 못한다고 원망하기도 하고, 조우치 아주머니가 너무 늦게 손을 써서 그렇다고 못마땅해 하기도 하였다. 자오 씨네 마님은 아Q가 봄철의 그 조건 때문에 오지 못하는 줄로 걱정도 하였지만 자오 영감은 "내가" 불러오게 한 것이기 때문에 염려 없다고 하였다. 과연 자오 영감의 예상은 적중했다. 아Q는 마침내 조우치 아주머니를 따라 들어왔다.

"글쎄 아Q는 자꾸 없다고만 하기에 제가 가서 직접 뵙고 여쭈라고 했습죠. 아Q는 그래도 자꾸 뭐라고 그래서 제가……."

조우치 아주머니는 숨을 가쁘게 들이쉬면서 말했다.

"나으리!"

아Q는 웃는 둥 마는 둥 한마디 불쑥 말하고는 추녀 밑에 엉거주춤 섰다.

"아Q, 들리는 말에 자네 외지에서 큰돈을 벌었다면서?"

자오 영감은 천천히 아Q 앞으로 다가가서 위아래를 한 번 훑어보고는 또 말을 이었다.

"참 잘 했네, 잘 했어. 그런데 들리는 말이 자네 무슨 낡은 물건들을 가지고 있다지……. 그걸 모두 한 번 가져와 보게……. 다름이 아니라 내가 필요한 것이 있어서 그러네……."

"조우치 아주머니에게도 말했지만 이제는 없는데요."

"다 없어졌다고?"

자오 영감 입에서 자기도 모르게 말이 새어나왔다.

"아니. 어쩌면 그렇게 빨리 다 없어졌나?"

"그건 친구 물건들이었는데 원래 많지 않은데다가 저마다들 사가서……."

"그래도 뭐 좀 있겠지."

"이젠 문에 치는 휘장이 하나 있을 뿐인뎁쇼."

"그 휘장이라도 가져다 보여주게."

자오 씨네 마님이 급히 말했다.

"그렇다면 내일 가져와도 되네."

자오 영감은 그다지 서두르지 않았다.

"아Q, 앞으로 자네 무슨 물건이 있거들랑, 우선 여길 가져와서 보여야 되네……. 값은 결코 딴 집보다 떨어지지 않을 테니!"

이번엔 수재가 말했다. 수재의 여편네는 아Q가 감동했는지를 살피려고 그의 얼굴을 힐끔 바라보았다.

"난 모피 조끼 하나 필요하다네." 하고 마님이 말했다.

대답은 하였지만 별로 신통치 않은 기색으로 보아 아Q가 그걸 마음에 새겨 두는지 어쩐지는 알 수 없는 일이었다. 이는 쟈오 영감을 매우 실망케 하였으며, 화도 나고 걱정도 되어 하품조차 멎어버렸다. 수재도 아Q의 태도에 불만이었다. 그는 이 개 같은 놈을 단단히 경계해야 하며, 차라리 띠빠오에게 말해서 이놈을 웨이좡에서 살지 못하게 하는 것이 좋을 것이라고 말했다. 그러나 쟈오 영감은 그렇게 해서는 안 된다고 생각했다. 그렇게 하면 원한을 사게 될 염려가 있으며 또 그런 장사를 하는 사람들은 대체로 "매도 제 둥지 밑에 있는 것은 먹지 않는 법"이라고 하는 말이 있듯이 이 마을에서는 별로 걱정할 게 없으니 밤에 좀 조심하기만 하면 된다고 하였다. 수재는 "아버지의 가르침"을 듣고 참 옳은 말씀이라고 여겨서 아Q를 마을에서 쫓아내자던 제의를 곧장 철회하였다. 그리고 조우치 아주머니에게 이런 말을 아무에게도 하지 말라고 신신당부하였다.

그러나 다음날, 조우치 아주머니는 그 남색 치마에 검정 물을 들이려고 나갔을 때 아Q의 의심스러운 점을 입 밖에 퍼뜨렸다. 그렇지만 수재가 아Q를 마을에서 내쫓겠다고 하던 말만은 결코 하지 않았다. 그러나 아무튼 이것은 아Q에게 대단히 불리했다. 제일 먼저 띠빠오가 와서 닦달을 하고는 문에 치는 휘장을 빼앗아 갔다. 아Q는 영감 댁 마님이 보시려는 것이라고 하면서 사정도 해보았다. 그러나 띠빠오는 돌려주지 않을 뿐더러 오히려 아Q더러 삼가 예를 표시하여 매달 돈을 바치라고 그 액수까지 다짐을 받으려고 하였다. 그 다음은 아Q를 어려워하고 존경하던 마을 사람들의 태도가 갑자기 달라졌다. 아직 감히 제멋대로 못되게 굴지는 않았지만 슬슬 피하는 기색이 보였으며, 또 이러한 기색은 그가 이전에 목을 자르는 시늉으로 '싹둑'할 때 피하던 것과도 달라서 '경원시(敬遠視)'하는 요소가 다분히 섞여 있었다.

그런데 일부 건달들만은 아Q의 내막을 미주알고주알 캐내려고 하였다. 아Q 또한 별로 숨기지 않고 대범하게 자기의 경험을 뽐내었다. 이리하여 그들은 아Q가 좀도둑 가운데서 보잘것없는 역을 맡은 졸개임을 알게 되었다. 아Q는 담을 넘지도 못하고 창고 안으로 들어가지도 못하는 위인이라 다만 밖에 서서 훔쳐낸 물건을 받았을 뿐이라는 것이다. 어느 날 밤, 두목이 보따리를 하나 내다가 밖에 있는 아Q에게 주고는 다시 안으로 들어갔는데 얼마 있자 안에서 왁자지껄 고함을 지르는 소리가 울려 나왔다. 엉겁결에 그냥 줄행랑을 놓은 아Q는 밤중에 성을 빠져나와 웨이좡으로 도망쳐 왔고 다시는 감히 그런 짓을 하러 가지 못했다. 그러나 이러한 이야기는 오히려 아Q에게 더욱 불리했다. 사실 마을 사람들이 아Q에 대해 '경원시'한 것은 그와 원수 될까 봐 두려워서 그랬던 것인데 도적질도 감히 못하는 그런 따위의 좀도둑일 줄이야 누가 알았으랴? 결국, "아무 것도 두려울 것 없는 그런 위인"이었던 것이다.

제 7장 혁 명

선통(宣統) 3년 9월 14일 — 바로 아Q가 쇠사슬 고리를 자오빠이이엔에게 팔아넘긴 날 — 자정이 훨씬 지난 깊은 밤, 검은 뜸[12]을 덮은 큰 배

한 척이 자오 씨네 선창에 와 닿았다. 그 배는 캄캄한 밤중에 들어왔으므로 한창 잠든 마을 사람들은 아무도 알아차리지 못했다. 그러나 떠날 때는 날이 밝을 무렵이었기 때문에 그 배를 본 사람이 몇몇 있었다. 은밀히 조사한 결과에 의하면 성안의 거인 영감네 배였다.

그 배는 웨이좡에 큰 불안을 가져왔다. 한낮도 되기 전에 온 마을의 민심이 아주 뒤숭숭해졌다. 그 배가 왜 왔다 갔는가에 대해 자오 씨네는 절대 비밀로 하였으나, 찻집과 술집에서는 모두들 혁명당이 성안으로 쳐들어올 것 같아서 거인 영감네가 우리 마을로 피난을 왔다는 것이다. 그런데 유독 조우치 아주머니만은 그렇게 생각하지 않았다. 거인 영감네 헌 옷궤를 몇 짝 맡기려던 것이었는데, 자오 영감에게 거절당하여 도로 가져갔다는 것이다. 기실 거인 영감과 자오 수재는 본래 사이가 좋지 않은지라 그들에게 "환난을 같이 할" 정분이라고는 있을 수 없다는 것이다. 아무튼 조우치 아주머니와 자오 씨네는 이웃집이어서, 보고 듣는 것이 더 사실에 가까울 것이므로 아마 조우치 아주머니의 말이 대체로 옳다는 것이었다. 그러나 소문은 무성해졌다. 거인 영감이 친히 왔다 가지는 않은 모양이나 자오 씨네와 "먼 친척"이 된다는 사연을 적은 긴 편지를 보내 왔다는 것이다. 자오 영감은 배알이 틀렸으나 자신에게 별로 손해날 것이 없을 것 같아 궤짝들을 맡아 두었는데, 지금은 마님의 침대 밑에 숨겨 놓았다는 것이다. 혁명당에 대해서는 그날 밤 혁명당이 성안에 쳐들어왔다면서 모두 흰 투구에 흰 갑옷을 입었는데 숭정(崇正) 황제를 위해 상복을 입은 것이라고 말했다.

아Q는 혁명당이라는 말을 처음 듣는 것이 아니었으며, 또 금년에는 혁명당을 죽이는 것을 직접 제 눈으로 본 일까지 있었다. 그러나 그는

---

12 짚, 띠, 부들 따위로 거적처럼 엮어 만든 물건.

무엇에 근거한 것인지는 모르겠지만 혁명당이란 즉 반란이며 자기를 괴롭히는 것이라고 생각한 나머지 이제까지 혁명당을 "깊이 증오하였던" 것이다. 그런데 혁명당이 백 리 사방에 이름을 떨치는 거인 영감을 이처럼 떨게 할 줄은 정말 뜻밖이었다. 이렇게 되고 보니 아Q는 혁명당에 마음이 얼마간 쏠리지 않을 수 없었다. 더군다나 웨이좡의 사내놈들과 계집년들이 당황하는 꼴은 아Q를 더욱 즐겁게 해주었다.

"혁명도 괜찮아."

아Q는 이렇게 생각하였다.

"그 제기랄 것들을 혁명하여 해치워야 해. 이가 갈린다! 원한이 사무친다!…… 나도 혁명당에 투항할 테다."

아Q는 요즘 궁색해져서 약간 불평이 생겼다. 게다가 낮에 빈 속에 술을 몇 잔 들이킨 까닭에 더 빨리 취하여 이런 생각 저런 생각하면서 걷던 그는 기분이 들뜨기 시작했다. 어찌된 셈인지 어느새 자신은 혁명당이고 웨이좡 사람들은 모두 자기의 포로가 된 것 같았다. 그는 흥에 겨운 나머지 큰소리로 외치지 않을 수 없었다.

"반란이다! 반란이다!"

웨이좡 사람들은 모두 기겁을 한 눈으로 아Q를 바라보았다. 이런 가련한 눈들이야말로 아Q는 이제껏 본 일이 없었는데, 이 눈들을 보자 오뉴월 무더운 날에 얼음물을 마신 듯 속이 시원하였다. 그는 더욱 신이 나서 걸어가면서 외쳤다.

"그렇지…… 내가 원하는 건 다 내 것이고 내 맘에 드는 여자는 다 내 것이다.

쿵작 쿵작 쿵자가 짝짝!

후회해도 소용없다. 술김에 잘못 알고 정(鄭) 아우의 목을 쳤네.

후회한들 어쩌리, 아야야…….

쿵작 쿵작 쿵자가 짝짝!

내 쇠 채찍으로 네놈을 치리라…….”

자오 씨 영감과 수재 그리고 그들의 일가 두 사람이 바로 대문 앞에서 혁명을 논의하고 있었는데, 아Q는 그것을 보지 못한 채 고개를 뒤로 젖히고 노래를 부르며 지나갔다.

“쿵자가 짝짝…….”

“Q 서방.”

자오 영감은 겁에 질려 문 앞에서 아Q 쪽을 향해 낮은 소리로 불렀다.

“쿵작…….”

아Q는 자기 이름에 무슨 “서방”이란 칭호가 붙으리라고는 꿈에도 생각지 못했기에 자기와 무관한 소린 줄로만 알고 그냥 노래를 계속했다.

“쿵자가 짝짝!

후회한들 어쩌리…….”

“아Q!”

수재가 할 수 없이 그의 이름을 제대로 불러 봤다. 그제야 아Q는 멈춰서서 머리를 갸우뚱하고 물었다.

“왜?”

“Q서방……. 요즘…….”

자오 영감은 할 말이 없어서 우물쭈물했다.

“요즘…… 벌이가 좋은가?”

“벌이가 좋냐구요? 물론이죠. 원하는 것은 전부…….”

“아…… Q형, 우리 같은 가난뱅이끼리는 걱정 안 해도 괜찮겠소…….”

자오빠이이엔은 혁명당의 속셈을 떠보려는 듯이 머뭇머뭇 물었다.

"가난뱅이끼리라고? 그래도 나보다는 돈이 있지 않소."

아Q는 이렇게 말하고는 가버렸다.

모두들 풀이 죽어 잠자코 있었다. 그들은 쟈오 씨네 집에 돌아와서 등잔을 결 때까지 의논하였다. 쟈오빠이이엔은 집에 들어서자마자 허리춤의 주머니를 풀어서 마누라에게 건네주며 농짝 밑에 감추게 하였다.

아Q는 기분이 둥둥 뜬 채 마을을 한 바퀴 돌고 사당으로 돌아왔다. 술은 벌써 말끔히 깼다. 이날 밤 묘지기까지도 뜻밖에 싹싹하게 대해주며 차를 다 권하였다. 아Q는 그에게 떡을 두어 개 달라고 하여 먹은 다음, 남은 넉 냥짜리 초와 나무 촛대까지 달라고 하여 불을 켜가지고 자기의 좁은 방에 들어와 홀로 누웠다. 그는 뭐라 말할 수 없는 새로운 기분과 기쁨에 휩싸였다. 촛불은 마치 정월 대보름날 밤처럼 너울너울 춤을 추었다. 그의 환상도 춤을 추어 여러 장면이 머릿속에 떠올랐다.—

"반란이라? 재미있구나……. 흰 투구, 흰 갑옷의 혁명당이 밀려온다. 손에 청룡도, 쇠 채찍, 폭탄, 총, 삼척양인도(三尺兩刃刀)[13]! 끝이 갈고리처럼 생긴 창들을 들고 사당 앞을 지나며 '아Q! 함께 가세, 함께 가!' 하는 바람에 자기도 함께 가는 것이다…….

이때 웨이좡의 사내놈들과 계집년들 참 꼴 좋겠다. 무릎을 꿇고 '아Q, 목숨만 살려주쇼!' 하겠다. 흥 누가 들어준대 원! 첫째, 죽일 놈들은 샤오D와 쟈오 영감이다. 그 다음에는 수재, 그 다음에는 가짜 양놈……. 어느 놈을 살려둔다? 왕 털보는 원래 남겨두어야 되겠지만, 에잇 그깟 놈도 소용없어…….

물건은……. 곧장 들어가 궤짝을 열어젖힌다. 그러면 금덩어리, 은화, 옥양목 셔츠……. 수재 여편네의 닝보(寧波)[14]식 침대는 우선

13 칼날이 양쪽에 있는 석 자 길이의 큰 칼.

사당으로 옮겨오고 그밖에 진 가네 책상과 의자도 가져다 놓는다. — 아니면 자오 가네 것을 갖다 써도 되지. 난 가만있고, 샤오D를 시켜 나른다. 빨랑빨랑 날라야지 꾸물꾸물하면 따귀를 후려갈길 테다…….

자오쓰천의 누이동생은 정말 못생겼다. 조우치 아주머니의 딸년은 몇 해 더 지난 후에 볼 것이고, 가짜 양놈의 여편네는 변발 없는 사내놈허구 잤으니 몹쓸 쌍년이야! 수재 놈의 여편네는 눈두덩에 흠집이 있고……. 우 어멈은 본 지 오래됐는데 어디 있을까 — 그런데 유감스럽게도 발이 너무 커."

아Q는 환상을 다 끝맺지 못한 채 벌써 코를 골았다. 넉 냥짜리 초는 이제 겨우 반 치쯤 탔다. 너울너울 춤을 추는 붉은 불이 아Q의 헤벌린 입을 비추었다.

"으악!"

아Q는 별안간 큰소리를 지르며 벌떡 고개를 쳐들고는 기겁을 해서 주위를 둘러보다가 넉 냥짜리 초가 눈에 띄자 또 그냥 곤드라져 잠이 들었다.

이튿날 그는 매우 늦게 일어났다. 거리에 나가 보니 모든 것이 그전과 다름이 없었다. 그리고 그 자신도 여전히 배가 고팠다. 그는 곰곰이 생각해 보았으나 별로 신통한 생각이 나지 않았다. 별안간 무슨 궁리가 생긴 듯 뚜벅뚜벅 걸음을 옮겨 어느새 징시우 암자에 이르렀다.

암자는 봄철에 왔던 그때처럼 조용하였다. 흰 담과 검은 대문도 여전했다. 그는 잠깐 생각해 보다가 문을 두드렸는데 안에서 개가 짖어댔다. 그는 얼른 벽돌 조각을 몇 개 주워가지고 다시 문 앞에 다가가서 좀 더

14 중국 저장성浙江省 동부에 있는 도시.

힘을 주어 두드렸다. 검정 대문에 곰보 자국이 숱하게 생겼을 때에야 안에서 문을 열려는 인기척이 있었다.

아Q는 재빨리 벽돌 조각을 고쳐 쥔 다음 허리를 구부리고 두 다리를 딱 벌리고 서서 검정개와 싸울 준비를 단단히 하였다. 그러나 암자의 문은 빠끔히 조금 열렸을 뿐 검정개는 뛰쳐나와 덤벼들지 않았다. 들여다보니 늙은 여승이 혼자 서 있을 뿐이다.

"자넨 왜 또 왔나?"

늙은 여승은 깜짝 놀라며 물었다.

"혁명이야……. 알고 있어……?"

아Q는 좀 얼떨떨하게 말하였다.

"혁명, 혁명, 흥, 한 번 혁명을 했는데……. 아니 그래 자네들은 도대체 우릴 어떻게 혁명할 셈이야?"

늙은 여승은 눈에 핏발을 세우며 쏘아붙였다.

"뭐라고?"

아Q는 영문을 몰랐다.

"자넨 모르나, 벌써 그 사람들이 혁명을 하러 왔어!"

"누가……?"

아Q는 더욱 영문을 알 수가 없었다.

"그 수재하고 가짜 양놈 말이야!"

아Q는 너무도 뜻밖이어서 자신도 모르게 대경실색하였다. 늙은 여승은 아Q의 맥 풀린 꼴을 보자 날쌔게 문을 달칵 닫아버렸다. 아Q가 다시 문을 밀었을 때, 문은 조금도 열리지 않았다. 다시 마구 두드렸지만 안에서는 아무 응답도 없었다.

그날 아침 일이었다. 귀가 빠른 자오 수재는 밤에 혁명당이 벌써 성안에 쳐들어갔다는 것을 알고 변발을 틀어 얹었다. 그리고 이제까지 사이가 좋지 않던 가짜 양놈을 이른 새벽에 찾아갔다. 이제는 이른바 "모두 유신" 하는 시기인지라, 그들은 이야기를 주고받는 사이에 이내 의기투합하여 혁명을 하러 갈 것까지 서로 약속했다. 그들은 심사숙고 끝에 징시우 암자에 "황제 만세, 만만세"라고 써진 용패(龍牌)를 서둘러 제거해야 한다고 생각하고는 즉시 함께 암자로 혁명을 하러 갔던 것이다. 늙은 여승이 그들을 가로막으며 몇 마디 했다고 하여, 그들은 늙은 여승을 만청 정부(滿淸政府) 편으로 간주하고는 지팡이와 꿀밤으로 그녀의 머리를 잔뜩 때려주었다. 그들이 사라진 후 여승이 정신을 차리고 살펴보니. 용패는 땅바닥에 산산조각이 나서 널려있고 관음보살 앞에 놓았던 선덕향로(宣德香爐)[15]가 보이지 않았다.

이런 일을 아Q는 나중에야 알았다. 그는 자기가 늦잠 잔 것을 몹시 후회하였으며 한편으로는 그들이 자기를 찾지 않은 것을 아주 괘씸하게 여겼다. 이에 그는 한 걸음 물러서서 또 생각해 보았다.

"흥, 자식들이 내가 혁명당에 투항했다는 것을 아직도 모른단 말인가?"

제 8장 혁명불허

웨이좡의 민심은 나날이 안정되어 갔다. 들리는 말에 의하면, 혁명당이 성안에 들어가기는 했지만 별로 큰 변동이 없다는 것이다. 현지사(縣知事) 나리는 본래의 현지사가 그대로 하는데 그저 명칭을 다르게 부를 뿐이라고 한다. 그리고 거인 영감도 무슨 벼슬을 — 이런 벼슬 이름들을

15 15세기 명나라 초 선종 때의 연호가 선덕宣德으로, 이 시대 우수하고 진귀한 향로가 많이 제작됐다.

웨이좡 사람들은 모두 모르겠다고 한다. — 했다고 한다. 병정을 거느리는 대장도 역시 본래 하던 그 사람이라고 한다. 그런데 한 가지 무서운 일은 몇몇 질이 나쁜 혁명당원이 섞여 있어서 소란을 피우는 것이다. 즉, 이튿날 벌써 사람들이 변발을 자르기 시작했는데 소문에 의하면, 이웃마을의 뱃사공 치진(七斤)이 걸려들어 사람 같지 않은 꼴이 되었다고 한다. 그러나 이러한 것은 큰 공포거리는 아니었다. 왜냐하면 웨이좡 사람들은 본래 성안에 잘 들어가지 않았고 설령 성안에 들어갈 일이 있다 할지라도 그 계획을 변경만 하면 그런 위험을 만날 리가 없기 때문이었다. 아Q도 원래는 성내에 들어가 옛 친구를 찾아보려고 하였지만 이 소식을 듣고는 역시 그만두지 않을 수 없었다.

그렇다고 웨이좡에도 개혁이 없는 것은 아니었다. 며칠 지나자 변발을 머리 꼭대기에 틀어 올린 자가 점점 많아지기 시작했다. 앞서 말한 바 있지만 수재가 제일 먼저 그랬고 다음은 자오쓰천과 자오빠이이엔, 그 다음에는 아Q였다. 만일 여름철이라면 변발을 틀어 올리거나 칭칭 감아 올려서 쪽지는 것쯤은 별로 신기할 것도 없다. 그런데 지금은 늦가을이라 마치 '한겨울에 여름 차림'을 한 것처럼 변발을 틀어 올린 사람들로서는 대단한 영단을 내린 것이라고 하지 않을 수 없었다. 그러니 웨이좡에서도 개혁과 전혀 무관하다고는 말할 수 없다.

변발을 틀어 올려 뒤통수가 훤한 자오쓰천이 덜렁덜렁 걸어오는 것을 보고 사람들은 크게 떠들어댔다.

"혀, 혁명당이 온다!"

아Q는 이 말을 듣자 매우 부러웠다. 그는 수재가 변발을 틀어 올렸다는 굉장한 소식을 벌써부터 듣고 있었지만, 자기도 그렇게 할 생각은 정말 못했다. 그런데 이제 자오쓰천까지도 그렇게 한 것을 보고서야 그는 실천에 옮길 결심을 하였다. 그는 변발을 틀어 올려 대젓가락을 하나 꽂았다. 한참동안 망설이다가 마침내 마음을 단단히 먹고 거리에 나섰다. 그가 지나가는데 사람들은 그를 보고도 아무 말을 하지 않았다. 아Q는 처음에는 아주 불쾌했고 나중에는 대단히 불만스러웠다. 그는 요즘 걸핏하면 트집을 부리고 성을 냈다. 사실 말이지 그의 생활은 반란이 일어나기 전보다 더 어렵지는 않았다. 사람들도 그를 공손하게 대해 주었고 가게에서도 현금을 내라고 하지 않았다. 그렇지만 아Q는 어쩐지 자기가 너무나 불운하다고 느꼈다. 혁명을 했는데 그저 이 모양일 수는 없다고 생각하였다. 더군다나 샤오D를 한 번 보고 나서는 더욱 울화가 치밀어 견딜 수가 없었다.

샤오D도 변발을 틀어 올렸는데 제법 대젓가락까지 하나 꽂았던 것이다. 아Q는 그가 감히 그렇게 할 줄은 생각지도 못했던 바라 너무나 천만뜻밖이었고, 결코 용서할 수 없다고 생각하였다. 샤오D란 놈 제 놈이 뭔데? 아Q는 당장 샤오D를 움켜잡고 그놈의 대젓가락을 부러뜨리고 변발을 풀어버린 다음 따귀를 보기 좋게 몇 대 갈겨 줌으로써, 주제넘게 감히 혁명당 노릇을 하려는 그 죄를 한바탕 다스려 주고 싶었다. 그러나 그는 마침내 용서해 주고 말았다. 다만 성난 눈을 부릅뜨고 노려보고서는 침을 "퉤!" 하고 뱉었다.

요 며칠 사이에 성안에 갔다 온 사람은 가짜 양놈뿐이었다. 자오 수재도 원래는 궤짝을 맡아준 것을 연줄로 거인 영감을 친히 방문하려고 마음먹은 바 있었으나 변발을 잘릴 위험이 있어 그만두기로 하였다. 그는 정성들여 격식에 맞는 가장 공손한 투의 편지를 써가지고 가짜 양놈이 성안으로 가는 길에 가지고 가서 그를 자유당에 가입할 수 있게 힘써 주도록 부탁하였다. 가짜 양놈은 돌아오자 수재에게 은전 4원을 청구했다. 그리하여 수재는 복숭아 모양으로 된 은제 휘장을 하나 앞가슴에 달게 되었다. 웨이좡 사람들은 모두 놀라는 눈치로 존경을 금치 못하였다. 그것은 자유당의 계급장인데 이 휘장을 달게 되면 한림(翰林)[16]과 비슷하다고 하였다. 쟈오 영감은 이것 때문에 아들이 급제했을 때보다도 더 오만해졌다. 그래서 안하무인이 되어 아Q를 만나도 거들떠보지도 않았다. 아Q는 불만스러운데다 시시각각으로 허전함을 느꼈다. 그는 그 은제 휘장 이야기를 듣고 자기가 허전한 원인을 당장 깨달았다. 혁명을 하려면 혁명당에 투항한다고 말만 해서는 안 되며 변발을 틀어 올리는 것만으로도 안된다. 무엇보다도 우선 혁명당과 가까이 사귀어야 한다. 그가 일생 동안 아는 혁명당은 단 두 사람뿐이었다. 성안에 있던 사람은 벌써 '싹둑' 목을 잘린 지 오래고 지금은 다만 가짜 양놈만이 남아 있을 뿐이다. 그는 얼른 가서 가짜 양놈과 의논해 보는 길밖에 없다고 생각하였다.

치엔 씨네 집 대문은 마침 열려 있었다. 아Q는 눈치를 살피면서 슬금슬금 들어갔다. 안에 들어간 그는 깜짝 놀랐다. 가짜 양놈이 마당 복판에 서 있었는데, 온몸에 시꺼먼 양복을 입고 가슴에는 은제 휘장을 달았으며 손에는 아Q가 전에 맞아본 적이 있는 지팡이를 쥐고 있었다. 또 한 자가 넘는 변발을 풀어헤쳐 어깨 위로 늘어뜨렸는데, 봉두난발(蓬頭亂髮)[17]의 그 꼬락서니는 흡사 옛날 리우하이시엔(劉海仙)[18]과 같았다. 그리고 쟈오빠이이엔과 건달 셋이 똑바로 서서 그의 말을 아주 공손히 듣고 있었다.

---

16 예문관 벼슬, 혹은 유학자.

17 머리털이 쑥대강이같이 헙수룩하게 마구 흐트러짐.

18 중국 오대십국五代十國 시대 오대의 첫 왕조인 후량後梁(907~923) 때 살았던 사람으로 도를 닦아 신선이 되었다고 전한다. 그는 두꺼비 덕분에 자유롭게 돌아다닐 수 있었다고 한다.

아Q는 슬금슬금 사람들 쪽으로 다가가 쟈오빠이이엔의 등 뒤에 가서 섰다. 인사를 하려고 마음먹었으나 뭐라고 말해야 좋을지 몰랐다. 그를 가짜 양놈이라고 해서는 물론 안되고 외국 사람이라고 해도 적당치 않다. 그럴 바엔 차라리 '양 선생(洋先生)'이라고 불러 보자.

양 선생은 아Q를 바라보지 않았다. 눈의 흰자위를 굴리며 한창 지껄이기에 정신이 팔렸기 때문이다.

"나는 성질이 급한지라 만나기만 하면 '홍(洪) 형, 우리도 손을 씁시다!' 하고 말했지. 그런데 그는 그냥 '노No!'라고 한단 말이야. ― 이건 서양 말이라서 자네들은 못 알아듣겠군. 그렇지 않으면 벌써 성공했을 것이야. 그런데 바로 이건 일 처리를 하는데 신중한 것이기도 하지. 그는 여러 번이나 나에게 후뻬이(湖北)성으로 올라오라고 하였지만 난 아직 응답을 안 했어. 누가 그런 조그마한 고장에서 일을 한담……."

"아……. 저……."

아Q는 가짜 양놈의 말이 잠깐 끊어지는 틈을 타서 있는 용기를 다 내어 입을 열었다. 그러나 어찌된 일인지 아Q는 역시 '양 선생'이라고는 부르지 못했다.

이야기를 듣고 있던 네 사람이 모두 깜짝 놀라 아Q를 뒤돌아보았다. 양 선생도 그제야 아Q를 보았다.

"뭐냐?"

"저는……."

"썩 나가라!"

"전 가담을 하러……."

"썩 물러가라!"

양 선생은 곡상봉(哭喪棒)을 휘두르며 다가왔다.

샤오빠이이엔과 건달들이 함께 고함을 질렀다.

"아니, 선생께서 썩 물러가라시는데 그래도 안 들어!"

아Q는 손으로 머리를 싸쥐고는 저도 모르게 문밖으로 도망쳐 나왔다. 양 선생은 그래도 뒤쫓아 오지는 않았다. 아Q는 육십여 걸음을 달린 뒤에야 천천히 걸었다. 마음속에서 걱정이 치솟았다. 양 선생이 자기에게 혁명을 못하게 하면 다른 방법이 없지 않은가. 이제 흰 투구를 쓰고 흰 갑옷을 입은 사람들이 자기를 부르러 올 리는 만무했다. 그의 모든 포부와 지향과 희망이 단번에 물거품처럼 사라지고 전도(前途) 또한 꽉 막혀 버릴 것이다. 건달들이 소문을 퍼뜨려 샤오D나 왕 털보 따위들에게 웃음거리가 되는 것쯤은 문제도 아니다.

그는 여태껏 이렇게까지 한심해진 적은 없는 것 같았다. 변발을 틀어 올리는 것도 아무 의미가 없는 것 같았고 도리어 모멸감만 들었다. 분풀이로 당장 변발을 풀어헤치고 싶었으나 그렇게도 하지 못했다. 그는 밤까지 건들건들 돌아다니다가 외상술을 몇 잔 들이키고 차츰 거나해지면서 기분이 좋아졌다. 그의 머릿속에 또 흰 투구, 흰 갑옷 조각이 퍼뜩퍼뜩 떠올랐다.

어느 날 그는 늘 그렇듯 밤늦게까지 흐지부지하다가, 술집 문이 닫힐 때가 되어서야 사당으로 돌아가려고 천천히 발을 옮겼다.

탕. 타당!

별안간 이상한 소리가 들렸는데 폭죽 터지는 소리는 아니었다. 아Q는 본래 구경하기를 좋아하고 참견하기를 좋아해서 어둠 속을 더듬어 곧장 소리 나는 쪽으로 갔다. 앞쪽에서 발자국 소리가 나는 것 같아서 귀를 기울이는데, 별안간 웬 사람이 맞은편에서 도망쳐 왔다. 이것을 본 아Q도 즉시 돌아서서 덩달아 그 사람 뒤를 따라 도망쳤다. 그 사람이 길모퉁이를 돌면 자기도 따라 돌았다. 모퉁이를 돌고나서 그 사람은 갑자기 멈춰 섰다. 아Q도 멈춰 섰다. 아Q는 뒤를 돌아보고 나서 다시 그 사람을 살펴보았는데, 바로 샤오D였다.

"뭐야?"

아Q는 화가 나서 물었다.

"조……. 쟈오 씨네 집이 털렸어!"

샤오D는 헐떡거리며 말했다.

아Q의 가슴은 두근두근 뛰었다. 샤오D는 말을 하고 나서 곧장 가버렸다. 아Q는 도망을 치다가 두세 번이나 멈춰 서곤 하였다. 그러나 그는 분명 '이런 일'을 해본 사람이어서 담이 컸다. 그래서 길모퉁이를 돌아나와 조용히 귀를 기울였다. 떠드는 소리가 들리는 것 같았고, 자세히 살펴보니 흰 투구를 쓰고 흰 갑옷을 입은 숱한 사람들이 수재 여편네의 닝보식 침대도 들어내는 것 같았는데 똑똑치는 않았다. 더 가까이 가보려고 하였으나 두 다리가 도무지 말을 듣지 않았다.

그 날 밤은 달이 뜨지 않았다. 어둠 속에 잠긴 웨이좡은 아주 괴괴하였다. 푸시(伏羲)씨[19] 때처럼 태평한 것 같았다. 아Q는 지루할 때까지 서서 지켜보았다. 그런데 역시 여전히 왔다 갔다 하면서 상자를 메고, 가구도 들어내고 수재 여편네의 닝보식 침대도 나르고 있었다. 어찌나 자꾸 메고 들어내는지 자기 눈을 믿을 수가 없었다. 그러나 그는 더 이상 가까이 가서 보려고 하지 않고 사당으로 돌아왔다.

사당 안은 더욱 캄캄했다. 그는 대문을 닫고 더듬거리며 방으로 들어

---

19 복희씨: 중국 고대 전설상의 제왕, 또는 신. 3황 5제 중 중국 최고의 제왕으로 친다. '복희'라는 이름은 『역경』에 있는 《계사전》의 복희가 팔괘八卦를 처음 만들고, 그물을 발명하여 어획·수렵 방법을 가르쳤다는 기록이 가장 오랜 것이다.

갔다. 드러누운 지 한참만에야 마음을 진정시킬 수 있었다. 흰 투구에 흰 갑옷을 입은 사람들이 분명 왔는데 결코 자기를 찾지 않았으며, 좋은 물건들을 그렇게 많이 들어냈는데도 자기 몫이 없다. …… 이것은 모두가 그 가짜 양놈 때문이다. 실로 가증스러운 일이다. 그놈이 나에게 반란을 못하게 하기 때문이다. 그렇지 않다면야 이번에 어찌 내 몫이 없겠는가? 아Q는 생각할수록 분통이 치밀었으며 마침내는 마음속에서 부글부글 끓는 분을 참을 수가 없어서 목이 빠지라고 고개를 냅다 흔들면서 중얼거렸다.

"그래, 나는 반란을 못하게 하고 너만 반란을 일으킬 수 있단 말이냐? 흥, 이 개 같은 가짜 양놈아. — 그래 어디 반란을 해봐라! 반란에는 목 자르는 죄명이 붙는다. 난 기어코 고발을 해서 네놈을 성안에 잡아가서 목을 자르게 할 테다. — 온 집안을 몰살하고 가산을 몽땅 몰수하게 할 테다. — 싹둑! 싹둑!"

제 9장 대단원

자오 씨네 집이 털린 후 웨이좡 사람들은 대체로 그것을 시원하게 생각하면서도 무서워했다. 아Q 역시 통쾌하면서도 무서웠다. 그런데 나흘 뒤, 아Q는 밤중에 갑자기 성안으로 붙잡혀 갔다. 그때는 마침 캄캄한 밤이었는데, 한 소대의 병정과, 한 소대의 자위 단원, 한 소대의 경찰, 그리고 다섯 명의 밀정이 은밀히 웨이좡으로 들어와 어둠을 틈타 사당을 포위하고 문 맞은편에 기관총을 설치해 놓았다. 그래도 아Q는 뛰어나오지 않았다. 한참 동안 아무런 동정도 없었고 누구도 움직이지 않았다. 대장이 참다못해 20냥의 상금을 내걸자 겨우 두 명의 자위 단원이 위험을 무릅쓰고 담장을 넘어 들어갔다. 그리하여 안팎이 호응해서 일시에 달려들어 아Q를 붙잡아냈다. 아Q는 사당 밖의 기관총 근처까지 결박되어 나왔을 때에야 비로소 좀 정신이 들었다.

성안에 도착했을 때는 이미 정오가 되었다. 아Q는 자기가 어느 낡은 관청으로 끌려 들어와 모퉁이를 대여섯 개나 돌고 난 다음 좁은 방안으로 처박힌 것을 알았다. 그가 비실비실하는 순간 통나무로 만든 감방 문이 그의 발꿈치를 떠밀듯 닫혔는데, 이 통나무 문 이외의 삼면은 모두 담벼락이었다. 자세히 보니 감방 구석에 사람이 둘이나 있었다.

아Q는 속이 좀 울렁거리기는 하였으나 별로 고민하지 않았다. 왜냐하면 그 사당 안의 자기 침실도 지금 이 방보다 더 신통하고 나을 것이 없기 때문이었다. 두 사람도 모두 시골 사람 같았는데, 말을 주고받으며 사귀었다. 한 사람은 자기 할아버지가 빚진 묵은 소작료를 갚으라고 거인 영감에게 고소당했다는 것이고, 또 한 사람은 왜 잡혀왔는지도 모른다고 했다. 어떻게 해서 잡혀 왔느냐고 묻는 말에 아Q는 서슴없이 대답하였다.

"난 반란하려고 마음먹었기 때문이오."

그는 오후에 감방문 밖으로 끌려나와 대청으로 옮겨갔다. 방의 윗자리에는 머리를 빡빡 깎은 늙은이가 걸터앉아 있었다. 아Q는 그가 중이 아닌가 하고 의심했으나, 그의 아래에도 병정들이 한 줄로 늘어섰고 또 양옆에는 두루마기를 입은 사람들이 십여 명 서 있었는데, 그 가운데 이 영감처럼 머리를 빡빡 깎은 사람들도 있고 그 가짜 양놈처럼 한 자도 넘는 머리를 등 뒤로 늘어뜨린 사람도 있었다. 모두 험상궂은 얼굴에 독이 오른 눈으로 아Q를 노려보고 있었다. 아Q는 이 늙은이가 대단한 사람이라고 느껴지자 저절로 무릎을 꿇었다.

"일어서서 여쭈어라! 꿇어앉지 않아도 돼!"

두루마기를 입은 사람들이 호통을 쳤다.

아Q는 그 말을 알아들은 듯했으나 어쩐지 바로 설 수가 없었다. 그는 저도 모르게 몸이 스르르 가라앉아서 아예 꿇어앉고 말았다.

"노예근성을 타고난 놈!"

두루마기를 입은 사나이가 멸시하듯 말하였지만 그렇다고 아Q를 일어나라고는 하지 않았다.

"사실대로 자백하면 고생을 면할 수 있다. 난 벌써 다 알고 있다. 실토를 하면 석방해 주겠다."

그 대머리 늙은이가 아Q의 얼굴을 뚫어지게 바라보며 또박또박 조용히 말했다.

"실토를 해라!" 두루마기를 입은 사람도 큰 소리로 말했다.

"저는 사실…… 와서…… 투항……."

아Q는 어물어물 생각하다가 겨우 이렇게 더듬더듬 말했다. "그럼 어째서 오지 않았나?" 늙은이가 부드럽게 물었다.

"그 가짜 양놈이 못하게 했습니다!"

"허튼 소리 말아! 이제 그따위 소릴 해도 늦었어. 지금 너희 패거리는 어디에 있느냐?"

"무슨 말씀이죠?"

"그날 밤 자오 씨네 댁에 달려들어 약탈을 한 놈들 말이다."

"그놈들은 절 부르러 오지 않았습니다. 저희들끼리만 날아갔는데요."

아Q는 화가 나서 투덜거렸다.

"어디로 갔나? 이것만 말하면 놓아주지." 늙은이는 더 부드럽게 말했다.

"전 모릅니다……. 그놈들은 절 부르러 오질 않았습니다……."

이때 늙은이가 눈짓을 한 번 하자 아Q는 또다시 감방에 갇히게 되었다. 아Q가 두 번째로 감방에서 끌려나온 것은 그 이튿날 오전이었다.

대청 안은 모두 전날이나 다름없었다. 높은 자리에는 여전히 그 대머리 늙은이가 앉아 있고, 아Q도 여전히 무릎을 꿇었다.

"너 또 무슨 할 말이 없느냐?"

아Q는 생각해 보았으나 별로 할 말이 없었다.

"없습니다."

그러자 두루마기를 입은 자가 종이 한 장과 붓 한 자루를 아Q의 코앞에 들이대고 붓을 그의 손에 쥐어 주려고 하였다. 아Q는 이때 너무나 놀라 거의 '혼비백산'할 지경이었다. 그의 손이 붓과 상관이 있는 것은 이번이 생전 처음이었기 때문이다. 아Q는 정말 어떻게 잡아야 할지 몰라 망설이고 있는데 그 사람은 한 곳을 가리키며 거기다 서명을 하라고 했다.

"전… 저는 글을 모릅니다요."

아Q는 붓을 덥석 잡고 송구스러워 하며 부끄러운 듯이 말했다.

"그럼 너 좋을 대로 동그라미를 하나 그려라!"

아Q는 동그라미를 그리려고 하였으나 붓을 잡은 손이 떨리기만 하였다. 그러나 그 사람은 종이를 땅바닥에 펼쳐 놓았다. 아Q는 엎드려서 젖 먹던 힘까지 다 내어 동그라미를 하나 그렸다. 그는 남의 웃음거리가 될까 봐 정말 뜻을 단단히 먹고 동그랗게 그리려고 했으나, 가증스러운 붓은 무거울 뿐만 아니라 말을 들어주지 않아, 떨리는 손으로 조금씩 조금씩 동그라미를 그려 나가다가 겨우 완성을 하려는 순간, 붓끝이 밖으로 삐나가 수박씨 모양으로 되고 말았다.

아Q는 동그랗게 그리지 못한 것을 매우 부끄럽게 생각하고 있었는데, 그 사람은 그것을 별로 탓하지 않고 어느새 종이와 붓을 거두어 갔다. 여러 사람들이 달려들어 그를 다시 감방 속에 처넣었다.

그는 감방 안에 다시 들어와서도 그다지 걱정하지 않았다. 사람이 세상에 살다 보면 붙잡혀 들어올 때도 있고 끌려 나갈 때도 있으며, 때로는 종이에 동그라미를 그리지 않으면 안 될 때도 있는 법이라고 생각하였다. 다만 유감스럽게 그놈의 동그라미를 동그랗게 그리지 못한 것이 그의 '이력'에서 하나의 오점처럼 생각되었다. 그러나 잠시 후에는 그것마저 마음에 조금도 걸리지 않았다. 그는 동그라미는 손자 같은 애들이나 동그랗게 그릴 수 있는 것이라고 생각하였던 것이다. 그는 이내 잠이 들었다.

그러나 이날 밤 거인 영감은 오히려 잠을 이루지 못했다. 대장과 다투어 화가 났기 때문이다. 그는 무엇보다 먼저 도적질 당한 물건을 찾아내야 한다고 주장했고, 대장은 먼저 조리돌림[20]을 해야 한다고 주장하였다. 대장은 요즘 거인 영감을 마음에 두지 않았다. 그는 책상을 치고 걸상을 두드리며 기승을 부렸다.

"일벌백계하자는 겁니다! 글쎄 보시오. 내가 혁명당이 된 지 스무 날도 안돼서 강도 사건이 벌써 십여 건이나 일어났고, 게다가 해결 하나 못했으니 그래 내 체면이 어떻게 서겠소? 겨우 한 놈 붙잡아 놓으니깐 이번엔 또 당신이 와서 애를 먹이고. 안됩니다. 안돼! 이건 내 권한이오!"

거인 영감은 난처하고 기가 막혔다. 그는 굽히지 않고 만일 도둑 당한

---

20 형벌의 일종. 육체적 체벌은 없지만 해당 죄인의 죄상을 아주 노골적으로 드러내서 죄인으로 하여금 수치심을 극대화시키기 위해 고의로 망신을 주는 행위. 주로 벌거벗기거나 범법 내용을 적은 팻말을 목에 걸고 손, 발을 포박한 상태에서 길거리로 이리저리 끌고 다니면서 망신을 준다.

물건을 찾아내지 못하면 민정을 돕는 일을 당장 그만두겠다고 말했다. 그런데 대장은 오히려 거리낌 없이 "마음대로 하시오!" 하고 대답했다. 그리하여 이날 밤 거인 영감은 도무지 잠을 이룰 수 없었다. 그러나 다행히도 다음날 사직하지는 않았다.

아Q가 세 번째로 감방에서 끌려 나온 것은 거인 영감이 잠들지 못했던 그날 밤의 다음날 오전이었다. 아Q는 대청으로 끌려 나갔다. 높은 자리에는 여전히 그 대머리 늙은이가 앉아 있었고 아Q도 여전히 무릎을 꿇었다.

늙은이가 아주 부드럽게 물었다.

"너 또 뭐 할 말이 없느냐?"

아Q는 생각해 보았으나 별로 할 말이 없어서 곧장 대답했다.

"없습니다."

두루마기를 입은 사람들과 짧은 옷을 입은 사람들이 별안간 달려들어 아Q에게 흰 광목으로 만든 조끼 같은 것을 입혔다. 그 조끼에는 먹으로 글이 씌어 있었다. 아Q는 몹시 기분이 상하고 괴로웠다. 마치 상복을 입은 것 같았고 상복을 입는 것은 재수 없는 일이라고 느껴졌기 때문이다. 그런데 동시에 두 손이 뒤로 묶였고 이어서 그는 관청 문밖으로 끌려 나갔다. 아Q는 포장 없는 수레에 태워졌다. 짧은 옷을 입은 몇 사람이 수레에 함께 탔다. 수레는 곧 움직였다. 앞에는 총을 멘 병정들과 자위단원들이 대열을 지었고 양옆에는 입을 벌린 구경꾼들이 수없이 많았다. 그때 그는 문득 느꼈다. — 이건 내 목을 베러 가는 것이 아닌가? 그는 그만 기겁하여 아찔하였다. 눈앞이 캄캄해지고 귀가 윙윙거리며 까무러칠 것 같았다. 그러나 그는 완전히 까무러치지는 않았다. 속이 막 바싹바싹 타며 안타깝기도 했으나 더러는 오히려 태연하였다. 그는 사람이 세상에 살다 보면 때로는 목이 잘리는 일도 있는 법이라고 생각하는 것 같았다.

그래도 그는 길을 아는 터라 좀 이상스럽게 생각했다. 그런데 왜 사형장으로 가지 않는가? 그는 조리돌림을 하느라고 거리 바닥으로 끌고 다닌다는 것을 알지 못했다. 그러나 그가 이것을 알았던들, 마찬가지로 사람이 세상에서 살다 보면 때로는 거리 바닥으로 끌려 다니며 조리돌림을 당하는 일도 있는 법인가 보다 하고 생각했을 것이다.

그는 이 길이 사형장으로 돌아가는 길이라는 것을 깨달았다. 틀림없이 "싹둑" 목이 잘리러 가는 것이었다. 망연히 좌우를 둘러보니 개미떼처럼 와글와글 따라오는 사람 천지였다. 그는 뜻밖에도 길가의 사람들 속에서 우 어멈을 발견했다. 정말 오래간만이었다. 그녀는 성안에서 고용살이를 하고 있었던 것이다. 아Q는 문득 자기가 노래 가락 한 곡조 불러 넘길 용기조차 없다면 참으로 창피한 노릇이라고 생각했다. 그의 머릿속에서는 새로운 생각이 회오리바람처럼 소용돌이쳤다. "젊은 과부, 성묘하러 가네."는 의젓하지 못하다. '용과 호랑이 싸움'의 한 대목인 "후회해도 소용없다……."도 너무 멋없는 것 같다. 역시 "내 쇠 채찍으로 네놈을 치리라."라는 그 대목을 부르자, 이렇게 마음먹고 손을 번쩍 쳐들려던 그는 비로소 두 손이 묶인 것을 깨달았다. 따라서 "내 쇠 채찍으로……."도 부르지 않았다.

"이십 년 뒤에 또 다시 태어나……." 아Q는 그 와중에 '스승 없이 스스로 통달한다'는 식으로, 이제까지 해본 적이 없는 말을 반 구절 내뱉었다.

"잘한다!!!" 사람들 속에서 승냥이가 울부짖는 것 같은 소리가 났다.

수레는 쉬지 않고 앞으로 움직였다. 아Q는 갈채 소리 속에서 두리번거리며 우 어멈을 쳐다보았으나 우 어멈은 도무지 자기를 보는 것 같지 않았고 병정들이 메고 있는 총에만 정신이 팔려 있었다.

그리하여 아Q는 갈채하는 사람들을 다시 바라보았다.

그 순간, 그의 머릿속에는 한 가닥 기억이 회오리바람처럼 소용돌이쳤다. 4년 전 그는 산기슭에서 굶주린 승냥이 한 마리를 만난 일이 있었다. 그때 승냥이는 일정한 간격을 두고 내내 쫓아오며 그를 잡아먹으려 하였다. 그는 무서워서 죽을 뻔 했는데 다행히 손에 도끼 한 자루가 있어서 그것을 믿고 간신히 웨이좡까지 견뎌 왔다. 그러나 승냥이의 그 눈은 영원히 잊히질 않았다. 흉악하고도 겁 많은 그 눈은 마치 두 개의 도깨비불처럼 번뜩번뜩하면서 멀리서부터 그의 가죽과 살을 꿰뚫는 것 같았다. 그런데 그는 이제까지 본 일이 없는 더 무서운 눈을 지금 또 보았다. 둔하면서도 날카로운 그 눈은 아Q의 말을 벌써 씹어 삼켰을 뿐만 아니라, 그의 가죽과 살 이외의 그 무엇인가도 씹어 삼키려고 내내 일정한 거리를 두고 악착스럽게 그를 쫓아오고 있었다.

그 눈알들은 한 덩어리가 되어 벌써 그의 영혼을 물어뜯는 것이었다.

"사람 살려……."

그러나 아Q는 이 말을 입 밖에 내지 못했다. 이미 두 눈이 캄캄해지고 귀가 멍멍해짐과 동시에 온몸이 가루가 되어 흩어지는 것 같았다.

당시 영향을 제일 많이 받은 것은 오히려 거인 영감이었다. 도난당한 물건들을 끝내 찾지 못해 온 집안이 울고불고 야단이었다. 그 다음은 자오 씨네 집이었다. 수재가 도난당한 일을 고발하러 성안에 들어갔을 질 나쁜 혁명당에게 변발을 잘렸고, 게다가 상금으로 스무 냥을 털려 온 집안이 울고불고 제정신이 아니었다. 이날부터 그들에게는 망한 왕조의 신화 같은 냄새가 점점 풍겨 나왔다.

여론으로 말하자면, 웨이좡에서는 별로 이의가 없었다. 자연히 모두들 아Q가 나쁘다고 말하였는데, 그가 총살을 당한 것은 그가 나쁘다는 증거라고 하였다. 나쁘지 않았다면 왜 총살을 당하였겠는가 하는 것이다. 그러나 성안의 여론은 그다지 좋지 않았다. 성안의 구경꾼들은 대부분 만족스럽지 못했다. 총살은 목을 자르는 것만큼 볼거리가 없다는 것이다. 그리고 얼마나 우스꽝스러운 사형수였는지 그렇게 오래도록 거리 바닥을 끌려 다녔어도 노래 한 곡조 뽑지 않았다는 것이다. 그래서 따라 다니던 그들은 허탕만 쳤다고 하였다.

1921년 12월

타락

위따푸

1

근래에 그는 가련할 정도로 싸늘한 고독감을 느꼈다.

그의 조숙한 성품은 세상 사람들과 전혀 어울리지 못하는 지경으로 그를 밀어내, 그와 세상 사람들 사이에 생긴 장벽은 날이 갈수록 높아만 갔다.

바야흐로 날씨가 서늘해졌으며, 개학한 지도 벌써 반달이 다 되어갔다. 그날은 바로 9월 22일이었다.

하늘은 맑고 푸르러 만 리 창공엔 구름 한 점 없었다. 매일 새롭고 눈부신 태양은 영원토록 항상 자신의 궤도에서 한 치의 오차 없이 떴다가는 졌다. 남쪽에서 불어오는 미풍은 마치 술을 깨게 하는 감로주 마냥 그윽한 향기를 싣고 그의 얼굴을 스쳤다. 아직 익지 않아 푸르스름한 논밭 사이로 난 한 갈래 하얀 실오라기 같은 꾸불꾸불한 시골길을, 그는 여섯 치 길이의 워즈워드(Wordsworth)[1]시집을 받쳐 들고 마음 내키는

1 윌리엄 워즈워스(William Wordsworth, 1770~1850년): 영국 낭만주의 대표 시인.

대로 천천히 걸어갔다. 이 넓은 벌판 어디서도 사람의 그림자란 찾아볼 수 없었다. 어디선가 멀리서 멍멍 개 짖는 소리만 그의 고막을 듣기 좋게 두드렸다. 그의 시선은 책을 떠나 꿈을 꾸듯 개 짖는 소리가 들려오는 방향을 응시하고 있다. 보이는 것이라고는 한 무더기 잡목과 여기저기 흩어져있는 인가들이었는데 고기비늘 같은 기왓장 위에는 아주 엷은 신기루가 마치 가벼운 비단처럼 펄럭이고 있다.

"Oh, you serene gossamer! You beautiful gossamer! (오, 너 해맑은 비단이여! 너 아름다운 비단이여!)"

부르짖는 그의 눈에서는 자기도 모르는 사이에 두 줄기 맑은 눈물이 쏟아져 내렸다.

한참 우두커니 신기루를 쳐다보던 그는 문득 등 뒤에서 그윽한 향기가 풍겨 옴을 느꼈다. 사스락 소리를 내는 길가의 작은 풀 한 포기가 그의 꿈을 깨뜨렸던 것이다. 돌아보니 그 작은 풀꽃은 여전히 한들거리고 있었으며, 오랑캐꽃 숨결을 띤 온화한 바람이 그의 창백한 얼굴 위로 불어왔다. 이처럼 맑고 부드러운 초가을의 투명한 대기 속에서 그의 몸은 도취된 듯 나른해졌다. 마치 자애로운 어머니 품에 안겨 잠드는 것 같은, 혹은 꿈속에서 도화원을 만난 것 같은, 혹은 남유럽의 해변가에서 사랑하는 이의 무릎을 베고 누워 낮잠에 빠져든 것 같은 아늑한 느낌을 주는 것이었다.

그가 주변을 돌아다보니 주위의 모든 초목들도 그를 보고 미소를 던져 주는 듯싶었다. 창공을 우러러보니 끝이 없고, 드넓은 대자연도 살래살래 머리를 끄덕여 주는 듯싶었다. 그는 한참 꼼짝 않고 하늘을 쳐다보았는데, 마치 하늘에서는 한 무리 꼬마 천사들이 날개를 펼치고 어깨에는 활과 화살집을 둘러멘 채 춤추는 듯하였다. 한없이 즐거워진 그는 혼자 중얼거렸다. '여기가 바로 너의 피난처다. 옹졸한 세상의 인간들은 모두 너를 질투하며 비웃고 조롱하고 있다. 오로지 이 대자연만이 예로부터 변함없으며, 매일 새로워지는 창공과 눈부신 태양, 이 늦여름의 미풍과 이 초가을의 청신한 대기만이 너의 벗이자 너의 자애로운 어머니이며, 또한 너를 사랑하는 님이다. 그러니 넌 다시 세상에 돌아가 경박한 남녀들과 함께 휩쓸려 살 필요가 없으며, 오직 이 대자연의 품속에서, 그리고 이 순박한 시골에서 생을 마치거라.

이처럼 한바탕 뇌까린 그는 다시 자신이 가련하다고 느꼈는데 마치 천만 가지 슬픔이 가슴속에 밀려들어 한 마디 말도 할 수 없을 것 같았다. 그는 두 눈에 눈물을 머금고 다시 손에 들고 있는 책으로 시선을 옮겼다.

Behold her, single in the field,
You solitary Highland lass!
Reaping and singing by herself;
Stop here, or gently pass!
Alone she cuts and binds the grain,
And sings a melancholy strain;
O, listen! for the vale profound
Is overflowing with the sound.

제1절을 읽고 난 그는 갑자기 책장을 넘겨 정신없이 제3절을 읽어 내려갔다.

Will no one tell me what she sings?
Perhaps the plaintive numbers flow

For old, unhappy, far-off things,
And battle long ago:
Or is it some more humble lay,
Familiar matter of today?
Some natural sorrow, loss, or pain
That has been, and may be again!

이것도 역시 그에게 최근에 생겨난 일종의 버릇이었다. 책을 볼 때 결코 차례대로 차근차근 보지 않았다. 수백 페이지의 큰 책은 더 말할 필요도 없고 수십 페이지밖에 안 되는 에머슨[2]의 『자연론』, 소로[3]의 『소요유逍遙遊』 같은 따위도 처음부터 마지막까지 모두 읽어본 적이 없다. 그는 책을 볼 때마다 4, 5행 혹은 한두 페이지만 읽고도 감탄을 금치 못했으며, 조급한 나머지 그 책을 단번에 다 삼켜버리지 못하는 것이 안타까웠다. 서너 페이지를 읽어본 다음에도 역시 아쉬움을 금치 못했는데 그의 마음은 마치 다음과 같이 말하는 듯 했다.

"이처럼 훌륭한 책은 단숨에 읽을 것이 아니라 조금씩 씹어가며 이해하는 것이 좋다. 다 읽어버린 후에는 나의 열망도 곧 사라져버릴 것이고 그러면 나에게는 희망도 꿈도 없어지게 될 것이 아닌가?"

속으로 이런 생각을 하였지만 사실 그의 마음은 이미 싫증을 느꼈으며, 이럴 때면 언제나 책을 한편에 밀어 놓고 다시 보지 않는다. 몇 시간이 지난 다음 혹은 며칠 후에 그는 또 다시 가슴에 가득 찬 열정으로 처음

2 Emerson, Ralph Waldo(1803~1882): 미국의 사상가이자 시인. 청교도주의 및 독일 이상주의를 고취하여 미국의 사상계에 영향을 끼쳤다.

3 Thoreau, Henry David(1817~1862): 미국의 수필가이자 시인, 사상가. 사회보다는 개인을 더 생각하며, 전통과 관습에 얽매이지 않고, 자연 속에서 새로운 기쁨을 찾고자 한 초월주의의 대표적 인물.

책을 대할 때처럼 책을 읽지만 그를 감동시키던 처음의 그 책은 어느새 그에게서 잊혀지고 만다.

그는 목청을 돋우어 워즈워드의 2연을 한 번 읊조린 다음 중국어로 번역했다.

《적막한 고원에서 추수하는 처녀》, 그는 곰곰이 생각하던 끝에 《The solitary highland reaper》라는 시의 제목을 이렇게 번역하는 수밖에 없었다.

보라, 들 가운데 홀로
추수하며 노래하는 아가씨!
저 외로운 고원의 처녀를.
걸음을 멈추어라,
혹은 조용히 지나가라!
그녀는 홀로 곡식을 베고 묶으며,
구슬픈 노래를 부르나니.
오, 들어라! 깊은 골짜기에
노래 소리 넘쳐흐르네.

그녀가 부르는 노래 그 누가 알랴?
천만 가지 애처로운 사랑 노래일까
아니면 옛사람들의 슬픈 노래,
옛 왕조의 천병만마(千兵萬馬)의 전쟁.
아니면 민간에 알려진 민요일까,
혹은 오늘날의 흔한 일들?
과거에도 있었고 또 다시 있을지도 모를
어떤 필연적인 슬픔, 상실, 혹은 고통!

그는 단숨에 이렇게 번역하고 나서 문득 허전해져 자기 자신을 비웃었다.

“이게 다 뭐란 말인가? 그래, 교회에서 부르는 찬미가처럼 멋쩍은 시가 아니고 무엇인가?”

“영국 시는 영국 맛이 나고 중국 시는 중국 맛이 나는 것인데. 굳이 번역하느라 애쓸 필요가 있겠는가!”

이렇게 말하고 나자 그는 자신도 모르게 웃음이 나왔다. 사방을 둘러보니 해는 벌써 기울어졌다. 대평원의 피안인 서쪽 지평선엔 높다란 산이 둥둥 떠 있는데, 온종일 불볕으로 산 둘레엔 몽롱한 수증기가 서려 자줏빛도 아니고 붉은빛도 아닌 그런 빛을 반사하고 있다.

그가 우두커니 산을 바라보는데 헝 — 하는 기침 소리가 나더니 그의 뒤로 한 농부가 다가오고 있었다. 농부를 돌아다 본 그는 웃는 얼굴을 얼른 우울한 표정으로 바꾸었는데, 마치 자신이 웃는 얼굴을 남에게 들키는 게 두려운 듯한 눈치였다.

2

그의 우울증은 갈수록 심해졌다.

그는 학교 교과서들이 마치 양초를 씹는 것 같아 털끝만 한 흥취도 없었다. 날씨가 쾌청할 때면 그는 꼭 자신이 즐기는 문학 서적들을 들고 인적이 드문 산속이나 계곡으로 가서 고독의 깊은 맛을 마음껏 즐겼다. 자연의 온갖 소리가 적막한 순간, 하늘과 물이 서로 비낀 곳에서 산천초목과 벌레, 물고기, 그리고 흰 구름이 떠다니는 푸른 하늘을 보면서 스스로를 고결한 현인이거나 초연한 은사로 느꼈다. 어떤 땐 산 속에서 농부를 만나면 자신을 짜라투스트라(Zartustra)라 여기고서 짜라투스트라가 한 말을 마음속으로 그 농부에게 들려주기도 했다. 그의 메갈로마니아(Megalomania, 과대망상)도 그의 하이포콘드리아(Hypochondria, 우울증)와 비례해서 날이 갈수록 심해졌다. 그는 연속 사오일 학교에 나가지 않을 때도 있었다. 어쩌다 학교에 나가면 그는 언제나 모든 사람들이 자기를 응시하는 듯한 느낌을 받곤 했다. 그는 이리저리 학우들을 피하려 애썼다. 그가 어디로 가든지 학우들의 시선은 늘 악의를 품고 그의 등 뒤를 쏘아보는 것 같았다.

수업 시간에도 그는 반 학생들 속에서 언제나 늘 극심한 고독감을 느꼈다. 우글거리는 인간들 속에서 느끼는 고독감은 아주 쓸쓸한 환경 속에서 느끼는 것보다 더욱 참기 어려웠다. 학우들을 둘러보면 모두 흥미진진하게 선생님의 강의를 귀담아 듣고 있는데, 유독 자신만이 강의실을 벗어나 날아가는 구름이나 사라지는 번갯불처럼 공상의 세계에 빠져 있었다.

가까스로 수업을 마치는 종소리가 울렸다! 선생님이 나간 다음 학생들은 서로 말을 주고받는데 마치 봄과 함께 찾아온 제비들처럼 교실에서 마음껏 이야기를 즐기는 것 같았다. 그러나 그만이 미간을 찌푸리고 있었다. 마치 혀뿌리에다 천근짜리 큰 돌을 묶어놓은 것처럼 아무 말도 할 수 없었다. 그는 학우들이 자기와 담소를 나눠주기를 원했지만 그들은 저마다 자기의 즐거움을 찾느라 여념이 없었고, 그의 찌푸린 얼굴을 보고는 모두 머리를 움켜쥐고 달아나버렸다. 그래서 그는 학우들을 더욱 더 원망하였다.

"그들은 모두 일본 사람이다. 모두 나의 원수다. 언젠가 꼭 복수할 그날이 있을 것이다. 난 기어코 복수하고야 말 테다!" 비분이 복받칠 때마다 그는 늘 이렇게 생각하지만 일단 마음이 안정되기만 하면 하는 수 없이 이렇게 자신을 비웃었다. "그들은 모두 일본 사람이므로 나를 동정하지 않는 것은 당연한 일이다. 내가 그들의 동정을 얻으려 하기 때문에 그들을 원망하게 되는 것이니, 이것이 나 자신의 잘못이 아니겠는가?"

때로 학우들 중 몇몇은 그에게 말을 걸고 놀려고도 하였다. 그럴 때면 그는 너무 감격하여 속마음을 털어놓고 싶었지만 끝내 아무런 말도 나오지 않았다. 그의 마음을 이해하는 사람들조차도 자연히 그와 멀어질 수밖에 없었다.

일본 학우들이 한쪽에서 즐겁게 웃고 있으면, 그는 늘 그들이 자기를 비웃는 것으로 의심하고는 삽시간에 얼굴이 홍당무처럼 벌게졌다. 이야기를 하다가 그들 중 누군가가 우연히 그와 마주치게 되면 역시 낯을 붉히면서 그들이 자기를 두고 쑥덕거리는 것으로 억측하였다. 그와 학우들 간의 거리는 날이 갈수록 계속 멀어져만 갔다. 학우들은 그가 고독을 즐기는 사람으로 여겼기 때문에 누구도 그에게 접근하지 않았다.

어느 날이었다. 방과 후에 그는 책가방을 끼고 하숙집으로 돌아오고 있었는데, 일본 학생 세 명도 그와 함께 동행했다. 그가 거처하는 하숙집에 이르렀을 때 붉은 치마를 입은 여학생 두 명이 걸어오고 있었다. 변두리 지역에서는 좀처럼 여학생들을 볼 수 없었기에 그는 그녀들을 보자마자 곧 숨이 가빠졌다. 그 두 명의 여학생들이 스쳐 지나갈 때, 세 명의 일본인 학생들이 이렇게 묻는 것이었다.

"너희들 어디 가니?"

두 여학생은 교태 어린 고운 목소리로 대답했다.

"몰라!"

"몰라!"

세 일본 학생들은 크게 웃어댔는데 매우 흡족해하는 모습이었다. 그러나 그만은 홀로 그녀들과 대화를 나눈 듯 부끄러워 황망히 집으로 달려갔다. 그는 자기의 침실에 들어서자마자 책가방을 다다미에 던지고 벌렁 자리에 누웠다. 심장이 울렁거리며 세차게 뛰었다. 그는 한 손으로 베개를 삼고 다른 한 손으로는 가슴을 누르며 자신을 비웃었다.

"You coward fellow, you are too coward! (겁쟁이 녀석, 지독한 겁쟁이!)"

"이 비겁자야! 너는 이미 부끄러워했으면서 왜 후회하려 하지?"

"후회하려면, 그때 너는 무엇 때문에 그녀들과 말 한마디라도 걸어볼 담력도 없었느냐?"

"Oh, coward, coward! (오, 겁쟁이, 겁쟁이!)"

이렇게 중얼거리면서 그는 문득 방금 본 그 두 여학생이 던져준 눈길을 생각했다.

두 쌍의 발랄한 눈!

그 두 쌍의 발랄한 눈에는 확실히 놀라움과 기쁨이 담겨져 있었던 것이다. 그러나 그는 다시 곰곰이 생각해본 다음 갑자기 소리쳤다.

"이 멍청이야, 멍청이! 그들의 눈길에 무슨 의미가 담겨 있다 한들 그것이 너와 무슨 상관이란 말인가? 그들이 던져준 추파는 그 세 명의 일본 학생들에게 향하던 것이 아닌가? 에이 참! 그녀들은 이미 내가 중국 사람인 것을 알았을 것이다. 그렇지 않으면 왜 그들이 나를 거들떠보지도 않았겠는가! 복수다, 복수! 나는 기어코 이 원수를 갚고야 말 터이다."

이렇게 말하고 나자 문득 그의 뜨거운 볼에 눈물이 몇 방울 굴러 떨어졌다. 그의 마음은 무척 상심했다. 그날 밤 그가 쓴 일기는 다음과 같다.

“내가 무엇 때문에 일본에 와서 학문을 닦으려 했던가? 이미 일본 땅에 발을 들여놓은 이상 그들 일본인들의 업신여김과 굴욕을 당하기 마련이다. 중국이여. 중국! 그대는 왜 부강하지 못한가? 이제 더는 이 굴욕을 참아내지 못하겠다.

고향엔 어찌 아름다운 산하가 없겠으며 어찌 꽃 같은 미녀가 없겠는가? 내가 무엇 하러 이 동해의 섬나라로 왔단 말인가?

일본에 왔으면 온 것이지 뭘 하려고 이 초라한 고등학교에 들어왔단 말인가. 다섯 달 동안 유학하고 귀국한 사람들도 거기에서 부귀영화와 안락한 생활을 누리고 있지 않는가? 이 지루한 오륙 년의 세월을 어떻게 견디고 버텨 나가겠는지, 또 천신만고 끝에 십여 년간의 학식을 쌓은 후 귀국한다면 그래 내가 엉터리 유학생들보다 낫다고 말할 수 있겠는가?

인생에서 젊은 날은 칠팔 년뿐. 가장 순진하고 가장 아름다운 이 칠팔 년을 나는 어쩔 수 없이 이 무정한 섬나라에서 헛되이 보내야만 한다. 가련하게도 나는 스물한 살이 되었다.

고목 같은 스물한 살!

식어버린 잿더미 같은 스물한 살!

차라리 나는 광물질로 변하는 편이 낫겠다. 나에게는 아마 꽃피울 날이 없을 것이다.

난 지식도 명예도 요구하지 않는다. 다만 나를 위로하고 이해해 주는 ‘마음’을 원할 뿐이다. 뜨거운 심장! 이 심장 속에 생겨나는 동정! 동정에서 우러나오는 사랑!

내가 요구하는 것은 애정이다!

만약 어떤 미인이 나의 고통을 이해해주기만 한다면 그녀가 나에게 죽어라 해도 나는 기꺼이 따를 것이다.

만약 어떤 유부녀가 아름답든 추하든 간에 진정으로 나를 사랑한다면 그녀를 위해 죽음을 택할 수도 있다.

내가 바라는 것은 남녀 간의 사랑이다!

하늘이시여! 하늘이시여! 나는 결코 지식도 명예도 원치 않으며, 더구나 쓸데없는 금전도 원치 않습니다. 그대가 만약 나에게 '에덴동산'의 '이브'를 하사하여 그녀의 육체와 정신을 온전히 나에게 귀속시켜 준다면 나는 그것으로 만족하리라."

3

그의 고향은 푸춘장(富春江)[4] 기슭에 자리 잡은 작은 도시로서, 항저우杭州와는 80~90리밖에 떨어지지 않은 곳이다. 한 줄기 강물이 안후이(安徽)에서 발원하여 전 지역을 관통하여 흐르는데, 굽이쳐 흐르는 강의 풍경이 아름다워 당대의 한 시인은 이 강을 찬미하기를 "일천여화(一川如畵)[5]"라고 말한 적이 있다. 그는 열네 살 되던 해에 한 스승을 청하여 이 네 글자를 써서 자기의 서재에 붙여 놓았다. 서재의 작은 창문은 강을 향해 열려져 있었던 것이다. 그의 서재는 그리 크지는 않지만 비바람의 변화와 날씨의 청명, 그리고 봄과 가을, 아침과 저녁의 풍경을 제대로 볼 수 있어 텅왕꺼(滕王閣)[6] 못지않았다. 그는 이 자그마한 서재에서 십여 차례의 봄과 가을을 보내고 나서 형을 따라 일본에 공부하러 온 것이다.

---

4 중국 저장 성에 있는 강 이름.

5 한 줄기의 냇물이 그림 같다는 뜻.

6 중국 당나라 때 양쯔 강 지류에 세워진 중국 3대 누각 중 하나.

그는 세 살 되던 해에 아버지를 여의었는데, 당시 그의 집은 몹시 곤궁했다. 일본 W대학을 졸업하고 베이징에 돌아와 진사 시험에 합격한 큰형이 사법부의 관리로 배속되었으나 2년이 채 못 되어 우창(武昌)에서 혁명이 일어났던 것이다. 그때 그는 이미 현립 초등학교를 졸업하고 이리저리 중학교를 옮겨 다니고 있었다. 당시 집안 식구들은 모두 끈기가 없는 그를 이상히 여겼으며 성질이 제멋대로라고 나무랐다. 그러나 그 자신의 말에 의하면, 자신이 남보다 뛰어나므로 지시에 따라 고분고분 움직이는 그따위 학우들과 같은 곳에서 글을 배울 수 없다는 것이었다. 그리하여 그는 K현의 중학교에 전학하였다가 반년도 되지 않아 H현의 중학교로 전학하였는데, H현 중학교에 다닌 지 석 달 만에 바로 혁명이 일어났던 것이다. H현 중학교가 잠시 휴교하자 그는 할 수 없이 작은 서재로 돌아왔다. 이듬해 봄, 그가 열일곱 살 되던 해, 그는 H대학 예과에 다녔다. 이 대학은 항저우(杭州) 성곽에 자리 잡고 있었는데, 본래 미국 장로회의 기부금으로 세워졌으나 학교에 전제적인 폐풍이 스며들어 학생들의 자유란 거의 없었다. 수요일 저녁이면 무슨 기도회인가 뭔가 하는 것이 있고, 일요일에도 외출하여 놀러 간다는 것은 허용되지 않았을 뿐만 아니라, 집에서도 다른 책을 보아서는 안되며 그저 찬송가를 부르고 기도하는 것과 신·구약전서를 보는 것만 허락되었다. 매일 아침 아홉 시부터 아홉 시 십 분까지는 꼭 기도하러 가야했는데, 그렇지 않으면 감점 처분을 당하였다. 그는 학교 주변의 산수와 풍경을 매우 사랑하였지만, 마음속에는 학교에 대한 얼마간의 반항심이 있었던 것만은 사실이었다. 그는 자유를 사랑하였던 것이다. 반년도 못 가서 그 학교의 요리사가 교장의 힘을 믿고 학생들을 구타하기까지 하였다. 복종하지 않는 몇몇 학생들은 교장을 찾아 호소하였지만 교장은 오히려 학생들이 잘못했다고 말했다. 그는 이같이 어처구니없는 장면을 목격하고는 곧장 자퇴해버렸다. 다시 집으로 돌아와 작은 서재에 머물렀는데, 그때가 벌써 6월 초순이었다.

집에 돌아온 지 석 달이나 지났다. 가을바람이 푸춘장(富春江)에 불어왔다. 양안의 푸른 나무들이 시들어갈 때다. 그는 범선에 앉아 푸춘장을 따라 항저우로 갔다. 마침 석패루에 있는 W중학에서 새로 편입하는 학생들을 모집하기에 교장 M씨를 찾아간 것이었다. 그들 부부에게 자신의 경력을 이야기하였더니 M씨는 그를 제일 높은 상급반에 편입시켜 주었다. 이 W중학도 원래 미션스쿨인데 교장 M씨도 멍청한 미국 선교사였다. 학교의 내막을 알아본 즉 이미 다녀본 H대학보다 못하였다. 그는 매우 비열하기 짝이 없는 교무 과장 ― 이 선생은 원래 H대학의 졸업생이었음 ― 과 한바탕 다툰 이듬해 봄에 그 학교를 나와 버렸다. 항저우의 다른 학교들은 마음에 들지 않았으므로 그는 항저우에서 학교에 들어가려는 마음을 포기해버렸던 것이다.

바로 그 무렵 그의 큰형도 베이징에서 다른 사람들에게 배척을 당했다. 원래 형은 매우 정직하여 직장에서 어떤 일을 처리할 때 사정을 봐주는 일이 없었고, 누구보다도 학식이 많았던 탓으로 직장 내 모든 사람들은 그를 꺼려하였다. 하루는 모 차장이 사람을 보내와 자리 하나를 얻으려고 사정하였으나 그는 완강히 거절하였다. 이로 인하여 차장은 그와 한바탕 언쟁을 하였으며 며칠 후 그는 그 부서의 직을 사직하고 사법부로 옮겨가 사법관이 되었다. 그의 둘째 형은 그때 샤오싱(紹興)부대의 장교로 있었는데, 군인 기질이 다분하여 물 쓰듯 돈을 썼으며 의협심이 많은 젊은이들과 사귀기를 즐겼다. 이렇듯 그 무렵 삼형제는 이렇다 할 일들을 해내지 못하였으므로, 그 소도시의 할 일 없는 사람들은 그들의 운세가 다했다고 수군댔다.

그는 집으로 돌아온 다음, 주야로 그 작은 서재에 칩거하였다. 그의 할아버지와 큰형이 남겨놓은 장서는 훌륭한 스승이었고 유일한 벗이었다. 그는 매일 일기에다 시를 썼으며 때론 화려한 문장으로 소설을 쓰기도 하였다. 소설 속에서 그는 자신을 다정한 용사로 등장시켰으며, 이웃에 사는 과부의 두 딸을 귀족의 후예로 만들었다. 고향 풍경을 소설의 아름다운 전원 배경으로 삼았다. 흥이 날 때는 자신의 소설을 간단한 외국어로 번역해 보기도 했다. 그의 환상은 더욱 더 커져만 갔다. 그의 우울증의 싹은 아마 이때 자랐던 것 같다.

집에 온 지 반년이 지난 칠월 중순의 어느 날, 그는 큰형으로부터 편지 한 통을 받았다.

> "법원 안에서 요즈음 나를 일본에 파견하여 사법 사무를 시찰하게 하려는 의견이 있어서, 나는 이미 원장에게 일본행 승낙을 받아 놓았다. 아마 며칠 후면 떠나라는 명령이 있을 것 같다. 일본으로 건너가기 전에 고향에 잠깐 머무르려 한다. 막내도 할 일 없이 집에 남아 있는 것이 결코 상책은 아닐 테니, 이번에 나와 함께 일본에 갔으면 한다."

이 편지를 받은 다음 그는 큰형이 내려오기를 학수고대하였다. 9월 하순이 되자 형과 형수가 베이징에서 내려왔다. 한 달을 지낸 후에 그는 그들과 함께 일본으로 떠났다.

일본에 도착한 후에도 그는 낭만적인 꿈에서 깨어나지 못했다. 어물어물 반년을 보내고 나서 도쿄 제일고등학교에 입학하였다. 이때가 바로 그가 열아홉 살 되던 가을이었다.

제일고등학교가 개학할 무렵 큰형은 귀국하라는 명령을 받았다. 형은 그를 한 일본인 집에 맡기고는 며칠 후 처와 갓 난 딸을 데리고 귀국하였다.

도쿄의 제일고등학교에는 예과 반 하나가 있었는데 중국 학생들을 위해 특별히 설치된 것이었다. 예과 반에서 일 년 동안 공부한 후에야 비로소 각지 고등학교의 본과에 입학하여 일본 학생들과 함께 공부하게 되었다. 그가 예과에 입학하였을 때 본래 신청한 것은 문과였는데, 예과를 거의 졸업할 무렵에 그의 형은 그로 하여금 의예과로 전과하라고 하였고, 그는 아무런 주장도 없이 큰형의 말대로 의예과로 전과하였다.

예과를 졸업하자 그는 N시의 고등학교가 최신식 학교이며, 또 N시는 일본에서 미인이 배출되는 곳이라는 소문을 듣고서 N시의 학교로 가겠다고 했다.

4

그가 스무 살 되던 8월 29일 저녁, 그는 홀몸으로 도쿄 중앙역에서 야간열차를 타고 N시로 향했다.

그날은 음력 초사흘이나 초나흘이었다고 짐작되는데, 거위털 같이 푸르면서 자줏빛이 감도는 하늘엔 별들이 가득 흩어져 있었다. 조각달은 서쪽 하늘에 비스듬히 걸려 있었는데 마치 화장하지 않은 선녀의 눈썹 같았다. 그는 홀로 삼등차의 창가에 기대어 창밖으로 스쳐 지나가는 인가들의 등불을 묵묵히 세어보았다. 기차가 어두컴컴한 밤 속에서 한 바퀴 나아가자 대도시에 뿌려진 반짝이는 등불도 한 점 한 점 몽롱해졌다. 그는 갑자기 천만 가지 슬픈 감정이 일어나 눈시울이 뜨거워졌다.

"Sentimental, too sentimental! (감상적인, 너무나 감상적인)"

이렇게 외치고는 눈을 닦았다. 그는 오히려 자신을 비웃었다.

"너는 사랑하는 이를 도쿄에 남겨둔 것도 아니고 형제나 친한 벗이 남아 있는 것도 아닌데 눈물은 누구를 위해 흘리는 것이냐? 지나간 삶에 대한 슬픈 감정 때문에 흘리는 것이냐? 아니면 2년간의 생활에 대한 감정인가? 그러나 너는 평상시에 늘 도쿄를 사랑하지 않는다고 말하지 않았더냐?"

"아! 일 년 동안이나 이곳에서 살았으니 어찌 정이 없다 하겠는가!"

"꾀꼬리도 오래 살면 서로 알아 봐, 이별을 앞두고 자주 울어 주네."

한참 생각하던 그는 문득 처음으로 신대륙으로 달려간 청교도들의 신세를 떠올렸다.

"십자가를 짊어진 유랑인들이 자기의 고향을 떠나던 순간에 나와 같은 심정으로 비장한 눈물을 뿌렸겠지."

열차가 요코하마를 지나서야 그의 감정은 점차 가라앉기 시작하였다. 한참 멍하니 앉아있던 그는 엽서 한 장을 뽑아내어 하이네[7]의 시집 위에 올려놓고 연필로 한 수의 시를 지어 도쿄에 있는 친구에게 부쳤다.

상아의 눈썹 같은 초승달, 버들잎과 입 맞출 때,
또 하늘가를 향해 정든 고향집 떠나노라.
사방 술집에서는 술 마시기를 다투고,
거리의 등불은 열차를 따라가네.
난리 속에 젊은이는 눈물 많지 않고,
가난한 나그네 가방에는 몇 권의 옛 책뿐이네.

---

7 Heine, Heinrich(1797~1856): 독일 낭만파의 서정 시인. 풍부한 인간성을 옹호하는 풍자시와, 예민한 감성을 지닌 비평문과 기행문 따위의 산문을 남김.

훗날 밤 갈대 뿌리에 가을 물 찰 때,
그대에게 의지하여 남포에서 쌍어를 찾으려 하네.

몽롱한 불빛 속에 조용히 앉아있던 그는 다시 하이네의 시집을 펼쳐보았다.

"Lebet wohl, ihr glatten Saele,
Glatte Herren, glatte Frauen!
Auf die Berge Will ich Steigen,
Lachend auf euch niederschauen!"
Aus Heines Buch der Lieder.

가볍게 떠도는 티끌이여, 무정한 남녀들이여!
그대 저 멀리 은은한 청산을 보시라.
난 바람 타고 날아가리,
잠시 머물러, 잠시 머물러,
나는 저기 저 정상의 봉우리에서,
그대들이 결국에 어디로 돌아가려 하는 것인지 웃으며 보리라.

단조로운 바퀴 소리가 덜컹덜컹 끊임없이 그의 고막에 날아 들어왔다. 삼십 분도 못 되어 그는 끝내 차바퀴의 자장가에 취하여 꿈과 환상의 선경(仙境)에 끌려들어가고 말았다.

아침 다섯 시가 되자 하늘은 점차 환하게 밝아 왔다. 차창 밖을 바라보니 저 멀리 한 갈래 푸른 하늘이 아직 어둠 속에서 가려져 있는 것이 보일 뿐이다. 머리를 불쑥 내밀고 바라보니 엷은 안개가 한 폭의 그림 같은 자연을 휩싸고 있었다. 그는 생각했다.

"오늘도 아주 맑은 가을 날씨구나, 이만하면 내가 운이 좋다고 할 수 있지."

한 시간이 지나 열차는 N시의 정거장에 도착하였다. 차에서 내린 그는 역에서 한 일본 학생을 만났는데. 모자에 두 갈래 흰 줄이 둘러져 있는 것으로 보아 그도 역시 고등학교 학생임을 알 수 있었다.

그는 한 걸음 나아가 모자를 벗고는 그에게 물었다.

"X고등학교가 어디에 있는지요?"

그 학생은 대답하였다.

"우리와 함께 가면 알 것입니다."

그는 그 학생을 따라 역에서 나온 후 바로 역 앞에서 전차를 탔다.

이른 아침이어서 N시의 상점들은 아직 문을 열지 않았다. 그는 그 학생과 함께 전차에 앉아 몇몇 한적한 거리를 지나 허우(鶴舞)공원 앞에서 내렸다.

"학교는 아직도 멀었습니까?"

"약 이 리 남짓 가면 됩니다."

공원을 가로질러 논밭 가운데에 나 있는 작은 길에 이르렀을 때 태양은 이미 떠올라 있었다. 벼 위에 맺힌 이슬방울이 아직 투명한 구슬처럼 매달려 있었다. 앞에는 한 무더기 숲이 있고 응달진 쪽엔 질서 없이 자리 잡은 몇 채의 농가가 보였다. 두 세 개의 굴뚝이 농가의 지붕 위에 우뚝 솟아 있는데 보일 듯 말 듯 아침의 신선한 대기 속에 떠 있었다. 한두 갈래 푸른 연기가 향불 연기처럼 가물거리며 타래쳐 오르는 것으로 보아 농가에서 벌써 아침밥을 짓기 시작하였음을 알 수 있었다.

학교 근방에 있는 한 여인숙으로 가서 물어봤더니, 그가 일주일 전에 부쳤던 물건들이 이미 그곳에 와 있었다. 원래 그 여인숙에 중국 유학생들이 묵었던 일이 있었기에, 주인은 매우 잘 대해 주었다. 여인숙에 자리 잡고 나자 그는 수많은 기쁨이 자기를 기다리고 있는 것처럼 느껴졌다.

그러나 그의 앞날에 대한 희망은 첫날 저녁, 눈앞의 생생한 현실에 조롱당하고 말았다. 그의 고향도 작은 도시였다. 인산인해를 이룬 도쿄에 온 다음 그는 늘 고독감을 느꼈지만, 도쿄란 도시 생활과 그의 어렸을 적 습관이 그다지 크게 다른 점은 없었다. 오늘 N시에 와서 보니, 여관은 옆에 이웃이라곤 전혀 없는 외딴집으로, 왼쪽 문 앞엔 큰길이 쭉 뻗어 있고 앞뒤는 모두 논밭인데다 서쪽은 연못이었다. 개학을 하지 않았기 때문에 아직 다른 학생들도 없어서 이렇게 큰 여관에 손님이란 그 혼자뿐이었다. 대낮은 그럭저럭 소일할 수 있지만 일단 저녁이 되어 창문을 열어젖히고 밖을 내다보면 사면팔방이 어둠의 장막으로 덮여 있었다. N시는 대평원에 인접해 있기 때문에, 눈을 들어 바라보면 하늘과 땅이 아득히 먼 곳에서 맞붙어 있고 그 사이에는 아무런 장애물도 없어 거침이 없었다. 하늘가 저 멀리에는 한 점 등불이 쉴 새 없이 깜박였는데, 마치 귀신이 장난치듯 소름이 끼쳤다. 천장 위에는 무수한 벌레와 쥐들이 무리 지어 찍찍거리며 먹이를 놓고 싸웠다. 창밖에는 몇 그루의 오동나무가 서 있는데 미풍에 잎이 흔들릴 때면 역시 끊임없이 쓰윽 쓰윽 소리가 났다. 그는 이 층에 있었으므로 오동 잎 흔들리는 소리가 귓가에 더욱 가까이 들렸다. 겁이 더럭 난 그는 울상이 되어 당장 울음보를 터뜨릴 지경이었다. 도시에 대한 그의 향수병이 이날 밤보다 더 심각한 적이 없었다.

개학이 되자 그의 벗도 점차 많아졌다. 감수성이 예민한 성격도 천지 수목과 하나가 되어 갔다. 반년도 지나지 않아 그는 대자연을 끔찍이 사랑하게 되어 한시도 그 천연적인 풍취에서 벗어날 수 없었다. 그가 다니는 학교는 시외에 자리 잡고, 대평원에 가까이 있기 때문에 사면의 지평선은 그 경계가 광활하였다. 그 당시 일본의 공업은 아직 그다지 발달하지 못했으며 인구 증가도 지금처럼 빠르지 않았다. 학교 주변은 주로 숲이나 빈터였고 낮은 구릉들이었다. 학생들에게 문구를 파는 몇몇 상점과 다방을 제외하고는 주민도 별로 없었다. 거친 벌판에는 학생들을 위해 몇몇 여관이 새벽녘 별 그림자처럼 보리밭과 채마밭 사이에 흩어져 있을 따름이었다. 저녁 식사가 끝나면 그는 검은 모직 망토를 어깨에 걸치고 산책하는 것이 무척 즐거웠다. 전원을 좋아하는 그의 취미도 대개 이 목가적인 산책(Idyllic wanderings)에서 생겨난 것이었다.

생존 경쟁이 그다지 치열하지 않고 자유자재로 헤매도 되는 중고 시대[8]와 같이, 사회 풍기가 깨끗한 환경에서 살면서 시정배 나부랭이와 휩쓸리지 않으며 한적하고 아담한 곳에서 세월을 보낸다는 것은 실로 꿈같은 일이다. 그가 N시로 온 지도 눈 깜박할 사이에 반년이란 시간이 넘게 지나갔다.

훈훈한 순풍이 밤낮으로 불어오더니 풀들도 하루하루 푸른색을 띠었다. 여관 주변 보리 이삭들도 한 치씩 한 치씩 커 갔다. 산천초목과 벌레, 물고기 등 만물도 자연의 이치에 따라 자라났다. 이처럼 인류의 선조 때부터 물려받은 그의 고민도 날이 갈수록 많아졌다. 아침마다 그가 이불 속에서 범하는 죄악도 늘어만 갔다.

그는 원래 고상한 것과 깨끗한 것을 사랑하는 사람이었지만 이런 생각이 머리를 추켜들 때면 지력도 무색해지고 양심도 마비되었다. 그가 어려서부터 순응해 오던 "신체와 털과 살갗은 감히 훼손치 말지어다."라는 신성한 훈계도 돌이켜볼 여지가 없었다. 그는 죄를 범한 다음 매번 깊이

---

8 역사에서 시대 구분의 하나. 상고와 근고의 중간 시기를 이른다.

후회하면서 다음에는 절대 다시 범하지 않겠노라고 이를 악다물고 결심하나 이튿날 그 시간이 돌아오면 여러 가지 환상이 또 다시 눈앞에 생생하게 살아났다. 그가 평소에 보아오던 '이브'의 찌꺼기인 후손들이 완전한 벌거숭이로 그를 유혹하였다. 그의 머릿속에서는 중년이 지난 부인의 알몸이 처녀들보다 더욱 그의 욕정을 유발하게 하는 편이었다. 그는 한참 고민하고 투쟁하지만 결국 그녀들의 포로가 되어버린다. 한 차례, 두 차례 거듭되다가 그만 습관이 되어버렸다. 이런 범죄 행위가 있고 난 다음이면 꼭 도서관에 찾아가 의학 서적을 찾아보는데, 천편일률적으로 신체에 가장 해로운 것이 바로 이것이라고 쓰여 있었다. 그 후로 그의 공포도 날로 심해져 갔다. 어디선가 어떤 책에서 보았던 것 같은데, 러시아 근대문학의 창시자인 고골리[9]도 이런 병에 걸려 사망할 때까지 버릇을 고치지 못했다는 것을 알게 되었다. 그는 고골리를 염두에 두고 한시름 푹 놓았다. 『죽은 넋』의 작자도 역시 자기와 같았기 때문이다. 그러나 자신에 대한 위안에 불과했을 뿐이며, 그의 가슴에는 항상 일종의 남다른 근심이 존재하게 되었다.

그는 깨끗한 것을 무척 좋아해서 매일 목욕을 하였다. 또한 건강을 대단히 소중히 여겼기 때문에 매일 날달걀 몇 개와 우유를 먹었다. 그러나 그는 목욕할 때나 우유를 먹을 때면 늘 부끄러움을 금치 못하였다. 이 모든 것은 그의 범죄 행위의 증거였던 것이다.

그는 매일 신체가 허약해지고 기억력이 나빠지는 것을 느꼈다. 그리고 시간이 갈수록 사람들을 만나는 것이 겁났다. 특히 부인이나 여성을 보면 더욱 난처해졌다. 교과서를 보는 것도 점차 혐오감이 일었다. 프랑스의

---

9 Gogol', Nikolai Vasilievic(1809~1852): 제정 러시아의 비판적 리얼리즘 문학의 창시자. 주로 하급 관리의 비참한 생활이나 몰락한 지주 계급의 생활을 사실적으로 그렸다.

자연주의 소설과 중국의 몇몇 유명한 연애소설을 여러 차례 읽어서 거의 기억할 정도였다.

간혹 그는 갑자기 훌륭한 시도 써내고는, 스스로 환희에 벅차 자신의 머리가 아직 망가지지 않았다고 생각했다. 그럴 때면 스스로 맹세하며 다짐했다.

"내 머리는 아직 쓸 수 있다. 이처럼 훌륭한 시를 쓸 수 있으니 이제부터 절대로 죄를 짓지 않겠다. 지난 일은 별 수 없지만 이제부터 하지 않으면 되는 것이다. 이제부터 나 자신을 쇄신하면 머리도 괜찮아질 것이다."

그러나 긴박한 시점에 이르면 또 자신의 맹세를 모조리 잊어버렸다.

매주 목요일과 금요일, 혹은 매달 27일이 되면 그는 마음껏 환락을 탐하였다. 그러고는 다음 주 월요일이나 다음 달 초하루부터는 이런 죄를 다시 범하지 않겠다고 결심하곤 하였다. 어떤 때에는 토요일이나 월말 저녁이 되었을 때, 거리에 나가서 머리를 깎고 목욕하는 것으로써 자신의 잘못을 뉘우친 표시로 삼지만, 며칠 후면 또 달걀이나 우유를 먹지 않으면 안되었다.

그의 자책감은 공포감과 함께 단 하루도 그를 편안하게 하지 않았다. 이와 함께 우울증도 더욱 심해져 갔다. 이런 상태가 한두 달 동안 계속되던 가운데 여름방학이 되었다. 그러나 두 달간의 방학 동안 그가 겪은 고민은 이루 다 헤아릴 수 없었다. 개학할 무렵, 양 볼의 광대뼈는 어느 때보다 더욱 튀어 나왔으며 잿빛 푸른 눈두덩은 푹 꺼졌고 반짝이던 눈동자도 마치 죽은 고기의 눈알처럼 변해 있었다.

5

가을이 또 왔다. 드넓은 창공은 하루하루 한없이 높아갔으며 여관 주위 논밭은 황금빛으로 물들기 시작하였다. 조석으로 불어오는 차가운 바람은 칼로 여민 듯이 심장과 뼛속에 스며든다. 늦가을의 좋은 날씨가 오래지 않아 찾아올 모양이었다.

한 주일 전 어느 날 오후였다. 그는 워즈워드의 시집을 들고 밭두렁길을 한참 동안 한가롭게 거닐었는데, 순환성 우울증은 몸에서 떠나지 않았다. 언젠가 길에서 만났던 두 여학생의 인상이 아직도 머릿속에 남아 있어 좀처럼 안정되지 못하게 하였다. 그날의 일을 되새기기만 해도 얼굴이 화끈 달아올랐다.

그는 요즈음 어디를 가든 늘 바늘방석에 앉은 듯한 느낌이 들었다. 등교할 때면, 일본 학생들이 모두 자기를 배척하는 듯했고 중국 학우들을 찾아가 만난 것도 매우 오래전 일이 되어버렸다. 만나고 돌아오면 마음은 오히려 더 공허해졌기 때문이다. 그들을 찾아갈 때면 어쨌든 그들의 동정을 받고 싶었는데, 그곳에 이르러 몇 마디 주고받다보면 공연히 찾아왔다고 이내 후회하게 되는 것이다. 어쩌다가 벗과 서로 말이 통하면 그는 들뜬 기분으로 자기 생활 안팎의 비밀을 몽땅 털어놓고 마는데, 일단 집으로 돌아오면 자신의 실언에 대해 한없이 후회하면서 자신을 책망하게 된다. 결국 그들을 찾아가지 않았을 때보다 심리적인 자책이 훨씬 심했다. 때문에 몇몇 중국 학우들은 모두 그가 정신병에 걸렸다고들 말하였다. 이런 말을 들은 그는 중국 학생들에게도 일본 학생들에게 똑같이 복수심이 일어나는 것이었다. 그와 중국 학생들 사이의 관계는 날이 갈수록 소원해졌다. 그 이후로 길에서나 학교에서 그들을 만나도 머리를 끄덕이거나 아는 체 하지 않았다. 중국 유학생들이 회의를 해도 그는 물론 참석하지 않았으므로, 그와 동포들 사이는 완전히 두 집안의 원수처럼 돼버렸다.

중국 학우들 중 이상한 사람이 하나 있었다. 자신의 결혼 문제에 어떤 죄책감이 있었는지, 그는 대놓고 남들의 추악한 일을 말하는데 열중함으로써 자신의 좋지 못한 일을 감추고자 하였다. 그를 정신병자라고 말한 것도 바로 이 학우였다.

학우들과 교제를 끊은 다음 그는 고독에 사무쳐 거의 죽을 지경이었으나 다행히 여관집 딸이 그의 마음을 끌었다. 그렇지 않았다면 그는 정말 자살하는 수밖에 없었을 것이다. 여관집 주인 딸은 금년에 바로 17세인데 얼굴이 길쭉하였으며 눈이 둥그렇게 매우 컸다. 웃으면 양쪽 볼에 두 개의 보조개가 들어갔고 입속에서는 금니 하나가 드러났다. 그녀는 자신의 웃는 모습이 매우 예쁘다고 생각했기 때문에 항상 웃는 모습을 하고 있었다.

그는 마음속으로 그녀를 매우 사모하였지만, 그녀가 음식을 나를 때나 이부자리를 갈아 줄 때면 언제나 범접하지 못할 엄숙한 자태를 꾸며 보였다. 마음속으로는 그녀와 몇 마디라도 건네 보고 싶었지만, 막상 그녀를 만나기만 하면 곧 벙어리가 되어버렸던 것이다. 그녀가 자기 침실에 들어서면 그는 호흡이 가빠져 숨도 내쉬지 못할 지경이었다. 이런 고통을 참을 수 없어 그녀가 방으로 들어올 때면 그는 밖으로 뛰쳐나가 버렸다. 그러나 그녀를 사모하는 심정은 날이 갈수록 깊어져 갔다.

어느 토요일 저녁, 여관에 들었던 학생들은 모두 N시로 놀러가고 자신만 경제 사정이 여의치 못해 나가지 못했다. 저녁식사를 마친 후 그는 서쪽 늪가에 갔다가 침실로 돌아와 우두커니 앉아 있었다.

한참 앉아있던 그는 텅 빈 이층에 혼자 남아있다는 생각이 들었다. 조용히 반나절이나 앉아있다 싫증난 그는 또 밖에 나가려고 생각하였다. 그러나 밖으로 나가려면 어쨌든 주인이 거처하는 문 앞을 지나야 했다. 주인과 딸의 방이 출입문 옆에 있었기 때문이다. 그는 자기가 조금 전 여관으로 들어올 때 주인과 그의 딸이 한창 식사 중이었다는 것을 기억하였다. 그는 그녀의 앞을 지날 때 느껴야 할 고통을 생각하고는 밖으로 나가려는 생각을 단념해 버렸다.

조지 기싱[10]의 책을 꺼내 3~4페이지를 읽었을 무렵 조용하던 방안에 갑자기 쏴 — 하고 물 뿌리는 소리가 들려 왔다. 조용히 그 소리를 듣던 그는 순식간에 호흡이 가빠지고 얼굴색도 붉어졌다. 잠깐 머뭇거리던 그는 맨발로 발소리를 죽이며 층계를 내려왔다. 살짝 화장실 문을 열고 들어가 망연히 선 자세로 유리창에 눈을 붙이고 소리 나는 곳을 훔쳐보았다. 그가 든 여관의 목욕탕은 원래 화장실과 벽을 사이에 두고 있었던 것인데, 화장실 유리창으로 목욕탕 안의 동정을 훤히 볼 수 있었다. 처음에는 그저 한번 들여다보고 돌아오려고 생각했지만 일단 보고 나자 꼼짝할 수가 없었다.

눈처럼 새하얀 두 젖 봉오리!
토실토실 하얀 다리!
전라로 드러난 곡선미!

숨을 죽이고 한참 유심히 보노라니 얼굴 근육마저 경련을 일으켰다.

---

10 Gissing, George Robert(1857~1903): 영국 소설가 겸 수필가. 하층민의 생활을 사실적으로 묘사한 작품으로 유명하다. 대표작에 『헨리 라이크로프트의 수기』, 『신 상류 문인의 거리』 등이 있다.

보면 볼수록 얼굴 근육은 푸들푸들 떨렸고, 후들후들 떨리는 이마를 끝내 유리창에 부딪치고 말았다. 김에 휩싸인 알몸의 '이브'가 아름다운 목소리로 물었다.

"누구……세요."

그는 급히 화장실을 나와 단번에 서너 계단씩 뛰어 허겁지겁 이층으로 올라갔다.

방에 들어선 그의 얼굴은 불에 지진 듯 빨갛게 달아올랐고 입도 바싹 말랐다. 자신의 귀뺨을 때리며 이불을 덮어쓰고 이리저리 뒤척거리다가 잠이 오지 않아 두 귀를 세우고 아래층의 동정을 살폈다. 욕실에서 물을 퍼붓는 소리도 끝나고 문 여는 소리가 나더니 그녀가 이층으로 올라오는 듯한 인기척이 났다. 그는 이불로 머리를 뒤집어쓰고 마음속으로 분명히 속삭였다.

"그녀는 벌써 네 문 앞에 서 있어."

그는 전신의 피가 몽땅 머리로 솟아오르는 듯한 느낌이 들었다. 너무나 두렵고 부끄러웠으나 또 한편으로는 매우 기쁘기도 했다. 그러나 만약 어떤 사람이 그에게 묻는다면 그는 결코 이러한 순간이 기뻤다는 점을 절대 인정하지 않았을 것이다.

잠시 후 가까스로 숨죽이고 두 귀를 쫑긋 세워 살폈지만 밖에서는 별다른 동정이 없었다. 그는 고의적으로 헛기침을 해보았으나 문밖은 여전히 잠잠하였다. 그가 한참 의혹에 잠겼을 때 갑자기 그녀의 목소리가 들려왔다. 그러나 무슨 말을 하는지 좀처럼 알 수가 없었다. 잠시 후 그녀의 아버지가 높은 소리로 웃자 그는 이불을 뒤집어쓰고 이를 꽉 물고 생각하였다.

"그녀가 아버지에게 일러바쳤구나! 일러바쳤어!"

그날 밤 그는 잠시도 눈을 붙이지 못하였다. 이튿날 해 뜰 무렵 가슴을 울렁거리며 층계를 내려섰다. 아침 세면을 마치고 주인과 딸이 일어나기 전에 그 여관을 빠져나왔다.

길 위에는 먼지가 아침 이슬에 젖어 있었다. 태양은 이미 떠올랐다. 그는 무턱대고 동쪽으로 떠났다. 저 멀리 한 농부가 손수레에 야채를 싣고 천천히 끌고 오고 있었다. 그와 농부가 막 스쳐 지날 때 농부가 갑자기 말을 건넸다.

"안녕하십니까!"

그는 깜짝 놀라 깔끔하게 여윈 얼굴에 또 홍조를 띠었는데 가슴은 또 다시 뛰기 시작하였다. 그는 마음속으로 생각하였다.

'그래, 이 농부마저 다 알고 있단 말인가?'

정신없이 한참 달려가다 고개를 돌려 학교 쪽을 바라보니 학교는 아득히 먼 곳에 있었다. 해는 이미 높이 떠올랐다. 호주머니를 만져보니 전병만한 크기의 은시계도 두고 왔다. 해의 위치로 보아 대략 아홉 시 전후일 것 같았다. 몹시 배가 고팠지만 여관에 다시 돌아가 그들 부녀를 만나고 싶지는 않았다. 무얼 좀 사서 요기하려고 호주머니를 털어보니 겨우 십이 전밖에 없었다. 그는 한 농촌 가게에 들어가 먹을 것을 약간 사서 사람들이 보지 않는 곳으로 가서 먹으려 하였다. 두 길이 서로 엇갈리는 교차로에서 남쪽을 바라보니, 그가 걸어왔던 길과 가로로 교차되는 북에서 남으로 뻗은 길이 보였는데 행인이 거의 없었다. 그 길은 남쪽을 향해 경사진 내리막길로서 길 양쪽은 높은 절벽으로 이어졌다. 그는 이 길이 작은 산에서부터 닦여진 길임을 알 수 있었다. 그가 금방 걸어온 길은 바로 이 산의 능선이었다. 십자로를 중심으로 산 능선 위 큰 길과 서로 교차하는 가로 길은 양쪽으로 경사져 있었다. 사거리에서 잠깐 주춤거리던 그는 남쪽 내리막길을 선택해 걸어왔다. 양쪽 절벽을 다 지나온 다음 길은 대평원으로 이어져 있었고 나아가 저 멀리 있는 도시로 이어졌다. 평원의 저 건너편에는 한 무더기 깊은 숲이 있었는데, 푸른 하늘에 유난히 우거진 곳이 보였다. 그는 그곳을 추측해 보았다.

"아마 A신궁일 것이다."

절벽을 빠져나와 왼쪽 비탈을 바라보니 높은 절벽을 낀 산 위에는 울퉁불퉁한 작은 담이 몇 칸의 초가집을 둘러싸고 있었는데, 문 앞에는 '샹쉬에하이(香雪海)'라는 네모난 액자가 걸려 있었다.

그가 큰길에서 몇 걸음 벗어나 울룩불룩한 낮은 울타리 문을 밀어 보니 두 쪽의 문이 저절로 열렸다. 그는 되는대로 성큼성큼 들어갔다. 문 앞에는 오솔길이 경사지를 따라 산꼭대기까지 뻗어 있었다. 꼬불꼬불한 길 양편에는 오래된 매화나무들이 울창하게 자라고 있었는데 여기가 바로 매화 숲이었던 것이다. 그 길을 따라 북으로 비탈진 산꼭대기에 이르러 보니 마치 그림 같은 평지가 그의 눈앞에 펼쳐져 있었다. 산기슭으로부터 남쪽으로 향한 산 중턱 경사지들이 꼭대기의 평지와 함께 매우 우아하고도 틀에 맞게 자리 잡은 원시림이었다.

산꼭대기에 자리 잡은 평지의 서쪽은 천 길이나 되는 절벽이 건너편 절벽과 서로 마주하고 서 있는데, 두 절벽 사이에 바로 그가 금방 지나온 북에서 남으로 통한 길이 있었다. 절벽을 등지고 있는 이층집 한 채는 창문들이 모두 닫혀져 있었는데, 틀림없이 매화 꽃철에 유람객들의 음식점으로 쓰려고 지어진 것일 터였다. 이층집 문 앞에는 잔디밭이 있고 그 가운데 있는 화단은 네모난 흰 돌들로 둘러막았는데, 한 가운데에 늙은 매화나무 한 그루가 쓰러지듯 누워 있었다. 풀밭 맨 남쪽 끝 산꼭대기의 평지는 남쪽으로 경사져 있었는데 그곳에 비석들이 서 있었다. 거기에는 매화 숲의 역사가 적혀 있었다. 그는 비석 앞 잔디밭에 앉아 사온 음식들을 먹었다.

대충 주린 배를 달랜 그는 한참 우두커니 잔디밭에 앉아 있었다. 주변에 사람의 그림자라곤 없었고, 다만 저 멀리 어느 나뭇가지에선지 새가 지저귀는 소리가 이따금 한두 번 들려올 뿐이었다. 그는 머리를 들고 맑고 푸르른 창공을 우러러 보았다. 티 없이 깨끗한 푸른 하늘과 밝은 태양을 바라보면서, 그는 사방의 나뭇가지와 집, 작은 풀과 날짐승들이 모두 평화로운 햇살 속에서 대자연의 축복을 받고 있다고 느꼈다. 간밤에 있었던 자신의 범죄 행위에 대한 기억은 마치 머나먼 바다 가운데 있는 돛단배 그림자처럼 자신도 모르게 어디론지 사라져 버렸다.

매화숲의 평지와 비탈에는 오솔길이 거미줄처럼 서로 교차되어 있었다. 그는 자리에서 일어나 이리저리 거닐다가 비탈진 매화숲 한가운데에 단층집 한 채가 서 있는 것을 알았다. 그 집에서 동쪽으로 몇 발자국 걸어가니 오래된 우물 하나가 솔잎 속에 묻혀 있었다. 가까이 다가가 우물의 펌프를 들어보니 삐걱삐걱 소리만 날 뿐 물이 올라오지 않았다. 그는 생각했다.

'아마 이 동산은 매화 꽃철에만 문을 열고 평소에는 사람이 살지 않는 것 같군.'

'여기에 빈집이 있는 이상 동산의 주인을 찾아 투숙해도 무방하지 않겠는가?'

이렇게 생각한 그는 산 아래로 뛰어 내려가 주인을 찾았다. 그가 막 입구에 이르렀을 때, 마침 쉰 살쯤 되어 보이는 농부 하나가 걸어오고 있었다. 그는 농부에게 실례하다는 인사를 하면서 물었다.

"이 동산이 누구의 것인지 아시는지요?"

"이 화원은 내가 경영하고 관리하오."

"당신의 거처는 어디신가요?"

"바로 저 길 건너에 있소."

이렇게 대답하면서 농부는 길 저쪽 편에 있는 작은 집을 손가락질하는 것이었다. 그 손짓을 따라 서쪽을 바라보던 그는 과연 절벽 막바지에 작은 집 한 채가 있는 것을 발견하고 머리를 끄덕이면서 계속 물었다.

"저에게 저 단층집을 세 내주실 수 있으신가요?"

"그럴 수는 있지만 혼자서 사시려 하오?"

"그렇습니다!"

"그렇다면 이쪽으로 옮길 필요가 없지요."

"그건 무슨 이유에선가요?"

"벌써 학생들이 몇 번 이사 왔지만 아마 쓸쓸하고 적적해서였는지 열흘도 못되어 다시 돌아갔다오."

"저는 그들과 다릅니다. 그저 저에게 허락만 해주신다면 그 정도 쓸쓸함 따위는 겁나지 않습니다."

"그렇다면 세를 못 내줄 이유가 어디 있겠소. 언제쯤 이사 오겠소?"

"오늘 오후로 결정하지요."

"좋소, 그렇게 하시오!"

"죄송하지만 미리 청소해 주신다면 도움이 될 것 같습니다."

"그럽시다. 그럼 안녕히!"

"안녕히 계십시오!"

6

매화원에 옮겨온 다음 그의 우울증은 그 형태가 다시 변하기 시작했다.

그는 사소한 일로 결국 베이징에 있는 큰형과 틈이 벌어지고 말았다. 그는 형에게 장황한 편지를 띄워 의를 끊어버렸다.

그 편지를 띄운 후 그는 오래도록 그 집 앞 풀밭에서 우두커니 골똘한 생각에 잠겼다. 세상에서 가장 불행한 사람이 자기인 것만 같았다. 사실 이번에 두 형제가 뒤틀린 것은 자신이 먼저 저지른 나쁜 결과였다. 같은 집안끼리 쟁기를 들고 겨루는 것은 남들과 싸우는 것보다 더 한심한 일이다. 이 일이 있고 나서 그는 자기의 큰형을 독사나 전갈처럼 증오했으며, 남들에게서 모욕을 당할 때면 언제나 형을 끌어다 비유하곤 하였다.

"같은 피를 나눈 형제지간에도 그러한데 하물며 남이야 더 말할 나위 있겠는가?"

그는 매번 이런 결론을 내릴 때면 큰형이 자기를 가혹하게 대한 일들을 낱낱이, 그리고 곰곰이 생각해 보았다. 지나간 갖가지 일들을 들춰내 놓고는 형을 악한 사람으로, 자신은 착한 사람으로 결론을 내렸다. 그는 또 자신의 장점을 일일이 열거하고 자기가 겪은 고초를 확대하여 미주알고주알 세어보고는 자기가 바로 이 세상에서 가장 고통 받는 사람임을 증명해 보이는 것이었다. 이때 그는 눈물을 폭포처럼 쏟아냈다. 그가 이렇게 통곡할 때면 하늘에서는 마치 부드러운 목소리로 그에게 이렇게 말해 주는 것 같았다.

"아이고 누가 우나 했더니 네가 우는구나? 정말 넌 억울하겠구나, 너처럼 선량한 사람이 세상 사람들의 그 같은 학대를 받다니, 어찌 네가 억울하지 않겠느냐? 됐다, 됐어. 이것도 천명이니 다시는 울지 마라, 그냥 울었다간 네 몸만 망친다!"

이 같은 목소리를 듣고 나면 그의 마음도 한결 가벼워지는데, 그럴 때면 비통 속에서도 어떤 끝없는 감미로움이 느껴졌다.

그는 형에게 복수하기 위해 이미 다니고 있던 의과에서 문과로 전과하였다. 큰형이 자기에게 강요한 것이었으므로, 원래 자신이 희망했던 대로 문과로 돌아와 공부하는 것은 큰형에 대한 일종의 선전포고였다. 이렇게 하면 고등학교를 졸업하는 것도 일 년 늦어지게 되는 것이다. 이는 일 년 더 일찍 죽는 것을 뜻하니 이렇게 함으로써 큰형에게 죽을 때까지 적개심을 품을 수 있는 것이다. 이렇게 하지 않으면 형제간의 감정은 1~2년이 지나면 다시 회복될 수 있기 때문이다. 이번에 전과하는 일은 사실 그가 큰형을 영원히 적대시하는 수단이 되어버린 셈이다.

날씨는 갈수록 점점 차가워졌다. 그가 이 산으로 이사한 지도 벌써 한 달이 되었다. 며칠째 날씨는 을씨년스러워 잿빛 구름은 날마다 하늘을 덮고, 싸늘한 북풍이 불어올 때면 매화나무 잎들이 뚝뚝 떨어졌다.

처음 이사 왔을 때 그는 고서들을 팔아 여러 가지 취사도구들을 사들여 한 달 동안 스스로 밥을 지어먹었으나, 날씨가 추워지면서 싫증난 나머지 취사도구를 몽땅 산 아래 동산 관리인에게 맡겼다. 그래서 요즘 그에게는 남을 원망하고 스스로를 욕하는 일 외에 다른 일이란 없게 되었다.

어느 날 아침 그는 일찍 일어나 동쪽 창을 열고 앞을 내다보았다. 아득한 지평선 저 쪽에 몇 갈래 붉은 구름이 둥둥 떠 있었고, 동녘 하늘 한 귀퉁이에는 그것이 반사되어 은회색으로 빛나고 있었다. 어제 하루 종일 보슬비가 내렸기 때문에 이처럼 청신한 해돋이를 보게 되자, 그는 여느 때보다 한층 더 큰 어떤 환희를 느꼈다. 산비탈에 있는 오래된 우물

가로 가 세수하고 나니 온몸에 기운이 솟구쳤고 삽시간에 모든 것이 회복되는 듯이 느껴졌다. 그는 이층으로 뛰어올라가 황중측(黃仲側)[11]시집을 들고 내려와 소리 높여 읊으면서 매화숲 속의 오솔길을 이리저리 마음껏 뛰어다녔다. 그때서야 비로소 해는 지평선 위에 불쑥 솟아오르는 것이었다.

산꼭대기에서 남쪽을 바라보니 눈 아래 대평원이 펼쳐져 있었다. 벼들은 아직 수확하지 않아 황금빛 난알과 검붉은 하늘을 배경으로 아침 햇빛이 어려 있었는데, 그 풍경은 마치 밀레의 전원 풍경을 연상시켰다. 그는 이미 자신이 수천 년 전의 원시 기독교도나 되는 것처럼, 이 자연의 묵시에 비해 자신의 도량이 좁음을 비웃었다.

'용서하리라! 용서하리라! 나에게 죄 지은 세상 사람들을! 나는 그대들의 죄를 모두 사면할 테다. 오라, 이쪽으로 오라. 모두 나와 화해하자꾸나!'

손에 시집을 든 채 그의 눈에서는 맑은 눈물이 피어올랐다. 이렇게 가을색이 완연한 평원을 마주하고 서서 우두커니 이런 생각에 젖어 있을 때, 가까운 곳에서 두 사람이 소곤대는 소리가 들려왔다.

"오늘 밤 꼭 찾아올 테지?"

이는 분명 남자의 목소리다.

"난 무척 가고 싶지만 아마……."

교태 어린 여자의 목소리에 그는 전기에 감전된 듯, 혈관 속의 피마저 굳어 버린 듯싶었다. 그의 곁에는 한 무더기 갈대가 자라고 있었는데 그는 풀 무더기 오른편에 서 있었고, 한 쌍의 남녀는 왼쪽에 있었으므로 그들은 갈대숲의 건너편에 다른 사람이 서 있는 것을 몰랐던 것이다.

11 고전주의적인 작풍을 가진 송나라의 시인 겸 화가 황정견黃庭堅(1045~1105)을 가리킴.

남자는 말을 계속했다.

"그대의 마음은 참으로 아름다워, 오늘 저녁 꼭 와. 우린 이제까지 한 이불 속에서 자보지 못했잖아."

"……."

갑자기 두 사람의 입술이 불타는 듯, 서로 입 맞추는 듯한 소리가 들려왔다. 그는 무엇을 훔쳐 먹는 들개처럼 가슴을 두근거리며 몸을 움츠리고 엿들었다.

'너는 어디로 가 죽어버려라! 죽어버려! 넌 어쩌면 이 지경까지 망나니로 전락했느냐?'

그는 이렇게 스스로를 엄하게 꾸짖었으나, 그의 예민한 두 귀는 그들이 소곤거리는 말을 조금도 빼놓지 않고 귀담아 듣고 있었다. 낙엽이 땅에서 스르륵거리며 소리를 냈다.

허리띠를 푸는 소리.

남자는 씨근덕거리며 단 숨을 몇 번 쉬었다.

여자는 흥분되어 약하고 강하게, 끊어질 듯 이어질 듯 말하였다.

"여봐요! 저기!……. 어서……. 빨리 남……. 남……. 남들이 보겠어요."

그의 얼굴은 삽시간에 회색으로 변해버렸고 눈은 불처럼 붉어졌으며, 그의 위턱과 아래턱은 빠근하게도 떨고 있었다. 이제 선 채로는 더 이상 몸을 지탱할 수 없었다. 그는 이 자리를 한시 바삐 떠나버리고 싶었지만 두 다리가 말을 들어주지 않았다. 그는 한참 애를 태우다가. 그들이 자리를 뜬 후에야 겨우 물에 빠진 발바리처럼 다락방으로 돌아와 이불을 덮어쓰고 자고 말았다.

7

그는 밥도 먹지 않고 오후 네 시까지 줄곧 자다가 겨우 일어났다. 석양은 평원 주위를 가득 비추고 있었으며, 들녘 건너편 숲속에는 한 가닥 푸른 연기가 아스라이 서려 있었다. 그는 비틀거리며 산을 내려와 북에서 남으로 뻗어있는 큰길로 들어선 다음 평원을 가로질러 발길 닿는 대로 남쪽을 향해 걸었다. 평원을 다 지난 그는 어느덧 A신궁 앞 전차 정류소에 이르렀다. 바로 그때 전차 하나가 남쪽에서 달려왔는데 그는 무심코 전차에 뛰어올랐다. 무엇 때문에 전차를 타야 하는지 이 전차가 어디까지 가는지도 몰랐다.

약 십오 분쯤 달리던 전차가 멈추자 운전수는 그에게 전차를 갈아타라고 알려주었다. 그는 차를 갈아탔다. 이삼십 분 달린 후 전차가 멈춰 섰는데, 종점이라는 말을 듣고 차에서 내려 보니 거기가 바로 주깡(築港)이었다.

눈앞에 펼쳐진 드넓은 바닷가는 한낮의 햇빛 아래 미소 짓고 있었다. 남쪽 바다 건너편에는 보일 듯 말 듯 푸른 산 하나가 투명한 대기 속에 둥둥 떠 있었다. 서쪽은 한 갈래 제방이 항만의 깊은 곳까지 뻗어있었고 그 제방 밖에는 등대가 거인처럼 우뚝 서 있었다. 빈 선박들과 쪽배 몇 척이 부두에서 파도에 몸을 맡긴 채 흔들리고 있었다. 해안에서 멀지 않은 곳에 수많은 부표들이 석양을 가득 머금고 붉디붉게 물 위에 둥실 떠 있었다. 아득히 먼 곳에서 불어오는 바람은 알아들을 수도 없고 어디에서 오는지도 모를 단조로운 이야기를 실어왔다.

그는 해변을 한참 이리저리 거닐다가 갑자기 경쇠[12]를 두드리는 소리

---

12 놋 종지 모양의 작은 방울.

를 듣고는 소리 나는 쪽으로 달려가 보았다. 알고 보니 건너편에 있는 배를 부르는 신호였다. 그가 한참 동안 서서 지켜보니, 저쪽에서 똑딱선 하나가 오고 있었다. 그는 사오십 세쯤 되어 보이는 노동자의 뒤를 따라 그 똑딱선에 올라타 앉았다.

동쪽 해안에 오른 그는 몇 걸음 걸어가 주변을 살펴보았다. 해안선을 끼고 커다란 별장 한 채가 있는 것이 보였다. 대문이 열려 있었는데 정원 안의 인공 산이나 화초가 썩 보기 좋게 꾸며져 있었다. 그는 다짜고짜 성큼성큼 들어갔다. 그가 몇 발자국 채 걷기도 전에 집 앞에서 여인의 애교 어린 목소리가 그를 불렀다.

"어서 들어오세요!"

그는 무심결에 놀라 멍청히 서서 생각해 보았다. "아마 술이나 음식을 파는 집이겠지. 내가 듣기로는 이런 곳에 흔히 기생들이 있다던데……."

이런 생각이 들자 그는 온몸에 냉수 벼락을 맞은 사람처럼 덜덜 떨렸다. 얼굴색은 삽시간에 변했다. 토끼 새끼처럼 작은 담력과 원숭이 같은 음탕한 그의 마음이 끝내 처참한 곤경에 빠지고 말았다.

"어서요. 어서 들어오세요!"

집안에서는 여전히 간드러진 목소리가 아양 떨 듯 그를 부르고 있다.

'이 얄미운 것들아, 너희들이 그래 감히 내가 담이 약하다고 모욕할 셈이냐?'

그는 이렇게 성을 냈으나 낯은 그만 불타듯 붉어졌다. 이를 앙다물고 땅바닥을 가볍게 몇 번 발로 구른 후 두 주먹을 불끈 쥔 채 앞을 향해 나가는 그의 모습은, 마치 젊은 그녀들과 싸울 태세였다. 그러나 붉으락 푸르락 하는 얼굴빛과 미세하게 움직이는 얼굴 근육만은 도저히 감출 수 없었다. 여자들 앞에 당도했을 무렵, 그는 어린애처럼 울음이 터져나올 것만 같았다.

"어서 올라오세요."

그는 뻔뻔스럽게 열일곱 살쯤 되어 보이는 처녀를 따라 층계를 올라가고 있었는데 아까보다는 마음이 한층 진정된 듯싶었다. 얼마 안 가서 컴컴한 행랑을 지날 때 기분을 언짢게 하는 화분 향기와 일본 여인들에게만 있는 특유의 체취, 머리카락 향기 등이 범벅되어 그의 콧구멍에 덮쳐들었다. 순간 메스꺼운 현기증과 함께 그의 눈에서는 몇 점의 불꽃이 튀었다. 그는 쓰러지듯 한 걸음 물러섰다. 다시 눈을 똑바로 뜨고 천천히 보니 어두컴컴한 행랑 가운데는 다소 길쭉한 얼굴에 화장을 한 여자가 미소를 머금고 그에게 말을 건넸다.

"보세요! 당신은 바다를 향한 방을 원하시나요? 아니면요?"

이런 물음과 함께 그녀의 입에서는 따뜻한 숨결까지 훈훈하게 그의 얼굴로 흘러나왔다. 그는 그 입김을 깊이깊이 삼켜 버렸다. 그가 자신의 이러한 행위를 의식했을 때 또다시 얼굴이 붉어졌다. 그는 할 수 없이 얼버무리며 대꾸했다.

"바다 쪽 방으로 가지요."

작은 방에 들어서자, 그녀는 어떤 음식을 원하느냐고 물었다.

"마음대로 몇 가지 가져 오세요."

"술은요?"

"가져와야죠."

그녀가 나간 다음 그는 자리에서 일어나 창문을 열어젖히고 신선한 바깥 공기를 마셨다. 방안 공기는 무겁고 탁했으며, 금방 복도에서 맡았던 여인의 향기가 아직도 방안에 남아 있어 그는 냄새의 압박을 더 이상 견디기 힘들었던 것이다.

대해가 그 앞에 고요히 떠 있었다. 잔잔한 바람이 이는 듯, 파도는 햇빛에 반사되어 금붕어 비늘처럼 반짝거리며 흐느적거렸다. 바깥 정경을 한참 바라보던 그는 낮은 소리로 한 구절의 시를 조용히 읊어 보았다.

"해변의 누각에 석양이 붉게 타오르네."

그가 서쪽을 물끄러미 바라보니 해는 서남쪽 지평선에서 겨우 열 자가량 되는 높이에 있을 뿐이었다. 한참 동안 지평선을 바라보아도 그의 마음속에는 어찌된 일인지 그녀에 대한 생각을 지워버릴 수 없었다. 그녀의 입에서, 머리에서, 그리고 얼굴과 몸에서 풍기는 일종의 애틋한 향기는, 어찌된 영문인지 그로 하여금 다른 것을 생각할 여지를 주지 않았다. 비로소 그는 시를 읊으려는 생각은 거짓이고, 그녀의 육체를 생각하는 것이야말로 진짜임을 새삼스레 자각하였다.

이윽고 그녀는 술과 안주를 가져온 후 무릎을 꿇고 상냥스럽게 그에게 술을 권하였다. 그는 그녀를 요리조리 뜯어보고 싶었고 자기 마음속의 고민을 모두 그녀에게 털어놓고 싶었지만, 웬일인지 눈은 그녀를 정시하려는 것에 겁먹고 있었으며 혀뿌리도 전혀 움직일 수 없이 굳어 버렸다. 그는 벙어리처럼 그녀의 무릎 위에 놓인 한 쌍의 가늘고 부드러운 흰 손을, 그리고 옷 틈으로 언뜻 드러난 연분홍 속치마자락을 가만히 훔쳐보고 있었다.

원래 일본의 여인네들은 모두 고쟁이를 입지 않고 맨몸에 그냥 짧은 앞 속치마 한 장만을 두른다. 겉에는 팔이 긴 옷을 걸치는데, 이것도 단추를 달지 않고 한자 정도 넓이의 허리띠를 둘러 허리 뒤에다 네모난 매듭을 지워 매버리면 그만이다. 그들이 걸음을 한 발짝 한 발짝 옮길 때마다 옷자락이 펄럭이는데 그 순간에 붉은 치마와 함께 포동포동한 하얀 다리를 훔쳐볼 수 있다. 이것이야말로 일본 여성들의 매력이다. 예전에 길에서 여자들과 스쳐 지날 때 그가 눈여겨보았던 것은 바로 일본 여성들의 복장과 몸이었던 것이다. 그가 이를 갈며 자신을 '짐승 같은 놈! 개자식! 비열한 겁쟁이!'라고 책망할 때도 바로 이런 순간이다.

그녀의 치맛자락을 보는 순간 그의 심장은 쿵쿵 마구 뛰었다. 그녀와 말을 하고 싶을수록 말은 점점 나오지 않았다. 그녀는 참을 수 없었던지 조용히 물어왔다.

"손님, 댁은 어디세요?"

이 한마디 말에 파랗게 여윈 그의 창백한 얼굴은 또 다시 붉어졌다. 그는 오리무중에 빠진 사람처럼 우물우물 애매하게 대꾸해 버렸다. 얼마나 가련한가. 그는 또 다시 단두대에 올라선 신세가 되었다.

원래 일본인들은 개나 돼지를 멸시하듯 중국 사람을 업신여겼다. 일본인들은 중국 사람을 '즈나런(支那人)'이라 불렀는데, 이 '즈나런'이라는 세 글자는 일본에서 중국인이 '도적놈'이라고 욕하는 말보다 더 듣기 거북하였다. 지금 그는 꽃 같은 소녀 앞에서 할 수 없이 "나는 즈나런이오."라고 밝히지 않으면 안된다.

"중국이여 중국, 그대는 어찌하여 강대해지지 못하는가!" 그는 온몸이 부들부들 떨리면서 마구 쏟아지는 눈물을 걷잡을 수 없었다.

그녀는 그가 그처럼 무서울 지경으로 떨고 있자, 혼자서 술을 마시면서 마음을 안정시키려고 이렇게 말을 건넸다.

"술도 얼마 남지 않았으니 제가 한 병 더 갖다 드릴까요?" 잠시 후 이층으로 올라오는 그녀의 발자국 소리가 들려왔다. 그는 그녀가 자기 방으로 들어오는 줄로 믿고 옷을 단정히 하고 자세도 똑바로 잡았다. 그러나 그는 그녀에게 속고 말았다. 원래 그녀는 다른 몇몇 손님을 모시고 있어서 옆방으로 가고 있었다. 그 손님들은 그녀를 희롱하며 놀리는 듯싶었고 그녀는 아양을 떨며 말했다.

"제발 너무 치근대지 마세요. 옆방에 손님이 들어 있어요." 이 말을 들은 그는 화가 치밀어 마음속으로 욕하며 말했다. '개 같은 것들! 속물 같은 것들! 너희들이 감히 나를 모욕할 셈이냐? 복수다 복수! 나는 기어코 복수하고야 말 테다. 세상 어디에 진정한 마음을 가진 여자가 있는가? 네년 같은 더러운 것이 나를 저버리고 배반하다니 어디 될 말이냐? 닥쳐라. 그만두자. 난 이제 다시 여자를 사랑하지 않을 테다. 결코 다시 여인을 사랑하지 않을 테다. 결코 다시 여자를 사랑하지 않을 테다. 난 나의 조국을 사랑할 것이며 난 내 조국을 내 사랑하는 임으로 삼을 것이다.'

그는 당장이라도 숙소로 달려가 학업에 열중하고 싶었다. 그러나 마음 한편으로는 옆방에 있는 그 몇몇 속물들이 한없이 부러웠다. 그의 마음속 구석진 곳에서는 그래도 그녀가 자기에게로 돌아와 주었으면 하는 갈망이 서려 있었다.

노여움을 가라앉히고 묵묵히 술을 몇 잔 들이키자 온몸이 후끈해졌다. 창문을 열고 하늘을 쳐다보니 해는 서산으로 넘어가고 있었다. 다시 술을 몇 잔 마시자 눈앞에 펼쳐진 바다와 그 풍경들이 몽롱해졌다. 서쪽 방파제 밖 등대의 검은 그림자는 점점 길어졌고 망망한 바다와 하늘을 한 덩어리로 맞붙여 놓았다. 이 혼돈스러운 얇은 그림자 속에서 질 듯 말 듯 한 석양이 마치 석별을 고하는 듯하였다. 그 광경을 한참 보던 그는 무슨 까닭에선지 웃음이 저절로 나와 껄껄 웃다가 두 손으로 화끈 달아오른 얼굴을 쓱쓱 어루만지며 중얼거렸다.

"취했구나, 취했어!"

바로 이때 그녀가 찾아왔다. 그녀는 그가 홍조를 띤 채 창가에 서서 멍청히 웃는 것을 보고 물었다.

"창문을 이렇게 전부 열고 춥지 않나요?"

"괜찮아. 그래 이처럼 훌륭한 낙조를 누군들 감상하지 않겠소?"

"손님은 시인이시군요. 자, 술을 가져왔어요."

"시인? 나는 본래 시인이오. 가서 종이와 붓을 가져 오시오. 시 한 수를 지어 그대에게 보여줄 테니."

그녀가 나간 다음 그는 스스로 자신의 행동에 대해 이상한 느낌을 가졌다. 그는 마음속으로 물었다.

'내가 어찌하여 이토록 대담해졌을까?'

새로 가져온 더운 술을 몇 잔 마시고 나자 그는 한결 쾌활해져 다시 껄껄거리며 한바탕 웃었다. 옆방에 있던 몇몇 속물들이 높은 소리로 일본 노래를 부르자 그도 목을 빼들고 소리 높여 노래를 불렀다.

> 취하여 난간을 두드릴 때 술 마신 마음 차갑고,
> 강호가 처량하니 겨울도 저무네.
> 지극히 가련한 앵무 중주(鸚鵡 中州)의 뼈.
> 창사(長沙)의 타이푸꿍(太傅宮)에 아직 인사 못 드렸는데
> 밥 한 그릇에 천금으로 보답하기는 쉬워도,
> 우이꺼(五噫歌)[13] 부르면 관문 나서기는 어렵네.
> 머리 돌려 망망한 안개 낀 물, 고개를 돌려 바라보며
> 썬저우(神州)위해 뜨거운 눈물 몰래 쏟는다.

높은 소리로 거듭 읊고 나서 그는 취하여 자리에 쓰러졌다.

---

13 중국 동한東漢 장제章帝 때 사람 양홍梁鴻이 지은 시. 집안이 가난하였으나 학문을 좋아한 양홍이 낙양을 지나다가 당시 제왕章帝의 사치와 백성들의 끊이지 않는 고통을 보면서 오희가를 지었다고 한다.

8

술집에서 깨어 보니 붉은 비단 이불을 덮고 있었는데, 이불에서는 야릇한 향기가 코를 찔렀다. 이 방도 그리 크지 않았는데 물론 낮에 머물렀던 그 방은 아니었다. 방안에는 십 촉짜리 전등이 켜져 있었고 베갯머리에는 차 한 병과 잔 두 개가 놓여 있었다. 그가 차 몇 잔을 부어 마신 후 휘청거리며 밖으로 나오려고 문을 여는 순간, 낮에 자기를 접대했던 기생이 달려와 이렇게 말을 건네는 것이었다.

"손님! 깨셨네요."

그는 머리를 끄덕이며 웃는 얼굴로 대꾸했다.

"그래 화장실은 어디 있소?"

"제가 모셔다 드리지요."

그는 그녀의 뒤를 따라 나왔는데 낮에 지나왔던 비좁은 행랑에는 그냥 밝은 전등이 켜져 있었다. 주변에서는 떠들썩한 노랫소리, 삼현금[14]을 뜯는 소리, 호탕하게 웃어대는 소리가 그의 고막을 때렸다. 머릿속으론 대낮에 있었던 일이 모두 떠올랐다. 그때 취중에 그녀에게 했던 말이 생각나자 그의 얼굴은 또 다시 확확 달아올랐다.

화장실에서 침실로 돌아와 그는 그녀에게 물었다.

"이 이불은 당신 것이오?"

"그래요."

"지금 몇 시요?"

"아마 8시 40분쯤은 되었을 겁니다."

"가서 계산서 가져오시오."

---

14 현이 셋인 거문고.

"그러지요."

그는 계산을 치르고 난 후 지폐 한 장을 꺼내어 그녀에게 내밀었는데 그 돈을 쥔 손이 약간 떨렸다. 그녀는 말하였다.

"안 받을래요."

그는 그녀가 돈이 적어서 사양하는 줄 알았다. 그의 얼굴빛이 다시 붉어졌다. 그가 주머니 속을 뒤적거려 보았더니 지폐 한 장만이 남아 있었다. 그는 지폐를 꺼내어 그녀에게 내밀며 달랬다.

"적다고 욕하지 말고 받아 주오."

그의 손은 매우 떨렸고 목소리도 손처럼 떨렸다. 그녀는 그를 힐끔 쳐다보고는 가냘픈 소리로 대꾸하였다.

"감사합니다."

그는 곧장 위층에서 달려 내려와 구두를 신고 밖으로 나와 버렸다. 바깥 날씨는 매우 추웠는데 아마도 음력 초 팔구일 때쯤 되는 것 같았다. 조각달이 창공 한쪽에 높이 걸려있고, 남청색 둥근 하늘엔 그래도 여기저기에 얼마 안 되는 별들이 듬성듬성 흩어져 있다.

그는 해변을 한참 거닐었는데 저 멀리 고기잡이 등불이 귀신불같이 그를 유인하고 있었으며, 잔잔한 파도에 실린 은색 달빛은 산귀신이 보내주는 추파인 듯 깜박거리고 있었다.

무슨 연유에서인지 그는 갑자기 바다에 뛰어들어 죽고 싶다는 충동에 사로잡혔다.

그는 몸을 뒤져보았으나 전차를 탈 만한 돈도 없었고. 대낮에 있었던 일을 생각하니 자신을 저주하지 않을 수 없었다.

"내가 어이하여 이런 곳까지 오게 되었는가? 난 이미 인간찌꺼기로 전락했다. 이제 후회해도 소용없다. 후회한들 어찌하랴. 차라리 죽고말

자. 내가 구하려는 애정은 아마 얻지 못할 것이다. 사랑이 없는 인생은 그래 죽은 것과 무슨 차이가 있단 말인가? 아, 이처럼 내가 메마르고 거친 생애를 허송하기 때문에 세상 사람들은 저마다 나를 적대시하고 나를 모욕하며, 심지어는 친형제와 내 자신마저 내가 이 세상에서 사는 것을 배척하고 있지 않은가? 장차 어떻게 인생을 살아갈까? 나는 왜 이렇게 고통 많은 세상에서 살아야 한단 말인가!"

여기까지 생각한 그의 두 눈에서는 눈물이 줄줄이 쏟아졌다. 그의 하얀 얼굴은 죽은 사람의 얼굴과 별로 다를 바 없었다. 그는 눈물을 훔치지 않았다. 달빛 어린 두 줄기 눈물은 마치 아침 이슬처럼 빛났다. 달빛에 어린 야위고 길쭉한 자신의 그림자를 보자 그는 한없이 가슴 아팠다.

"가련한 나의 그림자여, 부질없이 이십일 년이나 나를 따라다녔지만 오늘은 이 바다가 너의 무덤이 될 것이다. 내가 사람들의 모욕을 당하는 것은 별 문제지만, 너를 이처럼 여윌 지경까지 만들지는 말아야 했을 것이다. 그림자야, 나의 가련한 그림자야, 제발 날 용서해다오!"

서쪽을 바라보니 등대의 불빛은 붉어졌다 파래졌다 하면서 그 직분을 다하고 있었다. 푸른 불빛이 바다에 비칠 때 바다 위에는 옅은 푸른 길이 생겼다. 다시 서쪽 하늘을 바라보니 짙푸른 하늘 아래 한 떨기 밝은 별이 움직이고 있었다.

"저 움직이는 한 떨기 별 아래에는 나의 고국도 있고 나의 고향도 있지. 나는 저 별 아래에서 18년을 보냈어. 나의 고향, 이제 다시는 너를 볼 수 없겠구나."

그는 처량하고 슬픈 말만 떠올리며 걸었다.

한참을 걷다가 다시 서쪽 하늘가에서 반짝이는 밝은 별을 쳐다보며 하염없이 눈물을 쏟았다. 사방의 모든 경치가 희비해심을 느꼈다. 그는 눈물을 훔친 후 걸음을 멈추고 긴 탄식을 했다. 그리고 띄엄띄엄 몇 마디를 뇌까렸다.

"조국이여, 조국이여! 나의 죽음은 전적으로 그대가 부른 것이다!"

"그대여, 어서 부강해지거라!"

"그대의 수많은 아들, 딸들이 아직도 가는 곳마다 고통 받고 허덕이고 있음을 잊지 마시라!"

1921년 5월 9일 개작

춘풍에 취한 그날 저녁

위따푸

상하이에서 반년을 한가하게 그럭저럭 보내던 중 직장을 잃은 탓으로 나는 하숙집을 세 번이나 옮겼다. 처음에는 징안쓰(静安寺) 길 남쪽에 살았는데 마치 새장에 갇혀 있어서 영원히 햇빛을 볼 수 없는 자유 감옥 같았다. 자유 감옥의 주민들은 몇몇 강도나 도적 같은 흉악한 재봉사들을 제외하고는 대부분이 이름 없는 문사들이었다. 그래서 당시 나는 이곳을 영국 런던의 황인종 클럽의 거리 'Yellow Club Street'라고 이름 지었다. 이 Club Street에서 한 달간 투숙했을 무렵 집세가 갑자기 올라 부득불 다 낡아빠진 몇 권의 책을 가지고 파오마팅(跑馬廳) 부근의 안면 있는 상점으로 옮겨왔다. 거기에서도 나는 여러 가지 압박에 시달리다가 와빠이뚜(外白渡) 다리 북쪽 언덕의 떵투어루(鄧脫路) 중간인 르신리(日新里) 맞은편 작은 방으로 이사했다.

떵투어루 술집들은 지상에서 지붕까지 열 서너 자밖에 안 되는 낮은 집들이었다. 내가 든 다락방은 더 말할 나위 없이 낮은 방이었다. 만약 마룻바닥에 곧게 서서 기지개를 편다면 두 손은 곧 거무칙칙한 천장을 꿰뚫어버릴 것이었다. 앞 골목에서 이 집에 들어서면 바로 주인 방이었다. 방안에는 떨어진 헝겊, 깡통, 유리병 그리고 고철들이 가득 쌓여있는데, 그 사이로 두어 걸음 걸으면 가름대[1]가 떨어져 나간 사다리가 벽 쪽으로 놓여 있었다. 이 사다리는 위층의 어두컴컴한 구멍과 이어져 있어 이층으로 오를 수 있었다. 어두컴컴한 이층은 고양이 이마 정도나 될까 아주 조그마한데, 주인은 그것마저 두 칸으로 가로막아 바깥쪽은 N담배 공사의 여공을 들여놓았고, 나는 사다리가 놓인 어귀를 차지하였다. 바깥 칸 손님은 내 방을 지나서 출입해야 하기 때문에 내가 든 방의 집세는 바깥 칸보다 몇 십 전 더 쌌다.

집주인은 허리가 굽은 오십여 세 되는 중늙은이였다. 그의 청황색 얼굴은 반지르르한 기름기로 윤기가 돌고, 한 눈은 크고 한 눈은 작았으며 광대뼈가 툭 불거져 나왔다. 이마와 얼굴에 있는 몇 갈래 주름살에는 매일 아침 세수해도 씻어버릴 수 없는 석탄재가 붙어 있었다. 그는 매일 아침 여덟 시나 아홉 시에 일어나 한바탕 기침을 하고 참대로 엮은 광주리 한 쌍을 메고 나갔다가, 오후 세 시나 네 시가 되면 여전히 빈 광주리를 어깨에 메고 들어 왔다. 때로는 광주리에 물건을 가득 담아가지고 올 때도 있었는데 역시 헝겊, 고철과 유리병 같은 것들이었으며, 이런 날 저녁이면 그는 으레 술을 사다 마신 후 홀로 침대 가에 걸터앉아 누구도 알아들을 수 없는 욕설을 퍼부었다.

나와 벽을 사이에 두고 있는 동거인과의 첫 만남은 내가 이사 온 날 오후였다. 봄날, 하루가 다 기울어가는 오후 다섯 시쯤 나는 촛불을 켜놓고 여관에서 가져온 낡은 책을 정돈하였다. 우선 그것들을 양쪽으로 하나는 크게, 다른 하나는 적게 쌓아놓은 후 두 자가량 되는 그림을 넣은 이젤을 책 더미 위에 덮어 놓았다. 나는 물건들을 이미 모두 팔아 버렸기

1 가로로 댄 나무.

에 나머지 책들과 이젤을 아침저녁으로 책상과 침대로 엇바꾸어 사용하였다. 이젤을 펼친 간이 책상을 마주하고 다른 책 더미를 의자로 삼아 앉고는 담배를 피웠다. 내 등은 사다리와 잇닿은 문 쪽을 향하였다. 담배를 피우면서 물끄러미 책상 위에 켜놓은 촛불만 바라보고 있었는데 갑자기 사다리 쪽에서 인기척이 나는 것을 들었다. 머리를 홱 돌려 그쪽을 바라보니 등불에 비쳐 커진 내 그림자만 보일 뿐 거의 아무것도 분간할 수 없었다. 그러나 내 청각은 분명히 "사람이 올라온다."라고 말해주고 있었다. 나는 어둠 속을 몇 초간 응시하였는데 아니나 다를까, 둥근 회백색 얼굴을 가진 가냘픈 여인의 상반신이 시야에 들어왔다. 그녀의 모습을 살짝 스쳐보았지만 그녀가 바로 내 옆방에 동거하는 사람임을 알 수 있었다. 내가 처음 이쪽에 집을 얻으러 왔을 때 집주인이 나에게 이 다락방에 한 여공이 세 들어있다고 말했던 일이 생각났다. 나는 첫째, 집세가 싸다는 것이 기뻤고 둘째, 이 집에 다른 여자나 아이들이 없다는 것이 마음에 들어서 이사하기로 결정했던 것이다. 그녀가 사다리를 다 올라온 다음 나는 자리에서 일어나 머리를 끄덕이며 인사말을 건넸다.

"실례합니다. 난 오늘 아침 이쪽으로 이사 온 사람인데 앞으로 잘 봐주십시오."

그녀는 내 인사에 아무런 대답도 하지 않고 커다란 검은 눈으로 나를 유심히 보다가 자기 방문으로 걸어가 문을 열고 들어 가버리는 것이었다. 그녀와 이렇게 첫 대면을 하였는데 어찌된 영문인지 나에게는 그녀가 매우 가련한 여자라고 생각되었다. 높은 콧대, 회백색 나는 타원형의 얼굴, 깔끔하게 여윈 크지 않은 키 등등이 그걸 증명해 주는 것 같았다. 그러나 나는 당시 나 자신의 생활 문제에 골머리를 앓고 있었기 때문에 아직 실직하지도 않은 이 여공을 불쌍하고 가련하다고 생각할 여유가 없었다. 그리하여 나는 몇 분 후 또 다시 책 더미 위에 앉아 촛불만 지켜 보았다.

이 빈민굴에서 약 일주일가량 지내는 사이에 나는 그녀가 매일 아침 일곱 시에 출근하였다가 오후 여섯 시가 넘으면 퇴근한다는 걸 알았다. 그녀는 언제나 내가 우두커니 촛불이나 램프 등을 마주하고 책 더미 위에 앉아있는 것을 보면서 자기 방으로 들어가곤 했다. 아마 나의 이 같은 멍청이 같기도 하고 그렇지 않을 수도 있는 애매한 태도가 그녀의 호기심을 불러일으켰으리라.

어느 날 그녀가 퇴근해 다락방에 올라왔을 때 나는 그녀와 만난 첫날처럼 자리에서 일어나 그녀가 지나가도록 길을 비켜주었다. 내 앞을 스쳐 지나던 그녀는 문득 멈춰 서더니 나를 힐끔 쳐다본 다음 이렇게 묻는 것이었다.

"매일 여기서 무슨 책을 보고 있나요?"

(그녀는 부드럽고 온화한 쑤저우(蘇州) 지방 사투리로 발음하고 있었는데 이런 목소리를 들은 후의 느낌은 글로 표현하기 어려우므로 나는 단지 백화문(白話文)[2]으로 번역하는 수밖에 없다.)

그녀의 이런 물음에 나는 오히려 얼굴이 붉어졌다. 왜냐하면 매일 한 자리에 앉아 비록 몇 권의 외국 책들을 앞에 펼쳐놓고는 있었지만, 사실 나는 머리가 극히 혼란한 상태였기 때문에 한 줄도 읽을 수가 없었던 것이다. 다만 행과 행 사이 빈자리에 상상 속의 기이한 모형을 그려 넣었을 뿐이다. 때론 책 속의 삽화를 펼쳐놓고 그것을 감상하다가 그러한 삽화를 빌려 거리가 먼 환상으로 이끌어내곤 했다. 그 당시 내 몸은 수면 부족과 영양 부족으로 사실상 환자나 다름없었다. 유일한 재산인 한 벌의

2 구어체로 쓴 중국의 글.

솜두루마기도 볼품없이 낡다보니 낮에는 문밖에 나가 산보도 할 수 없는 지경이었다. 집안엔 전혀 햇빛도 들어오지 않는 형편이고 낮이나 밤에는 석유램프나 촛불을 켜고 있어야 하기 때문에 내 시력이나 다리의 힘도 상대적으로 약해졌다. 이런 상황에 있는 내가 그녀의 이런 물음에 어찌 얼굴이 붉어지지 않겠는가? 그래서 나는 이렇게 얼버무려 대답하였다.

"나는 결코 책을 보는 것이 아닙니다. 그저 멋쩍게 앉아만 있자니 쑥스러워 이렇게 책을 몇 권 펼쳐 놓고 있을 따름이지요."

그녀는 나를 뚫어지게 보더니 알 수 없다는 표정을 지으면서 예전과 마찬가지로 자기 방으로 들어가 버렸다.

요 며칠 동안 내가 아무 일도 찾지 않고 아무 일도 하지 않았다고 한다면 그건 거짓이다. 때론 머리가 조금 맑을 때면 나는 영국, 프랑스의 짧은 시들을 번역도 하였고, 사천 자 미만의 독일 단편 소설들도 몇 편 번역하여 남들이 깊이 잠들었을 때 소리 없이 우편으로 신생 출판사에 부쳤던 것이다. 왜냐하면 당시 내가 여러 방면으로 취직할 수 있으리라는 희망은 완전히 단절되었고, 오직 이 방면에서 아직도 내 메마른 두뇌에 의지하여 다소나마 희망을 가져볼 여지가 있었기 때문이다. 만약 그것들이 편집자의 마음에 들어 잡지에 실리기만 하면 몇 원쯤 되는 보수를 받는 것은 쉬운 일이었다. 그리하여 내가 떵투어루로 이사 온 이후 오늘 그녀와 첫 대화를 나누기까지, 그 사이에 벌써 이 같은 번역 원고를 서너 번 보냈던 것이다.

2

혼잡하고 떠들썩한 상하이의 조계지(租界地)[3]에서는 일 년 사계절의 변화나 시간이 매일 흘러가고 있다는 것을 느끼기 어렵다. 떵투어루의 빈민굴로 이사 온 다음 나는 내가 입은 그 솜두루마기가 날로 무거워졌고 온몸이 점점 더워짐을 느낄 수 있었다. 그리하여 나는 마음속으로 생각해 보았다.

'아마도 봄빛이 무르익을 대로 무르익었는가 보다!'

그러나 호주머니가 옹색한 나로서는 어디로 여행갈 수도 없었고 다만 암실의 등불 밑에 우두커니 처박혀있어야 했다.

어느 날 오후였다. 내가 이전과 같이 그 자리에 앉아 있는데 이웃 동거인이 갑자기 종이로 포장한 물건 두 개를 들고 올라오고 있는 것이 보였다. 황급히 자리에서 일어나 길을 비켜주려 하는데 그녀는 종이 봉지 하나를 내 책상 위에 올려놓으며 이렇게 말하는 것이었다.

"이건 포도즙으로 만든 빵이에요. 받아두셨다가 내일 잡수시면 좋을 거예요. 나머지 것은 바나나인데 제 방에 가서 함께 먹어요."

내가 그녀를 도와 바나나 봉지를 받아들자 그녀는 곧 문을 열고 자기 방으로 나를 청해 들어갔다. 이처럼 열흘 넘게 동거한 후로 그녀는 나를 믿음직한 사람으로 신용하는 것 같았다. 그녀가 처음 나를 만났을 때 얼굴에 나타냈던 의혹과 두려움에 찬 그런 모습은 깨끗이 사라졌다. 나는 그녀의 방에 들어서서야 비로소 아직도 해가 기울어지지 않았음을 알 수 있었다. 왜냐하면 그녀가 차지한 방의 남쪽엔 조그마한 창문이 있어 아직도 그쪽으로 태양의 반사 빛이 스며들었기 때문이다. 아주 비좁은 단칸방엔 널빤지 두 장으로 만든 침대와 검은 칠을 한 반쪽짜리 탁자,

---

3 19세기 후반에 영국, 미국, 일본 등 8개국이 중국을 침략하는 근거지로 삼았던, 개항 도시의 외국인 거주지. 외국이 행정권과 경찰권을 행사하였으며, 한때는 28개소에 이르렀으나 제2차 세계 대전 이후에 폐지되었다.

그리고 널빤지 궤짝과 둥근 걸상이 각각 하나씩 있을 뿐이었다. 침대에는 비록 휘장이 없었지만 그래도 푸른 천으로 지은 깨끗한 이부자리 두 채가 곱게 놓여있었다. 그것은 아마 화장품을 담는 그릇인 듯하나 이미 낡아빠져 여러 군데 기름때로 더러워져 있었다. 그녀는 걸상 위에 있는 몇 벌의 낡은 솜저고리와 무명 바지 등을 침대 위에 올려놓으며 나에게 걸상에 앉으라고 권하는 것이었다. 나는 그녀가 이처럼 나를 은근히 대하는 모습을 보고 불안한 나머지 하는 수 없이 이렇게 말하였다.

"한 집에 사는 사이에 이렇게 격식 차릴 필요가 있습니까?"

"격식 차린 것 아니에요. 매일 집으로 돌아올 때마다 자리에서 일어나 길을 내주시니 오히려 제가 미안한 걸요."

그녀는 이렇게 말하면서 봉지를 열어 바나나를 나에게 권했고 자기도 한 개를 가지고 침대에 앉아 먹으면서 물었다.

"왜 집안에만 박혀있고 일거리를 찾지 않나요?"

"저도 일자리를 찾으려고 했지만 어딜 가서 일거리를 찾을 수 있어야 지요."

"친구는 없어요?"

"친구들은 있지만 내 이런 형편을 보고 그들은 나와 내왕을 하지 않는다오."

"학교에 다니셨던가요."

"외국인 학교에서 몇 년간 공부하였소."

"집은 어디세요? 왜 집으로 돌아가지 않으셨어요?"

그녀가 이렇게 계속 묻자 나는 비로소 자신의 처지를 갑자기 느끼기 시작하였다. 왜냐하면 나는 지난해부터 매일 쪼들리더니 "너는 도대체 어떤 사람인가?", "지금 너는 어떤 처지에 처해있는가", "네 마음은 지금

기쁜지, 슬픈지?" 등의 관념에 대해 까맣게 잊고 있었기 때문이다. 나는 그녀가 이렇게 묻고서야 반년 동안 겪어온 한심한 상황들을 곰곰이 생각해 보았다. 그리곤 물끄러미 그녀를 쳐다볼 뿐 한참 아무 말도 하지 않았다. 그녀는 나의 이런 모습을 보더니 겁 없이 떠돌아다니는 유랑자인 줄로 여기고 얼굴에 일종의 고적한 표정을 짓더니 가볍게 탄식하는 것이었다.

"아! 나와 같은 처지인가요?"

이렇게 탄식한 그녀는 침묵 속에 잠겨 버렸다. 나는 그녀의 붉은 눈언저리에 물기가 어린 것을 보자 금방 다른 말을 꺼냈다.

"지금 공장에서 무슨 일을 하고 있소?"

"담배를 포장해요."

"그래 하루에 몇 시간씩 일하오?"

"아침 일곱 시에 시작해 저녁 여섯 시에 끝나는데 중간에 한 시간 휴식을 빼면 하루에 열 시간 일하지요. 그리고 한 시간만 일하지 않아도 봉급에서 돈을 깎는답니다."

"얼마나 감봉합니까?"

"한 달 봉급이 구 원이니 열흘에 삼 원이고 한 시간에 세 푼의 은전을 감하지요."

"식비는 얼마나 되오?"

"한 달에 사 원입니다."

"그렇다면 매달 한 시간도 휴식 없이 일한다면 식비를 제하고 오 원이 남는데 이것으로 집세 물고 옷가지를 사는데 충분하오?"

"어림도 없지요! 거기에 그 관리원이라는 사람이……. 아……! 전……. 전 그래서 공장을 몹시 싫어하고 원망해요. 담배는 피우시나요?"

"피우지요."

"제 생각 같아서는 피우지 않는 것이 좋을 것 같아요. 설령 피우더라도 우리 공장 담배만은 피우지 마세요. 저는 이 담배가 여기에 있는 것을 죽도록 증오해요."

나는 그녀가 이를 갈며 원망스러워 하는 모습을 보고 더 길게 이야기하고 싶지 않았다. 먹다 남은 바나나를 몇 차례 베어 먹으면서 주변을 살펴보았는데 방안은 어둠이 깃들기 시작하였다. 나는 자리에서 일어나 고맙다고 말한 후 방으로 돌아왔다. 평상시에 그녀는 늘 피곤한 듯 매일 저녁 돌아와 금방 잠들곤 하였는데 오늘 저녁 따라 그녀는 한밤중까지도 잠들지 못하는 듯싶었다. 이 일이 있고 나서 그녀는 매일 저녁 집으로 돌아오면 나와 꼭 몇 마디씩 말을 나누곤 하였다. 나는 그녀의 말을 통해 그녀의 성은 천(陳)가이고 이름은 얼메이(二梅)라는 것. 그녀의 고향은 원래 쑤저우로 나와 동향 사람이며 어려서부터 상하이의 교외 농촌에서 자랐다는 점 등을 알게 되었다. 그녀 아버지도 원래 담배 공장 노동자였는데 지난해 세상을 떠났던 것이다. 그녀는 아버지와 함께 그 단칸방에 살면서 매일 아침 함께 출근하였는데 지금은 그녀 홀로 그 방에서 살고 있었다. 그녀는 아버지가 돌아가신 후 한 달가량 울면서 출근하였고 울면서 퇴근하였다. 그녀는 올해 열일곱 살로서 형제자매도 없고 가까운 친척도 없었다.

그녀 아버지의 장례는 아버지가 죽기 전에 15원을 아래층에 사는 노인에게 맡겨 도맡아 처리하게 하였다. 그녀는 이렇게 말했다.

"아래층에 계시는 노인은 좋은 분이에요. 그분은 지금까지 제게 나쁜 마음을 품지 않았기에 아버지가 살아계실 때와 마찬가지로 저는 일하러 다니지만, 공장의 이 씨라는 관리자는 매우 나쁜 놈으로 제 아버지가 돌아가신 것을 안 뒤로 매일 저를 희롱한답니다."

나는 그녀와 그녀 아버지의 경력에 대해 거의 다 알 수 있었지만, 그녀 어머니는 어떤 사람이며, 죽었는지 아니면 살아서 어디 계시는지 전혀 알 수 없었다. 그녀도 이에 대해 한 번도 말한 적이 없었다.

3

날씨가 변한 것 같다. 홀로 사는 세계, 어두컴컴한 작은 방, 그 방 속 가득히 고리타분하게 썩은 공기가 마치 시루 속 증기처럼 며칠째 사람의 머리를 흐리터분하게 어지럽혔다. 해마다 봄과 여름이 교체하는 계절이 닥쳐오면 내 심한 신경쇠약증은 이러한 기후 조건하에서 나를 거의 미친 사람으로 만들어버렸다. 그리하여 나는 며칠째, 저녁이 되면 사람이 없을 때를 기다려 거리에 나가 늘 산보를 하였다. 홀로 비좁은 골목에서 쪽빛 하늘의 별무리를 쳐다보며 밑도 끝도 없는 공상에 잠겨 천천히 걷곤 하였는데 내 건강엔 퍽 유익한 것이었다. 어쩔 수 없이 봄바람에 도취되는 저녁이면, 나는 되는대로 거리를 거닐다가 언제나 날이 밝을 무렵이 되어서야 비로소 집으로 돌아왔다. 그리고는 피곤을 못 이겨 보통 이튿날 점심때까지 잤으며, 몇 번인가는 얼메이가 퇴근할 무렵이나 퇴근한 후에야 깨어났다. 이처럼 실컷 자고 난 후 내 건강 상태도 점차 호전되어 갔다. 이런 야간 활동을 시작한 후로 보통 반 파운드의 빵을 먹던 나는 한 파운드의 빵을 먹을 수 있는 정도로 식욕이 왕성해졌다. 비록 살림엔 커다란 타격을 주었지만 내 정신은 오히려 많은 영양소를 흡수하여 종전에 비하여 정신이 매우 명료해진 것 같았다. 그래서 나는 야간 활동이 끝난 후 집에 돌아와 취침 전 시간을 이용해 앨런 포우[4] 식의 단편소설을 몇 편 썼는데, 나 자신이 봐도 그리 나쁘지는 않았다. 나는 몇 차례 수정하여 원고지에 쓴 다음 일일이 우편으로 투고하였다. 비록 마음속에 한 줄기 희망을 품고는 있었지만, 함흥차사[5]가 된 이전의 번역 원고를 생각하고는 이번에 투고한 단편소설도 며칠이 지난 다음 까맣게 잊고 말았다. 며칠째, 이웃에 사는 얼메이가 출근할 때마다 나는 늘 깊은 잠을 자고 있었으며 그녀가 퇴근할 때라야 몇 차례 대면할 수 있는 기회가 있었는데, 웬일인지 그녀가 나를 대하는 태도는 종전에 나를 처음 만났을 때처럼 의혹과 두려움에 찬 그것으로 되돌아가는 듯싶었다. 그녀는 때론 묵묵히 나를 지켜보았는데, 그 물기 도는, 정기 어린 까만 눈은 나를 책망하고 타이르는 듯한 간절한 마음을 가득 머금고 있었다.

내가 이 빈민굴에 옮겨온 지도 어언 이십여 일이 넘었다. 어느 날 오후인가 금방 촛불을 켜놓고 어느 헌 책방에서 사 온 소설을 보고 있을 때, 얼메이가 급히 이층으로 올라오더니 이렇게 말했다.

"아래에 우편집배원이 기다리고 있어요. 도장을 가지고 내려오래요."

이 말을 할 때 나를 의심하고 겁내는 그녀의 태도는 더욱 두드러졌는데 마치 "허허! 네가 저지른 일이 끝내 발각되었구나!"라고 말하는 듯싶었다. 나는 그녀의 이런 태도에 몹시 화가 나서 성급하게 내뱉었다.

"나에게 올 편지가 어디 있기에? 그건 내게 오는 편지가 아닐 것이오!"

그녀는 내 볼멘소리를 듣고 더욱 승리자의 모습으로 뽐내면서 일종의 멸시하는 듯한 냉소를 지었다.

"알아서 가보세요. 자기가 저지른 일은 자기만이 알 것이에요!"

---

4 Edgar Allan Poe(1809~1849): 「검은 고양이」로 유명한 미국의 대표적인 추리소설 작가.

5 심부름을 가서 오지 아니하거나 늦게 온 사람을 이르는 말. 조선 태조 이성계가 왕위를 물려주고 함흥에 있을 때, 태종이 보낸 차사를 혹은 죽이고, 혹은 잡아 가두어 돌려보내지 않았던 데서 유래한다.

이때 아래층에서도 과연 우편집배원 같은 사람이 재촉하면서 말하였다.

"등기요!"

편지를 뜯어보는데 심장이 몇 차례 높게 뛰었다. 사실 내가 지난번에 보낸 독일 단편 소설의 번역물이 이미 어느 잡지에 발표되었다는 통지와 함께 오 원짜리 환어음이 왔던 것이다. 호주머니가 곧 비어갈 때인데 마침 오 원이 왔으니 월말에 갚아야 할 방세는 물론이고 며칠 동안 살아갈 수도 있었다. 당시 이 돈 오 원을 내가 얼마나 값어치 있게 썼는지는 그 누구도 짐작할 수 없을 것이다.

이튿날 오후 나는 우체국에 가서 돈을 찾아 태양이 내리쬐는 거리를 한참 걸었는데, 갑자기 온몸이 흠뻑 땀에 젖었음을 깨달았다. 나는 주변에 걸어가는 사람들과 나 자신을 살펴보고는 부지불식간에 머리를 숙였다. 내 목덜미와 머리에서는 땀이 마치 빗방울처럼 뚝뚝 떨어졌다. 야밤에 거리를 거닐 때는 물론 태양도 없었고 싸늘한 봄추위와 희부옇게 밝아오는 동녘 하늘의 어두운 기운이 늘 조용한 거리에 도사리고 있었으므로, 내가 입은 낡아빠진 솜두루마기는 그래도 아주 계절에 어울리지 않는다고 말할 순 없었다. 그러나 지금 이처럼 따스한 봄볕이 내리쬐는 한낮에 여전히 밤에 입던 두루마기를 입고 사거리에서 활개 치며 다니다가, 문득 계절에 맞게 차려입은 내 주변 사람들과 나를 비교하면서 어찌 스스로 부끄러움과 어지러움을 느끼지 않을 수 있겠는가? 이런 심정에 사로잡힌 나는 일시적으로나마 며칠 후에 갚지 않으면 안될 집세와 주머니에 남아 있는 잔돈을 까맣게 잊고, 천천히 자루(閘路)에 있는 헌 옷 전당포로 발길을 옮겼다. 오랫동안 대낮에 거리를 다녀보지 않았던 나는 자동차와 인력거가 분주히 오고가는 거리, 그런 걸 타고 다니는 아름다운 처녀 총각들, 비단 상점과 보석 상회의 진열장에 놓인 아름답고도 수많은 상품을 보았다. 사방에서 벌떼처럼 웅성거리며 떠들썩한 사람들의 조잡한 목소리, 발걸음 소리, 클랙슨 소리를 듣고는 그만 삽시간에 딴 세상에 온 것처럼 느꼈다. 나는 나 자신의 존재를 잊고 그들과 함께 노래하고 춤추고 싶었다. 내 입에서는 나도 모르게 오랫동안 잊었던 경극(京劇)[6]의 노랫가락이 울려나왔다. 극락과도 같은 순간적인 환상의 경지는 내가 길을 가로질러 자루로 접어 들어갈 무렵 갑자기 들려오는 종소리에 산산이 부서지고 말았다. 머리를 들고 쳐다보니 무궤도전차가 막 나를 향해 돌진해 오고 있었는데, 뚱보 운전사가 상반신을 차창 밖에 내밀고 눈을 부릅뜨곤 욕을 퍼붓는 것이었다.

"야, 이 자식아! 돼먹지 못한 녀석 같으니라고. 눈알은 두었다 어디에 쓰냐? 치어 죽으면 갯값밖에 되지 않아!"

나는 우두커니 선 채로 무궤도전차의 뒤에 말려 오르는 먼지를 바라보다가, 전차가 북쪽으로 사라지고 나자 어디에서 생긴 감정인지 웃음을 참지 못하고 몇 마디 "하! 하!" 하며 웃어 버렸다. 곁에 있는 사람들이 나를 주시하자 나는 낯을 붉히며 느릿느릿 자루로 걸어갔다.

몇몇 전당포에 들른 나는 겹적삼 값을 묻고 내가 지불할 수 있는 정도의 금액으로 흥정을 걸었더니, 그들은 한 스승에게 배운 견습공처럼 반색하면서 이구동성으로 조롱하였다.

"빈정대긴, 시끄럽게, 사겠으면 어서 사고 싫으면 그만두시오!"

나는 5가에 있는 한 작은 가게를 겨우 찾아갔다. 아무래도 겹옷을 살 수 없을 것 같아 죽포(竹布)[7]로 된 홑적삼을 산 다음, 곧장 옷을 갈아입고는 솜두루마기를 안고 묵묵히 집을 향해 바삐 걸었다. 가는 길에 나는

6 노래와 춤과 연극이 혼합되어 있는 중국의 전통 극.

7 대의 섬유로 짠 천.

속으로 궁리하여 보았다.

"아무튼 돈은 모자라기 마련인데 시원히 써버리고 말자." 동시에 이전에 나에게 빵이며 바나나를 사가지고 왔던 얼메이의 일이 생각났다. 다시 생각할 틈도 없이 다짜고짜 식품 상점에 들어가 초콜릿, 바나나, 달걀로 만든 카스테라 등 일 원어치를 샀다. 가게에 서서 점원이 사탕과 과자를 포장하는 새 갑자기 한 달이 다 지나도록 목욕을 하지 못했다는 것을 생각하고, 오늘 이 기회에 목욕하리라 마음먹었다. 목욕을 끝내고 옷과 사탕을 들고 떵투어루에 돌아왔을 때는 벌써 거리 양편의 가게들에 전등불이 켜져 있었고, 거리에는 행인도 드물었으며, 황푸장(黃蒲江)에서 불어오는 저녁의 찬바람은 계속 몸을 움츠리게 하였다. 방으로 들어오자 촛불을 켜들고 얼메이의 방을 비춰 보았는데 그녀는 아직도 돌아오지 않았다. 나는 배가 매우 고팠으나 사가지고 온 물건만은 얼메이가 돌아오면 함께 먹자는 생각 때문에 손대고 싶지 않았다. 책을 보면서 나는 침만 꿀꺽꿀꺽 삼켰다. 오랜 시간이 지나도 얼메이는 돌아오지 않았는데 피곤해진 나는 어느 틈에 책과 함께 깊이 잠들어버렸다.

4

얼메이가 돌아왔다는 느낌에 내가 깨어났을 때 촛불은 두 치 정도밖에 남아있지 않았다. 지금 몇 시나 되었는가 하는 물음에 얼메이는 이렇게 대답했다.

"열 시 고동 소리가 금방 울렸는걸요."

"왜 오늘 저녁에 이렇게 늦었소?"

"담배의 판로가 넓어지니 우리에게 야간작업을 하래요. 글쎄, 보수는 얼마 정도 올라간다 해도 어찌나 힘든지 못 견디겠어요."

"그렇다면 일하지 않으면 그만이지."

"그러나 노동자가 얼마 안되니 일하지 않으면 안돼요."

여기까지 말하고 난 그녀는 갑자기 큼직한 눈물 두 방울을 뚝뚝 떨치는 것이었다. 나는 그녀가 일에 지쳐 마음이 상해 그러는 줄로 여기고, 한편 그녀가 가련하게 생각되었고, 또 다른 한편 아이 같은 그녀의 성미에 오히려 쾌감까지 느꼈다. 나는 사탕 봉지를 터서 그녀에게 몇 개 먹게 한 다음 부드럽게 타일렀다.

"야간작업이 익숙지 않아서 피곤한 것이니 습관 되면 별일 없을 거요."

그녀는 묵묵히 내 책상에 걸터앉아 초콜릿 몇 개를 먹고 나서 나를 힐끔힐끔 쳐다보았는데, 마치 무슨 하고 싶은 말이라도 있는 듯싶었다. 그리하여 나는 그녀에게 물었다.

"무슨 할 말이라도 있는 게 아니오?"

그녀는 한참 침묵을 지키다가 끝내 띄엄띄엄 나에게 묻는 것이었다.

"전……. 전……. 진작 물으려 했는데요. 그래 요 며칠 밤 늘 밖에 나가 나쁜 사람들과 휩쓸리지나 않았나요?"

나는 그녀의 이런 엉뚱한 질문에 깜짝 놀라지 않을 수 없었다. 그녀는 확실히 내가 밤마다 도둑들이나 망나니들과 휩쓸리는 걸로 의심하였던 것이다. 그녀는 내가 말이 없는 것을 보자 내 밑바닥이 그대로 드러난 줄로 여기고는 부드러운 목소리로 타일렀다.

"당신은 무슨 일을 해서 이처럼 좋은 것을 먹으며 좋은 옷을 입는 거죠? 이런 짓을 일삼는 것은 할 만한 일이 아니에요. 만일 남들에게 붙잡히거나 하면 나중에 무슨 체면으로 사람 구실을 할 수 있겠어요? 지난 일은 말할 필요 없고 앞으로는 그런 일을 제발 그만 두세요……."

나는 두 눈과 입을 한껏 벌리고 물끄러미 그녀만 쳐다볼 뿐이었다. 왜냐하면 그녀의 생각이 엉뚱하게도 기막히고 돌발적인 것이어서 나 자신을 어떻게 변호하고 변명해야 좋을지 미처 생각나지 않았기 때문이다. 그녀는 잠시 후 계속하여 타일렀다.

"담배 피우는 일만 놓고 보더라도 매일 금연한다면 동전 몇 푼이라도 절약하는 게 아닌가요? 제발 담배를 피우지 말라고, 특히 제가 증오하는 N공장의 담배는 절대 피우지 말라고 부탁드려도 끝내 제 말을 들어주질 않는군요."

여기까지 말한 그녀는 또 눈물 몇 방울을 떨어뜨리는 것이었다. 이 눈물은 그녀가 N공장을 증오하여 떨어뜨린 눈물임을 알고 있었지만 내 마음은 그렇게 생각하는 것을 용납하지 않았다. 그 눈물은 오직 나를 타이르기 위해 흘린 것으로 생각된 것이다. 나는 잠자코 생각에 잠겼다가 그녀가 안정되기를 기다려, 어제 그 등기가 오게 된 연유와 또 오늘 돈을 찾아 물건들을 산 사실을 자세히 이야기하였다. 그리고 나의 신경쇠약증과 매일 저녁 밖에 나가 산보해야 하는 원인을 간단히 이야기하였더니 그녀는 금방 나를 믿게 되었다. 그녀는 낯을 붉히며 눈을 내리깔고 책상 위만 응시하면서 부끄러운 듯 속삭였다.

"어머나 이를 어쩐담. 공연히 남을 잘못 봤군요. 너무 상심 말아요. 원래 악의를 품고 말한 것은 아니니 용서하세요. 그저 행동이 하도 괴상하기에 제 생각이 뒤틀린 거예요. 계속 이처럼 힘써 공부한다면 그 얼마나 좋은 일이에요? 이제 금방 말씀한…… 무엇이더라?……. 그런 물건을 오 원에 팔았다니 만약 매일 하나씩 만든다면 얼마나 좋아요?"

나는 그녀의 이와 같은 단순한 태도에 나도 알 수 없는 감정이 불시에 일어났다. 두 팔을 벌려 그녀를 막 포옹해 주고 싶었으나 내 이성은 오히려 나에게 이렇게 명령하였다.

"너는 다시 멍청한 짓을 저질러서는 안된다. 그 대신 지금 네가 어떤 처지에 처해 있는가를 똑똑히 알아야 한다. 그래 너는 이처럼 순결한 처녀를 독살할 셈이냐? 악마! 악마 같으니라고. 너는 지금 사랑하는 임을 맡을 자격이 조금도 없다!"

이러한 감정에 부대끼는 순간 나는 지그시 눈을 감았고 이성의 명령을 들은 다음 다시 눈을 뜨니 주변이 몇 초 전보다 한결 밝아 보였다. 나는 그녀에게 살짝 미소 지어 보이며 그녀를 재촉하였다.

"밤도 이슥한데 어서 들어가 잡시다! 내일 또 일하러 가야죠! 난 오늘부터 담배를 다시는 피우지 않기로 결심하였으니 안심하시오!"

그녀는 이 말을 듣더니 기쁨에 겨워 자기 방에 돌아가 잠들었다.

그녀가 간 다음 나는 다시 촛불을 새 것으로 갈고 조용히 앉아 많은 생각에 잠겼다.

나의 노동의 첫 결실로 오 원을 벌었는데 벌써 삼 원이나 써버렸구나. 원래 남아 있던 일 원까지 보태어 집세를 물고 나면 이삼십 전밖에 남지 않으니 어떻게 한단 말인가!

이 낡은 솜두루마기를 저당 잡혀야지! 그러나 전당포에서 받아 줄 것 같지 않거든. 이 처녀는 정말 가련하기도 하지. 그러나 지금 내 처지는 그녀보다 못하니 말할 것이 없어. 그녀는 일하고 싶지 않아서가 아니라 일이 그녀를 억압하여 그러는 거지. 나도 일을 하고 싶지만 결국은 일거리를 못 찾고 있단 말이야.

아예 뼈를 늘이는 육체노동이나 하고 말지! 아아! 그러나 이같이 빼빼 마른 가는 손목으로는 인력거 손잡이도 들지 못할게 아닌가?

자살하리라? 나는 자살할 용기가 있다. 자살할 것 같으면 진작 했을 것이다. 지금에 와 자살이라는 두 글자를 생각한다는 것은 아직도 내 의지가 완전히 끝나지 않았음을 충분히 증명해 준다.

"하하 하하! 오늘 그 무궤도전차의 운전사가 나를 무어라고 욕하였던가?"

"누렁이는 그래도 듣기 좋은 이름이지."

"……."

"……."

나는 자질구레하고 끝없는 생각에 잠겼으나 이처럼 곤궁한 처지에서 빠져나올 뾰족한 궁리를 끝내 짜내지 못했다. 공장의 기적 소리를 들으니 아마 열두 시가 된 듯하다. 자리를 차고 일어나 낮에 벗어버렸던 누더기 솜두루마기를 바꿔 입은 나는 촛불을 끈 다음 산책하러 밖으로 나왔다. 빈민굴에 사는 사람들은 벌써 깊은 잠에 빠져들었다. 맞은편 떵투어루에 인접한 르신리에 줄지어 선 이층집 양옥 중 몇몇 집에서는 아직도 푸른 등, 붉은 등이 휘황찬란한데, 그 속에서는 라라이까를 타는 소리가 들려왔다. 거기에 맞춰 부르는 맑고 고운 노랫소리에는 비애가 담겨 적막한 한밤중의 찬 공기에 실려와 내 고막을 두드리는데, 이는 아마도 러시아에서 유랑해 온 소녀가 돈을 구걸하는 노래이리라. 하늘에는 회백색 옅은 구름이 마치 썩어가는 송장처럼 무겁게 덮여 있었다. 구름이 찢어진 사이로 별 한두 개를 볼 수 있었다. 그 별 주변에 검은 하늘을 볼 수 있었는데 마치 끝없는 애수를 깊이깊이 간직한 듯하였다.

1923년 7월 15일

노예가 된 어머니

로우스

그녀의 남편은 가죽 장사꾼이었다. 산골 사냥꾼들의 짐승 가죽이나 마을의 소가죽을 거두어 저자거리에 나가 팔았으며 때로는 농사일을 겸하기도 했다. 남편은 망종(芒種)[1]이 되면 남들의 모내기를 도왔는데 아주 곧게 잘 심었다. 예컨대, 다섯 사람이 한 뙈기에서 모내기를 한다면 그는 언제나 모범이었다. 그런데도 살림 형편은 늘 좋지 못해 빚은 해마다 늘어만 갔다. 그는 그런 생활에 싫증이 났는지 담배를 피우고 술을 마시기 시작했다. 심지어 도박도 했다. 얼마 되지 않아서 아주 흉악하고 난폭한 사나이로 변했으며 생활은 갈수록 빈궁해졌다. 얼마 후 그는 단돈 몇 푼을 빌리려고 해도 빌려주는 사람이 없게 되었다.

가난에 쪼들리던 그는 드디어 앓아눕게 되었다. 온몸이 누렇게 팅팅 부었고 얼굴은 누렇다 못해 작은 북같이 되었으며 눈자위마저 샛노래졌다. 사람들은 그가 황달에 걸렸다고 했는데 어린이들은 그를 "누런 뚱뚱이"라고 불렀다.

1 24절기의 하나. 소만小滿과 하지夏至)사이에 들며, 이맘때가 되면 보리는 익어 먹게 되고 모를 심는다. 양력으로는 6월 6일 무렵이다.

어느 날, 그는 자기 마누라에게 말하였다.

"다른 방법이 없구먼. 이러다간 가마솥마저 다 팔아버리겠소. 내 생각엔 그래도 당신 몸으로 방법을 찾아야만 살 수 있을 것 같구려. 당신도 나를 따라 굶고만 있으니 달리 무슨 방법이 있겠소?"

"내 몸에서……."

그의 부인은 부엌 뒤에서 갓 만 세 돌 되는 사내애를 안고 있었다. 그 아이는 아직도 젖을 빨고 있었다. 여인은 떠듬떠듬 낮은 소리로 물었다.

"맞소. 당신 몸을……." 병을 앓고 난 남편은 힘없는 소리로 말했다.

"내가 이미 당신을 저당 잡히기로……."

"뭐라고요!"

그녀는 기절할 지경이었다.

집안은 쥐죽은 듯 고요했다. 남편은 숨을 헐떡이며 말했다. "사흘 전에 왕랑(王狼)이 와서 앉아 한동안 빚 독촉을 한 뒤 돌아가자, 나도 그를 따라 구묘담(九苗潭) 못가까지 걸어갔소. 나는 정말로 사람 노릇을 하고 싶지 않았소. 그래서 연못으로 투신할 만한 나무 아래 앉아서 이 생각 저 생각해 보았는데, 도무지 뛰어내릴 힘이 없었소. 부엉이가 귓가에서 쉴 새 없이 울어대는 바람에 내 마음은 그만 냉정을 되찾기 시작하였소. 나는 다만 몸을 돌려야만 했소. 그런데 오다가 길가에서 심 씨 댁 할멈을 만났던 것이오. 그 노파가 나에게 이렇게 어두운데 밖에서 뭘 하는가 하고 묻지 않겠소. 그래서 나는 그녀에게 돈을 좀 빌려주든지, 다른 집 아가씨의 의복이나 머리 장식품을 잠시 빌려다 저당 잡혀 돈을 얻어주어, 그 이리 같은 푸른 눈으로 날마다 지켜보는 왕랑의 눈초리를 없애게 해 달라고 말했소.

그런데 심 씨 매파는 나를 보고 웃으면서 '자네 아직도 여편네를 집에다 가만히 앉혀 놓고 무엇하고 있는가? 자네 몸도 누렇다 못해 이 지경까지 됐는데…….'라고 하질 않겠소.

나는 머리를 숙이고 말을 못했소. 그 노파는 또 '자네 아들은 하나뿐이니 아깝겠지만, 여편네야…….'고 말하지 않겠소. 나는 아내를 팔라는 것이 아닌가 하고 생각했소. 그 노파는 계속해서 말하기를 '그러나 여편네는……. 비록 백년가약을 맺은 부부이지만 가난하면 방법이 없다네. 집에 두고 먹이기만 하면 뭘 하겠나?'라고 하면서 가슴속의 말을 하는 것이었소. '솔직히 말하자면, 수재(秀才)[2] 한 분이 계시는데 아들이 없다우. 나이가 이미 쉰이 됐는데 첩을 하나 사려해도 마누라가 동의하지 않는다네. 그래서 여자 하나를 저당 잡아오기로 했다네. 삼 년이나 오 년 정도 계약하자구만. 나더러 적합한 여자를 물색해 달라고 했네. 나이는 서른 살 전후로 아들을 두 셋 낳아본 적이 있어야 한다우. 그리고 사람은 성실하고 말수가 없어야 하며 부지런해야 하구. 게다가 수재의 안 마님한테는 절대적으로 순종해야 한다우. 이 일은 수재의 안 마님이 친히 나에게 말한 것이네. 만일 조건이 합당하면 팔십 원 내지 백 원의 몸값을 내겠다 했네. 내 며칠간 찾아봤지만 아직까지 적당한 여자를 보지 못했네.' 이렇게 말하고 나서 그 노파는 나를 보니 당신 생각이 난다면서 당신이 모든 면에서 조건에 부합된다고 하더구만. 그러면서 내 의견이 어떤가고 묻더구만. 나는 눈물을 흘리면서도 마지못해 그 노파의 요구에 대답했소."

여기까지 말한 남편은 고개를 푹 떨어뜨렸다. 가느다란 목소리도 지쳤는지 들리지 않았다. 부인은 얼빠진 사람처럼 멍하니 한마디도 못했다. 한참 서로 말이 없다가 남편이 다시 말하였다.

---

2 학문과 재능이 매우 뛰어난 사람.

"어제 심 씨 매파가 수재네 집에 갔었소. 수재는 아주 기뻐하였고 수재의 안 마님도 만족하더라고 했소. 계약금은 백 원이고 햇수는 삼 년이라는구만. 만일 삼 년 동안 아들을 낳지 못하면 오 년까지 연장할 수 있다오. 심 씨 매파는 가는 날짜까지 받았는데 이 달 18일이라오. 닷새 후요. 오늘 그녀가 계약서 쓰러 간다오."

가만히 듣고 있던 그의 부인은 오장이 벌컥 뒤집히는 것 같아 꺽꺽거리면서 따졌다.

"어째…… 일찍이……. 나한테 말하지 않았어요?"

"어제 당신에게 말하려고 당신 앞을 세 번이나 맴돌았지만 좀처럼 말이 나오지 않았소. 그러나 다시 곰곰이 생각해 보니 당신 몸에서 방법을 구하는 것 외에는 다른 방법이 없을 것 같았소."

"그래 결정됐나요?" 부인은 이를 악물며 물었다.

"계약서만 쓰면 되오."

"불행한 일이군요……. 조금도 다른 방법이 없나요? 춘빠오 아빠!"

춘빠오(春寶)란 그의 품에 안긴 어린애의 이름이었다.

"운이 없소. 나도 생각해 봤소. 그러나 너무 가난하다 보니, 죽기는 싫고 무슨 방법이 있겠소? 올해는 모내기도 할 것 같지 않고."

"그러나 당신은 아이 생각을 해봤어요? 춘빠오는 아직 다섯 살도 안 되는데 그래 어미 없이 어쩌겠어요?"

"내가 그 애를 거두지 않으려고, 젖까지 이미 떼었는데!" 남편은 차츰 성질이 났던지 문을 차고 나가 버렸다. 부인은 엉엉 울기만 했다.

그녀의 눈앞에는 지나간 일들이 회상되었다. 바로 일 년 전, 딸애를 낳고 기진맥진한 그녀는 죽은 사람처럼 침대에 누워 있었다. 죽으면 차라리 고통이 없겠는데 온 사지가 길길이 찢어지고 오열되는 것 같았다.

금방 태어난 딸애는 마른 풀더미 위에서 "응애, 응애!" 하고 울어댔는데 그 울음소리는 매우 날카로웠으며 손발을 심하게 바동거렸다. 탯줄은 여전히 아기 몸에 감겨 있었고 태반도 옆에 떨어져 있었다. 그녀는 애써 일어나 아기를 씻어주려 했으나 몸을 침대에서 좀처럼 움직일 수 없었다. 이때 흉악한 남편이 집안에 들어섰다. 사나이는 얼굴이 뻘게 가지고 끓는 물 한 통을 들고 나오더니 애기 옆에 다가왔다. 그녀는 온힘을 다하여 그에게 하지 말라고 외쳤으나, 이 잔인한 남자는 한마디 상의도 없이 "응애, 응애!" 하고 힘껏 울어대는 딸을 — 방금 태어난 새 생명을 — 포악한 두 손으로 쳐들고는 마치 백정이 새끼 양을 죽이는 것처럼 "철렁!" 하고 끓는 물에 집어넣었다. 끓는 물이 튕기는 소리와 살점이 익어 번지는 소리를 제외하고 딸의 울음소리는 조금도 들리지 않았다. 그녀는 의심스러웠다. 왜 딸의 울음소리가 들리지 않는가? 그래 아무 소리도 없이 억울하게 죽어 가는가? 아! 돌이켜 생각해 보니 그녀는 간장을 도려내는 것 같았다.

여기까지 생각하던 그녀는 눈물마저 말라버렸다. "아! 팔자가 기구하구나!" 그녀는 낮은 소리로 탄식했다. 이때 춘빠오가 젖꼭지를 놓고 어머니의 얼굴을 쳐다보며 불렀다.

"엄마! 엄마!"

떠나기 전날 밤, 그녀는 방안에서 제일 어두운 곳을 골라 앉았다. 부엌에 걸려 있는 기름등잔은 반딧불처럼 가물거렸다. 그녀는 손에 춘빠오를 안고 그의 머리를 비벼댔다. 그녀의 생각은 멀리 떠 있는 것 같았지만 그곳이 어딘지 헤아릴 수 없었다. 이윽고 그녀는 천천히 아이의 몸 옆으로 달려와 나직이 아이를 불렀다.

"춘빠오야. 춘빠오야!"

"응." 아이는 젖을 문 채 대답했다.

"엄마는 내일이면 간다."

"응." 철모르는 아이는 본능적으로 머리를 어머니의 가슴 속에 파묻었다. "엄마는 돌아오지 못한다. 삼 년 동안 보지 못한다." 그녀는 눈물을 훔쳤다. 어린애는 젖꼭지를 놓으며 물었다.

"엄마, 어디 가? 절에?"

"아니다. 삼십 리 밖에 있는 이 씨 집으로 간단다."

"나도 갈 거야."

"춘빠오는 못 가."

"응! 응!"

"너는 아빠와 같이 집에 있어라. 아빠가 춘빠오를 잘 돌봐 줄 거야. 춘빠오와 같이 자고 춘빠오와 함께 놀아줄 거야. 너는 아빠 말 잘 들어야 해. 삼 년이 지나면……."

그녀가 말을 채 끝내기도 전에 어린애는 울상을 지으며 징징거렸다.

"아빠는 나를 때리잖아!"

"다시는 너를 안 때릴 거야."

그녀는 말하면서 어린애의 오른쪽 이마를 어루만져 주었다. 남편이 금방 태어난 딸을 죽인 사흘 후, 호미 자루로 때려 놓은 상처 자리였다.

그녀가 아이와 말을 계속 하려는데 남편이 문 안으로 들어섰다. 남편은 다가서더니 호주머니를 들춰 무엇인가 꺼내면서 말했다.

"이미 돈 칠십 원을 가져 왔소. 나머지 삼십 원은 당신이 도착한 열흘 후에 주기로 했소."

그리고는 말을 좀 멈추었다가 계속했다.

"가마로 데려가기로 했소."

그는 또 말을 잠깐 끊었다가 이었다.

"가마꾼들이 아침을 먹은 후 오기로 했소."

이렇게 말하고는 밖으로 나갔다. 이날 밤, 그녀와 남편은 모두 저녁을 먹지 않았다.

이튿날, 봄비가 부슬부슬 내렸다.

가마는 아침 일찍 도착했다. 지난 밤, 이 여인은 밤새 내내 자지 않고 춘빠오의 헌 옷을 여러 벌 기워 놓았다. 봄도 다 지나가고 여름철이 다가왔다. 그러나 그녀는 어린애가 겨울에 입을 헌 솜옷마저 꺼내어 애아버지한테 넘겨주려고 하였다. 기실 남편은 이미 침대에서 잠들어 있었다. 그녀는 남편 옆에 앉아 몇 마디라도 나누고 싶었지만 긴 밤이 다 지나도록 한마디 말도 할 수 없었다. 그녀는 용기를 내어 남편을 몇 번 불렀다. 본인도 알아들을 수 없는 소리로 몇 마디 했으므로 남편의 귀 밖에서 머물고 말았다.

그녀가 잡념을 물리치고 몽롱하게 잠들려 할 때, 춘빠오가 깨어났다. 어린애는 자기 어머니를 흔들어 깨우며 일어나려 했다. 그녀는 아이한테 옷을 입히며 말했다.

"춘빠오야, 울지 말고 집에서 잘 놀아라. 아빠가 너 때리지 않게 하고, 다음에 엄마가 자주 사탕 사줄 테니 울지 마라, 응!"

슬픔이 무엇인지 모르는 어린애는 오히려 입을 크게 벌리며 "아! 아!" 하고 노래를 불렀다. 그녀는 어린애의 입을 맞추며 또 말했다.

"노래 부르지 마라. 아빠 깨시겠다."

가마꾼들은 문어귀의 쪽걸상에 앉아 담배를 피우면서 서로 담소를 나누고 있었다. 이윽고 이웃 마을의 심 씨 매파가 왔다. 이 매파는 세상 물정에 밝은 중매쟁이였다. 문에 들어서면서 그녀는 몸에 묻은 빗방울을 툭툭 털며 말했다.

"비가 오는구먼, 비가 와. 이건 자네 집이 앞으로 흥할 조짐이라네." 매파는 바삐 집안을 몇 바퀴 돌아보고는 애아버지와 무어라고 몇 마디 수군거렸다. 소개비를 내라는 것이었다. 이번 계약이 이처럼 순조롭고도 합리적으로 맺어진 것은 확실히 그녀의 힘이었기 때문이다.

"사실 말이지, 춘빠오 아빠, 오십 원만 더하면 그 영감은 첩이라도 살 수 있었네."

그녀는 이렇게 말하였다. 그런 후 몸을 돌려 부인을 재촉했다. 부인은 춘빠오를 안은 채 움직이지 않고 있었다. 매파는 목소리를 높였다.

"가마꾼들이 그 집에 가서 점심 식사를 하게끔 가야 하네. 자네 빨리 서두르게!"

그러나 부인은 그녀를 힐끔 쳐다보는데, 마치 "나는 떠나기 싫어요. 굶어 죽어도 여기 있겠어요."라고 하는 것 같았다. 이 말은 물론 그녀의 입 안에서 머물렀으나 매파는 알아차렸다. 그는 부인 앞에 다가와 눈살을 찌푸린 채 웃으며 말했다.

"자네 정말 철부지 계집애 같구먼. 남편이 무엇이 있어 자네에게 주겠나? 그쪽은 먹을 것 걱정 없는 넉넉한 집일세. 밭이 이백 마지기나 되고 돈도 있고 집도 있어 부유한 편이지. 머슴도 있고 소도 있으며 마님의 인품은 아주 어질어 사람들에게 친절하게 음식을 대접한다네. 그 영감은 사실 늙지 않았어. 얼굴이 희고 수염도 기르지 않았네. 책을 읽다 보니 등이 좀 굽은 것 같지만, 더욱 점잖아 보이네. 물론 더 긴 말 할 것 없이 자네가 가마에서 내려 보면 알게 될 것이네. 나는 종래 거짓말을 모르는 중매쟁이네."

부인은 눈물을 훔치며 가냘픈 소리로 말했다.

"춘빠오……. 내가 어찌 버리고 가겠어요!"

"춘빠오까지 생각할 건 없네."

매파는 한 손을 부인 어깨에 올려놓고 얼굴을 그녀와 춘빠오에게 바싹 대며 지껄였다.

"다섯 살이라지? 옛날부터 네 살이면 어미 곁을 떠난다고 하였은 즉 자네와 갈라져 살 수 있네. 다만 자네 힘을 발휘하여 그쪽에 가서 아이 한 둘을 낳으면 만사대길이네."

가마꾼들도 문어귀에서 재촉하면서 볼멘소리를 했다.

"새색시도 아닌데 울긴 왜 울지."

매파도 춘빠오를 어머니 품에서 빼앗아 가며 말했다.

"춘빠오는 내가 데리고 피하겠네."

어린애는 울면서 가지 않으려고 손발을 바동거렸다. 그러나 매파가 끝내 문밖으로 끌고 나갔다. 부인은 가마에 다가가면서 말했다.

"집 안으로 데려 가세요. 밖에 비가 와요."

남편은 머리를 싸쥐고 아무 소리 없이 앉아 있었다.

두 마을은 30리 정도 떨어져 있었지만 가마꾼들이 두 번째 가마를 땅에 내려놓자 이미 마을에 도착했다. 봄날의 가랑비가 가마 천막으로 스며들어 그녀의 옷도 축축이 젖어 있었다. 얼굴이 피둥피둥 살지고 두 눈이 아주 교활해 보이는 쉰네댓 되어 보이는 늙은 부인이 마중 나왔다. 그녀는 이 부인이 바로 마님이라 생각하였다. 그러나 부끄러워서 한 번 쳐다보았을 뿐 부르지도 못했다. 늙은 부인은 아주 친절하게 그녀의 손을 잡고 층계에 올라섰다. 키 크고 몸집이 여윈 길쭉한 얼굴의 사나이가 집에서 나왔다. 그는 새로 오는 젊은 부인을 자세히 바라보더니 얼굴에 웃음을 가득히 담고 말을 건넸다.

"이렇게 일찍 왔어? 그런데 자네 옷이 젖었구먼!" 그러나 늙은 부인은 이 말엔 아랑곳하지 않고 물었다. "가마 안에 또 무엇이 있나?"

"아무 것도 없어요."

젊은 부인이 대답했다. 이웃집 몇몇 아낙네들이 대문 밖에서 머리를 기웃거리며 들여다보고 있었고 그들은 곧장 집으로 들어갔다.

그녀 자신도 도대체 무슨 영문인지 몰랐다. 여전히 옛집이 생각났고 춘빠오를 잊을 수 없었다. 그녀는 응당 이제부터 새로 시작되는 삼 년간의 생활을 기뻐해야 했다. 이것은 명백한 사실로, 이 가정과 그녀를 저당 잡은 남편은 모두 이전보다 형편이 나아졌다. 수재는 확실히 온화하고 선량한 사람이었다. 말소리마저 매우 조용했다. 마님도 예상외로 좋은 사람이어서 아주 친절했다. 그녀는 자기 남편과의 지나간 생활담과 30년간의 아름답고 행복한 결혼 생활 이야기를 매우 흥미진진하게 들려주었다. 그녀는 일찍이 15~16년 전에 아주 아름답고도 총명한 사내애를 낳은 적이 있었다. 그런데 그만 열 달도 못되어 천연두에 걸려 죽었다고 했다. 그 후에 그녀는 더 이상 아기를 낳지 못했다고 하였다. 그녀의 말은 마치 일찍부터 자기 남편에게 첩을 두라고 권했는데 남편이 듣지 않았다는 것 같았다. 그녀를 사랑해서인지 아니면 마땅한 대상이 없어서인지 이 점을 분명히 말하지는 않았으나 어쨌든 여기에 이르게 되었다는 것이다. 소박하고 선량한 젊은 부인은 일시에 달고 쓰며 시고 짠 복잡한 감정 세계에 사로잡히게 되었다. 마지막으로 늙은 부인은 자신의 희망을 밝혔다.

"자네는 어린애 서넛을 길러본 여자인 만큼 당연히 무엇이란 걸 알고 있을 거네. 자네가 필시 나보다 아는 것이 많을 것이네." 이 말에 젊은 부인도 얼굴이 홍당무처럼 빨개졌다.

그날 저녁, 수재는 자기 집안의 여러 가지 상황을 그녀에게 이야기했다. 사실 그녀에게 한바탕 자랑을 늘어놓고 구슬리자는 것이었다. 젊은 부인은 궤짝 옆에 앉아 있었다. 이처럼 붉은 칠을 한 나무 궤짝은 그녀의 옛집에는 없었던 것이다. 그녀는 눈이 휘둥그레져 그것만 바라보았다. 수재는 궤짝 앞으로 다가앉으며 그녀에게 말을 걸었다.

"자네 이름이 뭐지?"

그녀는 대답도 않고 웃지도 않았다. 그녀는 일어나 침대 옆으로 갔다. 수재도 침대 옆으로 따라와 웃으면서 지껄였다.

"부끄러운가? 허허! 자네 남편을 생각하나? 허허! 지금은 내가 자네 남편이란 말이야!"

수재의 목소리는 여전히 나직했다. 그는 젊은 부인의 팔소매를 잡아당기며 또 말했다. "속상해 하지 말게. 자네, 아이 생각이 나서 그러는 게 아닌가? 허나……."

그는 말을 다 마치지 않고 너털웃음을 지으면서 자기의 겉옷을 벗었다. 이때 젊은 부인은 문 밖에서 마님이 누군가에게 높은 목소리로 욕하는 것을 들었다. 그녀는 누구를 욕하는지 알 수 없었다. 밥을 짓는 하녀를 욕하는 것 같기도 하고 또 자기를 욕하는 것 같기도 했다. 아무리 봐도 자기를 빗대고 하는 욕 같았다. 수재가 침대에서 말했다.

"자게나. 그 여자는 언제나 이렇게 성가시게 굴어. 전에 한 머슴을 아주 좋아했는데 그 머슴이 밥을 짓는 황 어멈과 자주 말하는 걸 보더니 오히려 황 어멈만 늘 욕했다네."

하루하루 시간이 지나갔다. 옛집은 점차 그녀의 기억 속에서 멀어져 갔다. 오히려 눈 앞의 현실이 그녀에게 한 걸음씩 친근해졌다. 그렇지만 춘빠오의 울음소리는 여전히 그녀의 귀청에 울리는 것 같았고 꿈속에서도 여러 번 춘빠오를 보았다. 그러나 하루하루 지나면서 꿈속에서도 희미해졌고 눈 앞의 일들이 갈수록 많아졌다. 점차 그녀는 이 집의 늙은 부인이 시샘이 많다는 것을 눈치챘다. 겉으론 자기에게 아주 너그럽게 대하는 것 같지만 그녀의 질투하는 눈길은 정탐꾼처럼 수시로 수재와 자기의 일거수일투족을 감시하고 있었다. 언젠가, 수재가 밖에서 돌아와 먼저 젊은 부인과 얘기하면 늙은 부인은 무슨 특별한 물건을 사 주었는가 하고 의심했다. 그런 날 저녁에는 꼭 수재를 자기 방에 불러 놓고 한바탕 훈계하는 것이었다. "당신은 여우 같은 년에게 홀리었소?" "당신 자신의 늙다리 뼈가 얼마나 되는가 저울질해 보시오!" 이런 말들을 젊은 부인은 한두 번 듣는 것이 아니었다. 그래서 그녀는 수재가 밖에서 돌아올 때, 곁에 마님이 없으면 급히 피하곤 했다. 설사 마님이 옆에 있다 하더라도 그는 수재와 멀리 있어야 했다. 그러나 이런 동작도 아주 자연스럽게 남들이 눈치 채지 못하게 해야 했다. 그러지 않으면 마님은 또 야단이었다. 그녀가 남들 앞에서 고의적으로 마님을 망신시킨다는 것이었다. 뿐만 아니라 그 후로 집안의 크고 작은 잡일은 모두 젊은 부인에게 맡겨졌다. 그러나 젊은 부인은 총명한 편이었다. 때로는 늙은 부인이 벗어 놓은 옷들을 슬그머니 빨아 주곤 했다. 그럴 때면 늙은 부인은 배시시 웃으며 "내 옷을 누가 자네에게 빨라 했나? 자네 옷도 황 어멈에게 빨라고 하게."하고 말하였지만 일을 슬쩍 떠맡기곤 했다.

"동생, 돼지우리에 한 번 가보면 어떨까? 돼지들이 왜 꿀꿀거리는지 모르겠어. 아마 배고픈 모양이야. 황 어멈은 언제나 배불리 먹이지 않거든."

여덟 달이 지나갔다. 그해 겨울부터 배는 변하기 시작했다. 그냥 밥 먹기가 싫고 시원한 국수나 고구마 따위가 먹고 싶었다. 그러나 국수나 고구마를 한두 끼 먹으면 또 싫증났고 만둣국이 먹고 싶었다. 그래도 많이 먹으면 토했다. 게다가 호박이나 매화 열매가 먹고 싶어졌다. 그런 것은 오뉴월에 나는데 어디에 가서 구하겠는가? 수재는 이런 변화가 무엇을 예고하는 것인지 알았다. 그는 온종일 미소를 머금고 구할 수 있는 것이면 다 가져다 주었다. 그는 친히 거리에 나가 귤을 사왔으며 남들에게 부탁하여 금귤도 사왔다. 그는 자주 복도를 거닐면서 입으로 무엇이라고 남들이 알아들을 수 없는 시를 읊었다. 그러다가 젊은 부인과 황 어멈이 설을 쇨 떡가루를 맷돌질하는 것을 보고 아직 석 되도 못 갈았는데도 황급히 말렸다.

"쉬게나, 머슴들도 갈 수 있는데. 설 떡은 누구나 먹어야 하는 것인데."

어느 날 밤, 모두들 잡담하는 동안에 수재는 홀로 등잔불 아래 『시경』을 읊었다.

> "자고새 물가에서 지저귀네.
> 요조숙녀는 군자의 배필일세."

이때 머슴이 물었다.

"주인장 어른, 어르신께서는 과거 시험도 치지 않으실 텐데 그걸 읽어선 뭘 하십니까?"

그럴 때면 그는 수염이 없는 입가를 만지면서 기분이 좋아 말했다.

"그렇네, 자네 인생의 즐거움을 아는가? 이른바 '동방화촉야(洞房華燭夜)요 금방괘명시(金榜挂名時)[3]'라고. 자네 이 두 구절의 의미를 알 만한

3 신혼초야와 과거급제라는 의미.

가? 이건 인생에서 가장 기쁜 두 가지 일일세. 나는 이 두 가지 일이 이미 지나갔지만 지금 이것보다 더 기쁜 일이 생겼네."

이 말에 그의 두 부인만 빼놓고는 모두들 웃어댔다.

이 일이 있고 나서 늙은 부인은 무슨 일이나 다 눈에 거슬렸고 분개하였다. 처음에는 그녀도 젊은 부인이 임신했다 하여 기뻐하였으나 점차 수재가 젊은 부인을 떠받들기만 하자 자신이 애를 낳지 못하는 것이 한탄스러웠다.

이듬해 3월이었다. 한 번은 젊은 부인이 몸이 편치 않고 머리도 어지러워 사흘 동안 자리에 누워 있었는데, 수재가 늘 찾아와서 잘 휴식을 취하라고 당부할 뿐만 아니라, 수시로 무엇이 필요한가 묻곤 하였다. 이것은 늙은 부인을 정말 노하게 만들었다. 그녀는 젊은 부인이 너무 어리광을 부린다고 하면서 사흘 동안이나 야단법석을 떨었다. 그녀는 악의에 차 조소했다. 그년이 수재의 집에 오자마자 고귀해져서 허리가 아프니 머리가 아프니 하며 제법 작은 마님 티를 낸다고 욕했다. 예전 같으면 언제 이렇게까지 어리광을 부렸겠는가 하면서, 아마 거리 바닥을 헤매는 암캐처럼 뱃속에 새끼를 가득 배고서 낳을 때까지 사방에 먹을 것을 찾아 헤매야 했을 것이라고 했다. 그런데 지금은 "늙다리" — 이것은 수재 마누라가 수재를 부르는 이름이다. — 가 너무 받들어줘서 응석을 부린다는 것이었다.

"아들?"

어느 날 한 번은 늙은 마님이 부엌에서 황 어멈에게 말하였다.

"누가 아이를 낳아보지 못했어? 나도 예전에 열 달 동안 임신해도 이렇게 야단스럽지는 않았네. 더구나 아들이라 해도 아직 염라대왕의 장부에 적혀있는 것인지, 또 두꺼비 새끼나 낳는 것이 아닌지 누가 장담할 수 있겠어? '새 새끼'가 진짜 둥지에서 나와야 그래도 내 앞에서 위풍을 부리고 폼을 잡을 수 있지. 아직은 핏덩이란 말이야! 이처럼 우쭐대기는 너무 이르단 말이야!"

그날 저녁, 젊은 부인은 밥을 먹지 않았다. 그녀는 자리에 누워서 늙은 부인의 이 욕을 들었던 것이다. 그녀는 속으로 흐느끼며 울었다. 수재도 옷을 입은 채 침대에 앉아 있다가 이 말을 듣고 온 몸에 식은땀을 흘리며 덜덜 떨었다. 그는 옷의 단추를 채우고 일어나 거닐었다. 당장이라도 늙은 부인의 머리카락을 틀어쥐고 한바탕 속 시원히 두드려주고 싶었다. 그러나 왠지 그는 그럴 힘이 없어졌다. 손가락이 떨리고 어깨도 시큼시큼했다. 그저 낮은 소리로 탄식할 뿐이었다.

"에이! 항상 너무 그녀에게 좋게 대했단 말이야. 결혼 후 삼십 년 동안 한 번도 때려보지 못하고 손가락 하나 건드려보지 못했지. 그러니 오늘 그만 자네와 같이 이 수모를 받게 됐구먼."

그는 침대에 다가와 젊은 부인의 귓가에 입을 대고 말했다. "울지 말게. 울지 말라니깐. 욕할 대로 하라지. 알을 못 까는 암탉처럼 남이 알을 까면 질투하는 거야. 만일 자네가 이번에 정말 사내를 낳기만 하면 내가 자네에게 두 개의 보물을 주겠네. 나에게 청옥 가락지와 백옥 가락지가 있거든."

그는 말을 채 맺지 못하고 문밖에서 들려오는 늙은 부인의 욕 소리에 귀가 아픈지 바삐 옷을 벗고 이불 속으로 기어들었다. 그는 젊은 부인의 가슴에 다가와 소곤거렸다.

"나한테 백옥으로 만든……."

배는 날마다 불러만 갔다. 이젠 남산만큼 됐다. 늙은 부인도 결국엔

산파를 정해 놓았고, 남들 앞에서 꽃 천으로 애기 옷을 지었다. 무더운 여름은 거의 가고 있었다. 음력 유월은 그들의 희망 속에 지나갔다. 가을이 되자 서늘한 바람이 이 시골에 불어왔다. 어느 날, 이 집 모든 사람들의 희망이 고조에 이르게 되었다. 집안 공기마저 소용돌이쳤다. 수재의 마음은 유달리 긴장했다. 그는 뜰에서 배회하면서 손에 『주역』을 받쳐 들고 있었다. 아마 암송할 때까지 읽을 모양이었다. "무진.", "갑술.", "임인년." 하면서 그는 반복하여 낮은 소리로 외웠다. 그의 초조한 눈길은 자주 창문이 닫혀 있는 방으로 향하였다. 그 방안에서는 산모의 낮은 신음 소리가 울려 나왔다. 가끔, 그는 구름 덮인 하늘의 해를 바라보기도 했다. 그러다가도 방문 앞으로 다가가 문 안에 서 있는 황 어멈에게 물었다.

"지금은 어떤가?"

황 어멈은 머리를 끄덕거리며 소리를 낮추어 대답했다.

"곧 낳아요. 곧 낳아……."

그리하여 수재는 또 다시 『주역』을 들고 복도를 거닐었다.

그들은 이렇게 황혼 무렵까지 초조하게 기다렸다. 집집마다 저녁연기가 솟아오르고 등불도 하나씩 봄날의 들꽃처럼 방마다 켜졌을 때 사내애가 태어났다. 애기의 울음소리가 아주 드높게 방안에서 울려왔다. 수재는 너무 기뻐 방 모서리에 앉아 눈물을 흘렸다. 온 집안사람들은 저녁 식사할 생각마저 잊고 있었다. 저녁 식사 때 수재의 부인은 하인들에게 지시했다.

"잠시 속이기로 하자. 애기에게 나쁜 기운이 미치지 않게 하기 위해 남들이 물으면 그저 계집애라고 대답하게."

모두들 웃으며 머리를 끄덕였다.

한 달 후, 아이는 보들보들한 얼굴로 가을 햇볕 아래 볕 쪼임을 할 수 있었다. 젊은 부인은 아이에게 젖을 먹이고 있었다. 이웃의 아낙네들이 그들을 에워싸고 구경했다. 아기의 코가 잘 생겼느니 입이 보기 좋다느니 혹은 귀가 잘 생겼다느니 하면서 아낙네들은 수다를 떨었다. 심지어 어떤 아낙은 아기 엄마가 이전보다 더 좋아지고 실해졌다고 찬탄하였다. 이럴 때면 늙은 부인은 오히려 할멈처럼 아끼며 이렇게 호통을 쳤다.

"됐어, 아이를 울리겠네!"

어린애의 이름 때문에 수재는 골머리를 앓았다. 그는 좀처럼 마음에 드는 글자를 찾지 못했다. 늙은 부인은 그래도 "장명부귀(長命富貴)", "복록수희(福祿壽喜)"에서 한 글자씩 따자고 했다. 제일 좋기는 "수"자거나 "수"자와 뜻이 같은 자들로, 이를테면 "기이(期頤)", "팽조(彭祖)"라고 하는 것이 좋다고 했다. 그러나 수재가 동의하지 않았다. 그는 너무 통속적이면 남들이 아무렇게나 부를 수 있다고 나무랐다. 그리하여 『역경』이나 『서경』을 뒤적이며 그 속에서 찾아보았다. 이렇게 보름, 또 한 달을 찾았지만 여전히 적합한 글자를 찾지 못했다. 그는 이름에 아이를 축복하는 뜻과 함께 자기가 늙어서 아들을 보았다는 뜻도 포함되어야 한다고 생각했기 때문에 적합한 이름을 찾기 어려웠던 것이다.

이 날도 그는 석 달 되는 아기를 안고 책에서 이름을 찾기 시작했다. 그는 안경을 끼고 책을 등불 가까이로 가져왔다. 아기 엄마는 멍하니 방안에 앉아 있다가 무슨 생각이 났던지 문득 입을 열었다.

"애를 '치우빠오(秋寶)'라 부르면 어때요?"

집안의 사람들은 일시에 그녀에게 시선을 집중했다.

"애를 가을에 낳지 않았어요? 가을의 보배라는 뜻에서 '치우빠오'라 합시다."

수재가 즉시 말을 이었다.

"옳지! 내가 정말 머릴 잘못 썼어. 내 나이 이미 반백이 넘었으니 참으로 인생의 가을이라 할 수 있지. 또 애를 바로 가을에 낳았으니깐. '가을'이란 만물이 성숙하는 계절이야. '치우빠오'라 거 참 좋은 이름이구먼! 더구나 『서경』에도 적혀 있지 않는가! '내역유추(乃亦有秋)[4]'라고. 그야말로 '내역유추'로구나!"

이어서 그는 '죽은 글만 읽어선 쓸데없어, 총명은 타고난 것'이라고 아기 엄마를 한바탕 칭찬했다. 이 말을 들은 춘빠오 엄마는 앉아 있기가 겸연쩍어 머리를 숙이고 눈물을 머금은 채 생각했다.

"나는 그저 '춘빠오' 때문에 생각한 것인데……."

치우빠오는 날이 갈수록 아주 귀엽게 자랐다. 이젠 엄마 곁을 떠나려 하지 않았다. 아이는 특히 눈이 컸다. 낯선 사람을 뚫어지게 보았으며 자기 엄마는 멀리서도 금방 알아보았다. 아이는 매일 자기 엄마만 붙어 다녔다. 수재도 아이를 끔찍이 사랑했지만 아이는 아빠를 따르지 않았다. 수재의 부인은 겉으로 아이를 자기 친아들처럼 사랑했으나 아이가 큰 눈으로 자기를 낯선 사람처럼 뚫어지게 바라보는 것을 발견하고는 속으로 불쾌해했다. 어린애는 갈수록 엄마와 떨어지려 하지 않았으나 아기 엄마가 이 집을 떠나게 될 날은 점점 가까워졌다. 봄날은 겨울의 꼬리를 물고 금방 다가왔다. 그런데 또 어느덧 봄이 지나가고 여름이 뒤질세라 발을 이미 들여놓았다. 모두들 아기 엄마와 계약을 맺은 삼 년이 가까워짐을 근심하게 되었다. 수재는 자기 아들을 사랑하였으므로 백 원을 더 내어 아기 엄마를 영원히 사자고 늙은 부인한테 먼저 제안했다. 그러나

4 이에 또한 가을걷이가 있음과 같다는 뜻.

늙은 부인은 "당신이 그녀를 사겠다면 먼저 약을 먹여 나를 죽이고 사시구려." 하는 것이었다.

이 말을 들은 수재는 너무 기가 막혀 한참 동안 말을 잇지 못했다. 그래도 그는 억지로 웃음을 지으며 말했다.

"애한테 어미 없는 걸 당신도 생각하면……."

늙은 부인은 째지는 듯한 소리로 냉소하며 말했다.

"내가 그래 그 애 엄마가 아니란 말이요?"

아기 엄마의 마음은 한참 모순 속에 빠져 있었다. 그녀의 머릿속엔 줄곧 '삼 년'이란 두 글자만 있었다. 삼 년이 금방 지나면 그녀의 삶은 하인과 같은 처지로 변하게 된다. 더구나 그녀의 상상 속의 춘빠오는 눈앞의 치우빠오처럼 활발하고 귀여워보였다. 그녀는 치우빠오를 떠나기 싫었지만 춘빠오를 버리기도 아까웠다. 다른 한편으로는 그녀는 영원히 이 집에 있고 싶었다. 그녀는 춘빠오 아버지가 오래 살지 못하리라 생각했다. 남편의 병은 삼 년에서 오 년 내에 반드시 그를 어딘지 모를 딴 세상으로 데려갈 것만 같았기 때문이다. 젊은 부인은 자기의 두 번째 남편한테 춘빠오를 데려올 것을 간청해 보려 했다. 그러면 춘빠오도 자기 곁에 있을 수 있는 것이다. 젊은 부인은 곧잘 바깥 복도에 앉아 있었다. 그럴 때면 초여름 햇빛 아래, 사람을 황홀케 하는 환상에 사로잡히곤 했다. 치우빠오가 그의 품에서 젖을 물고 잠들 때면 언제나 춘빠오도 동시에 자기 곁에 서 있는 것만 같았다. 그래서 춘빠오를 끌어안고 형제끼리 몇 마디 말을 나누게 하려고 손을 뻗쳐 보면 아무것도 없었다. 그러다가도 문어귀의 멀지 않은 곳에서 선량하지만 독기 어린 눈을 부릅뜬 늙은 부인이 한창 자기를 쏘아보고 있는 것을 발견하게 된다. 그러면 그녀는 희미하게 깨닫게 된다. '아무래도 빨리 떠나야겠다. 그녀가 나를 정탐꾼처럼 계속 감시하지 않는가.' 그러다가도 품에 안은 아이가 갑자기 부르는 소리에 또 아무것도 남지 않은 눈앞의 현실이 그녀를 지배하고 만다.

그 이후, 수재는 또 계획을 고치려 했다. 그는 심 씨 매파에게 치우빠오 엄마의 본 남편에게 가서 삼십 원 혹은 많게는 오십 원을 더 주고 아기 엄마를 삼 년 더 저당 잡으려 했다. 수재는 이 생각을 자기 늙은 부인에게 제안하면서 말했다.

"치우빠오가 다섯 살이 되면 어미 곁에서 떨어질 수 있을 거요."

그의 부인은 손에 염주를 쥐고 한창 "나무아미타불"을 외우면서 대답했다.

"그의 집에도 먼저 아이가 있지 않소? 당신은 그녀를 놓아줘 본 남편과 한자리에 모이게 해야지요."

수재는 머리를 숙이고 느릿느릿 말했다.

"당신도 생각해 보구려. 치우빠오가 두 살인데 어미가 없으면……."

수재의 말이 채 끝나기도 전에 늙은 부인은 염주를 놓고 소리쳤다.

"내가 그 애를 얼마든지 키우겠소. 내가 애를 해칠까 두렵소?" 수재는 이 말을 듣고 즉시 물러갔다. 늙은 부인은 여전히 그의 등 뒤에 대고 야단쳤다.

"이 아들은 내가 도와 낳은 것이오. 치우빠오는 내 아이요. 후대가 끊어지면 물론 당신 가문의 일이지만 나도 당신네 밥을 먹는단 말이요. 당신은 정말 홀렸군요. 늙어서 멍해지니 아무것도 생각하지 않는군요. 당신이 이제 몇 해나 더 살겠다고 그년을 죽자 살자 하고 옆에 눌러 놓으려고 하시는 것이어요? 가지런히 모신 쌍 위패에 나는 앉지 않을 것이니 알아서 하소!"

늙은 부인은 여전히 여러 가지 욕설을 쏟아 부었지만 수재는 멀리 가 버려서 듣지 못했다.

여름이 되자 갑자기 어린애의 머리에 부스럼이 나면서 온몸에 열이 오르기 시작했다. 그리하여 늙은 부인은 도처로 돌아다니며 보살님에게 빌고 불약(佛藥)을 구하여 어린애의 머리에 붙여주고 억지로 먹였다. 아기 엄마는 병이 중하지도 않은데 어린애를 울려 오히려 땀띠를 만든다고 원치 않았다. 그녀는 몇 입 먹지 않은 약들을 슬그머니 쏟아 버렸다. 이것을 안 늙은 부인은 크게 탄식하며 수재에게 말하였다.

"보세요. 그년은 아기 병을 대수롭지 않게 여기지요. 더구나 아기가 그리 여위지도 않았다고까지 하지 않겠어요. 마음으로 생각해야 진짜지 겉으로만 예뻐한 것은 가짜예요."

이 때문에 젊은 부인은 몰래 눈물을 흘렸고 수재도 더 이상 아무 말도 하지 않았다.

치우빠오의 첫돌이 되는 날, 이 집에서는 하루 동안 성대하게 잔치를 베풀었다. 손님은 삼사십 명 정도 되었다. 옷을 가져오는 사람이 있는가 하면 국수도 가져왔다. 어떤 사람은 어린애에게 은으로 만든 새끼 사자나 목걸이를 가져왔고, 어떤 사람은 금칠을 한 장수한 노인을 가져오거나 모자에 다는 장식품을 가져왔다. 손님들은 갖가지 예물을 옷소매 속에 넣어 가져왔다. 그러고는 어린애가 장차 큰일을 하리라고 축원하고 장수하기를 빌었다. 주인의 얼굴은 기쁨으로 빛났다. 마치 석양의 노을이 그의 얼굴에 비친 것 같았다.

그런데 이날, 연회가 시작되어 이미 황혼 무렵이 되었을 때 손님 한 사람이 찾아왔다. 모두들 어렴풋한 석양 무렵 뜰로 들어서는 사람을 주시하게 되었다. 초췌하기 그지없는 산골 사람이었는데 옷은 더덕더덕 기워

입었고 머리는 더부룩했다. 그의 옆구리에는 종이 꾸러미가 끼어 있었다. 주인은 놀라며 마중 나가 어디서 오는가 하고 물었다. 그 사람은 더듬거리며 대답했다. 처음에 어리둥절했던 주인은 비로소 알아차렸다. 바로 그 가죽 장사꾼이었다. 주인은 낮은 소리로 나무랐다.

"당신이 왜 선물을 가져온 것이요? 당신은 그럴 필요 없어요!" 손님은 비굴한 눈길로 사방을 보더니 대답했다.

"해야지요. 해야지요. 와서 귀염둥이를 축하해 주어야지요……."

그는 말도 맺지 않고 옆구리의 종이 꾸러미를 꺼냈다. 후들후들 떠는 손으로 두세 겹 싼 종이를 헤치고 은칠을 한 구리 글자 네 개를 꺼냈다. 한 치가량씩 되는 글자는 '수비남산(壽備南山)(남산만큼 오래 살라는 뜻)'이란 넉 자였다. 수재의 부인이 다가왔다. 손님을 자세히 훑어보더니 불쾌한 표정을 짓고 가버렸다. 수재는 오히려 손님을 술좌석에 초대하였다. 그러자 다른 손님들이 서로 수군거렸다.

두 시간 남짓 술과 고기를 먹고 취하여 난장판이 되었다. 그들은 큰 사발로 술을 억지로 마시면서 서로 내기를 하였다. 집안은 떠들썩하였다. 오직 가죽 장사꾼만이 술 두 잔을 마시면서 조용히 앉아 있었다. 손님들은 그를 거들떠보지도 않았다. 흥이 다하자 사람들은 밥 한 그릇씩을 비우고 서로 축하의 말을 하며 하나 둘씩 등불을 켜들고 떠났다.

가죽 장사꾼만이 마지막까지 앉아 있다가 하인이 와서 그릇을 거두어 가서야 상에서 물러나와 복도 어두운 곳으로 찾아갔다. 그곳에서 그는 저당 잡힌 아내를 만났다.

"당신은 뭘 하러 왔어요?"

젊은 부인이 물었다. 목소리는 아주 처량했다.

"내 어찌 오기 좋아서 왔겠소? 방법이 없으니깐 왔지."

"그럼 왜 이리 늦게 왔나요?"

"나한테 무슨 돈이 있어 예물을 사겠소? 오전 내내 돌아다니다 사정하여 겨우 돈을 얻어 가지고 시내에 가 예물을 사고 나니 피로하고 배도 고파서 늦게 왔소."

젊은 부인은 이어서 물었다.

"춘빠오는?"

남편은 한참 있다가 대답했다.

"그렇소, 내가 바로 춘빠오 때문에 왔소."

"춘빠오 때문에 왔다고?"

그녀는 놀라며 반문했다.

남편은 느릿느릿 대답했다.

"여름부터 춘빠오는 말 못할 정도로 야위었소. 그러더니 가을부터 앓기 시작했소. 나한테 무슨 돈이 있어 의사를 부르고 약을 먹이겠소? 지금 병은 점점 더해만 가오! 더 이상 방법을 강구하지 않으면 금방 죽을 것 같소!"

그는 잠깐 말을 멈추었다가 이었다.

"그래서 지금 당신에게 돈을 꾸려고……."

이 말을 들은 젊은 부인의 가슴은 마치 심장을 후벼 물어뜯는 것만 같았다. 울음이 막 터져 나올 것만 같았다. 하지만 오늘은 사람마다 치우빠오의 생일을 축하하는 터인데 어찌 남들 뒤에서 울음소리를 낼 수 있겠는가?

그녀는 눈물을 삼키며 남편에게 말했다.

"나에게 돈이 어디 있겠어요. 여기서 나에게 매달 용돈 이십 전밖에 주지 않는데요. 나는 그 돈을 별로 쓸데도 없고 하여 아기한테 보태 쓰고 말았어요. 어쩌면 좋겠어요?"

그들은 서로 말이 없었다. 이슥고 그녀가 또 물었다.

"지금 누가 춘빠오를 돌보는가요?"

"이웃집에 맡겼소. 오늘 저녁에 나는 집에 돌아가야 하오. 가겠소."

남편은 말하면서 눈물을 훔쳤다. 젊은 부인도 흐느끼면서 목이 메어 말했다.

"잠깐만 기다리세요. 내가 그분에게 말해 보겠어요." 젊은 부인은 즉시 자리를 떴다.

삼 일이 지난 저녁이었다. 수재가 문득 젊은 부인을 보고 물었다.

"내가 자네에게 준 큰 청옥 가락지는 어떻게 했나?"

"그날 밤 춘빠오 아빠에게 주어 저당 잡히게 했어요."

"자네한테 돈 오 원을 빌려주지 않았나?"

수재는 분노했다.

젊은 부인은 고개를 숙이고 잠자코 있다가 대답했다.

"오 원으로 어찌 되겠어요!"

수재는 한숨을 지으며 말했다.

"그래도 본 남편과 첫아이가 좋은 모양이군! 내가 아무리 자네한테……. 본래 나는 자네를 이 년쯤 더 데리고 있을 예정이었는데 이제 보니 자넨 내년 봄에 돌아가는 게 좋겠네!"

이 말에 여인은 눈물조차 흘리지 못하고 그저 멍하니 있을 뿐이었다.

며칠 후, 수재는 또 젊은 부인을 보고 말했다.

"그 가락지는 보물이야. 내가 자네한테 준 것은 치우빠오한테 남겨 주자는 것이었네. 그런데 저당 잡힐 줄 누가 알았겠나! 다행히 그녀가 모르니 말이지 알기만 한다면 적어도 석 달은 야단칠 거야!"

젊은 부인은 하루하루 누렇게 여위어 갔다. 그녀의 두 눈은 아무런 정기도 없었다. 욕설과 비웃는 소리가 갈 수록 그녀의 귓전에 울렸다. 그녀는 늘 춘빠오의 병 때문에 근심하고 있었던 것이다. 그녀는 옛 마을에서 아는 사람이 오는가 늘 알아보았고 그 마을로 가는 손님이 없는가도 수소문해보았다. 그녀는 '춘빠오의 병이 나았다'는 소식만 고대하였다. 그러나 여전히 감감무소식이었다. 그녀는 돈을 빌려 이 원어치의 사탕이라도 사 보내려 했지만 마땅한 인편도 없었다. 그녀는 때때로 치우빠오를 안고 집 앞의 큰 길가로 나가 사람들이 오가는 길을 주시하기도 했다. 이런 모습은 이미 수재의 늙은 마님의 눈에 거슬렸다. 늙은 부인은 자주 수재한테 헐뜯어 말했다.

"그년이 어디 있으려고 하겠소? 일찍이 떠나지 못해 야단인데."

며칠 밤 젊은 부인은 치우빠오를 안고 자면서 잠꼬대를 했다. 치우빠오는 놀라 울곤 했다. 이에 수재는 대로하여 따지고 들었다.

"무엇 때문이오? 엉! 무엇 때문이야?"

그러나 여인은 치우빠오를 토닥이며 입속으로 뭔가 중얼거리기만 했다. 수재는 계속하여 욕했다.

"꿈에 자네 첫아이가 죽었나? 그렇게 고함칠 게 뭐야? 나마저 깨게 하다니!"

여인은 황급히 대답했다

"아니, 아니에요⋯⋯ 내 앞에 무덤이 있는 것 같아서요!" 수재는 말이 없었다. 그러나 여인의 눈 앞에는 슬픔에 찬 환상이 떠올랐다. 그녀가 마치 무덤 속으로 걸어가는 것 같았다.

겨울도 지나갔다. 이별을 재촉하는 듯 새의 울음소리가 젊은 부인의 창가에서 요란스럽게 울렸다. 먼저 아이의 젖을 뗐다. 다음에 도사를 청하여 아이가 관을 넘게 했다. 아들과 생모와의 이별 — 영원한 이별의 운명은 결정되었다. 이 날, 황 어멈이 먼저 수재 부인을 보고 가만히 물었다.

"가마를 불러 실어 보낼까요?"

수재의 부인은 손에 염주를 쥐고 말했다.

"걸어가게 하게. 그쪽으로 가면 가마 삯은 응당 데려가는 쪽에서 내기로 했네. 그 집에 무슨 그럴 돈이 있겠나? 들리는 말에 의하면 남편은 밥도 못 얻어먹는다던데. 그년도 잘 사는 체 할 거야 없지. 길도 그리 멀지 않네. 나도 일찍이 삼사십 리 걸어 다녀봤네. 그년의 발은 나보다 더 크니 반나절이면 얼마든지 도착할 수 있네."

이날 아침, 젊은 부인은 치우빠오에게 옷을 입혀 주면서 눈물을 샘솟듯이 흘렸다. 어린애는 그녀를 보고 "아지미, 아지미." 하고 불렀다. 늙은 부인은 그 애에게 자기를 "엄마"라 부르게 하고 친어머니는 "아지미"라고만 부르게 했던 것이다. 젊은 부인은 흐느끼며 대답했다. 그녀는 아이에게 몇 마디라도 하고 싶었다.

"헤어지게 된단다, 나의 귀여운 아들아! 네 엄마가 너를 잘 돌봐 줄 것이다. 너는 앞으로 그녀를 잘 모셔야 한다. 나를 영원히 잊어버려라!"

그러나 그녀는 이렇게 말할 수 없었다. 돌이 금방 지난 아이가 알아들을 리 만무했다. 수재가 슬그머니 젊은 부인의 등 뒤에 다가와 여인의 옆구리에 손을 내밀었다. 수재의 손에는 이십 전짜리 동전 열 개가 쥐여 있었다. 그는 낮은 소리로 말했다.

"가져가게. 이 원이네."

젊은 부인은 아이의 단추를 채워 주고 돈을 받아서 품속에 넣었다.

늙은 부인이 들어왔다. 그녀는 수재가 돌아서 나가는 것을 흘겨보다가 젊은 부인한테 말했다.

"치우빠오를 나에게 보내게. 자네 떠날 때 울지 않게."

젊은 부인은 묵묵히 앉아 있었다. 그러나 치우빠오가 떨어지지 않으려 하였다. 그는 고사리 같은 손으로 늙은 부인의 뺨을 두드렸다. 이에 늙은 부인은 성이 발끈 나서 말했다.

"그럼 자네가 애를 데리고 아침을 먹게. 아침을 먹고 나한테 주게."

황 어멈이 젊은 부인에게 밥을 많이 먹으라고 자꾸 권하였다.

"반 달 사이에 이렇게까지 되다니! 올 때보다 더 여위었군. 거울을 비추어 보지 않겠소? 오늘은 밥 한 그릇을 잡수시오. 삼십 리 길을 걸을 건데."

"황 어멈은 저에게 참 잘해주셔요!"

젊은 부인은 말하였다.

해가 이미 중천까지 솟았다. 아주 좋은 날씨였다. 치우빠오는 여전히 어머니 곁을 떠나려 하지 않았다. 늙은 부인은 모질게 애를 어머니 품에서 빼앗아 갔다. 치우빠오는 작은 발로 늙은 부인의 배를 걷어차고 그 고사리 손으로 머리를 쥐어뜯으며 울어댔다. 젊은 부인은 뒤따라가며 사정했다.

"정오가 지나서 가게 해 주세요."

늙은 부인은 얼굴을 돌리고는 푸르뎅뎅해져서 말했다.

"빨리 자네 짐이나 싸게! 곧장 떠나야 하니까……."

어린애의 울음소리는 그녀의 귓전에서 점점 멀어져 갔다. 보따리를 싸면서도 그녀는 아이의 울음소리를 들었다. 황 어멈은 옆에서 그녀를 위로하면서 그녀가 무엇을 쑤셔 넣지나 않는지 살폈다. 마침내 젊은 부인은 낡은 보따리를 옆에 끼고 떠났다.

그녀는 대문을 나설 때에도 치우빠오의 울음소리를 들었다. 그녀가 무거운 발걸음으로 삼십 리 길을 걸었어도 여전히 치우빠오의 울음소리가 들려 왔다.

따스한 햇볕 아래 그녀가 걷는 길은 하늘가처럼 끝없어 보였다. 강가에 이르렀을 때였다. 힘없는 발걸음을 멈추고 자기 몸을 강물에 비춰 보던 그녀는 물에 뛰어들고 싶은 충동을 느꼈다. 그러나 그녀는 강가에 멍하니 앉아 있다가 다시 처음 가던 방향대로 힘겹게 자기 그림자를 끌고 갔다.

어느덧 점심때가 지났다. 어느 마을에 이르니 한 노인이 그녀에게 아직도 시오리나 남았다고 알려주었다. 그녀는 노인에게 사정했다.

"할아버지, 저에게 가마를 불러 줄 수 없겠어요? 더 이상 걷지 못하겠어요!"

"자네 몸이 불편한가?"

노인이 물었다.

"그래요."

그녀는 마을 어귀의 정자에 앉았다.

"어디서 오는가?"

그녀는 잠자코 있다가 대답했다.

"저는 저쪽으로 가요. 아침에 걸을 수 있을 거라고 떠났는데……."

노인은 불쌍히 생각되어서인지 더 이상 묻지 않고 그녀에게 가마꾼 두 사람을 찾아 주었다. 가리개가 없는 가마였다. 때는 이미 모내기 계절이었기 때문이다.

오후 서너 시가 되어서야 가마는 더럽고 비좁은 농촌 골목에 들어섰다. 가마 안에는 얼굴색이 말라빠진 배춧잎 같은 중년 부인이 누워 있었다. 희미한 두 눈은 힘없이 감겨져 있었다. 입에서는 가냘픈 숨소리가 새어 나왔다. 거리의 사람들은 모두 놀라는 눈길로 애처롭게 그녀를 바라보았다. 한 무리의 조무래기들이 다투어 가마 뒤를 따랐다. 마치 신기한 일이 이 고요한 마을에 생긴 듯하였다.

춘빠오도 아이들과 같이 가마 뒤를 따랐다. 그는 돼지 모는 시늉을 하며 가마 뒤에서 놀려댔다. 그러다가 가마가 자기 집으로 가는 길에서 돌아서니 그는 두 팔을 헤벌리며 이상하게 생각했다. 가마가 자기 집 문 앞에 이르렀을 때 그는 어리둥절하며 먼 발치에 서 있었다. 그는 나무 기둥에 기대어 가마만 넋이 빠지게 바라보았다. 다른 아이들도 두려워하며 가마 양 옆에 둘러섰다. 그녀가 걸어 나왔다. 그녀의 혼미한 눈은 앞에서 있는, 헝클어진 머리에 남루한 옷을 입고 여덟 살이 되도록 삼 년 전과 같이 자라지 못한 아이가 바로 자기 아들 춘빠오라는 것도 몰라보았다. 그녀는 갑자기 울음을 터뜨리며 불렀다.

"춘빠오야!"

조무래기들은 모두 눈이 휘둥그레졌다. 춘빠오는 겁이 나서 재빨리 집안에 있는 아버지한테 달려 들어갔다.

여인은 어두컴컴한 방안에 오랫동안 앉아 있었다. 그녀와 남편은 오래도록 말이 없었다. 어둠이 깊어 가자 남편이 숙였던 머리를 쳐들며 말했다.

"저녁을 지어 먹읍시다!"

그녀는 부득이 자리에서 일어났다. 그녀는 집안을 한 바퀴 살펴보더니 힘없는 소리로 남편에게 물었다.

"쌀독은 텅 비었는데……."

남편은 냉소를 지으며 대답했다.

"당신은 정말 부잣집 생활에 습관 들었구먼! 쌀은 담뱃갑 속에 있소."

그날 밤 남편은 자기 아들에게 말했다.

"춘빠오, 너는 엄마 곁에서 자라!"

그러나 춘빠오는 오히려 부엌에서 울었다. 엄마가 다가가 불렀다.

"춘빠오, 춘빠오야."

어머니가 아들을 손으로 어루만지려 하니 춘빠오는 또 피했다. 남편이 욕을 하였다.

"이렇게 빨리 낯이 설어지다니? 빌어먹을 새끼!"

그녀는 삐걱거리는 좁다란 침대에 얼이 빠진 듯 누워있었다. 춘빠오는 낯이 서먹서먹해 하며 엄마 옆에 누웠다. 그녀의 마비된 머릿속에는 포동포동하고 귀여운 치우빠오가 옆에 있는 것 같았다. 그녀가 손을 뻗쳐 끌어안으려 하니 옆에 있는 아이는 춘빠오였다. 춘빠오는 잠들어 있었다. 그녀는 몸을 돌려 아들을 꼭 껴안았다. 춘빠오는 쌕쌕 코를 골면서 엄마 가슴에 머리를 파묻고 두 손으로 젖을 주무르고 있었다.

적막하고도 추운 긴 밤은 죽음처럼 무한히 지속되고 있었다…….

1930년 1월 12일

풍년

이예즈

1

청명절이 곧 다가온다. 하늘에서는 계속 비가 내린다. 음침한 날씨는 조금도 갤 조짐이 보이지 않는다.

윈푸(雲普) 아저씨는 차오 씨 사당의 대문 앞에 앉아있다. 겨울에 입던 헌 솜옷을 입고도 몸을 덜덜 떨고 있는 그의 모습은 쌀쌀한 한기에 견디지 못하는 것 같다. 그는 고개를 들어 하늘을 바라보며 무엇이라 중얼거리다가 머리를 떨군다. 수염에 흘린 침이 바람에 흔들거린다. 손으로 쓱 문질러도 어느새 또 몇 줄 흘러내렸다.

"그래 정말 작년과 같게 되겠는가? 하느님 맙소사!"

그는 낮은 소리로 이렇게 한마디 하고는 머리를 돌려 무대 아래에 앉아있는 부인을 바라보았다. 머뭇거리며 말했다.

"치우얼(秋兒)에미! 경칩이 지나면 솜옷을 벗는다더니 이제 청명절이 곧 다가오는데도 아직 솜옷을 벗지 못하는구먼. 이거 또 작년처럼 되지 않겠소?"

원푸 아주머니는 대답하지 않고 품에 안은 넷째 시얼(喜兒)에게 젖을 먹이고 있었다.

날씨는 정말 사람들의 마음을 조급하게 했다. 입춘 후부터 연속 30여 일이나 비가 멈추지 않으니 사람들은 모두 무서운 근심에 쌓였다. 이전에도 이러했다. 춘분에 특히 추우면 틀림없이 수재가 났다.

"아이고! 또 똑같네…"

원푸 아저씨는 머리를 들어 하늘을 바라보며 손에 쥔 담배대통을 돌계단에 톡톡 털었다.

"그렇게 되지는 않겠지!"

원푸 아주머니는 한참 후에 되는대로 중얼거렸다. 그러나 얼굴은 여전히 품에 안은 아이를 보고 있었다.

"왜 그렇지 않겠소? 춘분이 지났는데도 계속 이렇게 추운데! 경오년, 갑자년, 병인년 봄에 모두 이렇게 춥지 않았소? 더구나 올해엔 하늘에서 사람을 많이 거둬간다는데!"

원푸 아저씨는 아무렇게나 하는 여편네의 대답에 반대하였다. 마치 금년의 운명은 진작 점찍어 놓은 듯 했다. 관제나리의 신령스러운 점에 의하면 금년엔 열에 예닐곱 사람은 죽는다는 것이다.

원푸 아저씨의 머리에 낙인을 찍어놓은 수많은 고통스러운 인상은 이런 공포를 조성했던 것이다. 그에게 기억이 생생하다. 갑자년에는 들나물과 산토란을 하루에 겨우 한끼씩 먹었고 을축년에는 좀 괜찮았으며 병인년에는 나무뿌리를 먹었다. 경오, 신미년에는 그가 어릴 때여서 그런지 그리 고생한 것 같지 않다. 작년 일은 말할 것도 없다! 원푸 아저씨는 생각하기가 싫었다.

작년에 윈푸 아저씨네 여덟 식구가 나물밥을 먹었는데 올해에 여섯 식구만 남았다. 윈푸 아주머니를 제외하고 스무 살 나는 큰 아들 리치우(立秋), 그는 윈푸 아저씨의 양팔과 같다. 열네 살인 둘째아들 샤오푸(少普)도 이젠 윈푸 아저씨를 도와 밭일을 한다. 열 살 되는 딸 잉잉(英英)도 어머니를 도와 삿갓을 만들 줄 안다. 제일 막내 넷째 시얼이는 젖먹이다. 아버지와 여섯 살 되는 후얼(虎兒)은 작년 8월에 관음 분(하얀색의 진흙)을 먹고 죽었던 것이다.

이렇게 많은 식구 속에서 공밥을 먹는 사람은 하나도 없으니 어느 누가 윈푸 아저씨 혼자 돈 벌었다고 말할 수 있겠는가? 그렇다. 윈푸 아저씨는 원래 잘 살 수 있는 것이다. 그런데 운수가 너무 나빴다. 해마다 계속되는 전란과 수재, 한재로 인하여 그는 머리도 들지 못하고 꼭 눌리어 있었다. 그렇지만 않으면 그도 이처럼 남에게 얕보이지 않았을 것이다.

작년은 무서운 한 해였다. 윈푸 아저씨 자신도 악몽을 꾼 것 같았다. 해마다 거듭되는 전쟁과 수재, 한재 때문에 그는 부득불 몸을 내던지고 허씨 여덟째 나리의 일곱 무 밭을 더 부치었다. 좀 운수를 돌려세우려 했던 것이다. 제 집에 일손이 있으니 한 무라도 더 다루면 그 만큼 좋은 점이 있을 것이다. 허 나리의 소작료를 바치고도 다만 몇 알이라도 건질 수 있을 것이다. 이러면 한두 해 배불리 먹을 수 있으니 살림이 펴지 않을 수 있겠는가? 이렇게 마음먹은 후 윈푸 아저씨는 유일한 재산인 집 한 채를 팔아 허 나리의 밭을 소작하였다.

2월에 윈푸 아저씨네의 온 식구는 이 사당에 옮겨왔다. 조상의 신주를 닦아 놓고 봄, 가을 제사 때 그래도 푼돈 꽤 들여 상을 차려 놓았다. 본래 집은 허 나리가 가졌다. 일곱 무 소작료는 예전 규정대로 3:7제였다.

윈푸 아저씨에게 3할이 배당되면 그래도 괜찮은 셈이다.

처음에 윈푸 아저씨는 기뻤다. 아들과 함께 품을 많이 들였기에 곡식들은 아주 잘 자랐다. 게다가 비도 맞추어 왔다. 만약 이대로 지나 걷어들인다면 아무 근심이 없을 것 같았다.

논밭의 곡식 묘들은 모두 뿌리를 깊이 내리고 곧 배가 통통해지더니 재빨리 이삭이 팼다.

이제 2,3일 동안 남풍만 분다면 황금의 벼 이삭을 눈앞에 보게 될 것이었다. 윈푸 아저씨는 기뻐 어쩔 줄 몰랐다. 그가 밤낮으로 고생한 보람이었다.

그는 기뻐 날뛰었다. 그가 한창 기뻐했던 이튿날, 하늘이 갑자기 흐려졌다. 대줄기 같은 빗방울이 서남방향으로부터 마을로 불어오더니 반나절 사이에 못의 물이 급격히 불었다. 윈푸 아저씨는 불안해졌다. 그것은 한창 피는 벼꽃이 빗방울에 떨어져 금년 수확에 영향을 줄 것 같았기 때문이다. 오후에 비는 차차 멈추었다. 윈푸 아저씨의 마음은 천근 짐을 내려놓은 것처럼 가벼워졌다.

초저녁부터 하늘은 또 손을 내밀어도 보이지 않을 정도로 갑자기 캄캄해졌다. 도처에서 징소리가 우레처럼 울리고 사람들이 아우성치며 돌아다녔다. 바람은 윙윙 더 세차게 불어쳤다. 윈푸 아저씨는 밖에 뜻밖의 일이 또 생겼다고 여기고 황망히 리치우를 불러 어둠속에 징소리 나는 곳으로 달려갔다.

길에서 윈푸 아저씨는 샤오얼바즈(小二疤子)를 만났다. 서쪽 물과 남쪽 물이 동시에 세 길이나 급격히 차올랐으며 차오쟈룽(曺家壟) 마을 주위의 제방이 모두 위험하게 되었다고 했다. 그래서 징을 울려 제방을 막도록 사람들을 동원한다는 것이었다.

윈푸 아저씨는 더욱 놀랐다. 한밤중에 물이 몇 길씩 차오른 것은 사오십년만에 일어난 보기 드문 괴변이었다. 그는 당황했다. 징소리는 점점 요란해져갔다. 그의 발걸음도 점점 더 어지러워졌다. 캄캄한 밤에 길까지 미끄러워 그는 몇 번이고 넘어졌다가 다시 일어났다. 나중에 리치우가 부축하여 달렸다. 몇 발자국 더 나아가지 않아 하늘이 무너지는 듯한 광음이 들렸다. 윈푸 아저씨의 다리는 솜을 튀는 기계처럼 떨렸다. 만마가 질주하는 듯한 파도가 재빨리 그들에게 덮쳐들었다. 리치우는 다급히 그를 업고 돌아서 뛰었다. 겨우 자기 집 문 앞까지 이르니 물은 이미 층계 아래까지 흘러들었다.

신뚜커우(新渡口)의 제방이 30여장이나 되는 모서리가 끊어져 차오쟈롱의 황금벌판이 몽땅 물바다가 되어버렸다.

윈푸 아저씨는 미칠 것만 같았다. 반 년 동안 고생스럽게 바라오던 희망, 온 집안의 생명을 유지시켜 주는 근원이 눈 깜짝할 사이에 물에 깨끗이 밀려갔던 것이다. 그는 온 종일 미친 듯이 통곡했다.

"하느님 맙소사! 금싸라기 같은 낟알이 몽땅 물바다에 잠기게 되었구나!"

지금 윈푸 아저씨는 또 이런 해괴한 징조를 보았던 것이다. 그러니 조급하지 않을 수 없다. 작년 5월부터 지금까지 그는 밥을 한 끼도 배불리 먹지 못하였다. 6월 초에 물이 물러갔다. 마을의 이재민들은 모두 밖으로 나가 빌어먹으려 했다. 그들은 닝향(寧鄕)까지 가서 반역자로 몰려 도로 경내에까지 쫓겨 왔다. 그 후부터 반 발자국도 대문을 나서지 못하게 되었다. 현(縣)에서 들리는 말에 의하면 3만원의 재해구제금을 받았다고 하지만 마을에서는 쌀 한 알도 구경 못했다. 허 나리가 성에서 콩을 70섬 가져다 마을을 구제했다. 윈푸 아저씨는 다섯 말을 겨우 꿨다. 한 말에 6원 30전이고 매달 이자는 4전 5리였다. 여덟 식구가 나중에 산나물까지 다 먹어버리고 더 이상 견딜 수 없었다. 그래서 허 나리 앞에 무릎을 꿇고 사정하여 콩 세말을 더 꿨다.

8월에 화자(華家) 제방에서 관음 분을 파냈다. 마을 사람들은 다투어 가서 파다 먹었다. 윈푸 아저씨도 리치우를 데리고 가서 두세 짐 파왔다. 그것을 먹은 지 이틀도 안 되어 할아버지가 돌아가셨다. 떠날 때 여섯 살 나는 후얼마저 데리고 갔다.

나중에 마을의 재해민들은 모두 죽을 지경에 이르렀다. 허 나리가 재해민들을 위해 재해민들이 반란의 무리로 변하지 않을 것이라고 현장나리한테 재삼 보증을 서고 나서야 몇 장의 통행증을 얻어왔다. 그리하여 재해민들은 길을 나누어 경내를 빠져나갔다. 윈푸 아저씨네 일가도 번화한 도시로 가게 되었다. 그 곳에서 넉 달 동안 거지 생활을 하다가 연말에 비로소 집에 돌아왔다. 이것이 작년 일이었다. 고생했다 해도 누가 알아주겠는가?

지금 마을사람들은 모두 삿갓을 만들어 임시로 살아간다. 비오는 날에 한 사람이 하루에 열 개 씩 만들 수 있는데, 두 끼의 죽 값은 벌 수 있었다. 윈푸 아저씨와 리치우가 갈대를 쪼개면 사오푸, 윈푸 아주머니, 잉잉이가 밤낮으로 만든다. 만들고 또 만든다! 만들지 않으면 무슨 방법이 있겠는가? 다만 추수 때까지만 숨이 붙어있으면 된다.

봄비가 한 달이나 계속 오고 날씨마저 이리 추우니 온 마을 사람들은 모두 공포에 쌓여있다.

"맙소사! 올해도 또 작년처럼 된다면…"

2

하늘은 마침내 화창해졌다. 사람들은 30여 일 동안 음침한 집에 박혀 있다가 기어 나왔다. 푸른색을 띤 얼굴마다 환한 미소가 어려 있었다. 어린이들은 떼를 지어 햇볕아래 뛰어다니며 맨발바람에 진흙탕에서 장난질하였다.

물은 어디에나 차 있었다. 못이나 밭에나 늪에나 모두 차 있다. 도처에 부드러운 풀이 무성했다. 채 마르지 않은 빗방울이 풀잎에 대롱대롱 달려 있어 마치 은빛 진주 같았다. 버들잎도 움터 나왔다. 오랜만에 비가 처음 개니 마을 모든 곳에 봄날의 생기발랄한 기상이 띠었다.

사람들은 곧 활동하기 시작했다. 밭머리마다 맨발로 왔다 갔다 하며 관찰하는 사람들이 보였다. 삼삼오오 떼를 지어 못가며 터진 곳을 살펴보며 이것저것 이야기를 나누었다. 그들은 지금 이 시기에 어떻게 손을 써야 할지 준비하고 계획하고 있었다.

삿갓의 판로가 갑자기 막혔다. 그것은 어떤 곳이나 날이 맑았기 때문이다. 남자들은 더 이상 낮에 집에서 갈대를 쪼갤 필요가 없었고 부녀자들과 아이들의 일도 자연히 흐지부지하게 되었다. 그러자 농촌의 모든 생활은 일시에 죄여들었다. 밭에 나가 힘내서 일하고자 해도 밥을 먹지 않고서야 할 수 없지 않는가!

날이 갤 것만 매일 열심히 고대했던 윈푸 아저씨의 의도가 결국 이루어진 셈이다. 그러나 그는 미소를 조금도 띠지 못했다. 그 미소는 깊이 찌푸린 이맛살 속으로 사라져버렸다. 솜옷은 아직도 벗지 못했다. 태양이 뜨겁게 내리 비춰도 그는 좀 괴로웠을 뿐 관계하지 않았다. 그가 근심하는 것은 어떻게 하면 이 중요한 고비를 넘겨 한두 끼라도 밥을 배불리 먹고 기운을 내서 밭에 나가 일하겠는가 하는 것이었다.

삿갓은 판로가 없어졌다. 눈앞의 죽이 더 큰 걱정거리였다. 그러므로 윈푸 아저씨는 더욱 초조했다. 그는 자신의 팔자가 나쁘다고 여겼다. 나서부터 한시도 편안한 생활을 해 보지 못했다. 금년이 쉰 살인데, 고생이 많아 편한 날이 하루도 없었다. 사주쟁이들은 모두 그가 말년에 아주 좋다고 했다. 그런데 그것도 쉰다섯 살 후라 하니 그다지 믿음이 가지 않았다. 두 아들이 아직 철이 들지 못했으니 이처럼 한심한 세월에 여섯 식구의 가정을 독립적으로 유지한다는 것은 얼마나 어려운 일인가!

"어쨌든 방법을 강구해야겠다!"

윈푸 아저씨는 종래 굶주린 적이 없었다. 언제나 이런 난관에 부딪치면 그는 이 말마디를 머릿속에 되새긴다. 어떤 때에는 아주 좋은 방법도 떠오르기까지 했다. 오늘 그는 난관이 매우 긴박하다는 것을 알고 이 말을 머릿속에 곱씹어 보았다.

"허 씨 여덟째나리, 리 씨 셋째나리, 천 씨 나리"

그는 무대아래에서 왔다 갔다 하며 이 사람들의 모습을 하나하나 머리에 그려놓았다. 그러나 모두가 아주 보기 싫은 얼굴들이었다. 하나 하나가 그로 하여금 이루 말 할 수 없는 불안과 공포를 느끼게 했다. 그는 머리를 가로 저으며 한숨짓고 이런 자들을 몽땅 머릿속에서 잊어버리고 다른 방법을 생각해보았다. 문득 그는 다른 한 사람들을 생각해냈다.

"리치우, 네가 지금 위우(玉五) 아저씨네 집에 가보겠느냐?"

"뭘 하러 갑니까? 아버지?"

리치우는 문턱에 앉아 갈대를 쪼개면서 무심하게 물었다.

"내일 날씨가 참 좋겠다. 남들은 모두 밭에 나갈 준비를 하는데 우리도 덩달아 손을 써야지. 첫날 일인데 어쨌든 배불리 한 끼 먹어야 징조도 좋고 일해도 힘이 난다. 집에 지금 쌀이 떨어졌다. 그러니…”

“내 보건데 위우 아저씨도 무슨 방법이 있을 것 같지 않습니다.”

“그래도 네가 가보는 게 어떠니?”

“하필 헛걸음할 건 뭡니까? 내 보기에 그들 형편도 우리보다 나은 것 같지 않는데요!”

“너는 언제나 어른과 엇서는구나! 네가 어떻게 그들이 우리와 같은 줄 아느냐? 한번 가보기나 하라는데도!”

“이건 정말 사실입니다. 아버지, 그들은 아마 우리보다 더 곤란할겁니다.”

“허튼소리야!”

원푸 아저씨는 요새 큰 아들이 점점 어긋난다고 생각되었다. 무슨 일이나 자기와 논쟁하길 좋아했다. 집안의 시시한 일 때문에 몇 번이나 다툼질했는지 모른다. 아들 녀석은 언제나 게으름을 부리면서 일하기 싫어한다. 어떤 때는 심지어 한심한 불효자식같이 보였다.

위우 아저씨네는 자기처럼 아무 방법이 없을 것 같지 않았다. 그 집에는 위우 아주머니 빼고는 공밥을 먹는 사람이 없기 때문이다. 작년에 온 마을의 재해민들이 모두 빌어먹으러 나갔지만 그만은 가지 않고 꿈쩍없이 두 식구의 생존을 유지했었다. 또 그가 남한테서 꾸는 것을 보지 못했다. 그저께는 뚜허커우의 차오뼁셩(曹炳生)고기 가게에서 그가 광주리에 술과 고기를 사들고 흔들거리며 가는 것을 보았다. 그러니 그가 어찌 방법이 없겠는가?

원푸 아저씨는 아들놈이 또 심부름하기 싫어서 핑계 댄다고 생각했다. 그래서 화가 치밀었다.

“도대체 가겠니, 안 가겠니? 개 같은 자식, 언제까지 어른에게 말대꾸

할 것이냐!"

"가도 방법이 없습니다!"

"애비가 가라면 갈 것이지 무슨 허튼 소리야! 개자식!"

리치우는 갈대 쪼개던 칼을 천천히 내려놓으며 고개를 들었다. 젊은이의 마음에는 숨은 고통이 쌓여있었다. 그는 아버지의 속 타는 모습을 더 보기 구차하여 몸을 일으켜나갔다.

"가서 일러라! 아버지가 시켜왔다고. 위우 아저씨 더러 좀 도와 달라 해라. 이 어려움만 지나면 인차 갚아드리겠다고 해라!"

"네!…"

달이 잠깐 나뭇가지에서 반쪽 얼굴을 내밀었다가 곧장 검은 구름에 덮였다. 별 하나 보이지 않는 칠흑같이 어두운 밤이었다.

"위우 아저씨가 무엇이라 대답하더냐?"

"그는 별로 말씀하시지 않았습니다. 그저 '가서 아버지한테 전해 올려라! 미안하기 그지없다고. 어제도 우리는 호박을 먹었다. 오늘도, 참! 죽이 요것밖에 없다.'고 합디다.

"내가 머지않아 갚아준다고 말해주지 않았니?"

"말했습니다. 그는 또 쌀통마저 나한테 보였습니다. 텅 비었습디다!"

"그럼, 그의 여편네는?"

"말없이 웃기만 합디다."

"망할 자식!"

윈푸 아저씨는 작은 상을 주먹으로 탕치며 분개하여 말했다.

"그 그제 고기 사는 것을 내가 직접 봤는데. 망할 자식! 오늘 벌써 쌀이 없다구? 누가 곧이듣겠나!"

모두 숨을 죽이고 있었다. 윈푸 아주머니가 다가왔다. 애들도 모두 귀를 세우고 아버지와 형의 대화를 엿듣고 있었다. 널따란 사당 안에는 반딧불만한 등불마저 없다. 어둠은 여섯의 마음을 협박하여 무겁게 내리누르고 있었다….

"그럼 내일 밭일은 어떻게 하겠수?"

윈푸 아주머니는 매우 근심되어 물었다.

"제기랄! 모두 굶어죽을 수밖에! 이 등신 같은 자식이 밖에 나가 반나절이나 돌아다녔다는 게 쌀 한 알도 못 얻어와?"

"제가 어떻게 하겠습니까? 아버님"

"죽어버려! 개 같은 자식!"

윈푸 아저씨는 이렇게 호된 욕을 하고는 후회되었다. "죽어버려!" 아! 정말 아들이 죽는다 한들 무슨 방도가 생기겠는가? 마음이 말할 수 없이 아파 굵직한 눈물방울이 뚝뚝 떨어졌다!

"제기랄!"

그는 담배대통을 찾아들고 몸을 일으켜 밖으로 나갔다.

"어디로 가요? 영감!"

"제기랄! 나가보지 않으면 내일 흙을 퍼먹겠소?"

모두 침울한 눈망울로 점점 어둠 속에 사라지는 윈푸 아저씨의 뒷모습을 바라보았다. 애들은 하나하나 잠에 곯아 떨어졌는데, 뒷방에서 돼지새끼처럼 아무렇게나 누워 잤다. 부엌에는 윈푸 아주머니와 리치우만 남았다. 그들은 무서운 공포 속에 빛을 잃은 두 눈을 크게 뜬 채 윈푸 아저씨가 좋은 소식을 가지고 오기만 기대하고 있었다. 마음의 연줄을 진작 팽팽하게 조이고 있었다.

깊은 밤, 원푸 아저씨는 울상을 하고 돌아왔다. 그는 등에서 큰 주먹만 한 보자기를 내려놓았다.

"여보, 이건 3원 60전어치의 잠두콩이요!"

굶주림으로 눈이 번득이는 여섯 개의 시선이 이 작은 보자기에 쏠렸다. 원푸 아저씨의 눈에는 눈물이 가득 고여 있었다.

3

밭머리 도랑 옆에서 리치우는 힘없이 마지못해 호미를 움직이고 있었다. 밭에 고인 물은 호미로 터놓은 물고를 거쳐 흘러들었다. 그는 온 몸이 나른하고 손목에도 아무 힘이 나지 않았다. 보통 때 힘이 지금은 어디로 다 갔는지 모르겠다.

모든 것이 다 아득했다! 그는 논밭을 멍하니 바라보았다. 지금 죽도록 일해도 쓸데없다고 생각했다. 이토록 일해서 좋은 효과를 본다고 누구도 보증할 수 없었다. 해마다 덮치는 자연재해와 인재는 이 젊은이의 마음에 깊은 상처를 주었던 것이다. 눈앞의 모든 것은 그를 너무나 망연하게 만들었다. 그에게는 자신의 생활을 변하게 하고 이 불행한 울타리를 벗어날 방법이 없었다.

그는 호미를 끌고 세 번째 물고로 걸음을 옮겼다. 지나간 일들이 조수처럼 그의 마음속에 밀려들었다. 매번 호미로 땅을 찍을 때마다 자기 마음을 후려치는 것 같았다. 아버지는 늙었으며 동생들은 아직 어렸다. 이 사오년 사이에 가정이 막다른 길에 들어서리라는 것은 어떻게 해도 면할 수 없는 사실이었다. 또한 출로는 보이지 않았다. 그는 무슨 방법으로 이 보이지 않는 출로를 개척해야 할 지 몰랐다.

문득 그는 얼마 전 윗마을 라이 형님이 신비스럽게 하던 말이 생각났다. 지금 자세히 회고해보니 정말 말로 표현할 수 없는 이치였던 것이다. 이런 세상에 제 자신에 의지하지 않으면 누구에게 의지하겠는가? 누구에게나 가난은 모든 사람들의 적이다. 자기 스스로 일어나 이 곤경을 극복하지 않으면 평생 머리를 들어보려고 생각도 말아야 한다. 또, 라이 형님은 긍정적으로 이렇게 말했다. 머지않아 세상은 꼭 우리 가난한 사람들의 것이 될 것이라고!

리치우는 4년 전 농민회에서 권력을 잡았을 때의 상황이 떠올랐다.

"만일 또 그런 세상이 돌아왔으면!"

그는 혼자 빙그레 웃었다. 갑자기 사람의 그림자가 그의 옆을 스쳤다. 그는 놀라서 고개를 돌렸다. 바로 그가 생각하고 있는 윗마을의 라이 형님이었다.

"아! 형님, 어디 가시오?"

"오! 리치우구만, 너희들도 오늘 밭에 나왔니?"

"예, 형님, 와서 좀 얘기나 하시지요." 리치우는 호미질을 중단했다.

"너의 아버지는?"

"저쪽에서 풀뿌리덩이를 나르고 있소. 샤오푸도 같이 하고 있네요."

"너희들은 이 며칠사이 어떻게 사냐?"

"여전히 고생이지요! 오늘부터 집에서 삿갓을 만드는 사람이 없소. 우리 셋이 모두 밭에 나왔으니깐. 어젯밤 아버지는 여덟째 허씨 나리한테 가서 콩 한말 꿔 왔더구먼요. 그랬기에 오늘 밭에서 일할 때 배불리 먹었소. 그러지 않았더라면…"

"그러면 괜찮다! 여덟째 허씨 나리가 그래도 콩을 너희들에게 꿔 주었구나."

"누가 그 집 것을 꾸려 하겠소? 제기랄! 우리 아버지는 얼마나 사정했는지 모르오. 절도하고 값도 올려서야… 에이! 형님네는?"

"역시 참을 수 없는 것이었지!"

그들은 한참 묵묵히 있었다. 라이 형님은 평소처럼 싱글싱글 웃으며 리치우에게 머리를 끄덕였다.

"저녁에 다시 얘기하자꾸나!"

"좋아요."

라이 형님이 총망히 가고나자 리치우는 밭머리에서 여전히 호미질을 했다. 물도랑을 하나하나 뺐다. 해는 어느덧 중천에 높이 걸려 점심때를 알려주었다. 반년동안 들어보지 못한 노래 소리가 은은히 울려왔다. 사람들은 피곤한 몸을 끌고 돌아왔다. 몇몇 집에서만 밥 짓는 연기가 풀풀 피어올랐다.

윈푸 아저씨는 온 몸이 쑤셨다. 어제 멜대로 풀뿌리덩이를 이삼십 짐 날랐더니 어깨와 두 다리뼈가 바늘로 쑤시는 듯 아파 밤새 내내 자지 못했다. 날이 밝자 일어나 길을 걷는데 시큰시큰 저렸다. 하지만 그는 아무렇지도 않다는 듯이 참았다. 아들들이 보면 기분이 상할 것 같았다.

"어쨌든 늙었구나!" 그는 은근히 속이 상했다.

리치우는 두 사발밖에 남지 않은 콩을 들고 나와 상위에 놓았다. 구수한 냄새가 윈푸 아저씨의 군침을 돌게 했다. 세 사람이 똑같이 나누었다. 각자 겨우 반 사발 쯤 먹었다. 평소보다 특별히 맛있어서 그 반 사발이 배 속 어디에 가 붙었는지 모를 정도였다.

억지로 밭에 나가 일하려 했지만 온 몸이 마치 천근 멍에나 멘 것처럼 옴짝달싹 할 수 없었다. 호미자루나 보습미지 들 힘이 없다. 눈앞이 드문드문 캄캄해지며 세상이 빙글빙글 도는 것 같다. 밭을 겨우 세 바퀴 돌고 배고파 끝내 돌아왔다.

"이러다간 큰일 나겠는데."

어린이고 어른이고 모두 함께 모였는데 저마다 눈에서 피 같은 불씨가 툭툭 튀는 것 같았다. 그들은 서로 멍하게 바라 볼 뿐 아무 말도 없었다.

"하느님 맙소사!…"

윈푸 아저씨는 이를 악물고 최후의 용기를 냈다. 또 허 나리의 집으로 향했다. 그는 이번에 여덟째 나리를 만나면 어떻게 입을 열 것인가를 곰곰이 생각한 후 대문에 들어섰다.

"자네 대체 무슨 일이라도 있는가? 윈푸!"

여덟째나리는 등받이 의자에 앉아 물었다.

"저, 저, 저는…"

"뭐?…"

"저는 또 여덟째나리한테서…"

"콩인가? 자네한테 더는 꿔 줄 수 없네! 마을의 이 많은 사람들 중에서 내가 자네 식구만 먹여 살리겠는가!"

"저는 이자를 더하여 갚겠습니다."

"누가 자네 이자를 욕심내나? 남들은 이자를 안 낸다던가? 그건 안 되네!"

"여덟째나리! 나리께서 저를 좀 구해주십시오. 우리 온 집 식구가 이미…"

"돌아가! 돌아가란 말이야! 내가 이제 자네 일을 걱정 할 새가 없네! 가게!"

"여덟째나리! 살려주십시오!…"

윈푸 아저씨는 연달아 눈물을 흘렸다. 여덟째나리의 머슴이 달려 나와 그를 문밖으로 밀어냈다.

"상사 났나? 늙다리 귀신같은 게!"

머슴은 눈을 부라리며 욕질하고는 대문을 쾅 닫아버렸다.

윈푸 아저씨는 비틀비틀 집으로 돌아오면서 자신을 한탄했다. 왜 사전에 생각했던 대로 말 한 마디 못했는가? 그랬기에 일을 모두 망쳐먹었구나! 지금의 어려움을 무슨 방법으로 넘기겠는가?

못가에 이르러 그는 갑자기 걸음을 멈추고 푸른 물을 얼빠진 사람처럼 바라보았다. 만약 집안 식구들을 생각하지 않았다면 그는 여기에 뛰어들어 나머지 목숨을 마치고 싶었다.

윈푸 아주머니와 아이들은 사당의 문어귀에 서서 윈푸 아저씨가 좋은 소식을 가져오기만 기다리고 있었다. 굶주림은 매번 사람의 마음을 불길처럼 바짝바짝 타게 했다. 너무 기대하여 눈은 붉어지고 머리가 어지러웠다. 눈이 빠지게 기다렸으나 기쁜 소식을 갖고 오는 윈푸 아저씨는 보이지 않았다.

하나님! 이럴 때 그들에게 밥 한 끼 배불리 먹일 신선이라도 있었으면!

징칭(鏡淸)이라 부르는 대머리는 수염이 더부룩한 텁석부리를 데리고 집안에 들어섰다. 윈푸 아저씨의 마음은 수천만 개의 칼로 마구 찌르는 것 같았다. 손발이 쉴 새 없이 떨리고 눈물이 줄줄 흘러내렸다. 그를 부엌에 모시고 긴 걸상을 하나 가져다 앉게 하고 자기는 옆에 섰다. 윈푸 아주머니는 안방에 숨어서 나오지 않았다.

눈은 일찍이 너무 울어 팅팅 부었다. 작은아이 둘은 누워서 일어나지도 못했다. 낯은 마른 배추 잎처럼 싯누랬다.

리치우는 문 옆에 섰고 사오푸는 형 뒤에 섰는데 눈이 축축이 젖어 있다. 그들은 실신한 사람처럼 텁석부리를 쳐다보고는 곧장 머리를 돌렸다.

한참 침묵해 있다가 텁석부리가 견디기 어려운지 말했다.

"징칭, 그 애는 지금 어디에 있소?"

"안에 있소. 열 살인데 잉잉이라 부르오."

대머리는 머리를 끄떡거리며 그에게 서둘지 말라고 눈짓했다.

윈푸 아주머니는 기운 저고리와 바지를 손에 들고 발이 천근무게나 되듯이 간신히 안방에서 걸어 나왔다. 그는 후들후들 떠느라 바로 서지도 못했다.

그는 대머리를 보고 "징칭 아주버니!…" 겨우 한마디 하고는 비 같은 두 줄기 눈물을 터트리며 더는 말을 못했다. 윈푸 아저씨는 소매로 가만히 낯을 가리고 있었다. 리치우와 샤오푸는 머리를 떨어뜨리고 흑흑 흐느끼고 있었다.

대머리는 황당했다. 그는 조급하게 텁석부리를 보더니 머리를 돌려 윈푸 아주머니를 위안하듯이 말했다.

"아주머니! 너무 상심할거야 있소? 잉잉이가 이 샤(夏) 나리를 따라가면 집에 있기보다야 낫지 않소? 먹을 것 입을 것 걱정 없고, 만일 좋은 주인을 만난다면 일생동안 복을 누릴 수도 있소. 꾸이셩(桂生)이네 쥐얼(菊兒), 린따오산(林道三) 집의 타오시우(桃秀)도 모두 잘 가지 않았소? 더구나 샤(夏) 나리는…"

"아주버니! 나, 나는 지금 그를 팔 수 없어요! 작년에 우리가 후뻬이(湖北)로 빌어먹으러 갔을 때 그렇게 고생스러웠어도 그 애를 팔지 않았어요. 올해 우리는 더구나 팔 수 없소. 그 애는 나의 잉잉이오. 나의 살점이우. 후!…"

"엉?!"

샤 텁석부리가 대머리를 쏘아보았다.

"윈푸! 어떻게 된 셈이오? 그만 두겠는가? 어제 저녁에 대답해놓고도…"

대머리는 다급히 윈푸 아저씨를 추궁했다. 이 말이 채 끝나기도 전에 윈푸 아주머니는 미친 듯이 윈푸 아저씨한테 덮쳐들었다.

"늙다리야! 모두 당신 탓이오! 자식도 먹여 살리지 못하면서 사람구실하겠다고! 먹을 쌀이 없으니 내 딸을 팔아버리는구만! 당신은 어째 죽지 않소? 귀신같은 게! 오우! 우리 오늘 죽고살고 해보기오! 내 딸은 절대 팔 수 없어."

"제기랄! 당신도 어제 저녁에 대답하지 않았소? 나 혼자 주장한 것도 아닌데…. 대머리! 저년이 미치지 않았나 보게."

윈푸 아저씨는 황급히 뒤로 몇 발자국 물러섰다. 낯은 온통 눈물범벅이었다.

"가세! 징칭."

샤 텁석부리가 참을 수 없다는 듯이 일어서며 말했다. 대머리가 급히 막았다.

"기다립시다. 좀 있으면 생각이 맑아질 것입니다. 자! 윈푸, 나하고 밖에 나가 몇 마디 얘기하자고."

대머리는 윈푸 아저씨를 데리고 나갔다. 윈푸 아주머니는 아직도 엉엉 울며 야단이었다. 리치우가 그를 부축하여 쪽걸상에 앉혔다. 그는 이번 비극을 조성한 원인이 그리 간단치 않다는 것을 알았다. 온 집 식구가 사흘이나 아무것도 먹지 못했다. 삯갓을 요구하는 사람도 없어지고 밭에 파종은 또 제때에 해야 했다. 그러므로 어제 저녁에 징칭 대머리가 와서 구슬릴 때 그도 그리 강하게 반대하지는 않았다. 물론 그도 여동생을 몹시 아꼈기에 남에게 팔기는 더구나 원치 않았다. 하지만 그것 밖에 지금의 위급한 고비를 넘길 다른 방도가 없었다. 그는 침통하고 모순되는 심정으로 온 밤을 지새웠다. 그는 이제 팔려가게 될 여동생을 더는 차마 볼 수 없어 날이 밝기 전에 일어났었다. 지금 어머니가 이토록 상심하니 그가 무슨 양심으로 여동생을 팔자고 말할 수 있겠는가?

"어머니, 그만 하십시오! 그들이 가게 내버려둡시다."

원푸 아주머니는 대답하지 않았다. 대머리와 원푸 아저씨가 대문으로 들어왔다. 모두 잠시 침묵을 지켰다.

"아주머니! 그래 어찌하겠습니까?"

대머리가 물었다.

"징칭 아재! 우리 잉잉이가 갔다가 다시 놀러올 수 있소?"

"올 수 있구 말구요. 만일 주인집이 가깝다면, 당신들도 늘 가볼 수 있소!"

"멀면…?"

"그럴 리 없소. 아주머니."

"모두 이 늙다리 탓이군! 일찌감치 죽지도 않고!…"

잉잉은 넷째 시얼(喜兒)을 안고 안방에서 달려 나왔다. 그는 이 기이한 장면을 목격하고 놀랐다. 시얼을 어머니한테 맡기고 커다란 눈을 동그랗게 뜨고 두리번거렸다.

대머리와 텁석부리를 제외하고 모두 가슴이 아팠다.

"이 애가 맞습니까?"

샤텁석부리는 잉잉을 바라보며 대머리한테 물었다.

반복적인 담판 결과 샤텁석부리는 한 살에 이원씩 밖에 내지 않겠다고 했다. 잉잉이는 열 살이니 이십 원이었다. 그 외 쌍방은 각각 대머리에게 일원씩 소개비를 주기로 했다.

"아이고! 이게 무슨 세상인가!"

새하얀 돈 19원이 윈푸 아저씨의 손에 떨어졌다. 그는 목석처럼 굳어졌다. 팔소매로 눈물을 닦으며 뚫어지게 돈을 들여다보았다.

"아이고! 요 돈이 우리 귀여운 잉잉이란 말인가?"

윈푸 아주머니는 다 기워놓은 옷을 잉잉에게 갈아입히면서 샤씨네 큰아버지네 집에 가서 밥 몇 번 먹고 돌아온다고 달랬다. 그러나 잉잉의 눈물방울을 멈추게 할 수 없었다.

"엄마, 내가 내일이면 돌아올 수 있나요? 나는 혼자서 배불리 먹고 싶지 않아요!"

모두들 눈물을 머금고 잉잉만 주시하고 있었다. 다시 한 번만 더 보자, 이건 마지막으로 보는 것이다!

대머리가 잉잉을 끌고 갔다. 윈푸 아주머니는 정말 미칠 지경이었다. 몇 번이고 쫓아 가려했다.

멀리서 잉잉이 외치는 소리가 들려왔다.

"엄마! 나 혼자서 배불리 먹고 싶지 않아요!"

"난 내일 돌아올 거야!"

"… … …"

생활은 잠시 유지되었다. 19원이면 두 짐이 좀 넘는 쌀을 살 수 있었다. 이것이면 다섯 식구가 두 달 남짓은 먹을 수 있었다. 부자간의 노력으로 새 길을 개척해야 했다.

씨 뿌릴 청명절이 사흘밖에 남지 않았다. 마을엔 벼 종자가 한 집도 없었다. 여덟째 허 씨 나리는 이 일 때문에 친히 현 창고에 가서 현장어른과 협상했다. 제 때에 씨를 뿌리지 못하면 가을에 아무런 수확도 없게 되기 때문이다.

모두들 허 나리의 좋은 소식만 고대하고 있었다. 물론 이 일만은 그들을 실망하게 할 수 없었다. 해마다 이렇게 꿔왔던 것이다. 현장어른도 "관리는 백성에게서 나고 백성은 땅에서 난다."고, 종자를 해결하지 않으면 결국 가을에 가서 누구에게도 좋은 점이 없다는 것을 알고 있다. 그래서 허 나리가 말하자 곧장 대답했던 것이다. 또 천여 짐의 종자를 차오쟈룽(曹家壟)에게 내주면서 허 나리가 책임지게 했다.

"제길! 종자는 한 짐에 11원씩이고 또 4전이나 되는 이자를 받는다는구먼. 이건 완전히 허 씨 나리가 뜯어먹는 거야!"

사람마다 모두 이렇게 분개하여 욕질을 하지만 허 씨 여덟째네 집에 가서 종자를 선택해오지 않을 수 없었다.

생활과 일은 농촌을 더 가혹하게 매질하였고 사람들은 결사적으로 분투하였다. 모든 희망을 완전히 위대한 추수에 기탁하고 있기 때문이었다.

4

모를 꽂고 두 번 김을 매니 하늘은 또 금방 가난한 사람을 못살게 굴었다. 연속 열흘 동안 비 한 방울도 오지 않았다. 하늘에 걸린 태양은 불덩이처럼 내리 쬐기만 했다. 논밭에는 물이 없었다. 다만 흙에 약간 습기가 있을 뿐이었다.

딸을 팔고 종자를 꿔서 겨우 벼 모내기를 했지만 윈푸 아저씨는 지치다 못해 숨도 바로 쉴 수 없었다. 비료를 구할 방도도 아직 없었다. 이런데 비까지 오지 않으니 가슴 속은 홍어 속이 되어갔다. 만일 정말 가뭄이 든다면 일찌감치 대비를 해야 하였다.

그는 리치우 더러 단상위에 있던 수차날개를 내려와 수리하게 했다. 이제 사흘만 더 비가 오지 않으면 수차를 써야 할 판이었다.

사람들은 모두 속으로 빌었다. "하느님이시여! 우리를 가엾게 여겨 비를 내려주옵소서!"

하루, 이틀, … 하느님의 마음은 모질기도 했다. 사람들의 기도를 들은 체도 안했다. 여전히 구름 한 점 없었다. 불덩이 같은 태양은 우주에 존재하는 만물을 모조리 불태우고 있었다. 무슨 물건이든 모진 더위에 말라버렸다. 많은 곳이 벌써 쩍쩍 갈라져 야수의 입처럼 벌어졌다. 거기에서는 뜨거운 열기가 내뿜어져 나왔다.

이제 더 기다릴 수 없었다. 장쟈차, 신커우뚜 등 곳곳에서 모두 수차 돌리는 소리가 들려왔다. 곡식들은 고개를 떨어뜨리고 사람들에게 목마른 것을 하소연하는 듯했다. 이파리들은 벌써 감겨들기 시작했다. 작년 수해의 고통을 당하고서 금년에 누가 눈을 뻔히 뜨고 곡식들이 말라죽는 것을 보고만 있겠는가! 목숨을 내걸고서라도 한바탕 해봐야했다.

아침밥을 먹고 나자 윈푸 아저씨는 직접 차체를 메고 리치우는 차 빗치개를 들었다. 샤오푸는 차 날개 몇 개를 들고 묵묵히 주위에 있는 연못으로 갔다. 태양이 등을 쬐어 바늘 찌르는 듯 아팠다. 발밑의 흙마저 발이 델 지경으로 뜨거웠다.

"제기랄! 왜 이렇게 덥냐?"

도처에서 수차소리가 울렸다. 못의 물을 인공으로 밭에 옮겨가고 있었다. 윈푸 아저씨의 수차도 안장해놓았다. 셋이 함께 밟아 수차바퀴를 돌리니 물은 수차상자에서 흘러나와 다투어 밭으로 흘러들어갔다.

땀이 머리에서 발끝까지 흘렀다. 태양이 정수리를 내리비추었고 대지를 불태우고 있었다. 사람들 입에서는 푸른 연기가 확확 뿜어져 나왔다. 발은 점점 무거워졌다. 수차발판은 천근무게의 바위처럼 안간 힘을 다해 디뎌도 내려가지 않았다. 쏙쏙 찌르는 아픔이 발목으로부터 전신에 퍼져 머리끝까지 올라왔다. 마치 누가 작은 칼로 살점을 도려내고 힘줄을 뽑아내는 것처럼 참기 어려웠다. 샤오푸는 더했다. 아직 발육되지 못한 그의 신체는 말할 수 없는 고통을 느꼈다. 윈푸 아저씨라고 왜 같지 않겠는가? 노쇠한 발목뼈는 몇 걸음 걸어도 견디기 어려웠다. 그러나 그는 맥을 놓을 수 없었다. 하늘이 그를 고생하게 하는데 죽어도 버텨야 했다. 아들들의 용기는 완전히 그한테서 얻은 것이다. 게다가 오늘 처음으로 나선 일이 아닌가? 그가 어찌 먼저 고통스럽다고 할 수 있겠는가? 아무리 고통스럽더라도 참아야 했다!

"힘내라! 샤오푸야…"

그는 이렇게 자주 아들을 격려했다. 자신도 이를 악물고 디뎠다. 정 아파서 참기 어려울 때는 그렇게 오래 쌓아놓았던 눈물을 땀방울과 같이 쏟아냈다.

윈푸 아주머니가 점심밥을 가져올 때까지 겨우 참았다. 그들 부자는 수차에서 기어 내려왔다.

"하늘은 어째 우리 가난한 사람만 못살게 구는지?"

윈푸 아저씨는 자기의 다리를 주무르고 있었다. 샤오푸는 울상이 되어 어머니를 보며 말했다.

"엄마, 나의 두 다리가 이젠 쓸모없게 됐어요!"

"일 없다! 지금 밥을 많이 먹어라. 오후에 일찌감치 돌아와 휴식하면 일 없을 거다."

샤오푸는 더 말하지 않고 사발에 밥을 담아 먹기 시작했다.

…… ……

그 며칠간의 고생은 윈푸 아저씨와 샤오푸를 절름발이로 만들었다. 하늘은 여전히 모질었다! 하루 종일 길어 올린 물은 곡식들이 겨우 하루 살 정도였다. 그래도 리치우가 힘이 제일 좋았다. 그는 부친이나 동생처럼 고통을 느끼지 않았다. 그러나 그는 그리 힘을 내서 일하려 하지 않았다. 마치 수차를 돌려 농사짓는 것은 그가 지금 해야 할 일이 아닌 것처럼 생각한 것 같았다. 그가 보통 집에 있지 않기에 무슨 일이 있으면 도처를 돌아다니며 찾아야 했다. 그래서 윈푸 아저씨는 더욱 리치우를 미워했다.

"이 자식은 게으름뱅이야! 후레자식 같은 놈!"

달은 나무 끝에서 솟아올라 어두운 세계에 은회색의 빛을 뿌려준다. 밤은 낮처럼 그리 덥지 않고 미풍이 솔솔 불기까지 한다. 밖에서는 여자들과 애들을 빼고는 바람을 쐬는 한가한 사람이 없었다.

사람들은 모두 바람이 잔잔하고 달 밝은 밤에 일을 다그치고 있다. 도처에서 수차 도는 소리와 아름다운 노랫소리가 아주 맑게 사람들의 고막을 울려준다. 여름밤은 농사꾼들이 일하기에 적합하다. 대낮처럼 무더위도, 성가심도, 떠드는 것도 없었다.

윈푸 아저씨는 리치우를 찾지 못하게 되자 분이 치밀었다. 야단치는 것이 마치 미친 들소 같았다. 저녁밥을 지을 때 그는 신신당부했다. 오늘 밤은 날씨가 아주 좋아 꼭 밤일을 해야 하니 다른 데 가지 말라고. 그런데 눈 깜짝할 새에 어디로 갔는지 보이지 않았다. 윈푸 아저씨는 분통이 터질 지경이었다. 요즘 몇몇 사람들이 윈푸 아저씨한테 일깨워주곤 했다. 리치우 이 자식이 점점 나쁘게 변한다느니, 매일 밤 나가 라이 씨네 큰

아들 무리들과 휩쓸려 다니면서 무슨 짓을 하는지 모르겠다느니 했다. 또 사람들은 그에게 큰일을 저지르기 전에 단단히 혼내주라고 권고했다. 윈푸 아저씨는 그런 말을 듣고 몇 번이나 이를 부드득 갈았는지 모른다. 지금 그는 생각할수록 분이 치밀었다. 윗마을부터 아랫마을까지 훑어보았으나 리치우의 그림자도 보이지 않았다. 그는 샤오푸더러 먼저 수차 있는데 가서 기다리라 했다. 만일 찾지 못하면 작은 아들과 둘이서라도 얼마간 물을 길어 올려야 했다. 그는 이를 악 물고 이 불효자식을 찾아 늙은 목숨을 내걸고 결판을 내보겠다고 으르렁 거렸다.

마을을 몇 바퀴 더 돌아보았으나 찾지 못한 그는 분한대로 밭으로 돌아갈 수밖에 없었다. 뜻밖에 멀리서 수차 도는 소리가 들렸다. 급히 다가가 보니 수차 위에 리치우가 샤오푸와 같이 있지 않는가! 그는 너무 기가 차 한참만에야 욕을 퍼부었다.

"너, 이 개자식! 이번에 어디로 돌아다녔냐?"

"참, 여기에 편편히 있지 않습니까?"

리치우는 아주 당당하게 대답했다.

"빌어먹을 자식!"

윈푸 아저씨는 한참 리치우를 흘겨보더니 자기도 수차에 기어올라 바퀴를 돌렸다.

나뭇가지 끝에 걸린 달은 이윽고 나무의 가장 높은 곳에 올랐다가 점차 서쪽으로 떨어졌다. 들판도 천천히 소리 없이 고요 속에 잠겼다.

동녘이 희붐히 밝아오면서 희끄무레한 구름이 떴다. 띄엄띄엄 흩어져 있는 별 몇 개가 아직도 깜빡이고 있었다. 수탉이 두 회째 울었다. 윈푸 아저씨는 어둠속에서 기어 일어났다. 달이 아직 채 밝지 않았다. 그는 어둠속에서 길게 한숨을 내쉬었다. 밤낮으로 고통스럽게 하는 일 때문에 그는 점차 지탱해 낼 수 없음을 느꼈다. 온 몸의 뼈마디와 근육은 꿈속에서도 자주 아팠다. 그렇지만 그는 어떠하든 간에 한 시각도 태만하거나 피로하거나 아프다는 소리를 한 마디도 입 밖에 내지 않았다. 아들들에게 좋지 못한 인상을 줄까 두려웠다.

생활이 그를 노동하도록 채찍질하였지만 그는 추호도 원망하지 않았다. 지금 그는 한 가닥 새로운 희망을 보았다. 그는 가을에다 희망을 걸고 있다. 가을이 되면 그가 밤낮 꿈꾸었던 세계를 실현할 수 있는 것이다.

지금 그는 일찍 일어나야 했다. 아직은 여름이라 가을과 그 몽상의 세계와는 아직도 멀었던 것이다.

애들은 아직 돼지처럼 달게 자고 있다. 젊은이들의 꿈은 언제나 그토록 달콤한 것이다. 그는 참으로 부러웠다. 추수를 위하고 그 몽상의 세계를 위해서는 날이 아직 채 밝지 않았지만 자식들을 깨워야 했다.

"일어나라, 리치우야"

"……"

"샤오푸, 샤오푸야! 일어나거라!"

"왜요, 아버지! 날이 아직 밝지 않았는데요!" 샤오푸가 깨어났다.

"날이 진작 밝았다. 우린 수차 돌리러 가야겠다!"

"방금 누워 아직 몸도 돌려 눕지 못했는데 날이 벌써 밝았어요? …"

"리치우! 리치우야!"

"……"

"일어나거라!……"

"으!"

"야! 일어나라! 개자식!"

윈푸 아저씨는 아들들의 귀를 잡아당겨서야 그들을 일으켰다.

"귀신만 보이네요. 온통 칠흑같이 어두워요!"

리치우는 날이 밝지 않은 것을 알고는 눈을 비비며 아주 불쾌해했다.

"개자식! 반나절이나 불러 너를 깨웠는데 대꾸질이야? 빌어먹을!"

"일어나라, 일어나라 해서 한밤중에 일어나 뭘 하겠습니까?! 죽도록 일해도 남의 노예밖에 되지 못하는데!"

"너 이 게으름뱅이 같은 자식! 누가 남의 노예냐?"

"아닙니까?! 곡식을 거두어도 몇 알이나 손에 들어 올 것 같습니까?"

"개소리?! 그래 무슨 강도가 있어 네 것을 빼앗아갈 것 같으냐? 너 빌어먹다 뒈질 녀석! 요새 밤마다 돌아다니면서 집안일은 아무것도 모르는 척 하는구나! 그저 게으름만 부릴 줄 알고. 너 변했어. 개자식! 남들이 모두 네가 라이 뭔가 하는 개자식과 휩쓸린다고 하더라. 네가 필연코 무슨 ××당이라도 됐겠다!…"

윈푸 아저씨는 분이 머리끝까지 치밀어 당장이라도 자식을 몇 입 씹어 놓아야 시원할 것 같았다. 목소리는 욕할 수록 높아졌다. 윈푸 아주머니가 놀라 깨어났다.

"야밤삼경에 왜 떠드오? 영감, 애들이 매일 늦게까지 고생하는데 좀 푹 자게 놔두구려! 밖이 아직 밝지도 않았는데!"

"모두 돼지 같은 여편네 탓이야! 말을 듣지 않는 잡놈의 새끼만 낳았으니!"

"늙은 화상아! 누구를 욕하우?"

"새끼들 역성만 드는 돼지 같은 당신을 욕하오!"

"좋수다! 이 늙다리 미쳤군! 당신이 애들을 미워 이렇게 쉴 새 없이 시달려 죽게 하지 말고 하나하나 끌어다 진작 죽여 버리우. 그렇지 않으면 몽땅 가져다 팔아버리우! 당신 눈에 보기 싫지 않게시리! 한밤중에 떠들썩하게 고아대면서…”

원푸 아저씨는 미칠 듯 성이 났다. 그는 요즘 여편네가 자식 역성만 무턱대고 들며 집 살림은 조금도 관계치 않는다고 느꼈다.

“이 돼지 같은 여편네, 미쳤어? 당신은 먹고 살겠다는 게 그러오? 엉?! …”

“옳소! 내가 미쳤소! 당신이 먹고 살자고 딸을 팔아버렸지! 지금 아들도 팔아버리구려! 내 잉잉이를 찾아오오! 늙다리귀신! 나는 목숨도 아깝지 않소!… 엉! 엉!”

“미친년 같으니라고, 제기랄!…”

“늙은 등신 같은 게! 늙어빠져 본인이 힘이 없어 자식들을 기르지 못하면서도 애들만 못살게 구는구먼! 딸을 팔아버리고 아들마저 못살게 굴어 죽이려드는구먼! 이 다음 당신 늙다리만 남으면 좋겠소! 잉잉아! 이 등신아, 가서 얼른 찾아와. 엉엉엉!…”

그는 울며불며 원푸 아저씨한테 덮쳐들었다. 잉잉을 생각하니 당장이라도 남편을 잡아먹지 못하는 것이 한이 되었다.

“제기랄! 잉잉, 잉잉, 단지 내 자신만을 위한 것도 아니었는데.”

원푸 아저씨는 급히 뒷걸음질 쳤다. 잉잉을 생각하니 눈물이 저절로 떨어졌다.

“내 잉잉이를 찾아주오! 이 늙다리 귀신아! 엉! 엉!…”

“……”

“엉! 엉! 엉!”

“……”

동녘이 밝았다. 아들들은 목석처럼 서 있었다. 부모들이 여동생 이야기를 꺼내니 그들도 슬픈 눈물을 떨어뜨렸다.

하늘은 여전히 맑게 개었다. 리치우는 슬그머니 샤오푸를 잡아당기고는 호미를 들고 나갔다. 윈푸 아저씨도 비분한 기색으로 어질어질 따라 대문을 나섰다.

"엉! 엉! 엉!…"

새벽바람이 들판 위를 불며 지나갔다. 푸르른 곡식들은 층층의 파도를 일으키면서 사람들에게 새벽 특유의 신선한 기분을 느끼게 했다.

"오늘 어디에 물을 끌어들이겠습니까?"

"제길! 화쟈제방(華家)으로 가자!"

5

"리치우! 너는 성의가 부족하니 메지 마라!"

"윈푸 아저씨가 만민표 우산을 들고 쇼얼바즈는 징을 치오!"

"세납을 부는 사람이 없구먼. 왕형, 자네 수르나이(surnay)[1]는?"

"제기랄! 마치 어느 한 사람의 일처럼 모두 힘을 내려 안하는구먼! 아직도 교군이 셋이나 모자라오."

"내가 하지요. 뾰족코 아버지!"

"나도 메겠소!"

"나도 메겠소!"

"좋아! 그럼 자네 셋이 메게! 모두 얼굴을 씻게. 쇼얼바즈, 좀 깨끗이 씻으라고, 보살님이 보면 욕하겠네!"

"징을 치게! 세납도 불란 말이야!"

---

1 수르나이(surnay), 사나이(sanai). 중국의 후이족(回族)이 사용하던 관악기의 한 종류로 관(管)의 정면에 일곱 개의 구멍이 있고, 뒤에는 한 개의 구멍이 있음.

"징을 쳐라! 쇼얼바즈 들었나? 바람쟁이 자식 같은 게!"

"쟁! 쟁! 쟁!"

"따! 따! 따!"

수 십 명이 관제나리님을 모시고 나는 듯이 들판으로 달렸다.

스무날 남짓 구름 한 점 없다보니 못이나 강의 물마저 다 말라버렸다. 논밭은 한 뼘씩 쩍쩍 갈라졌다. 벼 이삭은 거의 감아들었다. 이제 사나흘만 더하면 모든 것이 끝장이다.

관제나리님은 사흘 전에 모셔왔다. 소를 한 마리 잡고 한 근 반의 단향기름을 태웠다. 그래도 비는 오려고 하지 않았다. 곡식은 더욱 말라죽기만 했다.

모두들 보살님께서 비를 내려 보내지 않는 데는 무슨 연고가 있다고 생각했다. 몇몇 제사를 지내는 중요한 일들을 여러 번 토론하고 점괘도 수차 골라보았다. 몇 천 몇 백번 절했지만 점괘는 여전히 신통치 못했다.

"그럼 올해도 끝장이 아닌가?"

"뾰족코 아버지, 급해할 것 없어요. 우리 모두 보살님을 밖으로 메고 가서 달아봅시다. 그 어른께서 이런 형편을 보시면 마음이 견디기 어려울 겁니다."

"옳소! 아마 보살님이 논밭의 형편을 보시지 못했을 수도 있지! 이태 전에 왕가물이 들었을 때도 보살님을 밖에 메고 가서 한 바퀴 도니 비가 왔소. 윈푸, 가서 몇몇 젊은이를 불러오게!"

"예!"

재빨리 임시대오가 조직되었다. 뾰족코 아버지가 앞에서 지휘했다. 두 번째 줄에는 깃발, 징, 북, 우산 따위들을 들었다. 보살을 모신 녹색 큰 가마가 맨 뒤에 따랐다.

신뚜커우로 부터 화자제방, 붉은 사당까지 굽이돌아 네다섯 바퀴 돌고 왔지만 태양은 여전히 불덩이처럼 온 몸을 지졌다. 땅은 너무 따가워 발을 디딜 수 없었다. 사면팔방은 온통 불이었다. 사람들은 불속에서 뒹굴고 있었다.

비는 한 방울도 오지 않고 보살님은 오히려 모즈만(磨子灣)에서 메 갔다. 곳곳에서 보살님을 메고 비오기를 빌고 있었다.

"하느님이시여! 한 해는 수해가 나고 한 해는 대가뭄이니 우리를 어찌 하시렵니까?"

갑자기 풍향이 변하였다. 바람이 동북방향으로부터 휙휙 불어왔다. 별도 달도 보이지 않았다. 많은 사람들은 집 밖에 나서서 하늘을 관찰했다.

"저쪽에서 번개 치구먼."

"동쪽에서 번개 치면 서쪽이 합하게 되니 비가 있어도 내리지 않는다네!"

"저기는 북쪽이오!"

"좋소! 남쪽에서 번개 치면 북문이 열리고 북쪽에서 번개 쳐야 비가 온다는데 오늘밤엔 비가 올 것 같네!"

"그래도 하늘의 은혜를 빌려왔구먼!"

"그렇지 않소! 우리 모두 악한 짓도 안했는데, 하늘이 그래 우리를 굶어 죽게야 하겠소?!"

"모를 일이지!"

모두 한창 떠드는데 지붕에서 이미 후드득후드득 소리가 들려왔다. 사람들은 시원한 감을 느꼈다. 빗방울마다 시원하게 마음속에 떨어지는 것 같았다.

"이건 정말 하늘이 보살펴준 은혜요!"

사람들의 마음을 지지누르던 큰 돌덩이가 비에 다 녹아버린다. 그런데 또 폭풍우가 들이닥쳤다.

우레가 번개 친 후에 성깔을 부리기 시작했다.

큰 비가 하룻밤을 내려 밭에 물이 꽉 들어찼다. 곡식은 다행히 살게 되었다. 오그라들었던 이파리들은 소녀들이 가슴을 헤친 것처럼 활짝 펼쳐져 바람에 한들거렸다. 자라라! 빨리 자라라! 지금이 바로 곡식들이 무럭무럭 자랄 때이다. 사람들은 은근히 빌고 있었다. 이제 스무날만 다른 일이 생기지 않으면 알알이 여문 황금가을을 보게 될 것이다. 그러면 진정으로 손에 들어오는 것이다.

비가 서남쪽에서 특히 오래 내렸다. 그 쪽 하늘은 계속 시커멓다. 큰 강의 파도처럼 공포는 먼저 것이 금방 내려가면 다음 것이 밀려온다. 서남쪽에 비가 너무 내린다. 또 물난리가 날까봐 근심하게 되었다. 농사꾼은 실로 한시도 마음 놓을 새 없었다.

서쪽 물은 점점 아래로 밀려들어 차츰 불기 시작했다. 제방국에서 사람 몇을 파견하여 둑에서 순시하게 했다. 다만 서쪽 물에 남쪽 물이 합하지 않는다면 사람들은 크게 근심할 것 없었다. 불을 대로 불으라지.

하루, 이틀, 물은 계속 불었다. 점차 제방 뚝 만큼 올라왔다. 원푸 아저씨도 남들과 마찬가지로 마음이 급해졌다.

"어떻게 된 일인지! 서쪽도 이렇게 크게 불다니!"

사람들은 조바심이 났다.

"아야! 모두 방비하기요! 절대 작년처럼 되어서는 안 되지!"

작년의 고통은 그들에게 수재는 일찌감치 방비해야 한다는 것을 알려주었다. 징소리가 울리기 시작했다. 사람들은 호미, 괭이 따위를 들고 제방으로 달려갔다.

“어느 집의 남자가 제방에 나오지 않으면, 제기랄 끌어내다 때려죽이자 했다!”

원푸 아저씨는 얼굴의 땀을 씻으며 목청을 높여댔다.

“아낙네들도 집에 숨어있지 말고 나오라 그래! 금년에도 작년처럼 되면 누구도 살 생각을 말아야 해!…”

“모두 제방으로 나오시오!”

“쟁! 쟁! 쟁!”

밤에는 등불이 긴 뱀처럼 제방 둑에 늘어섰다. 낮에도 강변엔 사람천지였다. 자위단 단원들은 말을 타고 한 무리 졸개들을 거느리고 왔다 갔다 하면서 순시하고 있었다. 그들은 치안을 유지할 중요한 책임을 지고 있었다. 사람들이 모인 가운데서 사단을 일으키는 폭도가 숨어 있을까봐 사전에 방비하지 않을 수 없었다.

“제기랄! 향락만 누리는 미친개들이 우리 양식을 먹고 할 노릇이 없으니 밤낮 우리를 해칠 궁리만 하는구먼! 한심한 놈들 그저…”

“나도 이 개자식들의 고기를 몇 입 씹어 먹고 싶소! 언젠가 그날이 있겠지…”

자위단에 해를 입은 적 있는 많은 사람들은 그들이 지나간 다음 이를 갈며 욕을 했다. 리치우는 그들이 멀리 지난 다음 따라가며 놀려줬다.

물은 여전히 불고 있었다. 어떤 곳은 제방을 넘기까지 했다. 누런 물은 일찍이 사람들의 목숨을 앗아갔었다. 사람들은 모두 무서운 공포에 싸였다. 이를 수 없는 열화를 뿜는 눈들이 홍수를 지켜보고 있었다.

“남쪽 물이 내려오지 않으면 괜찮겠는데!”

사람들은 서로 안위했다. 호미, 삽, 괭이 따위를 부지런히 놀려 둑을 높였다.

물이 멈춰 섰다.

갑자기 어떤 곳의 물이 거꾸로 흐르기 시작했다. 누군가가 거꾸로 흐르는 물을 먼저 보고 소리치자 사람들은 즉시 거대한 소동을 일으켰다.

"어디 거꾸로 흐르오?"

"란시(蘭溪)의 작은 물 어귀요?"

"아이쿠! 한 사람도 살지 못하게 됐구나!"

"맙소사! 하늘이 우리를 산 채로 정말 죽일 작정인가?"

"관제나리님! 올해도 작년처럼 되게 하나이까?…"

남쪽 물도 불었다. 서쪽 물은 남쪽 물의 압박을 받고 즉시 강렬한 반공격을 하였다. 쌍방이 충돌한 결과, 물은 끊임없이 불기만 했다.

징소리는 더욱 요란하게 울렸다. 사람들 마음속에 채 아물지 않은 상처가 또 다시 가슴을 후비듯, 북소리에 산산이 찢어지는 듯 했다. 어린이와 아낙네들도 모두 제방 둑에 달려와서 손으로 흙을 한 줌, 한 줌 올려쌓았다. 윈푸 아저씨와 같은 노인들은 모두 땅에 꿇어앉았다.

"하느님 맙소사! 고통을 구원해주는 관세음보살이시여! 금년에 물난리가 더 이상 올 수 없게 하소서!"

"하늘을 덮는 부처님이시여! 당신께서 이번 수재만 막아주시면 열 차례 극을 준비해 드리겠나이다!…"

"하늘에서 사람을 걷어가는구만!"

"…… ……"

이틀 낮과 밤을 악전고투하니 사람마다 눈엔 핏발이 섰다. 몸은 솜뭉치처럼 나른하여 도처에서 쓰러졌다. 서쪽 물은 맹렬한 고비를 지난 만큼 남쪽 물의 거듭되는 공격을 이겨내지 못하고 일사천리로 붕괴되었다. 그리하여 남쪽 물은 그 기세로 내리밀며 아무런 장애 없이 흘러내려 갔다.

물이 물러갔다!

홍수가 밀려가니 허공에 매달린 수많은 근심이 홍수와 함께 물러갔다. 사람들은 모두 입을 '하' 벌리고 안도의 숨을 내쉬었다. 호미, 괭이를 들고 나른해진 몸을 끌며 귀로에 올랐다. 얼굴에는 모두 승리의 미소가 어렸다.

"라이씨 형님! 밤에 우리 집에 와서 이야기 좀 합시다!"

리치우는 십자거리 골목에서 라이씨 형님과 헤어지면서 이렇게 말했다.

6

생활과 일은 서로 중첩되어 모든 농촌을 공격하고 있었다. 곡식 이삭이 패기 시작하면서 농민들은 목숨을 내걸고 일을 하였다. 이 살벌한 일이 10일 지나면 모두 살아갈 가망이 보인다.

집에 쌀 한 톨도 없지만 윈푸 아저씨의 얼굴에 웃음꽃이 피었다. 그는 한시름 놓았다. 두 차례의 거대한 풍파를 겪어냈으니 풍년이 될 것이라는 것은 거의 틀림없었다. 곡식의 싹이 건실하고 알도 잘 들었다. 십여 년 동안 보기 드문 것이었다. 곡식 이삭도 길게 잘 자랐다. 눈 앞의 세계는 윈푸 아저씨에게 기쁨과 커다란 희망을 펼쳐주었다.

윈푸 아저씨는 커다란 환상을 갖지 않았다. 그는 현재의 형편을 파악하면서 20여 일후의 상황을 추측하는 것이었다. 푸르른 들판의 건실한 곡식포기와 곧 줄줄이 누렇게 될 이삭들을 볼 때마다 그는 자기 눈을 의심하면서 꿈이 아닌가 생각하곤 했다. 하지만 곡식포기와 벼이삭들은 확실히 그의 눈앞에 싯누렇게 펼쳐져 있었다. 그는 기쁘다 못해 미칠 지경이었다.

"하하! 금년은 정말 이렇게 좋단 말인가?"

과거의 피로는 이로부터 종결짓게 되었다. 종자를 뿌리면서부터 지금까지 그는 한 시각도 쉰 적이 없었다. 모내기가 끝나자 가뭄이 들었으며 금방 또 홍수가 나서 마음은 줄곧 안절부절 하였던 것이다. 몸은 피로하여 죽은 뱀 같았다. 한 끼도 배불리 먹어보지 못했다. 굶은 지난 이야기는 지금 말할 필요가 없다. 잉잉을 판 후로부터 그래도 멀건 죽이나마 먹었지만 매번 밭에 나갈 때면 다리를 들 수 없었다. 너무 여위어 뼈밖에 남지 않았다. 지금까지 줄곧 거듭되는 공포와 기아를 겪어오던 윈푸 아저씨가 눈앞의 벼 이삭을 보고 기뻐하지 않을 수 있겠는가? 이거야말로 진짜 손에 들어온 물건이었다. 자세히 타산을 잘 세워야 했다.

우선 꼭 몇 끼를 배불리 먹어야겠다. 애들이 너무 여위어 불쌍해 못 보겠다. 여러 가지 요리해서 애들을 배불리 먹여 정신이 번쩍 나게 해야겠다. 그 다음 몇 짐을 팔아 옷을 몇 벌 장만해야겠다. 애들 옷 입은 것이 정말 사람 꼴 같지 않았다. 추석은 좀 괜찮게 지내야겠다. 빚을 몽땅 갚아야 한다. 나머지 양식은 설까지 먹어야 한다. 아니, 그리고 또 내년 봄에 먹을 것도 준비해두고 그 다음…

리치우와 샤오푸도 모두 혼인을 정해야겠다. 리치우는 정말로 도처에 신부가 필요하다고 표시를 해야 한다. 내년 하반기쯤에 애들을 모두 장가보내면 그 다음해에는 손자를 보게 될 것이고 나도 할아버지가 된다.

모든 것이 다 방법이 있게 되었다. 다만 잉잉이 없는 것이 윈푸 아저씨의 가슴을 아프게 한다. 올 농사가 이렇게 잘 될 줄을 알았더라면 죽인다

해도 잉잉을 팔지 않았을 것이다. 원푸 아저씨는 잉잉을 제일 귀여워했다. 여러 자식들 중에 잉잉이 제일 낫고 자기에게 잘 효도한다고 생각했다. 그런데 귀여운 잉잉을 팔아버렸던 것이다. 그 텁석부리 샤 영감한테 팔아 쪽배에 싣고 가게 했다. 어느 곳에 실려 갔는지? 원푸 아저씨는 지금까지 모르고 있다.

잉잉이 너무 불쌍하다! 가련한 잉잉은 종무소식일 것이다. 세월이 좋아지고 먹을 것이 있을 때일 수록 원푸 아저씨는 가슴이 더 아플 것이다. 잉잉은 집에서 밥 한 끼 배불리 먹을 팔자도 아니었단 말인가? 만일 지금 잉잉이 원푸 아저씨 앞에 있다면 그는 불쌍한 잉잉을 끌어안고 한바탕 통곡할 것이다. 아이쿠! 그러나 불쌍한 잉잉을 찾아올 수 없다. 영원히 데려올 수 없다! 원푸 아저씨의 마음속에 남긴 것이란 가련하고 바싹 여윈 조그마한 그 모습과 영원히 아물지 못할 상처 뿐이다.

그 외에 무엇이 근심되는가? 그 밖에 원푸 아저씨의 마음속에는 쾌락과 기쁨 뿐이다. 모든 것이 방법이 있게 마련이다. 그는 아들에게 다시는 가련한 잉잉의 이야기를 꺼내어 마음을 더 아프게 하지 말라고 재삼 당부했다.

집에 쌀이 떨어져도 원푸 아저씨는 조금도 당황해하지 않았다. 이젠 그도 방법이 있게 되었다. 열흘만 지나면 몇 끼 배불리 먹을 수 있었다. 실재적인 물건이 눈에 보이는데 몇 끼 먹을 쌀이 없다 해도 누가 꿔 주지 않을까봐 근심하겠는가?

여덟째 허씨 나리는 지금 벼를 꿀 사람을 찾지 못해 야단이다. 누가 꾸겠다고만 입을 벌리면 열 짐이고 여덟 짐이고 줄 뿐 아니라 사람을 시켜 날라다주기까지 한다. 값도 그리 비싸지 않았다. 매 한 짐에 6원씩이다.

이 씨 셋째 나리 집에서도 벼를 꿔 주고 있었다. 매 한 짐에 6원씩 하는데 이자도 없었다. 또 제일 좋은 것이었다.

마을 사람들은 모두 먹을 것이 떨어져 이 열흘간의 난관을 극복해야지만 누구도 여덟째 나리와 셋째 나리에게서 쌀을 꾸려하지 않았다. 그것은 먹어도 배 아픈 노릇이었다. 지금 한 짐을 꿔오면 열흘도 안 되어 세 짐이나 갚아줘야 하기 때문이다. 그래서 허리띠를 졸라매고 이 열흘을 참아야 한다.

"이게 바로 그 개 같은 놈들의 수단이요! 제기랄! 그 놈들은 완전히 우리를 착취하여 살아간단 말이요. 모두 굶어죽게 되었을 때는 그놈들에게 절하면서도 한 말도 꾸지 못했는데 풍년이 되니 이제 꿔주지 못해 헤매는구먼, 열흘밖에 남지 않았는데 한 짐을 꾸면 세 짐이나 갚아줘야 한단 말이오. 이런 개 종자들이 죽지 않으니 하늘도 정말 눈이 없지…"

"뾰족코 아버지, 당신도 그들의 곡식을 꾸지 않았습니까? 흥! 하늘도 무심하시지! 이런 자들이 갈 수록 재산을 모으고 더 복을 누리게 하다니!"

"그렇소! 하늘이 그자들에게 벌을 줄 수 없소. 이런 잡놈들에게 벌을 주려면 우리 자신이 해야 하오!"

"우리 자신이? 리치우, 너 이 말에 좀 장난기가 있구나. 말해봐라! 모두 듣게…"

"무슨 장난기가 있겠습니까? 제 이치는 아주 간단합니다. 자기가 거둔 곡식은 자기가 먹습니다. 그따위 개자식들에게 무슨 소작료 같은 것을 바치지 말고 꾸어온 것도 갚아주지 말라는 것입니다. 그때면 그자들이 무슨 도리로 우리한테서 가져간단 말입니까?"

"무슨 소리야! 밭이 그자들 거란 말이야?!"

얼라즈가 훈계하는 투로 말했다.

"그자들 것이라구? 그자들은 밭이 있으면 왜 스스로 심지 않소? 그들의 밭은 어디에서 왔소? 여러 사람들이 그자들에게 일구어준 것이 아니오? 얼라즈, 당신은 정말 둔하오! 당신 생각에는 이 밭들이 그자들 것이란 말이요?"

"그럼 누구 것이오?"

"당신의 것이고 내 것이란 말이오? 누가 심으면 누구 것이란 말이오?"

"하하! 이건 완전히 십오륙 년 전에 농민회에서 하던 소리와 같구나. 너는 정말 어리구나! 하하!…"

"뾰족코 아버지, 왜 웃습니까? 농민회가 그래 좋지 않던가요?"

"좋기는 하지! 헌데 네 모가지가 떨어지는데 너는 무섭지 않니?"

"무서울 게 뭡니까? 모두 합심만 한다면. 쟝시(江西)에서 하는 것을 보지 못했습니까?"

"합심! 네 이 말은 도리가 있다. 그러나, 하하!…"

뾰족코 아버지와 얼라이즈, 대머리, 왕라오리우(王老六) 등은 리치우와 한바탕 다투고 나서 모두 리치우 말에 일리가 있다고 믿었다. 민국 16년의 농민회는 확실히 좋았다. 그런데 애석하게 오래가지 못했다. 더구나 많은 사람들이 해를 입었던 것이다. 만일 또 하려 한다면 꼭 오래 견지해야 했다!

"좋아 리치우, 또 자위단의 총은 어떻게 하고?"

"훼! 그때 가서 우리가 그까짓 자식들의 것을 빼앗으면 되지?!"

아들이 종일 집에 있지 않으니 모든 것을 윈푸 아저씨가 친히 돌봐야 했다. 집에 쌀이 떨어지니 부득불 이 씨네 셋째나리 집에 가서 한 짐을 꿔왔다.

"자네 집에 대여섯 식구가 먹겠는데 곡식 한 짐으로 되겠는가? 두 짐을 더 가져가라고!"

"셋째나리, 감사합니다!"

윈푸 아저씨는 결국 한 짐만 꿔왔다. 한 짐이라도 더 먹으면 열흘도 안 가서 석 짐이나 갚아야 한다는 것을 기억하고 있었다. 기름이나 소금이 없어도 차오뻥셩(曹炳生) 가게에서 외상으로 준다고 했다. 고기 가게의 티엔(田) 곰보는 웃음을 듬뿍 담고 그를 자주 찾아왔다.

"윈푸 형님, 고기를 잡숫지 않겠소?"

"싫소! 고기를 먹자면 아직 이르오."

"괜찮소. 형님이 마음대로 가져가우!"

윈푸 아저씨는 자신이 이젠 점차 위대해진다고 느꼈다. 누구나 그를 만나면 머리를 끄덕이고 웃으면서 인사했다. 집안도 차차 생기를 띠게 되었다. 다만 한스러운 것은 아들 녀석이 애를 쓰지 않아서 모든 것을 자기가 걱정해야 하는 것 뿐이었다.

"빌어먹을! 조상 덕을 입지 못한가보다!"

벼 이삭은 하루하루 누렇게 익어갔다. 윈푸 아저씨 얼굴의 웃음도 하루하루 많아졌다. 그는 정말 바삐 돌아다녔다. 곡식을 말리고 서까래를 폈다, 풍차를 수리한다 할지, 사람을 청해 가을걷이를 해야지, 볏단을 묶어야지, 하루 종일 분주히 돌아다녀도 얼굴에 웃음이 가실 줄 몰랐다. 올해는 지난 해에 비해 세 배나 좋았다. 한 마지기 밭에서 서른 네다섯 섬의 곡식을 거둘 수 있었다.

이건 정말 가난한 사람들에게 운수 트인 해였다.

작년에 수재를 입은 것은 제방을 잘 수리하지 못한 탓이다. 금년에 제일 중요한 것이 제방을 수리하는 것이다. 이제 한자 두께만 더 올리면 어떤 큰물이라도 근심할 것 없다. 이건 농사꾼들이 해야 할 의무이다. 자위단 단원이 벌써 와서 독촉했다.

"차오윈푸, 자네 금년에 8원 58전의 제방수리비를 내야 하네!"

"마땅히 내야 하지요, 한 섬 좀 더 되는 곡식이군요! 탈곡한 후 제가 직접 자위단에까지 가져가지요! 위원님께서 왕림하시게 해서 안됐습니다. 꼭 가져가겠습니다. 꼭 가져가겠습니다!…"

윈푸 아저씨는 활기차게 대답했다. 제방을 수리하지 않으면 이듬 해 또 수재를 입기 마련이다.

보갑 선생이 자위단 국장의 명령을 가지고 윈푸 아저씨한테 찾아왔다.

"윈푸 아저씨, 당신은 올해 8원 40전의 자위단 세금을 물어야 하겠소! 자위단에서 공문이 내려 왔소."

"왜 이리 많습니까? 보갑장 나리!"

"두해 치를 함께 거두오! 당신이 작년에 냈소?"

"아! 제가 천천히 가져가지요. 그리고 구국 세금 5원 72전, 공비 토벌세 3원 7전이오."

"이, 이건 무슨 명목입니까? 보…보갑장 나리!"

"퉤! 이 영감 두상이 얼빠졌군! 일본 놈들이 북경까지 쳐들어왔는데 아직도 잠자고 있소. 이 돈으로 총포를 사서 구국하고 공비를 치자는 거요!"

"아!… 알만합니다. 알만합니다! 제…제가 가져가지요."

윈푸 아저씨는 그래도 그리 조급하지 않았다. 이 몇 원쯤은 근심할 필요 없었다. 그에게는 거대한 수확이 있게 되기 때문이다. 이제 사오일만 지나면 온통 황금 천지겠는데 그가 무엇을 조급해 할 것이 있겠는가?

7

아들 녀석이 자기 말을 듣지 않는 것이 윈푸 아저씨에게는 끝내 유감이었다. 일이 바쁠 때일 수록 리치우는 집에 있지 않았다. 윈푸 아저씨는 속이 초조해져 집안에서 뱅뱅 돌았다. 그는 아들이 밖에 나가 무슨 짓을 하는지 도무지 몰랐다. 새벽에 나가면 야밤삼경이 되어도 돌아오지 않았다. 도처에서 탈곡하는 소리가 들렸다. 집의 벼도 싯누렇게 알차게 여물었다. 지금 서두르지 않으면 벼 알이 저절로 논에 떨어지게 될 것이었다.

"개 같은 자식! 매일 밖에 나가 지랄하는구나! 집에서 얼마나 바빠하는지도 모르고. 빌어먹을 놈!"

그는 죽어라고 욕질하면서 큰 제방에 가서 통 하나를 얻어오려 했다. 어떤 일이 있어도 오늘은 날씨가 좋기 때문에 통을 울리지 않으면 아까운 일이었다.

본래 리치우가 집에 있으면 부자 셋이 억지로 절름발이 통질이라도 할 수 있겠는데 리치우가 집에 없으니 큰 제방에 가서 외지의 삯일꾼을 쓸 수밖에 없었다.

탈곡하는 삯일꾼 대부분은 샹샹(湘鄉)방면에서 왔다. 해마다 초가을이 되면 한 무리씩 왔다. 그들은 간단한 짐 보따리 두 개씩 가지고 넷씩 짝을 지어 이 호숫가 일대의 몇 개 현을 돌아다니면서 남의 가을걷이와 탈곡을 도와주곤 했다. 삯전은 많이 요구하지 않지만 먹을 것은 좀 괜찮은 것을 요구했다.

윈푸 아저씨는 쉽게 통 하나를 불러왔다. 튼튼한 사나이 넷이 허줄한 보따리를 메고 그를 따라왔다. 통을 울릴 때에는 해가 벌써 두 장이나 높이 떴다. 윈푸 아저씨는 샤오푸 더러 밭에서 일꾼들과 같이 일하게 하고 자기는 사방을 다니며 리치우를 찾았다.

날이 어두워졌다. 두 마지기 밭을 다 거두니 삯전 넷 꿰미나 공연히 썼다. 리치우를 아직도 찾지 못했으니 윈푸 아저씨는 등이 달아 견딜 수 없었다. 수확은 예상 외로 많았다. 두 마지기 밭에서 열두 짐이나 되는 곡식을 거두었다. 아들이 맥이 없다고 욕하는 것 외에는 그의 마음은 아주 유쾌했다.

외지의 삯일꾼을 부르는 것은 수지가 맞지 않는 일이었다. 삯 외에도 흰 쌀밥을 큰 사발로 일꾼들 배를 채워줘야 했다. 윈푸 아저씨는 이걸 보고 속이 아프지 않을 수 없었다. 지난날에 굶주리던 상황을 생각하면 리치우란 놈을 당장이라도 죽이고 싶었다. 내일부터는 절대로 일꾼을 부를 수 없다. 하루에 다만 몇 이랑이라도 샤오푸와 둘이 스스로 해야 했다.

밤이 깊었다. 윈푸 아저씨는 잠을 이룰 수 없었다. 잠결에 리치우가 곁에서 누구와 말하는 것이 들렸다. 눈을 뜨고 보니 젊은이 서넛이 모여 수군거리고 있었다. 윈푸 아저씨는 낮에 일을 생각하니 밸이 왈칵 솟아났다.

"이 잡놈새끼! 너… 너도 돌아올 때 있구나! 죽일 놈! 집안 일은 눈곱만치도 돌보지 않고 이 늙은이 혼자서 죽도록 일하게 하느냐? 잡아치울 놈 새끼! 오늘 내 이 목숨 아깝지 않다! 네가 죽든 내가 죽든 결판을 내자! 이 잡놈의 새끼! 무슨 별난 재주있는가 보자!…"

윈푸 아저씨는 손이 닿는 대로 커다란 나무 몽둥이를 집어들고 미친 듯이 리치우에게 덮쳐들었다. 네 꿰미 삯전과 흰 쌀밥을 때울 분풀이를 몽땅 아들에게 할 셈이었다.

"윈푸 어르신! 그를 탓하지 마십시오. 우리가 이번에 그에게 중요한 일을 도와달라고 청했습니다!…"

"무슨 잡된 일이야?! 너, 너…너는 누구냐? 라이따거, 너는 그래 모르냐? 우리 집안 일이 얼마나 바쁜 줄을! 제기랄! 나가서 무슨 지랄이야!"

원푸 아저씨는 어찌 치가 떨리는지 손에 쥔 몽둥이마저 부들부들 떨렸다.

"정말입니다! 원푸 아저씨, 리치우가 확실히 우리를 대신하여 일하러 갔습니다!…"

또 한 사람이 말했다.

"좋다! 너희들이 모두 그 자식 편을 들어 나를 해치는구나. 제 배 부르니 남의 배 고픈 줄 알겠느냐? 네놈들이 우리 집 형편을 알기나 하느냐? 너희들…"

"옳습니다! 큰아버지, 그가 이제 돌아왔으니 내일부터 어르신을 도와 밭에 나갈 겁니다."

"논에 나가 죽도록 일해도 밥 한 끼 배불리 먹지도 못하고 그 따위 잡놈들의 좋은 노릇만 하면서… 우리가 죽도록 일해도 한 톨이나 가질 수 있을 것 같습니까? 나는 진즉부터 잘 알고 있습니다!"

리치우가 분연히 말했다.

"누가 네 것을 빼앗아 가느냐? 잡놈새끼!"

"빼앗아가는 놈들이 너무 많습니다! 이 몇 톨 곡식으로는 나누어 가기에도 모자랍니다! 십년이고 팔년이고 죽도록 일해도 한 톨도 가져갈 차례가 오지 않습니다!"

"건달놈 새끼! 변명은 무슨 놈의 변명이야! 일하지 않으면 하늘에서 먹을 게 떨어지냐? 그래도 계속 어른에게 말대답이야!"

원푸 아저씨는 다시 몽둥이를 치켜들었다. 단방에 이 불효자식을 요절내고 싶었다.

"됐어! 리치우, 자네도 더 말하지 말라구! 큰아버지, 어르신께서도 휴식하십시오! 본래 지금 세상 또한 달라졌습니다. 농사꾼은 한 평생 머리를 쳐들 날이 없습니다. 한 해 동안 죽도록 일하고도 거둬들일 때는 한 짐 한 짐씩 남한테 바쳐야 합니다. 그 무슨 세금이요! 빚이요! 헌납이요!… 어디 우리에게 남는 게 있습니까? 그리고 시장의 곡식 값도 이 며칠 새에 뚝 떨어졌습니다. 우리가 방법을 강구하지 않다간 안되겠습니다! 그래서 우리는…"

"제기랄! 나는 한 평생 무슨 잡된 방법을 생각한 적 없네! 그저 일할 줄 밖에, 일하지 않으면 먹을 게 없다는 것만 아네…"

"그렇습니다!… 리치우, 자네 부친을 잘 돌보게! 그럼 안녕히!"

젊은이 서넛이 돌아간 후 리치우는 옷을 입은 채로 누워 잤다. 윈푸 아저씨의 가슴 속은 단단한 돌덩이로 꽉 막힌 것 같았다.

리치우는 돌아온 이튿날부터 곡식을 멜대로 한 짐씩 날아왔다. 통통하게 여문 싯누런 벼 알은 참으로 황금알 같았다.

마을에서는 누구나 다 기뻐 야단이었다. 올해 농사는 예년보다 세 배는 더 잘 되었다. 몇 차례의 공황, 밤낮으로 일한 피로, 주린 창자였지만 악전고투해 온 대가가 이렇게 풍만하니 누군들 웃음꽃이 피지 않으랴?

사람들은 만나면 서로 웃음을 띠고 머리를 끄덕이면서 하늘이 눈이 있어 가난한 사람들을 굶어죽지 않게 했다고 찬탄했다. 그들은 서로 지나간 고생살이를 얘기했다. 수재, 한재, 피로와 공황, 그리고 배 굶던 일을 하소연했다!… 지금은 그들 모두 좋게 되었다.

시장은 점차 들끓기 시작했다. 물가는 2, 3일 사이에 배 이상이나 껑충 뛰어올랐다. 그와 반대로 쌀값은 하루하루 내려만 갔다.

6원! 4원! 3원! 1원 50전까지 내려갔다. 그것도 제일 좋은 볏값이었다.

"정말 이리 빨리 내려갔는가?"

환희와 경축으로 들끓던 기분은 곡식 값이 내려감에 따라 점점 가라앉았다. 곡식 값이 일원씩 내려갈 때면 사람들의 가슴은 한 번씩 더 조여드는 것 같았다. 더구나 배 이상으로 오르는 물가 때문에 풍년 된 해가 오히려 옛날보다 더 어렵게 되었다. 천신만고 피땀으로 가꾼 곡식을 누가 이런 헐값으로 팔겠는가?

윈푸 아저씨는 처음 이 소문을 들었을 때 그리 놀라지 않았다. 그의 눈은 싯누런 벼에 어두워졌다. 그는 이렇게 좋은 곡식을, 목숨을 건지는 보배를 제 값에 팔지 못하리라고 믿지 않았다. 리치우가 곡식 값이 폭락했다고 말했을 때에도 그는 혼미해진 눈을 부릅뜨고 욕했다.

"그저 너 따위 개 같은 자식들이 공연히 놀라서 요언을 퍼뜨리고 있다! 곡식 값이 내려가는 게 무슨 이상할 게 있나? 제 값에 사려하는 사람이 없으면 남겨두고 자기가 먹어서는 안 되니? 제기랄! 그 자식들 다 굶어 죽으라지!"

그러나 아들에게 성내는 것은 성내는 것이고 곡식 값이 내려가는 것은 제지할 방법이 없었다. 제일 좋은 곡식 값이 한 짐에 1원 20전이라는 소문이 농촌에 널리 퍼졌다.

"1원 20전, 어떤 개자식이나 팔겠는지!"

곡식 값이 한 푼 어치 안 된다 해도 윈푸 아저씨는 여전히 아들들을 재촉하여 일을 다그쳤다. 탈곡 후에도 짚을 말리고 곡식 알을 말리며 풍차 질 하고 창고에 넣는 등, 찌는 듯한 햇볕 속에서 하루 종일 바삐 돌아다니며 일했다. 물기와 지푸라기가 섞였던 곡식 알이 알뜰하게 정리되어 상등 벼 알로 되었다. 그는 이처럼 귀한 보배를 집에 두고 삼오

년 먹을지언정 헐값으로는 팔지 않겠다고 은근히 마음을 먹었다. 이것은 그가 한 해 동안 흘린 피땀인 것이다!

추수 후의 들판은 큰 전투를 겪고 난 폐허처럼 질서 없이 어지러웠다. 모든 농촌이 잠시 안정된 셈이다. 안정하여 기다리고 있는 것이다. 이름 모를 거대한 풍랑이 덮쳐들어 훼멸하기를 기다리고 있었다.

8

"소작료 감면을 위한 음식"을 차리는 것을 몇 번이고 견결히 반대하던 리치우는 홧김에 또 집을 뛰쳐나갔다. 윈푸 아저씨는 성이 났지만 여전히 성의를 다하여 준비하였다. 어떻게 되든지 그는 이번 "소작료 감면을 위한 음식" 연회에서 나리들의 동정심과 연민을 얼마간이라도 얻으리라고 믿었다. 그는 늙었다. 그래서 늙은 사람은 나리들도 좀 사정을 봐줄 것이라 생각했다.

닭 한 마리, 오리 한 마리, 살진 돼지고기 두 사발을 차려놓으니 윈푸 아저씨는 군침이 한 발이나 나왔다. 그는 집에 들어가 깨끗하게 기운 옷을 갈아입고 샤오푸더러 부엌을 말끔히 소제하게 했다. 아직 점심때가 되지 않았다.

아침에 윈푸 아저씨는 허 나리 집으로 갔었다. 그리고 이 씨 셋째 나리에게도 들렀다. 그는 공손하게 자기의 경의를 표시하고 나서 여덟째 나리와 셋째 나리께서 왕림하여 식사를 한 끼 대접 받아 줄 것을 희망했다. 허 나리는 자위단의 진 국장을 포함해서 한자리에 앉을 사람을 자기가 모시고 가겠다고 윈푸 아저씨에게 대답했다.

상 위에 술잔과 젓가락을 얼른 차려놓았다. 나리들이 아직 오지 않았다. 윈푸 아저씨는 공손하게 대문 밖에 서서 지켜보고 있었다. 먼 곳에서 검은 그림자 두 줄이 이쪽으로 옮겨오고 있었다. 그는 바삐 들어와 샤오푸와 넷째 시얼에게 집 뒤에 가서 잠시 숨어있으라 분부했다. 밖에 서있으면 나리들 눈에 장애가 된다고 생각했기 때문이다. 긴 상 네 개도 다시 잘 놓았다. 스스로 깨끗하다고 느껴서야 그는 안심하고 문 밖에서 나리들이 왕림하기를 기다렸다.

모두 일곱 사람이 왔다. 셋째 나리, 여덟째나리, 진 국장 외에 또 각각 소작료를 결산할 선생을 데리고 왔다. 기타 둘은 모르는 사람이었는데 하나는 수염을 길게 기른 보살님 같았고 다른 하나는 잘 차려입은 젊은이였다.

"윈푸! 자네 수고하네!"

얼굴에 흰 수염이 더부룩하고 쥐 눈을 한 셋째나리가 말했다.

"아무것도 없습니다. 대접이 소홀합니다! 셋째나리, 여덟째나리, 그리고 진 국장께서 많이 양해하십시오! 예! 늙어서 여러 나리들께 죄송합니다!"

윈푸 아저씨는 조심스레 대답하며 몸을 둥글게 구부렸다. "늙었다"는 말을 특별히 높게 했다. 그리고 얼굴에 어설픈 웃음을 지었다.

"자네 더러 이렇게 예의를 차리지 말라했는데 자네가 기어이 인사를 차리는구먼! 하하!"

허 나리는 이빨에 싯누런 이 똥이 낀 큰 입을 벌리며 말했다.

"여덟째나리, 나리께서… 예! 이걸 다 인사를 차린다 하십니까? 그저 소작인의 자그마한 정성일 뿐이지요! 모든 것은 그래도 여덟째나리께서 많이 돌봐주십시오!"

"하하!"

진국장도 따라서 몇 마디 격려하는 말을 했다. 샤오푸가 뒤쪽에서 음식을 한 그릇씩 날아왔다.

"드십시오!"

그들은 승냥이처럼 수저를 부지런히 놀렸다. 윈푸 아저씨와 샤오푸가 좌우 양편에 서서 시중을 들면서도 눈은 상 위의 음식 그릇에서 떨어지지 않았다. 큼직한 살진 고깃점을 나리들이 맛있게 집어먹을 때 그들의 목구멍에서는 수십 마리 개미들이 기어다니는 것 같았다. 군침이 입가에 주르르 흘러내렸으나 도로 삼키는 수 밖에 없었다. 나중에 샤오푸는 너무도 먹고 싶어 눈물까지 찔끔 났다. 윈푸 아저씨가 옆에 없으면 그는 달려가 한 점이라도 빼앗아 먹고 싶었다.

전투장에 나선 것처럼 30분을 긴장 속에서 보냈는데 나리들은 배불리 먹었다. 샤오푸는 바삐 찻물을 붓고 상을 치웠다. 나리들은 배를 슬슬 만지며 거닐다가 5분 후에 모두 다시 모여 앉았다.

윈푸 아저씨는 문설주에 기대어 서서 머리를 수그리고 공손하게 나리들의 분부를 기다렸다.

"윈푸, 밥도 다 먹었는데 자네 할 말이 있으면 지금 하게!"

"셋째나리, 여덟째나리, 진 나리께서 모두 여기에 계시는데 나리들께서 이 윈푸의 어려움을 모르시겠습니까? 좀 나리들께서…"

"금년 수확은 괜찮은 것 같은데!"

"예! 여덟째 나리!"

"그럼, 자네 무슨 말을 할 셈인가?"

"저, 저는 나리들에게 사정해서…"

"아! 말하게."

"기실 이 윈푸가 작년에 원기를 너무 상하여 일시에 회복하기 어렵습니다. 온 집식구가 매일 먹기만 할 뿐 저도 다른 돈벌이 할 힘이 없었습니다. 그저 논에만 매달려 살다보니…. 여덟째 나리와 셋째 나리한테 사정해서…"

"자네 타산은?"

"여덟째 나리께서 좀 사정을 봐 줘서 소작료 항목에서 한 두 부분 감해 주었으면 합니다. 작년에 꿔 온 콩과 금년 종자만이라도 여덟째 나리께서 돌봐주셨으면 합니다!… 셋째나리께서도…"

"좋네! 자네 뜻을 나도 알 만하네. 결국은 우리에게 자네 곡식을 몇 알이라도 적게 받으란 게군! 그런데 원푸 자네도 알아야 하네! 작년에 누가 수재를 입지 않았겠는가? 우리의 원기가 상한 것도 자네보다 작다고 말할 수 없네! 우리 지출은 자네보다 30배는 넘어가는데 누가 우리를 대신하여 이 돈을 벌어준단 말인가? 이 몇 되 안 되는 소작료 외에는… 작년에 내가 자네한테 꿔준 콩은 자네가 더구나 사정이요 뭐요 할 것 없네. 그건 자네 목숨을 구해준 거네! 자네를 꾸어준 것만 해도 사정을 크게 봐준 셈인데 이제 와서 갚지 않겠다고 말이 나오는가?…"

"갚지 않으려는 게 아니라 저는 여덟째 나리께서 이자 돈을…"

"알 만 하네! 내가 자네를 밑지게 하겠는가? 콩을 꿔 간 것도 자네 한 사람이 아니네. 자네 것을 적게 받으면 다른 사람의 것도 적게 받아야 하네. 이건 절대 할 수 없는 일이네! 종자에 대한 것은 더구나 나의 일도 아니네. 나는 그저 중간에서 연계했을 뿐이네. 그건 현 창고의 것인데 내가 어찌 주장할 수 있는가?"

"그렇습니다. 여덟째 나리께서 하신 말씀도 사실입니다. 이 원푸가 늙다보니 이번만 여덟째 나리와 셋째나리께서 은혜를 베푸시길 바랍니다. 다음해에 농사가 잘되면 더는 끌지 않겠습니다. 모든 것은 나리들의 넉만 바랍니다!…”

원푸 아저씨의 얼굴색은 아주 애처로웠다. 말할 때는 목소리마저 꺽꺽 막혔다. 어떻게 해서라도 그는 여기에서 힘껏 사정해보아야 한다. 적어도 일 년 먹고 쓸 것만이라도 사정받을 수 있는 것이다.

“안되네! 다른 해 같으면 나도 좀 봐줄 수 있지만 금년에는 절대 안 되네! 만일 사람들이 모두 자네처럼 시끄럽게 굴면 어찌 되겠는가! 그리고 나는 자네들에게 일일이 대응할 정신이 없네. 물론 자네도 너무 가련하네. 여덟째 나리가 자네에게 손해를 끼치게 하지는 않을 것이네! 자네 금년에 빚과 소작료를 내놓으면 실지 자네 손에 얼마 떨어지는가? 자네 우리한테 돌려주어도 해 될 것 없지!”

“이거야 여덟째 나리의 셈을 초과하겠습니까? 모두 백오십 점 곡식을 거두었지만 셋째 나리, 진 나리도 요구하시지 자위단에서도 요구합니다. 그리고 조세요 헌납금이요 하다 보니…”

“어째 요것만 거두었나?”

“정말입니다! 맹세하겠습니다!…”

“그러면 내가 자네한테 계산해주지!”

여덟째 나리는 말하면서 머리를 돌려 푸른 두루마기를 입은 회계 선생을 불렀다.

“띠신(滌新)! 자네 원푸가 우리에게 진 소작료와 빚 장부를 계산해보게!”

“여덟째 나리, 계산되어 있습니다! 소작료, 종자, 콩 값과 이자까지 합하여 모두 103짐 다섯 말 여섯 되입니다. 원푸의 곡식은 한 짐에 1원 36전씩 계산했습니다.”

“셋째 나리, 당신 것은?”

"대개 한 서른 짐이 될 거네!"

"제방 국에도 열 짐 좌우 될 거요!"

진국장도 말했다.

"그러면 윈푸, 자네 갚지 못할 게 없구먼! 그런데 왜 잔소리 많은가?"

"아유! 여덟째 나리! 우리 식구는 먹지 않겠습니까? 그리고 단방비, 조세, 헌납금 등도 있지요! 여덟째 나리! 나리께서 은혜를 베풀어주십시오!…"

윈푸 아저씨는 눈물이 막 쏟아져 나왔다. 이 긴급하고 중요한 때에 그는 최후의 통사정으로 나리들의 연민의 마음을 얻고자 할 뿐이었다. 그는 마침내 꿇어앉았다. 나리들을 향해 부처님께 절 하듯 서너 번 절했다.

"여덟째 나리, 셋째 나리! 이 늙은 것을 구해 주십시요!…"

"응!… 좋네! 윈푸, 내 대답해주지. 그렇지만 자네 지금 소작료와 빚진 것은 한 톨도 남김없이 바쳐야 하네. 앞으로 정말 지내기 어려우면 내가 자네한테 또 곡식을 꿔 줄 수는 있네! 그리고 자네는 내일 나한테 곡식을 가져오게! 하루를 지체하면 나는 하루 이자를 더 받겠네! 4푼 5리야! 4푼 5리!…"

"여덟째나리!…"

이튿날 이른 아침, 윈푸 아저씨는 눈물을 줄줄 흘리면서 샤오푸 더러 창고 문을 열어놓게 했다. 하 나리와 이 나리의 머슴들이 모두 밖에서 기다리고 있었다. 이것은 나리들이 베푼 은혜였다. 윈푸 아저씨가 하루 동안에 많은 곡식을 다 나르지 못할까봐 특별히 머슴들을 보내 같이 운반하게 했다.

싯누렇게 잘 여문 곡식을 한 짐 한 짐 창고에서 날라 내려갈 때 윈푸 아저씨의 가슴은 갈기갈기 찢어지는 것만 같았다. 눈물이 방울방울 떨어지고 온 몸은 부들부들 떨고 있었다. 잉잉의 눈물 투성이 모습과 잠두콩을 꾸어오던 정황, 뙤약볕 아래에서 고생하던 일, 범람하던 큰 물, 관음분, 나무껍질… 모든 것이 이 기회에 한꺼번에 그의 머릿속에 밀려들었다.

머슴들은 멜 짐을 어깨에 메고 돌아보며 그한테 소리쳤다.

"갑시다!"

윈푸 아저씨도 힘껏 멜 대를 멨다. 마치 천근 짐이나 멘 듯했다. 땀은 비처럼 쏟아졌다. 허 씨 여덟째의 장원을 노려보며 겨우 문턱을 넘어섰다. 서너 발짝을 옮겼는데 발바닥은 가시를 밟은 것처럼 아팠다. 그는 짐을 내려놓고 좀 숨을 돌리려했다. 그러나 머리가 혼미해지면서 가슴이 막 아팠다. 그는 끝내 넘어졌다.

"아이쿠!"

그는 겨우 외마디 소리를 쳤다. 곡식알이 온 땅에 널렸다.

"샤오푸! 샤오푸! 너의 아버지가 더위를 먹었다!"

"아버지! 아버지! 아버지!"

"윈푸! 윈푸!"

"엄마, 와요! 아버지가 잘못됐어요!"

윈푸 아주머니는 황급히 뛰쳐나왔다. 윈푸 아저씨를 무대 아래로 옮겨가서 문짝 위에 눕혔다. 그리고 온 몸을 가볍게 두드려 주었다.

"어느 곳이 괴롭소?"

"어!…"

윈푸 아저씨는 눈을 감고 있었다. 머슴들이 곡식을 한 짐, 한 짐씩 메고 윈푸 아저씨의 곁을 지났다. 그들의 발자국 소리는 마치 윈푸 아저씨의 가슴을 밟고 지나는 것 같았다. 차차 그의 입에서는 붉은 피가 쏟아져 나왔다.

보갑장이 위원나리 한 사람과 목갑 총을 멘 병사 둘을 데리고 뛰어들었다. 그 뒤에는 멜 대를 멘 잡부 대여섯이 따랐다.

"왜! 윈푸가 앓는가?"

샤오푸가 곧장 다가서며 대답했다.

"아닙니다. 방금 일하다 더위를 먹었습니다."

"오…"

"윈푸! 윈푸!"

"무슨 일인가요? 보갑장 나리!"

"헌납금을 거둔다! 공산당 토벌, 구국, 단방 등을 모두 너의 애비 이름으로 17원 19전이다. 곡식으로 계산하면 열 넉짐 서말 세홉이다. 가격은 1원 20전으로 했다."

"아! 언제까지지요?"

"지금 당장 곡식으로 납부해라!"

"아!… … …"

샤오푸는 자기 아버지를 바라보고 또 병사들과 보갑장을 보더니 어리둥절해졌다. 하 씨와 이 씨 두 집의 머슴들은 모두 마음대로 창고에 뛰어들어갔다. 보갑장도 바삐 따라 들어갔다.

"오게!"

밖에서 기다리던 잡부들도 따라 들어갔다. 모두 멜 대 광주리를 내려놓고 곡식을 퍼 담으려했다.

"그래 이자들이 강도란 말인가?"

샤오푸는 깨달았다. 마음속에 형용할 수 없는 분노가 치밀었다. 그는 핏발이 선 눈으로 이 한 무리 사람들을 보니 속에서 분노의 불길이 치솟아 올랐다. 무엇 때문에 자기들이 고생스럽게 가꾼 곡식을 남들이 한 짐씩 메고 가는지 알 수 없었던 것이다. 이 사람들은 또 시비곡직도 없이 막무가내였다. 만일 곁에 총을 멘 병사들이 그를 지켜보지 않았더라면 그는 이를 악물고 달려들어 이 강도 무리를 때려주었을 것이다.

"어!… 어!… 아이쿠!…"

"아버지! 좀 나은가요?…"

"어!……"

반시간도 안 되어 머슴들과 잡부들은 다 가버렸다. 보갑장은 창고에서 엉기적거리며 기어 나왔다. 그는 위원 나리를 보며 말하였다.

"없습니다. 허씨와 이씨 두 집의 소작료와 제방 수리비를 가져가니 헌납금은 아직도 석 짐 세말 좌우 모자랍니다."

"그러면 그더러 사흘 내에 자기 스스로 진에 가져오라 하게! 자네 그한테 이르게!"

"샤오푸! 좀 있다가 네 애비한테 일러라! 아직도 석 짐 세말 다섯 되나 헌납금이 모자란다고. 사흘내로 직접 국에까지 가져와야 한다. 그렇지 않으면 병사를 파견하여 사람을 붙잡아가겠다."

보갑장은 악에 받쳐 고아댔다.

"어!"

사람들은 샤오푸의 몽롱한 시선에서 사라졌다. 그는 몸을 돌려 창고 문을 보았다. 기막히기도 했다. 그 속에 몇 조각의 창고 널판자만 남았다.

그는 눈 앞이 어지러웠다. 모든 세상이 빙글빙글 돌아가는 것만 같았다.

"아!… 아야!…"

"아버지!"

9

리치우가 돌아왔다. 아무 빛도 없는 새까만 한 밤중이었다!

"정말 곡식을 빼앗는 강도가 있구나!"

원푸 아저씨는 계속 몇 번 까무러쳤다. 그는 리치우의 손목을 꼭 틀어잡고 떨리는 소리로 말했다.

"리치우! 우리의 곡식은? 올해는 보기 드문 풍작이다!"

리치우의 마음도 미어지게 아팠다! 이윽고 그는 이를 악물고 아버지를 위안했다.

"괜찮습니다! 아버지, 지나치게 상심하지 마십시오! 제가 진즉 말하지 않았습니까? 조만간에 우리가 속임을 당하지 않을 날이 있을 것입니다. 지금 마을에 아직도 소작료와 헌납금을 물지 않은 사람이 절반이나 됩니다. 모두들 물지 않기로 약정했습니다. 정 안되면 한바탕 목숨을 걸고 해볼 판입니다. 오늘밤에 나는 그 쪽에 가봐야겠습니다!"

"아!…"

흐리멍덩한 가운데 원푸 아저씨는 한 차례 악몽을 꾼 것 같았다. 그는 아들 리치우가 집에 자주 있지 않은 원인을 은연 중 알게 되었다. 15, 16년 전의 농민회 그림자가 그의 머릿속에 불현듯 떠올랐다. 그는 겨우 눈을 뜨고 빙그레 웃으며 리치우한테 힘겹게 말했다.

"좋다, 좋아! 좋고 말구! 가 보거라! 하늘이 도와주길 바란다!"

1933년 5월 2일 상해에서 탈고

〈1933년 6월 1일 "무명문예" 월간 창간호에서〉

염전 일꾼

루어수

1

고요한 밤, 달이 하늘 한가운데에 높이 떠올랐다. 하늘은 푸르면서 넓고 깊었다. 먹구름도 바람 한 점도 없었다. 땅에는 아무도 보이지 않고, 개 짖는 소리조차 들리지 않았다. 띵창(丁場)은 조용했다. 너무 조용하여 가끔씩 우는 연못가의 개구리 울음소리가 크고 낭랑하게 벌판 사방으로 울려 퍼진다.

그러나 띵창은 이대로 잠들지 않았다! 띵창의 생명의 원천 — 소금 끓이는 부뚜막과 소금 끓이는 아궁이 — 은 끊임없이, 더욱 빨리 작동하고 있었다. 염전은 줄지어 산꼭대기에 세워져 있었다. 모든 염전 천막은 마치 움직이는 소 발굽소리와 물 긷는 도르래 뿐인 것 같았고 사람들은 차가운 얼굴을 하고 있었다. 그들 누구도 소리를 내려하지 않았다. 마치 누군가에게 화를 내고 있는 것 같았고, 혹은 말하고자 하지만 무엇인가에게 압력을 받은 것 같았다. 그러나 그들의 마음은 똑같이 다급했으며 한 가지 일에 희망을 품고 있었다. 시간이 빨리 흘러가는 것이었다. 요구

되는 양의 소금물을 충분히 받아서 다른 동료들과 교대 근무하고 자신은 일찌감치 볏짚으로 된 침대에 누워 날이 밝을 때까지 계속 잠을 자고 싶었다.

그러나 라오꽈(老瓜)의 침대는 줄곧 비어있었다.

천막 밖으로 고개를 내밀었던 후어셩(火生)은 의자에 앉고는 깊은 한숨을 쉬었다. 달이 비로소 하늘에 떴지만 소금물이 차기까진 아직 멀었다. 그러나 이 두 눈은…

"눈꺼풀이 마치 내 것이 아닌 것 같아, 떠보려고 해도 자꾸만 감긴다."

16살도 안된 샤오샬(小三兒)이 채찍을 들고 소 두 마리 뒤를 따라간다. 소의 발걸음이 조금이라도 느려지면 연거푸 채찍을 휘두르면서 소리를 지른다. "쉬… 와……"

"너, 졸리지 않냐? 난 오늘 저녁 정말 안 될 것 같아"

"이렇게 나를 따라 해봐."

그는 대꼬챙이 양쪽을 진흙으로 동그랗게 만들어서 그걸로 눈을 받쳤다.

"항상 그렇게 하면 너 장님 된다!"

"난 장님이 되고 싶어. 눈이 멀어 밥을 구걸하면 사람들이 주잖아."

"말도 안 된 소리."

"진짜야. 라오꽈의 어린 동생이 밥을 구걸했지만 구걸하지 못해 굶어 죽은 것을 보지 못했니?"

"그의 노모가 걷지도 못하는데 굶어죽지 않는 것은 왜지?"

그리하여 그들은 라오꽈의 어머니, 눈 먼 노모에 관한 일들을 이야기하게 되었다. 라오꽈는 염전 일꾼이며 그 세 명의 동반자 중 한 명이다. 그는 오늘밤 어디로 가야 할지 몰랐다. 아마도 주막에서 소주를 마시거나 다른 사람의 밭에 들어가 먹거리를 훔치러 갈 것이다.

옥수수는 속이 꽉 차고 호박도 누렇게 익을 때다. 냇가의 게는 불을 붙여 잡을 수 있고 대나무 숲에는 아직 여물지 않은 죽순도 있다….

잘 익은 야채의 향기를 생각하자마자 샤오쌀은 눈꺼풀마저도 지탱할 필요가 없었다. 그는 흥분되어 열정적인 어조로 후어셩에게 물었다.

"어째 지금까지 그가 돌아오지 않지?"

후어셩은 크게 웃었다. 방금 전 라오꽈 노모에 대해 험담하고는 이제 그녀의 아들이 가져온 것을 먹고 싶다고 말하니 웃음이 났다.

샤오쌀은 조금 딱한 듯 했으나, 그는 그의 의견이 아니라고 변명했다.

"나도 라오꽈의 엄마가 진흙 속에서 목욕하는 것을 때때로 보았지만 돌을 던지지 않았다."

채찍으로 천장을 가리키며 "하늘은 알아. 그때 그녀가 밥 한 그릇을 잃어버렸을 때 라오꽈는 내가 훔쳐갔다고 우겼어."

"아, 맞아. 그럼 그녀가 울타리 아래에서 웃옷을 벗고 이를 잡고 있을 때 그녀의 옷을 품에 안고 달아난 거야?"

"넌, 나를 말하는 거야?"

"하하"

화근이 샤오쌀에게 미치자 더 이상 입을 열지 않았다. 염전 천막 안은 다시 고요해졌다.

등심에는 잠자리 머리만한 검은 꽃술이 남겨져 있었고 몇 척 바깥은 모두 어둠이었다. 텅 빈 잠자리의 반대쪽에는 병든 늙은 소가 누워있는데, 이질에 걸려서 불시에 더러운 물을 배설하곤 했다. 그의 호흡은 매우 거칠고 가빴다. 항상 붉게 충혈되어 거의 튀어 나오려고 하는 눈으로 사람과 불빛을 쳐다보았는데 마치 누군가에게 의탁하고 싶거나 미련이 있는 듯 싶었다. 그러나 사람들은 그 몸에서 나는 악취에 대해 심한 증오를 느끼는 것 이외에는 그것의 존재여부에 대해 주의를 기울이지 않았다.

먼 곳에서 개 짖는 소리가 들려 왔다. 이어서 누군가 흥얼거리는 노래소리가 들렸다. 그리고 마침내 발소리가 들렸다.

누군가 욕하는 소리가 들려왔다.

"또 온다, 한 밤중 3경!… 개…벙어리!"

노래를 부르는 사람이 개의치 않고 휘파람을 불면서 걸어왔다. 라오꽈의 손은 비어있었다. 샤오쌀은 라오꽈의 빈 손에 실망했다.

"빨리 교대해라. 지금까지 밖에서 싸돌아 다니냐. 누가 너 대신 해줄 줄 알았냐?"

"응, 알고 있어!"

여전히 창백한 얼굴이다. 이것은 라오꽈가 술을 마시지 않았다는 것을 말해준다. 라오꽈의 턱 위에 혈흔이 있었다. 기색은 안정되어 보였으나 마치 힘든 일을 하고 돌아온 듯 매우 피곤해보였다.

"너 어떻게 된 거야, 라오꽈?"

후어셩이 물었다.

"너 뭐했어? 어디가서 상처입고 온 거야?"

"상처?"

"얼굴에 피가 묻어있어."

손으로 얼굴을 만져본 후 곧 바로 옷자락에 문질렀다. 그는 고개를 한 쪽으로 떨궜다.

"죽순을 뽑았는데 날카로운 죽순 끝에 손을 벴어. 어쩌다 그 피가 이마에 묻은 거야"

라오꽈는 말을 하면서 자리를 빠져나갔다.

그는 침상에 누웠다. 금방 코를 골았고, 코 고는 소리와 병든 소의 숨소리가 서로 호응하기 시작했다.

샤오쌀의 발걸음이 점점 느려져 갔고 채찍도 방금 전처럼 힘차게 울리지 않았다. 우물 위의 도르래는 여전히 돌아가고 있었지만 그도 피곤하여 지친 것 같았다. 후어성은 조느라 침을 옷깃에 흘렸는데, 거의 넘치는 염수통까지 잊을 지경이었다.

"아, 아빠…… 소! 소!……"

라오꽈는 꿈속에서 날카로운 비명소리를 지르며 기운이 용솟음쳐 일어났다. 그는 대단히 맛 좋은 소고기국을 들고 우적우적 씹어 먹고 있었는데, 고깃국이 아버지의 썩은 시체로 변했다. 그릇이 얇고 작은 관으로 변했고 갈라진 틈새로 담홍색의 피가 콸콸 쉬지 않고 밖으로 흘러나오고 있었다. 또 눈을 돌리면 관이 큰 누런 황소로 변해 맹렬히 그를 뒤쫓아왔다.

"너 정말 멍청하구나, 또 죽은 네 아비 귀신이 너를 잡아끌더냐!"

라오꽈는 등잔 불빛 아래 창백한 안색을 오랜 동안 감추었다가 물었다.

"너희들 무슨 냄새 맡았어?"

"그 병든 소 냄새 아니야? 너 아직 꿈꾸고 있냐? 대낮의 일도 모두 잊었어?"

갑자기 소 옆으로 걸어가 힘껏 발로 소를 찼다.

"넌, 죽은다 해도 사람들이 먹을 수도 없어!"

"거의 숨이 끊어지려는 짐승을 차다니? 소가 널 건드리진 않았잖아!"

라오꽈는 몇 번 더 발끝으로 심하게 차고는 겨우 다시 피곤의 나락으로 빠졌다. 그러나 교대할 때까지 그는 눈을 감지 않았다. 아빠, 눈 먼 어머니, 동생, 소…… 줄곧 그를 괴롭혔다. 내쫓아도 가지 않아서 그는 마음속으로 생각했다. '너무 많이 먹어서 그랬을 거야. 음… 넘 많이 먹으면 잠들기 힘들지.'

그는 마치 별로 좋지 않은 고기의 비린내를 맡은 것 같이 가슴이 답답해졌다.

2

라오꽈가 물을 길을 차례가 되었다. 잠이 충분치 않았으나 오히려 잠들고 싶지 않았다. 그의 가슴은 부풀어 올랐고, 이상하게도 답답함을 느꼈다. 그는 또 생각했다. "확실히 너무 많이 먹었어. 음" 이때 소를 몰던 사람을 바꿨는데 한 사람은 샤오쌀보다 어렸고 다리가 매우 짧아서 그가 소를 모는 것이 아니라 오히려 소가 그를 몰고 가는 것 같았다.

라오꽈는 머리를 흔들며 처량하게 한 번 웃었다. 마치 그가 처음 왔을 때 짧은 손발로 소를 뒤따라 달려가는 모습이 생각났다.

"아우, 언제 왔어?"

"한 달 됐어."

"엄마가 널 부른 거지?"

"헤… 너 어떻게 안 거야?"

"훙, 난 알고 있어"

그는 치기어린 눈으로 라오꽈를 보고 웃으며 뭔가를 더 말하려고 했으나, 라오꽈는 그를 무시하고 가버렸다.

동이 트자 동쪽 산이 희미한 윤곽을 드러냈다. 골짜기 아래 염전의 큰집은 여전히 어둠 속에서 편안하게 웅크리고 있고, 오직 염전 아궁이만 뽐내는 듯 독특하게 세워져 있었으며 불빛이 여전히 활활 타오르고 있었다.

그는 마치 위협을 받은 듯이 매우 의기소침한 채 불안하게 무언가를 주시하고 있었다. 그의 어머니가 계신 산을 주목하고 있는 듯 그의 머리는 한 쪽으로 치우쳐져 있었다. 그는 자신이 마치 범죄행위를 하고 있는 것 같았다. 무수한 정찰자가 검은 땅거미 그림자 속에서 매복하고 있다가 날이 밝자마자 바로 그에게 포위하여 올 것만 같았다.

그는 낙심한 듯 머리를 버드나무에 기댔는데, 마침 바람이 불어 이슬방울이 그의 얼굴 위로 흩뿌렸다. 그의 머리와 두 눈썹이 촉촉이 젖었다.

"라오꽈 오빠!"

한 젊은 여인이 질항아리를 메고 살금살금 천막 안으로 걸어 들어와 조용히 외쳤다.

"뭐라구?"

"지금 사람들이 산에 오르지 않은 틈을 타서 소금물을 구걸하겠다니? 며칠간 소금물 한 방울도 구경 못했는데…… 피망도 없고……"

"꺼져"

"우리 모두 잘 아는 사이잖아… 엄마가 계신 굴을 금방 지나왔어. 그녀는…"

"엄마가 어떻다는 거야?"

"마치 깨어있는 것 같아. 땅 위에 불씨도 있고 고기의 고소한 냄새도 맡았어"

라오꽈는 입술을 조금 떨었다. 앞에 있는 여자를 향해 욕을 했다.

"이 창녀, 너"

여자는 놀라서 뒤쪽으로 물러나 문을 박차고 나가려고 했으나 라오꽈가 이미 그녀의 통을 꽉 잡았다. 뜻밖에도 통을 땅에 던지지 않고 대야에 밀어 넣어 통 속 가득히 소금물을 채워 주었다. 한 통, 두 통.

이 갑작스런 행동은 그녀를 얼빠지게 만들었다. 그녀는 놀라서 아무런 감사의 말도 하지 않고 통을 메고 가다가 머리를 돌려보았다. 라오꽈가 그녀를 붙잡을까 두려워 그녀는 이내 가버렸다. 라오꽈는 그녀를 쫓지 않았다.

"괴물, 모두 괴물이야."

고개를 돌린 라오꽈는 천막 귀퉁이에서 묘하게 반짝반짝 빛나는 무엇인가와 눈을 마주쳤다. 속으로 매우 놀란 그는 자기도 모르게 천천히 가보았다. 소의 호흡이 더욱 거칠어졌고 뱃가죽도 울퉁불퉁 요철되어 있었다. 눈은 부풀어 튀어나왔으며 매우 고통스럽고 처참한 느낌을 주었다. 더러움에도 불구하고 불결하다고 꺼리지 않고 그는 손을 뻗어 천천히 그의 머리를 어루만졌다.

새벽 햇살이 살포시 창문으로 기어들어 왔고 맑고 시원한 바람이 불어왔다. 어두운 그림자도 사라지고 밤새 자욱했던 모든 비린 냄새가 점점 희미해지고 없어졌다.

라오꽈의 마음은 오히려 햇빛을 따라 더욱 더 조급해졌다. 그러나 그는 걱정해도 소용없다는 것을 알고 있었다. 그는 미소를 지으며 거의 소 분비물 속에 누워있는 두 명의 동료를 바라보았다.

"거기에 사람이 있어"

땅 위의 더러운 물은 햇빛에 비춰지자 더러운 녹색이 더욱 빛을 발했다. 파리가 나타났는데 윙윙거리며 멈추지 않았다. 그는 머리를 흔들며 나가서 흙모래를 모아 땅 위에 가볍게 뿌렸다.

두 동료의 묵직한 코 맹맹 소리 속에 그는 건초더미 위에 앉아 낮은 소리로 휘파람을 부르기 시작했다.

짠 김치와 말 찜통에서 익은 밥 냄새는 예전의 매력을 잃었다. 동료들은 밥을 배에 채워 넣는 것을 잊지 않았으나 눈빛은 라오꽈에게 가 있었다. 그들은 불시에 기괴한 소리를 냈는데 온 힘을 다해 소리를 지르는 것 같지는 않았다.

요리사는 거친 피륙으로 된 앞치마를 입고 개수통에서 그릇을 씻고 있었다. 불에 뜨겁게 달궈진 볼 살은 손발의 움직임에 따라 계속 번쩍거렸다. 그는 옛 주방이 너무 좁고 다른 사람들이 그의 길을 방해한다고 불평했다. 그러나 라오꽈는 오늘 결코 그를 귀찮게 하지 않았다.

"다른 사람들은 다 먹어 가는데 너 왜 이제서야 오니, 어제 저녁에 뭐하러 갔니,… 너?"

라오꽈는 단지 입에서만 욕이 맴돌았다. "개 새끼…" 그러나 말로 내뱉지 않았다. 한 사람이 콧구멍이 가려운 듯 재채기를 하며 말하기를

"아, 무슨 지독한 냄새야! 소 노린내 같아."

"그래… 소고기야, 소고기 맛이 이렇게 뼈에 사무칠 줄이야."

라오꽈는 더 이상 듣고 싶지 않아서 밥을 반 밖에 먹지 않고 그릇과 젓가락을 개수통에 내던졌다. "아아!" 소리치며 떠나려고 했는데 갈 수 없었다.

그는 책임자에게 불려갔다. 물건 하나가 눈에 띄자 매우 놀랐다. 그의 어머니가 매일 매일 사용했던 깨어진 모래 통이 책임자의 발 옆에 놓여 있었다. 그의 눈은 그것을 놓치지 않고 주시했다. 책임자도 똑같이 그를 놓치지 않고 주시했으나 그는 웃고 있었다. 그의 손에는 쟝시(江西) 지방의 작은 술병이 쥐어져 있었고 긴 손톱으로 그것을 두드리며 쨍강쨍강 소리를 내고 있었다.

"알아, 몰라? 이것이 누구의 모래통인지, 라오꽈, 응?"

"제 엄마 것이어요."

"너… 아침부터 저녁까지 매우 바쁘구나."

비꼬는 듯한 어조로 곁눈질을 한 번 하고는 발끝으로 가볍게 땅을 두드리자 머리가 자연스럽게 움직이기 시작했다.

"어머니는 눈이 멀었는데 너는 통을 깨끗이 씻는 것을 돕지 않다니. 너 봐라!… 얼마나 지저분한지!"

갑자기 라오꽈가 고개를 들고 눈을 크게 떴다. 마치 압력을 받고 있었으나 본래 탄력성을 가진 어떤 물건이 갑자기 느슨하게 풀어진 것만 같았다. 그러나 그 중년의 책임자를 정면으로 대하자마자 그의 고개는 자연스레 떨구어졌다. 그는 차갑게 말했다.

"저는 아들이 될 수 없어요. 당신이 제 어머니의 아들이 되어 드리죠."

책임자는 라오꽈의 뺨을 때리며 발을 동동 굴렀다.

"너는 미친개야, 너… 너! 죽은 소고기를 훔쳐 먹고 또 우기기까지 하다니…"

"땅 속에 묻어야지 사람이 먹어서는 안되는 것을."

또 냉정하게 한 마디 했다.

"너는 지금 잠꼬대를 하고 있어, 사람이 먹다니! 이 소는 늙었어, 이십여 년간 마차를 끌고 다닌 공로가 있어. 나는 그것을 사람 취급해서 너에게 온전한 시체를 맡겼는데…… 네가 무덤을 파헤쳐서, 시체를 훔쳤어. 너는 네가 무슨 죄를 지었는지 아니?…… 너는 죽은 시체를 먹었어, 시체를 훔친 것보다 더 무거운 죄야……."

주방에서 나온 라오꽈는 무릎을 감싸고 논두렁에 앉았다. 그는 뭔가 일이 잘못 처리되고 있다고 생각했다. 소도 당연히 온전한 시체를 유지해야 하는 것이구나. 소의 다리 살 한 덩이를 잘라냈으니 소도 나를 그냥 내버려 두지 않고 꿈속까지 쫓아올 것이다.

"공로가 있다고……"

아버지는 이십년간 제염소에서 일을 했는데 아버지의 시신은?… 썩어 문드러진 두부 한 조각이라고!

라오꽈는 자기도 모르게 가슴 속이 답답해졌다. 그는 뺨을 맞았던 것이 깊숙이 살 속으로 파고 들어옴을 느꼈다.

3

라오꽈의 본명은 우즈(梧子)이며, 그의 동생이 죽은 후에 비로소 라오꽈로 불리었다. 이름의 의미는 힘없고 패기 없이 연약하며 심한 우둔함이었는데, 이것은 웃음거리였으며 야유를 자아내는 것이었다.

그가 13살 때 큰 바람이 불던 어느 날 밤, 아버지는 소금가마 주변에 물을 붓기 위해 갔다가 연기와 수증기에 의해 눈이 흐려졌다. 발을 헛딛는 바람에 백색으로 부글부글 끓는 소금가마에서 익혀 죽었다. 부친을 매장하던 날 그는 모친에게 강제로 대모테 안경을 쓴 사람 앞에 끌려갔다.

"좋아요, 소처럼 부지런히 일할 것 같아 아버지를 봐서 우리가 맡아두죠."

그 또한 원치 않고 무섭다고 말했지만 그 어머니는 결국 그를 남겨두고 떠나버렸다.

그는 어린 일꾼이 되었다. 그 역시 다른 수 많은 띵창 노동자들이 생활한 것처럼 '짠물에 지은 밥'을 먹을 수 밖에 없었다. 또한, 탈출하고 싫었지만 벗어날 수 없다!

처음 1-2년, 그는 띵창에 있기가 싫어 집에 갈 때마다 어머니에게 쫓김을 당했다. "넌 이미 열 살을 웃도는 나이다. 제발 가거라. 그곳 외에는 먹고 살 길이 없다."

어머니의 말을 이해한 듯 그는 다시는 돌아간다고 떼쓰지 않았다. 산림에서 성장하는 식물처럼, 햇빛과 온기 없는 싸늘한 암실 속으로 옮겨가면 점차 시들어질 수 밖에 없는 것이다.

그의 본성은 산속 아이처럼 변했다. 그는 사람을 무서워했고, 특히 일년내내 끓고 있는 소금가마가 두려웠다. 감히 가까이 접근할 엄두도 내지 못했다.

우습고 멸시당한 그런 사람!

날이 무딘 '단도'조차 없고, 새를 총으로 쏠 줄 모르고, 노름도 감히 못하고, 옆집여자를 유혹할 용기도 없다. 200근이나 나가는 원탄도 손으로 받쳐 들 힘이 없다…… 이 같은 사람을 띵창의 성실한 일꾼이라 할 수 있는가?

라오꽈는 가장 부족한 사람으로, 그 무리 속에서 한 사람의 역할도 못하는 사람이다. 동정은 사실 어떤 대가도 바라지 않지만 그렇다고 함부로 낭비할 수 없다. 라오꽈는 굵은 새끼로 엮은 버드나무 바구니와 같아 어떤 탕이나 물도 담을 수 없다.

후어셩은 말했다. 즉 "라오꽈, 밥 한 끼 먹으면 그만큼 능력도 있는 것이야."

너 같은 애가 이 밥을 먹다니! 네 다리는 닭다리와 다를 거 없다!…… 네 엄마와 동생처럼 구걸이나 할 것이지!

다른 이들이 그에게 지나친 야유를 하는 것에 대해 라오꽈는 알고 있다. 그러나 그는 그저 한숨만 쉴 뿐…… 그것으로 끝이었다.

그는 마치 천성적으로 소금물을 긷기 위해서 태어난 것 같다. 소가 우물 밑의 소금물을 지면으로 끌어올리면, 그는 매일같이 손을 뻗어서 그것을 대야에 부었다. 또한, 매일 그는 지하에 묻어놓은 통 속의 물이 언덕아래의 염전 아궁이로 콸콸 흘러들어가는 소리를 들었고 이것이 연소되어 큰 푸대로 만들어진 새하얀 소금을 보아왔다. 이렇게 해서 그는 매달 관리로부터 일 원의 임금을 받았고, 매일같이 짠 김치로 세끼 밥을 먹었다. 소금물을 긷고, 밥을 먹고, 먹고 마시고 자는 것, 이것이 그의 생활이었다.

라오꽈는 줄곧 이렇게 생활해나갔다. 그러나 계속 이렇게만 살아가고 싶지 않는 듯했다. 라오꽈의 안색은 더욱 하얗게 변하고, 머리카락도 더욱 길어 보였다. 라오꽈가 길을 걸을 때 펄럭펄럭한 것이 마치 그림자 같았다.

띵창에 있는 모든 사람들은 라오꽈에게 갈 수록 냉담하였고 동시에 그를 주시했다.

어느 겨울 이른 아침에 라오꽈는 침상에서 자다 누군가의 발끝에 채여 잠을 깼다. 산 아래 농민 집에 급한 일이 있어 그를 부른 것이다. 알고 봤더니 그의 남동생이 한 덩어리로 돌돌 말린 채 주인에게 버려진 들개처럼 다른 사람의 집 밖 건초더미 위에 죽어 있었다. 그곳은 눈이 내렸다. 다행히도 많이 내리지 않고 사뿐사뿐 내려서 반짝반짝 빛나는 눈이 그의 수의를 만들어주었다. 한 부인이 일찍 일어나서 이것을 발견했다. 이때 사방을 돌아다니면서 고함지르며 이웃을 놀라게 했던 라오꽈가 붙잡혀 왔다…….

"당신 정말 너무하시는군요! 나는 당신과 아무런 원한도 없습니다.

당신은 왜 내가 이런 일을 당하도록 하는 거죠?…… 난 아들과 딸이 있어요. 혼자 사는 당신과는 비교가 되지 않는단 말이요……"

라오꽈는 거의 그의 두 눈을 가리고 있는 머리카락을 닭 발톱 같은 손으로 긁으며 시체를 바라보았다. 눈물을 흘리고 있는 여주인을 향해 이해할 수 없다는 눈으로 말했다.

"저는 그에게 여기에서 자라고 시키지 않았어요."

여주인은 화내지 않고, 눈물을 흘리며 울었다. 주위 사람들이 한바탕 웃고 나서 집주인을 안심시키고는, 라오꽈를 향해 "너 어떻게 그를 처리할 것이냐!"하고 물었다.

"저는 그를 흙에 묻을 것이어요."

"땅에 묻지 않으면 구름에 묻죠!"

주위 사람들은 더 웃었다. 라오꽈는 이해할 수 없다는 듯 사람들을 바라보았다.

그날 밤 라오꽈는 주점에서 술을 많이 마셨다. 돌아가는 길에 샤오쌀을 만나 한바탕 입씨름을 했다. 첫 번째 말다툼이었다. 어떤 이들은 이번 술값이 사람들이 그에게 보내준 동생의 염 옷에서 나온 것이라 단정했다. 염하는 옷값을 준 사람은 라오꽈를 불러 말했다 "이 염치없는 놈, 죽은 사람의 옷마저 벗겨 먹고 싶으냐?" 라오꽈는 변명하지 않았고, 모호하게 말했다. "어쨌든 당신이 인정을 베푸셨는데……"

"잘 알아 두어야한다, 나는 죽은 이에게 준 것이지 너를 먹이려고 한 것이 아니야!"

"혼자서 관을 짊어질 수 없습니다……. 사람을 더 불러주세요."

이 일이 있은 후, 라오꽈는 띵창의 모든 사람들에게 더욱 웃음거리가 되었다. 그러나 라오꽈에게는 아무런 득실이 없는 것 같았다. 그는 여전히 매월 일 원의 임금을 받았으며 물을 긷고 술을 마시고 목을 길게 빼어 산가를 불렀다. 다른 점이 있다면 그의 이름이 바뀌었고, 주점에 가는 횟수가 늘어났다는 것이다. 게다가 항상 묘지에서 곤히 잠을 자곤 했다.

라오꽈가 묘지에 가는 일에 대해 주위 사람들은 수수께끼로 여겼다. 제삿날도 아니고, 어떤 절기도 아닌데 자주 가서 무엇을 할까? 그가 선한 마음으로 갔다고 생각하지 않았다. 비바람 때문에 진흙이 흩어질까 봐 아니면 들개들이 거친 들판에 사람의 뼈다귀를 끌고나와 물어뜯을까 봐…… 그는 항상 술값이 부족하여 의외의 횡재를 기다라고 있다고 여겼다. 개에 의해 파헤쳐진 포대 아니면 홑옷과 같은 그 무엇?

때때로 그의 뒤를 사람들이 미행했다. 미행한 이들은 웃음을 띠었다.

"너 뭐하러 왔어?"

"놀러 왔어, 네가 도대체 무엇을 하고 있는지 보러왔다."

라오꽈는 말없이 가버렸다. 그 후로 다시는 묘지에 가지 않았다.

4

분홍색 하늘 아래 짙은 청록색으로 산들이 여기저기 이어져 있다. 산 기슭 아래 강물이 색다른 물결을 치며 흐르고, 하나의 물결이 또 하나의 물결을 삼키며 흘러 내려간다.

끝없이 넓은 들판은 모래와 자갈이 널려있는 해안의 또 다른 한쪽과 이어져 있고 까마귀들이 빽빽이 모여 있다. 사람이 오는 것을 보아도 그다지 놀라지 않고, 날기 시작하다가 또 무리를 지어 날아갔다.

라오꽈는 게 바구니를 들고 밭 사이를 뚫고 해안 상류 쪽으로 걸어갔다. 미풍이 이마 위의 긴 머리카락과 몸에 걸친 낡아빠진 셔츠를 흩날렸다. 날씨가 덥지는 않았으나, 그의 온 몸은 땀으로 흠뻑 젖어 있었고, 눈동자마저 불그스름하게 충혈되어 있었다.

때때로, 매우 망설이는 것처럼 보이고, 때로는 앞으로 곧장 걸어가는 듯 했다. 그는 간혹 걸음을 멈추고 어딘가를 바라보기도 했다.

밭에 농부는 이미 없었다. 산과 강이 그의 눈 앞에는 차츰차츰 어둠 속으로 사라지고 들판은 그의 뒤에 남겨진 채 까마귀 우는 소리와 빠르게 흘러내리는 물소리가 함께 호응하고 있었다.

그의 뒤에 있는 띵창 우물의 도르래와 핸들 소리도 들리지 않았다. 단지 연기만이 뚜렷하게 공중에 여기저기 흩어져있었다. 그러나 날이 너무 어두워 어느 집 아궁이에서 나온 연기인지 알 수 없었다.

그는 이 외지고 고요한 강둑에 사람이 있을 리 없다고 확신했는데 검은 그림자 하나를 본 듯 했다. 보면 볼 수록 뚜렷했다. 저 키 작은 사람은 거의 같은 방향으로 걸어오고 있었다.

처음에 그는 화가 나기도 했고 조금은 당황하기도 했다…. 그는 손 안에 있는 게를 생각하여 이상하리만큼 태연한 태도를 취했다. 그는 모래 위에 몸을 숙여, 백토 사이에서 찾기 시작했다.

손으로 끊임없이 돌을 옮기면서 우연히 게 하나를 보았지만 그는 또 그다지 손을 뻗쳐 잡고 싶지 않았다. 한참 만에 그는 게를 한 마리 잡았는데 아주 작은 것이었다.

그림자가 가까워지자 그는 못 본체 했다. 그러나 그는 이미 그가 샤오쌀임을 알아차렸다. 샤오쌀은 동료 중 그와 사이가 그나마 비교적 괜찮은 편이다. 며칠 동안 보지 못한 사이에 키가 머리 하나만큼 더 큰 것 같았다. 라오꽈는 자신도 모르게 몸을 좀 더 세웠다.

"어, 라오꽈,… 여기서 뭐해? 어떻게 일을 그만 두고 우리를 보러 한 번도 오지 않은 거야?"

"어,… 게를 잡았어!"

"많이 잡았어?"

"겨우 한 마리"

"아, 내가 아침 일찍 네가 강둑으로 내려오는 것을 봤는데, 하루 종일 겨우 한 마리?"

옆에 게 한 마리를 보고 껑충 뛰었다.

"에, 여기 또 있네. 한 마리가 아니야…… 저 쪽에 또 한 마리 있다."

샤오쌀은 세 마리를 연이어 잡아 바구니 속으로 던졌다.

"네가 게 잡은 줄 누가 아나! 보아하니 게 잡을 줄도 모르는 것이! 너 뭐하는 거야?……"

"그럼 너나 잡아"

라오꽈는 바구니를 바닥에 던졌다. 샤오쌀은 놀라서 그를 쳐다보았다. 그가 보기에 라오꽈가 오늘 좀 이상했다.

"너 미쳤냐?…… 왜 신경질이야,…… 난 너 화난 것 처음 봐! 아궁이에서 나온 지 며칠 되었다고 벌써 성질이 변했니"

아마 이 일도 사람들에게 이야기할 만한 사건인가 봐. 그는 뛰어 달아났다.

그는 라오꽈에게 고개를 돌려 말했다.

"너 같은 애가 거기서 감히 게를 잡아…… 손도 물리고, 피도 나고 아플 것인데! 하하하하!!!!……"

샤오쌀이 가고 난 후 라오꽈는 그의 등 뒤로 돌멩이 하나를 던졌다.

"이 못된 놈!…… 너도 그들과 다를 바 하나도 없어……"

라오꽈는 계속 앞으로 걸어갔다. 떵창의 모든 것은 점점 멀어져갔다. 그러나 고개를 돌려보면 여전히 연기가 나는 것을 볼 수 있었다. 마치 영원한 미행자처럼, 독심을 품고 있는 사람을 감시하는 것처럼……

"너, 말이야!"

그는 연기를 향해 주먹을 휘두르고, 이를 꽉 물며 말했다.

"저리 가."

그는 또 말했다.

"너 말이야……"

그가 주먹으로 때리는 것은 연기가 아니었다. 연기 속에 있는 대모테 안경을 쓴 얼굴이었고, 또 다른 수 많은 얼굴들이 눈 앞에 모습을 드러내었다. 그는 주먹을 쥐고 있는 힘을 다해 무엇인가를 던졌는데 마치 큰 손 안에 수 많은 생명들을 쥐고 한 번에 저 깊은 땅 속으로 던지듯이 해치웠다.

그는 정말로 큰 일을 해낸 듯 보였다. 비록 온 몸이 땀으로 젖었지만 그는 피곤하지 않았고, 마음이 흡족했다. 그는 갈증을 느끼면 강가로 기어가 연거푸 몇 모금 물을 마신 후, 또 얼굴을 한 번 씻었다. 시원함이 그를 평온하게 만들었고, 그는 곧 피곤을 느껴 쉬고 싶다는 생각을 했다.

그는 돌 위에 앉았다. 갈대가 무성한 때였다. 한차례 바람이 긴 잎사귀를 흩날리며 스쳐 지나는 동시에 사방에서 "샤~샤~"소리가 났다. 이때 멀리서 개펄의 물이 오열하는 분위기와 공허함, 그리고 어슴프레한 정조를 가져오자…… 그는 조금 낙심하였다.

"웃어봐, 공기는 비어있어……"

"공기는 비어있다는 것"에서 "가죽 망치로 얼굴을 때려야 비로소 단단해진다는 것"으로 연결되자 그는 곧 가죽망치가 생각났고 자신의 뺨을 손바닥으로 한차례 때리고 싶어졌다.

셀 수 없이 많은 눈동자가 그의 주위를 바라보는 것이 그는 무서웠다. 그는 재빠르게 앞으로 걸었다. 바람이 정면으로 불어와 셔츠의 앞섶이 양쪽으로 헤쳐져, 가슴이 모두 드러났다. 라오꽈는 이때 힘이 나고, 담력이 생겼으며 키가 조금 자란 것 같기도 했다.

안으로 갈 수록 갈대는 더 무성했고 해안의 앞도 그것으로 가득하여 이곳에는 그것들 밖에 없는 것 같았다.

그는 발을 멈춰 둘러 본 후 아무것도 보이지 않자 약간 실망했다.

"내가 잘못 들은 것일까? 분명 이 주변인데……"

그는 손에 들고 있던 게 바구니를 강 가운데로 던졌고, 바로 갈대숲 깊은 곳을 뚫고 들어갔다. 대자연과 일치가 되어 어둠과 하나가 되었다.

갈대숲에 들어가자, 라오꽈는 다른 사람의 계략에 빠진 것처럼 느꼈고 가슴이 뛰었다. "끝났어!"

이곳은 갈대를 거둘 계절이 아니면 사람이 오지 않는다. 그러나 대나무 장대는?…… 대나무 장대는 사람들이 가져간다. 저 큰 돌, 돌 아래에는 도끼와 끌이 숨겨져 있는데 그것 역시 사람들이 가져간다! 어떤 이들은 그의 파탄을 알아차릴 것이다.

한 달 반의 임금인 마지막 1원 50전을 모두 이 두 가지 물건을 구입하는데 써버렸다. 그는 그것들을 의지하여 한숨을 돌리고 싶었고 먼 곳으로 가서 벌목하는 생활을 한 적이 있다. 그는 멍청하게 얕은 물가에 서서 무겁게 떨친 머리를 받쳤다.

커다란 소금 어선은 그와 상당한 거리를 두고 그의 실패를 비웃고, 뽐내고 있는 것 같았다.

"네가 두려워하면 난 그만 둘 것이야"

그는 중얼거리면서 배를 묶는 밧줄을 풀고, 오리처럼 배를 향해 갔다. 이 배에 대해 그는 익숙했다. 그가 배를 알게 된 데에는 몇 년이 이미 지났다. 그는 배 안에 여러 가지 물건이 있다는 것도 알고, 그가 일하던 염전 천막과 눈 먼 어머니가 사는 동굴을 잘 아는 것처럼 그는 도끼와 끌을 찾으러 선실로 들어갔다. 선실 안은 소금포대로 가득 차 있었는데, 덩어리도 있고 가루로 된 것도 있고 은전도 많이 있었다.

"물에 잠기기엔 아깝지만, 오늘 내가 하는 일을 봐라."

그는 독한 웃음을 띠고 돛에 놓인 삿대를 내렸다.

깨진 돌들이 깔려있는 강바닥을 삿대의 쇠부분으로 건드리니 낭랑한 소리가 났다. 처음엔 힘이 들었지만, 배가 언덕을 떠나 강 중심으로 왔을 때 라오꽈는 노를 놓고 뱃머리 쪽에 쪼그리고 앉아 손으로 키를 잡고 자유롭게 물결 따라 몰았다. 띵창은 점차 멀어지고, 갈대밭도 차츰 한 가닥 모습으로 사라졌으며 달은 여전하였다. 그것은 쉬지 않고 흐르는 강을 비추고, 끊임없이 연기를 내는 띵창을 비추었다. 띵창은 현재 그에게 있어 마지막인 것이다. 그러나,……

"어머니가 우실 것이다!…… 식사는 어떻게 하실지……"

그는 약간 괴로웠고 동시에 주저했으나, 돌아갈 수 없다는 것을 알고 있다. 말할 필요도 없이 모래사장엔 사람들로 가득 차 있고, 등불과 불……

"그들은 '나'라고 생각하지 못할 거야, 라오꽈가 감히 이런 일을 한다는 것은 이상한 일이지!"

그는 샤오쌀이 사람들에게 뭐라고 말하는 것이 가장 좋을 것이라고 생각했다. 그렇지 않으면 사람들이 도끼와 끌로 라오꽈 것이라고 알아

맞히길 바랐다.

소금을 잃은 것이 작은 일이 아니므로 모든 떵창은 한 바탕 뒤집어졌다. 관리자는 하루 종일 쟝시 주전자를 들고 추측했다.

"쟝양(江洋)도둑이 아니면 쟝후(江湖)도둑인데 수완이 보통이 아니야"

떵창은 그 뒤로 밤에 소금을 싣지 않고, 해안가에는 지나는 사람도 없었다.

농민들도 일찍 일을 마쳤다. 큰 도독으로 추측하였기 때문에 사람들은 라오꽈의 실종엔 아랑곳하지 않았다.

한참 후에, 몇몇 사람들이 이 두 가지 일을 한데 합쳐 생각했으며 라오꽈의 이름은 또 다시 많은 사람들의 입에 오르내렸다. 라오꽈의 노모도 불려 갔다.

"당신 아들 어디 갔소?"

"내가 어떻게 알겠소? 우리 가족은 겨우 구걸해서 목숨을 부지하는데, 그도 그 동생같이 건초더미 위에서 죽었을 것이요"

"아니요"

"어째서"

"어떤 사람들은 지난번 소금어선도 그가 놓아준 것이라 하던데."

"그가 이렇게 해를 끼치는 일을 할 리 없소 난 믿지 않아요."

"당신 그를 숨겨도 소용없어. 당신만 오히려 고통을 당할 뿐이요."

"뭐라고요?"

"당신을 가두고 당신 아들이 오면 석방하죠."

눈 먼 노모는 쉬지 않고 두껍고 하얀 막에 의해 둘러싸인 눈동자를 움직이며 지팡이로 땅에서 뭔가를 두드렸다. 마치 매우 중요한 일을 측량

하고 있는 것 같았다. 그녀는 갑자기 웃었는데 악의가 있는 듯 했다.

"좋아 그럼 내가 여기에 있겠다."

책임자는 졸연히 모욕을 당한 듯 발끝으로 눈 먼 노모를 차며 화를 냈다.

"꺼져, 당신에게는 구금될 자격조차 없소. 당신 가족은……"

눈 먼 노모는 지팡이로 땅을 치며 한 걸음씩 걸어 나오며 입으로 중얼거렸다.

"우리 가족, 우리 가족……"

1937년

압록강에서

장꽝츠

그 해 봄 학기에 우리 기숙사는 대학에서 한 수도원으로 옮겨갔다. 모스크바에는 교회가 매우 많았다. 나는 일일이 그 수를 조사해보지 않았으나 듣기로는 천 개가 넘는다고 했다. 혁명이 일어나기 전 하나님께서 교회는 신성하고 불가침한 곳이라 하였는데, 말하자면 공화제가 성립하기 전의 절과 같은 것이다. 그러나 혁명 후, 무신론자가 정권을 잡게 되면서 교회 또한 체면을 유지하지 못하였다. 원래 이교도들의 교회 출입을 금지하고 있었으나 우리 무신론자는 이렇게 현재 수도원의 일부를 차지하여 기숙사로 쓰고 있다. 또한 수도원에 있는 수녀들이나 성상(聖像)을 보고 우리는 항상 너니 나니 하며 비웃었지 공손한 태도는 조금도 표시하지 않았다. 이러한 행위는 소위 하나님으로서는 도저히 참을 수 없는 일이었을 것이다.

우리가 거처하는 수도원은 터웰스야 대로에 있었는데 방이 대단히 많고 정원도 넓었다. 나무가 많이 가꾸어져 있어서 꽤 아담한 화원 같았다. 매일 아침에 일어나 일이 없을 때 나는 반드시 이 수도원 안을 한 바퀴 돌면서 산보했다. 수녀들은 40명이 좀 넘었는데 하나같이 온 몸에 검정

옷을 걸치고 머리에는 검은 수건을 쓰고 있었다. 얼굴만 빼꼼히 내놓고 있었다. 대부분 얼굴이 핼쑥하고 파리했다. 수녀들을 볼 때마다 나는 일종의 비애를 느꼈다. 그 가운데 몇몇은 젊고 얼굴도 예뻐 친구들 중 수작을 걸어 보려는 이가 있었으니 모두 밉다고는 할 수 없겠다.

어느 날 저녁, 내가 외출 후 수도원으로 돌아왔을 때였다. 마침 한 친구가 스무 살 남짓 되어 보이는 수녀와 함께 큰 나무 밑에 마주서서 정답게 얘기를 나누다가 나를 발견하곤 바로 사라지고 말았다. 나는 그때 그들 행동을 방해한 것을 후회하였고 다른 한편으론 "우리는 너무나 겁이 많다. 뭐 그까짓 것을……"하는 생각도 들었다. 이런 일이 있은 후에 나는 남의 일에 간섭하는 것을 아주 조심했다. 특히 남이 좋아하는 일을 방해하지 않도록 노력하였다. 하물며 "수녀들은 얼마나 자유스럽지 못하고 고독하고 비애스러울 것인가……?"

마침 그 날은 저녁 8시경부터 눈이 펄펄 날리며 매우 추웠다. 나랑 한 방을 쓰는 세 사람 중 한 명은 페르시아인, 다른 한 명은 조선인, 또 다른 한 명은 중국인 C군이었다. 우리 방에는 기숙사 관리인이 없어서 청소나 방에 불 넣는 일 등을 모두 우리들 자신이 해야 했다. 그야말로 우리는 노동을 직접 실행한 사람이었다. 그날 밤에도 몹시 추워서 우리는 다 같이 힘을 모아 화로에 불을 피웠다. 연료는 러시아에만 있는 일종의 백양나무였고 그 나무는 매우 잘 타올라 화력도 좋았다. 불을 피워놓고 우리는 둘러앉아서 잡담을 시작했다. 우리 역시 다른 젊은이들과 같이 몇 사람만 모이면 여자이야기를 하지 않을 수 없었다.

"피터, 자네는 안나에 대해 어떻게 생각하고 있는가?"

"내가 오늘 거리에서 한 아가씨를 만났는데 매우 예쁘던데! 아! 그녀의 진주 같은 눈동자!"

"자네 장가 아직 안 갔나?"

"나는 자네가 그 여자에게 사랑에 빠졌다는 것을 알고 있지."

"그야 장가를 가면 좋기도 하지만 좋지 않는 점도 있지."

"……"

이렇게 우리는 한마디씩 서로 주거니 받거니 했는데 대체로 모두 여자에 관한 이야기였다. 그중에서도 페르시아 친구가 제일 신이 났다. 그는 혼잣말로 중얼거리기도 하고 또 손짓 발짓을 해댔는데 마치 보물이나 손에 쥔 듯하였다. 그런데 조선인 친구는 침묵을 지키며 전혀 떠들려고 하지 않았다. 그는 다른 친구들의 로맨스를 들을 때마다 모종의 슬픈 표정을 지었으며 눈가에 눈물이 글썽일 때도 있었다. 나는 늘 그 친구에게 물었다.

"친구, 무슨 슬픈 일이 있는가?"

그러나 그 친구는 억지웃음을 띠며 대답하지 않거나 혹은 그저 "슬픈 일 없어."라고 간단하게 잘라 말했다. 그가 툭 터놓고 이야기 하지는 않았으나 나는 그에게 상심한 일이 있다는 것을 느꼈다. 그의 정신에는 매우 커다란 상처가 있는 것 같았다. 이 조선 친구의 이름은 이맹한이라 하는데 나이는 스무 살이 조금 넘었다. 그는 사실 여성스러운 데가 있었다. 그는 타인과 말할 때 언제나 얼굴을 붉혔다. 나는 늘 그와 농담하였는데 타인들 앞에서 내 애인이라고 놀리곤 하였다. 내가 그를 색시라고 불러도 그는 언제나 미소를 띠우며 얼굴을 붉힐 뿐 조금도 화를 내거나 욕한 적이 없었다. 나는 때로는 그를 무시한 적이 있었다. 그러나 나는 늘 그를 좋아했고 그와 친해지고 싶었다. 그의 여성스러운 점이 나에게 즐거움을 주었다. 동시에 나는 또 그를 한없이 존경했다. 그는 공부를 열심히 하고 마음도 넓었으며 언제나 과묵했는데 이런 면은 나로서는 도저히 따라갈 수 없는 좋은 점이었다. 그는 조금도 나를 싫어하지 않았다. 때로 그의 태도는 나의 마음을 위로해 주기도 했다.

우리들의 화롯가 잡담이 무르익었을 때, 페르시아인 친구(그의 이름은 스단사더이다)는 모두들 조금도 숨김없이 자신의 연애사를 털어놓자고 제안했다. 때마침 C군은 친구를 만나러 나갔다. 모두 나보고 먼저 얘기하라고 몰아세웠다. 그러나 연애해본 경험이 없어서 얘기를 할 처지가 아니라고 대답했다. 그러자 스단사더는 "웨이쟈, 자네 거짓말 하긴가. 자네 같은 멋쟁이가 중국에 있을 때 사랑했던 여자나 자네를 사랑했던 여자가 하나도 없었다면 그게 말이 되겠는가? 게다가 자네는 시인이 아닌가? 시인이 가장 사랑하는 것은 여자고 또 여자는 시인을 가장 좋아하지 않나. 이맹한, 그렇지 않은가?" 하고는 이맹한을 쳐다보고 말을 붙였다. 맹한은 빙긋이 웃을 뿐 아무 대꾸도 하지 않았다. 그는 다시 나를 몰아세우는 것이었다.

"말하게, 꼭 좀 말하게나, 감춰서는 안되네!"

나는 어쩔 수가 없었다. 억지로라도 이야기하지 않으면 그들이 앞으로 나를 믿지 않을 것이고…… 이야기를 하자 해도 나에게 재미있는 연애 이야기가 전혀 없으니 이 일을 어찌하면 좋단 말인가? 나는 입에서 나오는 대로 얘기를 꾸며 거짓말을 시작했다.

"친구들 들어보게. 내가 학생회장을 하고 있을 때 여러 여학생이 나한테 편지를 보냈다네. 그들은 나의 어떤 점이 맘에 들며 또 내가 쓴 글 가운데 어떤 데가 마음에 들더라는 둥 그런 말을 하였다네. 그 중 정말 예쁜 여학생이 나한데 여러 차례 구애했는데 당시에 난 멍청해서 그냥 그 구애를 거절해 버렸다네. 나는 또 언젠가 기선에서 선녀같이 예쁜 여자를 만났다네. 그녀의 미모는 정말 어떻게 표현해야 좋을지 모르게 아름다웠다네. 나는 모든 수단을 동원하여 그녀에게 다가가 말을 붙였는데 그녀는 아름다울 뿐만 아니라 또한 대단히 지적인 여성이었네. 그리고 대화를 주고받는 사이에 그녀가 나에게 따뜻한 동정을 품고 있다는 사실을 알았네."

내가 여기까지 이야기를 하였을 때, 스단사더는 흥분한 어조로 웃으면서 말했다.

"그 아름다운 여인이 친구를 사랑했구먼. 친구는 참 행복한 사람이야. 그래 그 다음은 어찌 되었나?"

"그 다음? 음…… 그리고 결국…… 뭐 그다지 좋은 일은 없었다네……"

"그게 무슨 말인가?"

스단사더는 깜짝 놀란 듯 말했다.

"설마 그 여자가 자네를 사랑하지 않았을 리는 없는데……"

"아니야, 그게 아니야! 참 내가 바보였어."

"웨이자 친구! 자네가 자신을 바보라고 하는 것을 나는 전혀 믿을 수 없네."

"스단사더 친구! 잠시만, 내 말을 다 듣고 나면 내가 얼마나 바보인지를 저절로 알 수 있을 것이네. 우리들이 기선 위 난간에서 몸을 서로 의지하고 이야기를 나눴을 때 참으로 두 사람의 마음이 딱 맞았다네. 지금 감히 한 마디 하지만 그 여자는 정말로 나에게 사랑의 싹을 키우고 있었어. 나야 말할 것도 없지. 그러나 누가 꿈에나 생각했겠나? 그 여자는 배가 부두에 닿자마자 그의 오빠에게 이끌려 재빠르게 육지로 올라가고 말았다네. 나는 깜박 그녀의 주소와 연락처 물어보는 것도 잊어버리고… 우리들은 이렇게 꿈같은 이별을 하고 말았다네. 친구들, 내가 얼마나 바보짓을 했는지 알겠지. 나는 얼마동안 상사병에 걸렸지만 어찌할

도리가 없었네.”

“아! 애석하다! 애석해! 정말 아깝다!”

스단사더는 이렇게 한숨을 쉬며 나에게 침통한 동정의 뜻을 표했다. 그러나 이맹한 친구는 무언가 따로 느끼는 바가 있었는지 아무 말이 없었다. 우리 두 사람의 이야기에 주의를 기울이지 않았다.

“자네는 한 마디도 하지 않고 또 뭘 그리 생각하고 있나?”

나는 이맹한 친구를 보고 말했다.

“나는 이미 나의 연애사를 얘기했으니 이번에는 당연히 자네 차례일세. 나는 자네 가슴 속에 깊이 묻힌 그 큰 슬픔이 어떠한 것인지 알고 싶네. 자네는 왜 한 마디도 하지 않는 건가. 지금 이 자리에서 그 이야기를 들려주시게. 나의 사랑, 이맹한!(나는 늘 이렇게 그를 불렀다.) 이야기하지 않는다면 그냥 넘어가지 않겠네.”

그는 두 눈으로 나를 바라볼 뿐 단 한 마디도 대답이 없었다. 나는 다시 한 번 재촉했다.

“나는 벌써 할 말을 다 했네. 이제 자네 차례일세. 내 사랑, 남의 맘도 좀 알아주시게나.”

이맹한은 크게 한숨을 내쉬고는 머리를 숙였다. 곧 슬픈 어조로 이야기하기 시작했다.

“자네들이 그렇게나 권하니 말하겠네. 나만큼 비극적인 연애사를 가진 사람도 없을 걸세.”

“그러면 자네의 그 슬픈 이야기를 우리들에게 들려주시게.” 스단사더가 말을 받았다.

“서울에서 러시아로 도망 온 어느 조선인이 알려준 소식에 의하면, 금년 3월에 내가 가장 사랑하고 아낀 그 여자가 서울에서 일본 놈들 손에 옥사하였다는 비보를 들었네."

이맹한은 눈물이 그렁그렁해져 거의 울 지경이었다.

"음, 그것 참 너무 가엾은 일이로군."

스단사더는 무척 놀란 모양이었다. 그러나 나는 뭐라고 한 마디 위로해 줄 용기조차 나지 않았다.

"그래, 무슨 일 때문이었는가? 친구!"

"무슨 일? 스단사더는 조금도 우리 조선의 상황을 모를 걸세. 우리 조선을 일본이 침략한 후 우리 백성들은 참으로 불쌍하지! 종일토록 깊은 도탄에 빠져 일본 놈의 천만근 같은 무거운 억압 속에서 살고 있다네. 죄가 있든 없든 조금이라도 불복종 한다든가 혹은 일본인에게 고분고분하지 않으면 바로 큰 죄인이 되어 버린다네. 그래서 체포 당하면 또 죽거나 감옥행이라네. 일본인은 조선인의 생명을 닭의 목숨만치도 생각하지 않는다네. 죄의 유무에 관계없이 죽이려고 하면 마음대로 죽일 수 있다네. 불쌍하게도 나의 애인 운고(雲姑)도 못된 일본 놈의 학대로 죽었다네!……"

이맹한은 말을 하면서 슬픔을 이기지 못했다. 내 가슴 속에도 서러움이 북받쳐 올랐다. 잠시 모두가 침묵한 뒤, 이맹한이 다시 말을 이었다.

"나는 지금 한 명의 망명객일세. 고국에는 돌아갈 수가 없다네. 만약 고국으로 돌아간다면 단번에 일본 놈에게 잡혀 생명을 보존하기가 어려울 것일세. 아! 친애하는 친구들이여! 조선이 만약 독립하지 못하고 일본 제국주의자들의 압박 하에서 해방되지 못한다면 나는 영원히 내 고국, 조선 땅에 돌아갈 희망이 없을 것일세. 나는 정말로 한 번 돌아가서 그리운 운고의 무덤 위에 난 풀이라도 보고 묘소에 엎드려 마음껏 울어나 보았으면 하네. 또 고통받고 있는 고국의 가련한 동포들을 일일이 찾아보고 그 아름답던 옛날 우리 집 정원도 보고 싶다네. 그러나 나는 아무래도 나의 뜻을 이루지 못할 듯싶네…… ”

이맹한은 울었다. 스단사더는 언제나 말하기 좋아한 사람이었으나 이번만은 넋을 읽은 듯 말이 없었다. 나는 이맹한의 설움과 감옥에 수감된 조선 사람들을 생각하자 소름이 쫙 돋았다. 이맹한은 손등으로 눈물을 닦으며 나를 쳐다보고 말을 이었다.

"웨이자! 자네 말이 맞네. 자네가 나를 보고 늘 무슨 슬픈 일이 있느냐고 물었는데 딱 들어맞았네. 조국의 멸망, 동포들의 수난, 애인의 굴욕스런 죽음, 이런 것이 어찌 이 세상에서 가장 슬픈 일이 아닐 수 있겠나. 웨이자! 내가 만약 조국해방과 사랑하는 운고의 무덤에 언젠가 꼭 한 번 찾아가 보려는 희망을 갖지 않았다면 나는 벌써 자살했을 것일세. 나는 내 자신의 의지가 대단히 굳다는 점을 믿고 있네. 나는 비록 무한한 슬픔을 가지고 있지만 한편으로는 뜨거운 희망을 가지고 있다네. 나는 운고가 조선을 위해 죽은 것을 잘 알고 있다네. 그러므로 내가 조선의 해방을 위해 힘쓰는 것은 그것이 곧 죽은 운고의 영혼을 위로해주는 것이 될 뿐만 아니라 그녀의 원수를 갚는 길도 될 것일세. 웨이자! 자네는 이제 내 이야기를 알아들었는가?"

"자네 말을 잘 알아들었네. 이맹한, 자네가 그러한 소원을 가지고 있는 것은 당연한 일이겠지. 그러나 그런 슬픈 이야기는 그만두고 이제 우리에게 자네와 운고 두 사람 사이의 연애 사연이나 한 번 들려주세. 라지예프 교수가 병이 나서 수업을 할 수 없으니 좀 늦잠을 자도 괜찮을 것 같네. 스단사더! 무엇을 그렇게 생각하고 있는가? 왜 아무 말도 않고 있는가?"

"그의 말을 듣고 넋을 잠시 잃었네. 자, 그러면 이제 이맹한 자네의 연애사를 말해보게."

이맹한은 그와 운고 두 사람 사이의 인연을 말하기 시작했다.

"어! 친구들! 나는 정말로 나와 운고 사이의 연애사를 이야기하고 싶지 않다네. 아니 내가 이야기 하기 싫은 것이 아니라, 정말 이야기를 할 수가 없네. 말을 꺼내놓는다면 슬퍼서 울 것 같아 그러네. 나는 여태까지 이 세상에서 운고만큼 아름답고 성실하며 감동시키는 여자를 본 적이 없네. 만일 그런 여자가 있다면 나에게 있어서 그 여자가 바로 운고이겠지. 아! 그저 오로지 운고뿐일세! 자네들이 늘 이 여자가 예쁘니 저 여자가 스마트하니 했지만 나는 조금도 흥미를 느끼지 못했다네. 왜냐하면 운고를 빼놓고는 나의 사랑을 차지하고 나를 꿈속으로 이끄는 여자가 다시없을 것이기 때문일세. 내 사랑은 벌써 푸른 풀이 되어 운고의 무덤 위에 자라나고, 피를 토해내는 두견새가 되어 운고의 무덤 옆에 서 있는 백양수 가지 위에 앉아 울고있네. 금강석으로 변해 운고의 백골 옆에 묻혀 영원히 사라지지 않도록 장례를 지내고 운고가 천년만년 되어도 썩지 않게 하려고 하네. 또 고운 연기가 되어 운고의 향기로운 영혼을 감싸서 함께 둥둥 떠다닐 것일세. 친구들, 내가 이와 같은 마음을 가지고 어떻게 다른 여자의 이야기를 하며 또 연애를 이야기할 여지가 있겠나?……

조선이 바다로 둘러싸인 반도임은 친구들도 지리를 배웠으니 알고들 있겠지. 말하자면 우리 조선은 참으로 기후가 온화하고 산천초목이 모두 아름다운 곳일세. 삼면이 바다로 둘러싸이고 게다가 온대지방에 위치해 있어 건조하지도 않고 또 춥지도 않네. 물론 산천이나 초목이나 바다에서 불어오는 바람의 혜택으로 지극히 아름답고 깨끗한 곳일세. 여기에 사는 조선 사람은 이런 지리적 환경 속에 살고 있기 때문에 그 성정은 당연히 원래부터 평화스럽고 온순하여 품위가 있다네. 안타깝게도 일본제국주의의 침략을 받자 조선 사람들은 끝없는 고통 속으로 빠져들어 다시는 아름다운 산천을 즐기고 따뜻한 바닷바람을 들어 마시는 일조차 못하게 되었단 말일세. 일본 놈들은 조선을 비애 속에 잠기게 하고 고통, 잔인, 암흑, 학대, 통곡, 등등으로…… 해와 달이 빛을 내지 못하고 산천초목이 말라죽게 되어버렸네. 수천 년 동안 주인이었던 사람이 하루아침에 큰 재난 속에 빠졌으니 산천인들 영혼이 있다면 어찌 흥분하지 않겠나?

아! 우리 가련한 조선이여!

웨이자! 자네는 압록강이 조선과 중국의 지리적 경계로 되고 있는 사실을 알겠지. 압록강의 어귀, 바로 바닷물과 강물이 만나는 곳에 조그마하지만 극히 아름다운 C성(城)이 있다네. C성은 압록강 어귀에 있어 교통이 편리한 탓에 근자에 꽤 번창한 곳이며 또한 강과 바다를 동시에 의지한 탓에 수목이 무성하고 산과 언덕이 적당히 배치된 정말로 경치 좋은 곳일세. 아! 생각해보니 나는 6년 전에 아름다운 C성의 풍속에서 멀리 떠났네. 나는 조선을 사랑하고 그 중에서도 C성을 가장 사랑한다네. 그곳이 내가 태어난 땅이고 또 나와 운고의 보금자리로서 두 사람이 자라는 고향이기 때문일세. 친구들, 머릿속에 C성 고향을 상상해보게. 나와 운고가 어릴 적에 뛰어 놀던 곳이 지금 어떻게 되었을까 나는 궁금해지네. 그러나 지금 이맹한이라는 사람에겐 이러한 상상은 단지 꿈에 불과한 것이라네. C성 십리 밖에 버들나무와 소나무가 우거진 숲이 하나 있었네. 그 숲은 바로 바닷가에 있어서 우리가 배를 타고 지날 때면 그 새까만 숲을 뚜렷하게 볼 수 있고 또 그 그림자가 바다에 비친 모습도 볼 수 있다네. 숲 속에는 평탄한 잔디밭이 있고 어디서 굴러왔는지 모르는 커다란 바위가 여기저기 흩어져있네. 그 돌들이 어디서 온 것인지 나는 똑똑히 알 수 없다네. 겨울이 되어 버드나무 잎은 져도 소나무는 언제나 푸르러 그렇게 삭막한 풍경이지는 않았다네. 그리고 봄철과 여름철이 돌아오면 축축 늘어진 버들가지들이 푸른 물결 위에 춤추고 또 가지각색의 새들은 천연의 미묘한 노래를 불렀다네. 매미는 목이 메도록 울고 바다에서 솔솔 불어오는 아늑한 바람은 사람의 정신을 상쾌하게 적셔주었다네. 그 숲이야말로 천연의 오묘함과 정취를 다한 곳이라네.

그것은 벌써 십년 전의 일일세.

날이 좋으면 한 쌍의 어린이, 남자아이 하나와 여자아이 하나가 하루 종일 그 숲 속에서 놀았다네. 두 아이들의 나이는 다 예닐곱 살 쯤 되었고 그들이 노는 모양은 꼭 한 쌍의 조그만 천사 같았네! 그 남자 아이에 대한 이야기는 잠시 그만두고 천사 같은 여자아이의 이야기를 해주겠네. 그 여자아이는 장미꽃 같이 고운 얼굴에 가을 물처럼 맑은 눈동자, 앵두 같은 입술, 고운 아기죽순 같은 손, 까만 구름 같이 나풀거리는 머리, 게다가 온순하고 얌전함을 느끼게 하는 양쪽 뺨의 귀여운 보조개, 아! 나는 참 무어라 형용할 수가 없네. 그야말로 하늘에서 내려온 천사겠지! 친구들은 나의 표현이 너무 지나치다고 하겠지만 사실 그녀에 대한 표현을 말로 표현할 수 있겠는가? 나는 다만 그를 상상할 수는 있지만 절대로 그를 형용할 수는 없네.

이 한 쌍의 어린아이들은 날마다 그 숲에서 놀았는데, 때로는 풀밭에서 달리기도하고 때로는 나뭇가지를 주워 모아 집도 짓고, 이 방은 내 방 저 방은 너의 방, 또 저것은 엄마 방 하면서 재잘거렸다네. 또한 바닷가에 뛰어나가 서로 돌팔매질도 하여 누가 멀리 던지는가 시합도 하였다네. 풀밭에 둘이 나란히 누워 하늘에 오락가락하는 흰 구름을 쳐다보고 또 때로는 과자나 술을 준비해서 손님을 초대하곤 했다네. 어떤 때에는 바위에 둘이 나란히 기대어 엄마 아빠를 서로 자랑하고 다른 사람한테서 들은 이야기도 하고, 다음날 놀 것에 대한 의논도 하고 손목을 마주잡고 바닷가에서 오락가락하는 배랑 파도를 바라보기도 하고…… 다투기도 하였으나 그런 일은 퍽 드문 일이고 다툰 뒤라도 불과 얼마 안가서 씻은 듯이 풀어지곤 했다네. 그들은 떼어내려 해도 뗄 수 없는 사이여서 둘이 떨어진 때라고는 거의 없었다네. 두 어린이는 근심도 없고 두려움도 없이 하루 종일을 자연 속에서 자라났으니 그 얼마나 행복했겠나?

여보게 친구, 이 두 어린이가 바로 십여 년 전의 나와 운고였네. 아! 이미 벌써 십여 년 전의 일이 되었네! 지나간 일은 이미 지나갔으니 이를 어찌 돌이킬 수 있단 말인가? 나의 운고를 옛날처럼 또 다시 행복하게 살 수 있게 하는 방법이 있겠는가? 지난날의 행복을 생각하면 그저 가슴이 아플 뿐이네!

나와 운고는 모두 귀족의 후예로 나의 성은 이(李)이고 운고의 성은 김(金)일세. 김과 이, 두 성은 조선에서 유명한 귀족이라는 사실을 웨이쟈자네도 잘 알 것일세. 일본 놈들이 조선을 합병해버린 후에 나의 아버지와 운고의 아버지는 벼슬을 그만두고 시골로 은퇴하여 버렸네. 그녀의 아버지와 나의 아버지는 무척 친한 친구여서 친척으로 따진다면 사촌 형제간이나 같은 사이였네. 두 집은 숲 속 근처에 있었는데 가까워 열 발자국 정도밖에 떨어지지 않았네. 그 두 노인은 나라가 망한 수치와 동포들의 고생을 대단히 근심하였으나 한 두 사람의 힘으로 이미 기울어진 나라를 세울 수 없어 시골로 낙향하여 자연 속에서 소일하게 되었던 것일세. 그 분들은 때로 화로를 끼고 술을 들이키며 이야기를 나누다 슬픈 이야기가 상처를 건드리면 큰 소리로 울곤 하였다네. 그때 나와 운고는 너무 어려서 두 노인의 이런 모양을 보고 그 이유를 몰랐으나 어린 마음에도 일종의 자극을 받아 마음의 파동을 느끼곤 하였네. 그 후 나와 운고는 차츰 자라나면서 두 노인이 나눈 이야기의 뜻을 알았다네. 그 분들은 이야기를 나누다 우리가 곁에 있는 줄을 알아차리면 고개를 돌려 쳐다보며 뚝뚝 눈물만 흘리곤 하였었지. 이것은 아직 나이어린 우리 마음속에 맺혀 잊으려 해도 잊어지지 않는 인상이 되었다네.

두 노인의 이야기는 잠시 접어두겠네. 나와 운고는 태어났을 때부터 친구였고 어릴 때부터 서로 친하고 사랑해서 그림자가 그림자를 따라다니는 것처럼 가깝게 지냈네. 우리는 서로 집도 구별하지 않고 운고가 우리 집에 와서 같이 먹거나 내가 그녀의 집에 가서 한 상에 밥을 먹곤 하였네. 그렇지 않으면 둘이 밥을 먹지 않았지. 우리 어머니들 사이도 아버지들 사이처럼 매우 가까웠고 우리들을 똑같이 대해주셔서 조금도 차별이 없었네. 나와 운고는 이런 가정환경에서 정말로 행복했네. 우리는 성장하면서 책읽기를 시작했는데 운고의 아버지가 선생님이 되어 주었고 우리 둘이 배우는 책도 같았었네. 선생님한테 배우는 내용은 같았지만 운고의 재주는 도저히 내가 따라갈 수가 없어서 내가 그녀한테 배운 적도 한두 번이 아니었다네. 매일 서너 시간 동안 책을 읽고 나면 우리는 곧장 손을 잡고 숲속이나 바닷가로 놀러가는 것이 일이었네.

아—참! 아주 재미있는 이야기가 생각나 들려주겠네. 우리들 집에서 멀지 않은 곳에 친척집이 있었네. 그 집 사촌형의 결혼식 날 우리는 모두 어머니를 따라갔다네. 이튿날 우리는 숲에 가서 바로 그 흉내를 내었는데 그녀는 신부가 되고 나는 신랑이 되었다네. 그때 마침 바람이 산들산들 불고 새싹이 푸릇푸릇 자라나 꽃과 새가 모두 사람을 즐겁게 하는 봄날이었네. 놀다가 싫증나면 곧 신랑신부가 되어 내가 그녀의 머리에 많은 꽃을 꽂아 주면 그녀는 머리를 숙이고 신부 흉내를 내면서 나와 손을 잡고 한 걸음 두 걸음 걷기도 했네. 우리 둘은 너무나 어려 조금도 이상한 생각이 안 들었고 또 신랑신부가 되긴 했으나 그것이 어떤 관계인지는 몰랐었네. 어린 부부가 한참 발을 맞춰 걸음을 걷고 있을 때 마침 그녀의 아버지와 우리 아버지가 나타나 우리 앞으로 다가와 "너희들 지금 뭐하고 있니?"하고 물었다네. 우리가 부끄러운 기색도 없이 "저희들은 결혼 놀이를 하고 있었어요. 제가 신랑이고 운고가 신부여요. 우리는 가끔 이런 놀이를 해요."라고 대답을 하자 두 어른은 껄껄 웃어버렸다네. 나의 아버지가 운고의 아버지를 보고 "형님, 어린 부부 한 쌍을 보니 참 재미있지 않아요?"라고 말하니까 운고의 아버지는 긴 수염을 한번 쓰다듬으며 우리들을 찬찬히 한번 바라보다가 무엇이 생각났는지 두어 번 고개를 끄덕인 다음 나의 아버지에게 "참 재미있는 일이네! 이런 놀이를 할 줄은 몰랐어. 아우, 잘 됐네. 우리는 이 아이들의 앞날을 축복해줍시다……"라고 말씀하였다네. 그때 나는 운고 아버지가 말한 깊은 뜻을 잘 몰랐지만 — 사실 운고 아버지는 이미 운고를 은근히 내게 주겠다던 말이었다네…… 세월은 화살같이 참 빨라 나와 운고는 그러는 사이에 어느덧 열한두 살이 되었다네. 우리는 점점 성장하였고 여전히 조금도 서로 멀어지지 않았다네. 또한 우리들의 부모님들께서도 구태여 우리들의 일을 간섭하려 들지 않았다네. 우리는 날마다 공부를 하면서 같이 놀았다네. 운고 아버지는 매우 점잖은 분이셨지만 우리들에게 고루하게 대하지 않으셨고 때로는 노래까지 가르쳐 주셨다네. 봄이 되면 숲 속에서 새들이 고운 소리로 울었고 그러면 우리도 즐거워 새들과 박자를 맞춰 노래를 불렀다네. 옳아! 새 이야기가 나왔으니 이야기 하나가 생각나는군. … 어느 날 저녁, 큰아버지가 나에게 가지고 놀라며 대나무로 만든 새장에 꾀꼬리 한 마리를 넣어 가지고 오셨다네. 정말로 기뻤었지. 그 꾀꼬리는 무척 예쁘게 생겼었지. 빨간 주둥이, 파란 날개, 노란 발톱, 정말 좋은 노리개였지. 자네들 나라에도 이런 새가 있는지 모르겠네만 조선에서는 제일로 예쁜 새로 친다네. 그때는 날이 저물어 운고도 잠이 들었을 것 같아 나는 이 새로 얻은 보물단지를 바로 알려주지 못했네. 그래서 나는 새장을 처마에 달아 고양이가 물어가지 못하게 잘 단속을 했지. 다음 날, 운고가 이 새를 보면 얼마나 좋아할까 생각하며 한편으론 큰아버지가 한 쌍을 가지고 와 운고에게 한 마리 주었더라면 얼마나 좋았을까?…… 이런 저런 생각을 하며 하룻밤을 꼬박 새웠다네.

이튿날 나는 채 날이 밝기도 전에 일어나 어머니가 왜 그리 일찍 일어나느냐고 묻는 말에도 듣는 둥 마는 둥 건성으로 대답하고 세수도 하지 않은 채 운고네 집으로 달려갔다네. 그때 운고는 아직 단잠을 자고 있었는데, 나는 운고 옆에 가서 흔들어 깨우며 "일어나! 일어나! 운고야! 나에게 꾀꼬리 한 마리가 생겼어! 정말로 예뻐! 어서 빨리 일어나 구경 가자……" 운고는 무슨 소린지도 모르고 그 작은 손으로 눈을 비비며 나를 보더니 급하게 옷을 입고 나를 따라 우리 집으로 달려왔다네. 새장을 내려 의자 위에 놓고 자세히 알려주었더니 운고도 매우 기뻐하며 "죽지 않도록 잘 키우고 날아가지 않도록 주의하자"고 말했다네. 누가 알았겠나. 운고가 그 새장을 가지고 자꾸만 놀다가 그만 잘못해 문이 열렸는데, 꾀 많은 꾀꼬리는 푸드득 하고 하늘 높이 날아가 버렸다네. 나는 보물을 잃고 분해서 엉엉 울며 운고에게 강하게 따졌다네. "내가 맘먹고 너를 불러 보여줬는데 왜 날려 보냈어?…… 꼭 내 꾀꼬리를 물어내. 만일 그렇지 않으면 가만 안둘 테야…… 너희 엄마한테 이를 거야…… 엉…… 엉……" 운고는 새가 날아가는 것을 보자 금세 얼굴이 빨개지고 또 내가 울며 물어내라고 다그치는 바람에 엉엉 따라 울며 일부러 날려 보낸 것이 아니니까 배상할 수 없다고 말했다네…… 그러나 나는 울면 울수록 더욱 분해서 꼭 새를 물어내라고 다그쳤다네. 우리가 함께 우는 바람에 어머니와 아버지가 놀라 방에서 뛰쳐나와 왜 이른 아침부터 이렇게 울어대느냐? 무슨 큰일이 났느냐? 며 물으셨을 때 나는 울먹거리며 운고가 내 꾀꼬리를 날려 보냈어요, 꼭 물어내라고 할 거예요……"라고 했다네. 그러니까 운고도 다급해서 "아니에요. 아니에요. 제가 일부러 꾀꼬리를 날려 보낸 게 아니에요. 저에게 물어내라면 저더러 도대체 어디 가서 잡아오란 말이에요……"라고 말하였다.

"음, 그런 조그만 일이냐. 그까짓 새 한 마리 날려 보낸 것 가지고 통곡을 할 것이 무엇이란 말이냐. 참 착하지, 운고야! 이제 울음 그치고, 물어내지 않아도 좋으니 집으로 돌아가렴."하고 엄마가 말하자, 운고는 울면서 집으로 돌아갔다네. 어머니가 나의 머리를 쓰다듬으며 달랬기 때문에 나도 겨우 울음이 그쳤다네.

그 날은 서당에도 안가고 온종일 답답하게 집에 있었는데, 무슨 대단한 것이나 잃어버린 듯 자꾸만 슬퍼져서 평소처럼 유쾌하고 편안함을 도무지 찾지 못하였다네. 이것은 꾀꼬리를 잃어버려서 그런 것이 아니라 운고가 내 눈 앞에 없는 이유 때문이었네. 나는 처음으로 외로움의 쓰라림을 맛보고 쓸쓸한 생각이 날수록 운고가 그리워져 그녀에게 죄를 뒤집어씌워 괴롭힌 것이 너무나 후회되었다네. "아! 모두 내 잘못이다. 그까짓 꾀꼬리 한 마리가 무엇인가? 더구나 운고가 고의로 그런 것도 아닌데…… 운고도 꾀꼬리를 사랑하지 않았던가!…… 왜 그렇게 다그쳤을까?…… 모두 내가 잘못한 것이다. 나는 당연히 사과해야 한다." 운고는 내가 이렇게 형편없게 대했으니 반드시 상대해주지 않을 거야. 만약 내가 가서 사죄를 하러 가는데 운고가 상대를 해주지 않으면 나는 어찌할까?…… 이런 생각 저런 생각 끝에 나는 어떻게 해야 좋을지 몰라 그냥 울어버렸는데 울면 울수록 더 슬퍼졌다네. 꾀꼬리 때문이 아니라 오로지 운고 때문이었네. 꾀꼬리 한 마리로 인해서 억울하게 운고에게 죄를 씌웠기 때문이었다네.

친구들, 이것이 내가 이 세상에서 처음 맛본 설움이었네. 나는 이미 운고한테 사죄하기로 마음먹었지만 정말로 화를 내버린 운고가 다시 나를 상대를 해줄까 의문스러웠다네. 그러던 중 마침 운고네 집에서 일을 하는 나이든 아줌마가 편지 한 장을 가지고 왔다네. 나는 그 겉봉 글씨를 보고 운고가 나에게 보낸 것이란 것을 알고 마음속으로 부끄러워하며 그 나이든 아주머니에게 여쭈었다네. "운고 오늘 잘 지낸가요?" "운고 아씨요? 아씨는 오늘 온종일 울고 있었는데 아마도 도련님하고 싸운 거죠? 아! 사이좋게 잘 놀지 왜 그렇게 싸웠어요. 자! 받으세요. 운고 아가씨가 준 편지예요." 그 나이든 아주머니는 불쾌하게 말하고 가버리더구먼. 나는 운고가 온종일 울었다는 말을 듣고 나의 조그마한 부주의가 그렇게 큰 괴로움을 준다는 것을 알았다네. 그리고 어떻게 이렇게 큰 죄를 짓게 되었는가에 대해 자신을 돌아보며 반성하였다네. 나는 손에 든 편지가 서로 사과하자는 것인지 절교하자는 것인지 몰라서 감히 뜯어보지 못하다가 한참 만에 겨우 벌벌 떨면서 뜯어보았다네……."

스단스더는 이맹한의 말이 끝나기도 전에 "그래 그 편지에는 뭐라고 쓰여있었던가? 희소식이었는가 아니면 나쁜 소식이었는가? 어쨌는가? 이맹한! 나까지 은근히 걱정이 되네그려!" 그는 바짝 다가들며 물었다. 이맹한은 슬슬 웃고는 화로의 불덩어리를 뒤집으며 이야기를 이어갔다.

"물론 좋은 소식이지. 운고가 어찌 내 맘을 몰라줄 수가 있겠는가. 편지에는

좋아하는 맹한, 나는 자신의 잘못을 잘 알고 있어. 네가 아낀 새를

> 날아가 버리게 한 것은 내 잘못이야. 그러나 맹한! 내가 일부러 한 것이 아니고 실수였다는 것은 알아주기 바래. 용서해 줄 거지? 나는 용서해 줄 거라고 꼭 믿어! 나는 오늘 그대 없이 혼자 있으려니 너무나 마음이 괴로웠어. 맹한! 내 두 눈은 너무 울어서 빨개졌어. 나를 불쌍히 여겨줘…… 조금이라도 불쌍히 여겨준다면 내일 아침 우리가 항상 노는 그 바위 앞으로 와 줘, 그러면 사과할 테니.

친구들, 이 편지를 읽고 내가 얼마나 기뻤을까 생각해 보시게나. 그런데 그때 나는 너무나 부끄러워 어찌할 바를 몰랐다네. 내가 당연히 사과해야 할 것인데, 오히려 내게 사과를 하고 또 용서를 하라니, 아! 이 어찌 부끄러운 일이 아닌가?

이튿날 나는 해도 뜨기 전에 일어나서 운고의 약속대로 바닷가 큰 바위가 있는 데로 갔는데, 뜻밖에도 운고가 먼저 와서 바위에 기대어 나를 기다리고 있지 않겠나. 나는 '운고야!'하고 외쳤고 운고는 '맹한 오빠!'하고 소리치며 우리는 마주 바라보았으나 다른 아무 말도 나오지 않았다네. 운고의 두 눈은 빨갛게 충혈 되어 있었고 내 품에 안겼고 우리는 한참동안 서로 안고 울었다네. 왜 울었는지? 기쁨의 눈물이었는지 서러움의 눈물이었는지. …… 울면서 우리는 그 이유를 몰랐고 지금도 역시 또렷이 대답을 못하겠네. 이때 파란 풀 위에는 이슬이 구슬같이 반짝이고 숲 속의 새들은 새벽 노래를 부르고 평온한 바다에서는 잔잔한 파도만이 가끔씩 밀려오고…… 선선하고 한없이 붉은 아침 해는 차츰차츰 떠올라 서로 안고 울먹이는 한 쌍의 어린이를 비추었다네."

이맹한은 여기까지 말하고 말을 그쳤다. 이때 이맹한의 얼굴에는 점점 슬픈 표정이 뚜렷이 짙어졌고 유쾌한 웃음은 차차 사라져 버렸다. 양쪽

팔을 꼭 끼고 두 눈은 화로 안의 불빛만 응시하고 있었다. 심리학을 연구하지 않은 나였지만 그래도 그때 그의 슬픔만큼은 깨달을 수 있었다. 잠시 침묵이 흐르자 성미 급한 스단사더는 그 이야기를 끝장 보려고 침묵이 계속되는 것을 참지 못하고 이맹한을 쳐다보며 말을 꺼냈다.

"이야기가 아직 덜 끝났는데 자네 왜 그만 두려는가? 이제 막 재미나는 대목인데 갑자기 이야기를 뚝 끊어버리면 말이 되는가. 이맹한! 끝까지 이야기를 들려주게. 그렇지 않으면 오늘 잠은 다 잤네. 웨이쟈 친구가 말한 대로 내일 오전에는 강의도 없으니까 늦잠 좀 자도 괜찮겠지. 자네는 뭘 그리 걱정하나. 어서 빨리빨리 말을 하게. 이맹한!"

나는 스단사더의 말에 동의하고 이맹한에게 그 이야기를 다 끝마치도록 권했다. 일반적으로 초저녁 잠이 많은 나는 왠지 이날 밤만은 잠도 오지 않고 또 조금도 몸의 피곤을 느끼지 못했다.

이맹한은 그래도 입도 뻥긋하지 않았다. 나는 급히 일어났다. 스단사더가 화가 났는지 양손으로 이맹한의 왼손을 쥐고 그 이야기를 꼭 끝내야 한다고 다그쳤다. 이맹한은 슬픈 표정으로 우리를 쳐다보았는데 그것은 우리의 동정을 구하는 것처럼 보였다. 그는 하는 수 없이 이야기를 계속했다.

"아! 나는 여기서 이야기를 그만하는 것이 옳다고 생각하고, 또 더할 필요도 느끼지 못하네. 더 하면 나도 괴로울 뿐이고 자네들도 재미없을 것일세. 안 그래, 스단사더? 내 손을 놓게, 이야기 함세! 아! 얘기는…… 내가 어찌 얘기를 잇겠나?…… 자네들 참 장난이 심하구만……"

"이런 일이 있은 후 나와 운고의 사랑은 한층 더 깊어져 우리들의 사랑은 해마다 깊어갔네…… 나와 운고는 동갑이었는데 내가 몇 달 먼저 태어난 것뿐이네…… 성장하면서 차차 달라졌지. 그때의 사랑은 그야말로 천진난만하기 짝이 없던 것으로 아무 지각없는 어린애들 사랑이었네. 그런데 후에 이 사랑이 점차 어린애들 사랑에서 벗어나 그것을 깨닫는 시기가 되었네. 은연 중 우리는 서로 사랑하지 않으면 안 되고, 그녀는 나의 것 나는 그녀의 것이 되었으며 장차 인생을 살아가는 데 없어서는 안 될 한 쌍인 것을 깨달았네. 친구들, 정말 나는 그때의 내 심정을 어떻게 표현할 줄 모르겠네. 더군다나 나의 러시아어는 아직도 서툴고 게다가 문학적 자질도 없어 안타깝기 짝이 없네 그려!

세월은 빠르고 사람은 해마다 성장해 가는 법이라 나와 운고는 어느덧 열네 살이 되었네. 아! 그 열네 살 때부터 나의 슬프고 불행한 생활이 시작되었네. 속담에 "하늘에도 예기치 못한 풍파가 있고, 인간에도 잠시 동안의 화복이 있다"고 했지만, 친구들! 우리 조선에는 잠깐 동안의 복도 없었다네. 잠깐 동안의 화가 있는데 이것을 아마 자네들이 얼른 이해하기는 어려울 것이네. 아무 일도 저지르지 않고 자신의 집에 가만히 있는데도 목숨조차 보존할 수 없다는 것을 말일세. 일본 경찰과 제국주의자들의 주구들은 걸핏하면 조선 사람을 잡아다가 제멋대로 모반의 죄명을 입혀 바로 그 자리에서 목을 베거나 총살을 했단 말일세. 아! 일본 놈들이 와서 저지른 흉악무도한 행위를 자네들은 꿈에도 생각하지 못할 것일세. 자네들 상상력이 아무리 풍부하다 할지라도 조선 사람이 일본 제국주의자들로부터 당한 학대가 얼마나 끔직한 것인가 도저히 상상하기 힘들 것이네.

우리 아버지는 조선 독립을 회복하려고 열정적으로 살았다는 걸 나는 잘 알고 있네. 어떤 조선 사람이 일본 경찰을 암살했다네. 일본 당국은 우리 아버지가 주모자라고 혐의를 씌웠지. 뭐 더 자세한 것은 나는 잘 몰랐지만 끝내 아버지는 그때 잡혀가서 총…… 살…… 당하셨네."

스단사더는 놀라 펄쩍 뛰면서 연달아 외쳐댔다.

"이런 무도한! 이유가 대체 뭐란 말인가! 아! 나는 일본 놈들이 조선에서 그런 잔학한 행동을 하고 있는 줄 몰랐네!……"

나도 이맹한의 말을 듣고 크게 놀랐고, 스단사더의 이런 태도는 나를 더욱 놀라게 했다. 이맹한은 뚝뚝 눈물을 떨구었다. 흐느끼며 목이 멘 채 드문드문 말을 이었다.

"아버지가 일본 놈들에게 총살을 당한 후…… 나의 어머니는…… 아…… 아…… 아! 불쌍하게도 어머니는…… 물에 빠져죽고 말았네……"

스단사더는 눈이 휘둥그레져 말을 못하고 허수아비처럼 되어버렸다. 나 역시 눈시울이 뜨거워져 눈물이 솟아오르는 것을 막을 길이 없었다. 또 아무 말 없이 모두 조용해졌다. 창 밖의 바람은 더 한층 사나워지고 갑자기 수 많은 말이 달려오는 듯, 별안간 큰 물결이 밀려오는 듯, 수많은 군사가 아우성치는 듯, 갑자기 하늘이 무너지고 땅이 꺼지는 듯…… 이는 바로 조선의 운명을 슬퍼하는 것이며, 이맹한의 절규를 모두 함께 울어주는 것은 아니었을까? 이맹한은 울음을 그치고 수건으로 눈물을 닦아가며 슬픈 이야기를 계속했다.

"만일 운고가 없었다면, 운고의 권유가 없었다면, 친구들, 나는 벌써 부모님을 따라 죽었지 어찌 이 이맹한이가 지금 이렇게 있을 것인가. 내가 어찌 자네들과 모스크바에서 만날 수 있었으며 오늘 밤 이렇게 여기서 이야기를 할 수 있겠나?…… 아! 운고는 내 은인일세. 아! 운고는 내 목숨을 건진 은인이란 말일세!"

나의 아버지 어머니께서 모두 참살당한 후 남은 것은 단지 외로운 나 하나뿐이었네. 그때 운고의 아버지(그도 경찰에 잡혀 갔었는데 관계없는 사람이라고 여러 사람이 잘 말해서 간신히 풀려났다네.)가 나를 자기 집으로 데려가 친아들처럼 잘 키워주셨네. 그러나 나는 온종일 울기만 하고 자살까지 기도했네. 부모님께서 비참하게 돌아가신 것을 생각하면 고아가 된 이 몸이 살아서 무슨 의미가 있겠는가 하고 느꼈던 것일세. 운고도 나 때문에 몹시 슬퍼서 밥도 잘 먹지 않았다네. 그녀는 총명한 여자였기 때문에 내 태도가 수상한 걸 알아차리고 욱하는 마음에 큰일을 저지를까 염려하여 내 행동을 특별히 살폈다네. 언젠가 내가 자살할 거라고 했더니 그 말을 듣고 막 울며 백방으로 수소문하고 애원하여 내가 장차 나아갈 길을 가르쳐 주었네. 아, 운고는 정말 배울만한 여자였으며 식견은 나보다 몇 배나 뛰어났다네. 장래를 위해 부디 몸조심 하고, 나중에 꼭 원수를 갚을 날이 있을 거라며 죽어 버리면 아무 일도 할 수가 없으니 사내대장부가 그런 옹졸한 마음을 가져서는 안 된다고 하였지. 만일 내가 죽으면 자기도 죽겠다며, 그래도 좋으냐고 까지 말했다네…… 운고의 말은 한 마디 한 마디가 모두 옳았고 그녀의 지혜는 정말 따라갈 수가 없었다네. 그래서 나는 자살할 생각을 버렸네. 또 그때 나는 자살하려고 아무리 노력해도 도무지 머리를 떠나지 않는 일이 하나 있었다네. 그것이 무엇이었냐면 바로 운고였네. 내 생명과 같은 운고! 친구들! 생각해 보시게. 만약 운고가 없었다면 지금 자네들이 어찌 이 이맹한과 같이 있을 기회를 가졌겠나?

이때부터 운고는 가장 인자한 나의 어머니가 되었네. 그녀는 나에게 위안을 주고 보호해 주었고 내 맘을 잘 알아줘 부족한 것이 없었네. 내가 화를 낼 때에도 그녀는 잘 참아서 조금도 나를 탓하지 않았다네. 아! 내 사랑 운고! 나는 다시는 그녀의 따뜻한 사랑과 보호를 받을 수 없게 되었다네!…….

이러는 동안에 또 두 해가 지나 운고는 클수록 더 예뻐졌고 전보다 더 똑똑해졌다네! 아! 그 아름다운 것을 어찌 형용할 수 있겠나!…… 나

같은 범속한 눈을 가진 이가 어찌 선녀같이 아름다운 그녀를 형용할 수 있겠나. 아마 이 세상에서 나의 운고 같이 아름다운 여자는 다시 없을 걸세. 자네들이 예쁘다고 하는 여자애들은 내 눈에 조금도 예쁘지 않다네. 자네들은 평소에 나더러 공부만 알고 여자애들한테는 좀체 호감을 주지 않는 사람이라고 비웃곤 하였지만 아! 내 사랑이 무덤 같이 싸늘하게 식어버리고 운고와 함께 고스란히 사라져버려 다른 여자를 받아들일 수 없다는 사실을 자네들이 어찌 알 수 있겠는가?

나는 운고를 위해서 수절하는 것이 아니라 이 세상에 운고만큼 예쁜 애가 다시는 없기 때문일세. 나는 운고의 사랑을 받아 그렇게 행복했으니 무얼 더 바랐겠나. 자네들은 이제 나를 좀 이해하겠는가? 아직도 쉽게 나를 이해 못하는 사람이 있을 것일세!

나는 벌써 열여섯 살이 되었네. 일본 놈들! 그 흉악한 일본 놈들이 나를 편안히 살게 놓아두었겠나? 아버지도 죽이고 어머니도 돌아가시게 하고 그래도 또 무엇이 부족했던 것이었을까. 아! 이 목숨을 빼앗으려고 하지 않겠나. 조선 사람이 조금이라도 그 일본 놈들에게 소홀히 대하면 그놈들은 아주 씨를 말려 조선 사람들을 하나도 남겨두지 않을 걸세…… 내가 성장할 수록 일본경찰의 나에 대한 주의와 감시도 점점 심해졌다네. 경찰이 나를 잡아들이려 한다는 소문이 돌자 운고의 아버지는 일본의 손아귀에 또 내가 붙들려 죽을지 모른다는 걱정이 앞서 잠도 제대로 못 이루고 식사도 거를 정도로 전전긍긍 하셨지만 정작 나는 아무 걱정이 없는 듯 지냈다네. 하루는 나를 불러 앉혀놓고 인기척이 없을 때 뚝뚝 눈물만 흘리시더군. 나는 그때 그 까닭을 몰랐다네. 그는 목맨 소리로 "맹한아, 너의 양친께서 작고하신 후 나는 너를 친아들처럼 키워왔고 이 점은 너도 잘 알 것이다. 내가 너를 성인이 될 때까지 부양하려고 한 것은 한편으론 황천에 계신 너의 부모님들께서 죽어서라도 눈을 감으시라는 뜻이었고 다른 한편으론 죽은 친구에 대한 나의 의리를 다 하고자는 뜻에서였다. 더구나 또 이미 운고를 너에게 허락하지 않았느냐? 그러나 이제 맹한이 너는 조선에 있을 처지가 못된다……. 일본 경찰은 너를 노리고 있다. 아! 그놈들이 어떤 흉악무도한 짓을 할지는 누구도 예상하지 못한다. 만일 네가 불행히도 또 그놈들 독수에 걸려든다면 내가 어찌 너와 황천에 계신 너의 부모님을 대면할 체면이 있겠느냐? 아! 맹한아! 일이 이 지경이 되었으니 어서 급히 도망치지 않으면 안 된다. 벌써 준비는 다 해두었다. 오늘 밤에라도…… 떠나야만 한다. 이 사람아……이 사람아…… 자네는 반드시 비애스런 이 조선 땅을…… 언젠가는…… 아! 언젠가는 또 서로 만날 날이 있을지……"

운고 아버지는 그만 소리를 내어 울고 마시더군. 나는 청천벽력을 맞은 것처럼 어찌해야 좋을지 뭐라 말씀을 드려야 할 지 몰랐다네. 친구자네들, 그때 내 심정이 어떠했을까 짐작이 가는가? 아! 나이 어린 애가 이런 갑자기 이런 큰일을 당했으니 자네들 생각에는 어쩌면 좋았겠나? 나는 이때 별로 이야기도 하지 않고 울고만 있다가 그 어르신이 하라 하신 대로 그 지시에 따르는 수 밖에 없었다네…….

그러나 나의 운고는 어쩌지? 아버지가 내게 말씀하신 것을 이미 알고 있었을까? 아! 현명한 운고! 대의를 깨달은 운고! 그는 벌써 다 알고 있었으며 또한 내가 도망칠 방법까지도…… 모두 그의 아버지와 상의해 놓았었네. 그렇지 않은들 어찌 이렇게 하는 것을 원하였겠나? 자신에게서 떠나 홀홀 단신으로 정처 없이 타국으로 방랑의 길을 떠나는 것을 원하였겠는가? 그녀는 원치 않았을 것이네. 절대 원치 않았을 것일세. 아 그러나 나의 안전과 장래를 위해서 그는 꾹 참고 나와 애처로운 생이별을 하게 되었다네. 아! 그녀의 가슴이 얼마나 아팠겠는가? 아버지가 나에게 이런 이야기를 할 때 자기 방에서 서럽게 하염없이 울었으며 간장이 다 끊어지도록 몸부림을 쳤다네…….

그날 밤 열시쯤, 한 노인이 어선 한 척을 타고 조용히 압록강을 건너 인기척도 없고 갈대만 무성한 강가로 노를 저어 왔다네. 컴컴한 어둠 속에서 한 쌍의 어린이가 재빨리 달음질쳐 어선이 도착한 강가로 달려갔지. 이것이 이제 막 생이별하려는 한 쌍의 원앙이었네. 누가 그들의 쓰라린 심정을 형용할 수 있겠는가. 강가에 도착하여 우리 둘은 보자기에 싼 것을 내려놓고 서로 껴안고 흐느꼈다네. 점점 우는 소리도 커졌지. "맹한 오빠! 떠나있더라도…… 부디…… 몸조심 하세요…… 나는 영원히 오빠 것이어요…… 이 세상에는 정의가 있어야 해요. 우리는 결국…… 마침내는 서로 만날 날이 있을 거예요!……"

"운고! 아! 내 심장은 멈춰버릴…… 것 같다. 나는 너의 뜻에 따라 노력할게…… 너 말고 이 세상에 또 누가 있겠니…… 아! 너는 내 마음의 빛…… 빛……"

둘은 울면서 말하였다네. 아! 이것이 애가 타는 비극의 일막이었다네. 뱃사공 노인은 배에서 내려 언덕으로 올라와 둘을 갈라놓고 엄숙하게 이야기하셨지. "그만 우세요! 맹한 도련님! 조선에도 자유의 날이 돌아와 두 분이 화촉을 밝힐 날이 올 것입니다. 지금 울어 무엇 하겠습니까. 아가씨! 어서 돌아가세요. 다른 사람들 눈에 띄지 않게요. 사람들 눈에 띄면 좋지 않아요." 말을 마치자 노인은 곧바로 소녀를 어선에 싣고 뒤도 돌아보지 않고 떠나 버렸다네. 운고는 언덕 위에 서서 배가 보이지 않을 때까지 바라보고 있었지.

어! 친구들! 친애하는 친구들! 이 압록강 언덕 위에서의 작별이 그대로 영원한 작별이 될 줄을 누가 알았겠나…… 조선에 자유의 날이 오더라도 나의 운고, 나의 운고는 다시는 영원히 만나 볼 수 없게 되었다네! 언제 화촉을 밝힐 날이 있기나 하겠는가…… 압록강 가는 영원히 내가 잊지 못할 곳이네. 압록강의 처량한 물소리는 서러운 조선의 운명과 불쌍한 운고를 위하여 나를 대신해 해마다 변함없이 울면서 흘러갈 것이네……

나는 그날 밤에 도망쳐서 중국에서 2년, 다시 해방된 러시아로 와서 붉은 군대의 병사 생활을 2년 동안 하다가 어느덧 오늘에 이르렀다네. 조선을 떠난 지가 벌써 육칠년이나 되었네. 그러나 나의 일편담심은 한결 같고 조선과 운고를 잊을 날이 없다네. 나는 떠나온 후 운고의 편지 단 한 장도 받지 못했네. 사실 편지를 통하려 해도 할 수가 없었다네. 다만 나는 그녀와 결혼할 날만 기다리고 있었는데, 운고가 올해 정월 초순에 일본 놈들에게 죽을 줄이야 누가 알았겠나. 아! 강물은 끝이 있을지 몰라도 내 원한은 풀릴 날이 없을 것이네."

"그래, 운고씨는 무슨 죄 때문에 죽었단 말인가?"

내가 끼어들어 물으니 이맹한은 곧 얼굴을 찡그리고 조그만 소리로 말했다.

"무슨 죄로 죽어? 듣기로는 조선사회주의 청년동맹 부녀부 서기를 지냈는데 한 번은 노동자 집회에 나갔다가 일본 경찰에 잡혔고 파업 선동이라는 죄명을 쓰고 수감되었다가 그곳에서 옥사했다고 하네. 그녀는 법정에서 일본 놈들의 만행을 꾸짖고 또한 조선의 노동자가 전부 죽기 전에 반드시 해방된 조선이 꼭 오고야 말 것이라고 외쳤다네. 아! 이 얼마나 장렬한 여인인가! 이런 장한 여자를 나는 신성한 그 무엇에 비유하고 싶네. 친구들 이런 신성한 여자를 놔두고 자네들은 어떤 여자들을 사랑한단 말인가?……"

이맹한이 여기까지 얘기를 마쳤을 때 친구를 찾으러 밖으로 나간 C군이 돌아왔다. C군은 온 몸에 하얗게 눈을 맞아 마치 백조 같아서 우리 모두는 갑자기 그곳으로 정신이 쏠렸다……. 우리의 이야기도 그만 끊어지고 말았다.

시간은 벌써 열두시가 지나고 화로의 불도 다 꺼지고 우리는 각자 잠자러 갔다. 그러나 이맹한은 침상에 가서도 좀처럼 잠 못 이루는지 이따금 뒤척이면서 긴 한숨을 내쉬곤 하였다.

1926년 1월 14일

친교수의 실패

루인

검게 찌푸린 하늘이 대지 위의 모든 것을 덮고 있었고 정원에는 육각 결정의 하얀 눈이 분분히 휘날리고 있었다. 장방형 책상 옆에 앉아있던 소년은 제 친구에게 말했다.

"주어즈(佐之)! 내일 강연은 어떨까?"

주어즈는 몸이 호리호리한 소년이다. 손에서 펜을 놓고 허리를 펴더니 재떨이에서 반쯤 타다 남은 담배꽁초를 집어 들었다. 그는 두어 모금을 빨고 천천히 일어서면서 말했다.

"날씨 좀 보고 나서."

창가로 가서 하얀 커튼을 열어젖혔다. 하늘은 온통 찌푸려있었고 서북 방향에서 검은 구름이 무더기로 몰려오고 있었다. 주어즈는 친구에게 말했다.

"핑즈(平智)! 저 하늘 좀 봐. 한동안 개지 않을 것 같아……. 내일 강연 제목이 무엇인지 아니?"

주어즈는 왼쪽 작은 주머니에서 통지서를 한 장 꺼내서 들여다보았다.

"'미래의 신 중국'이라고 적혀있어. 아주 참신한데!"

핑즈는 미소 지으면서 말했다.

"날씨가 어떻든 가서 들어야 할 것 같아."

"그래! 나도 그렇게 생각하고 있어. 그 교수는 해외에서 귀국한 지 얼마 되지 않아서 이론이 진지해."

"사실 어떤지 누가 알아?…… 그럼 내일 강연을 듣고 다시 이야기하지."

눈은 밤새도록 내렸다. 아침에는 또 서북풍이 불었다. 주어즈와 핑즈는 용기를 내서 따뜻한 이부자리에서 일어나 앉았다. 갑자기 한기가 얼굴에 덮친 듯 한 느낌이 들었다. 하지만 때는 이미 너무 늦었다. 둘은 서둘러 준비를 해서 강연 장소로 바삐 갔다.

강연장은 대학교 강당에 설치되어 있었다. 안으로 들어가자 벌써 대학생 몇 명이 먼저 와 있었다. 둘은 난로 옆에 앉았다. 또 이어서 남학생 몇이 들어왔다. 모두 찬 입김을 훅훅 불면서 목을 움츠리고 있었다.

"오늘 누가 강연하지요?"

얼굴에 곰보 자국이 있는 대학생이 강단 옆에서 속기를 하려고 서 있는 학생에게 물었다.

"모르고 있어요?…… 바로 중국의 부패한 가정을 가장 열심히 개혁하려는 친위엔쑤(秦元素) 교수죠."

그 학생은 신이 나 대답하면서 이어 "안타깝게도 오늘 날씨가 너무 나빠요. 바람도 불고 눈도 오고. 강의를 듣는 사람들도 많이 줄어들 거여요." 말하고 있었는데 뭉툭하던 연필이 벌써 뾰족하게 깎여 있었다. 홍분이 되어 있는 그 학생은 연필을 속기 책상 위에 올려놓고는 노랗게 칠한 의자 위에 앉더니 몸을 돌려 밖에서 들어오는 청중을 보고 미소를 띠었다.

갑자기 '땡땡땡' 하고 벽에 걸린 시계가 연속 아홉 번을 울리자 왁자지껄하던 소리와 웃음소리가 즉시 멈추었다. 등 뒤에서 가지런한 발자국소리가 앞으로 다가왔다. 청중들은 고개를 돌려보았다. 대학 총장이 양복 입은 청년 한 사람을 데리고 연단을 향해 가고 있었다. 청중들은 모두 약속이나 한 것처럼 박수를 보냈다. 미소를 띤 친 교수는 고개를 끄덕이고 나서 옆에 있는 의자에 앉았다.

한 바탕 박수소리가 나자 대학 총장은 아래턱에 난 짧은 수염을 매만지고는 연단에 올라 청중에게 소개했다. 그리고는 친교수가 연설을 시작했다.

"미래의 신중국은 결코 할아버지와 아버지의 소유물이 아닙니다. 물론 할아버지와 아버지에게 책임이 있는 것도 아닙니다. 하지만 지금까지 중국이 부패된 원인을 여러 할아버지와 아버지에게서 찾아볼 수 있습니다. 아편을 피우고, 첩을 얻고, 여성을 데리고 놀고, 더욱이 정당하지 못하게 돈을 벌려고 하고 있습니다……."

"짝짝짝!"

청중의 박수소리가 우레처럼 진동했다. 친교수는 얼굴에 구슬프고 격앙된 기색을 나타내면서 더욱 통렬하게 강의하려고 하는데 갑자기 뒤쪽에서 꾸짖는 소리가 어렴풋이 들려왔다.

"이 짐승처럼 뻔뻔스러운 놈! 네 아비도 다 잘못이라는 말이냐? 그런 법이 어디 있어?"

청중들은 모두 놀라서 일어섰다. '쉬쉬'하는 소리와 요란한 박수소리, 왁자지껄하게 웃는 소리들로 강연장은 엉망이 되었다. 친교수는 얼굴에 낙담한 표정이 드러났으나 애써 진정하면서 강의를 계속했다. 그러나 청중들의 마음속에는 의문이 가득 찼다. 어떤 사람들은 몰래 서로 이야기를 주고받았고, 어떤 사람들은 고개를 치켜들고 생각에 잠겼다. 친교수는 나머지 말을 억지로 마치고는 몹시 미안하다는 표정을 지으며 강단을 내려갔다. 청중도 와아 하고 웃으며 흩어졌다.

친교수는 숙소로 돌아와서 혼자 뒷짐을 지고 방안에서 왔다 갔다 했다. 어깨 위의 짐이 점점 더 무겁게 느껴졌다. 하루 더 지나면 압박을 받아 죽을 것 같았다……. 그렇지만 세상일은 모두 그렇다. 지나치게 걱정할 필요도 없다……. 여기까지 생각하고는 책꽂이에서 책을 몇 권 꺼내 다음날 강의할 준비를 하려고 했다. 막 몸을 돌려 앉으려고 할 때 누군가가 문을 두드리는 소리가 났다. 친교수는 소리를 높여 물었다. "누구요? 들어오세요." 문이 삐걱 열리고 소년 둘이 들어왔다. 그 둘을 앉히고 자세히 보니 얼굴이 아주 익었다. 본교 학생인 것 같았지만 이름이 생각나지 않았다. 이때 위쪽 의자에 앉아있던 호리호리한 소년이 함께 온 소년에게 말했다.

"핑즈! 우리 문제를 꺼내서 친교수님께 지도를 받자."

친교수는 이 말을 듣고 갑자기 그 소년이 왕핑즈(往平智)임이 생각이 나서 물었다.

"왕 군, 무슨 문제가 있나?"

"예!…… 오늘 우리는 교수님의 강의를 듣고 깊이 감동했습니다. 신중국을 탄생시키는 일이 가시밭길 속에 있는 것 같고 아름답고 향기로운 꽃을 찾는 일이 정말 매우 어렵다고 느꼈습니다……. 중국 가정의 부패에 대해 이야기하면 정말 가슴 아픕니다. 특히 몸으로 그런 고통을 받은 사람들은……."

친교수는 여기까지 듣고 침묵을 지키다가 갑자기 생각이 바뀌어서 아주 조심스럽게 물었다.

"아! 자네 가정도 이런가?"

왕핑즈는 탄식을 하고 나서 옆에 앉아있는 동료를 가리키면서 대답했다.

"하주어즈(夏佐之)는 저희 집에 와 보았으므로 사정을 잘 알고 있습니다. 제 아버지는 아편을 피울 뿐만 아니라 첩도 두고 여러 시비곡직을 가리는 일에 간섭하여 정당하지 않은 돈도 많이 벌었습니다……. 한번은 제가 집에서 고민을 하고 있을 때 갑자기 아버지가 얼굴에 온통 미소를 띠고 들어오셨습니다. 그런 미소는 흐린 하늘에 태양이 한 가닥 비치는 것과 같이 좀처럼 보기 드문 것이었습니다. 그때 우리는 모두 아버지가 웃는 것이 이상하다고 생각되어 어디에서 오는지 얼른 물어보았습니다. 아버지는 즉시 정색을 하고 우리 형제들에게 말했습니다.

"너희 이리 좀 오너라. 내가 이야기를 하겠다. 밖에서 일을 하려면 형편에 맞추어야 하고 기교를 부리지 않으면 안 된다……. 가장 중요한 것은 임기응변이다. 너희처럼 그렇게 성미가 곧으면 손해를 보지 않을 수 없다. 요즘 세상에는 성실해서는 밥을 먹지 못한다. 전(田)청장을 봐라. 지금처럼 호사스럽게 사는 것도 모두 상사의 비위를 잘 맞추어 주었기 때문이 아니냐? 엊그제 상사가 나에게 2,000 원어치 담배를 사달라고 해서 상사에게 보내 주었다. 소문 듣기로는 그는 지금 어느 제조국의 책임자를 겸임하도록 되었단다. 나날이 출세하는 것을 눈으로 보면서 어떤 사람이 부러워하지 않고 받들지 않겠나? 너희가 만약 이런 큰 이치를 깨닫지 못하면 인생을 망칠 수밖에 없어……."

그 때 우리는 그 말을 듣고 무어라고 응답은 하지 않았어도 마음속으로는 정말 부끄럽고 괴로웠습니다. 마음속으로는 아버지처럼 이렇게 아들에게 교훈을 하면 나라에 건전한 국민이 어디 있겠는가 하는 생각이 들었습니다. 다행히 우리는 모두 줄곧 학교에 있어서 양심이 남아 있기에 망정이지 그렇지 않으면 앞길이 뻔한 것 아니겠어요? 저는 여러 번 반항을 할까 생각도 해 보았지만 우리 아버지라서 지금까지 참고 지냈어요. 하지만 오늘 교수님의 강의를 듣고 반항할 결심이 굳어졌어요. 그런데 어떤 방법을 사용할까요?……"

깊이 생각에 잠겼던 친교수가 왕핑즈의 말에 대답을 하려고 하는데 우편배달부가 속달편지를 가지고 들어왔다. 얼른 도장을 찍어주고 뜯어 보았다. 왕핑즈와 하주어즈는 일이 생긴 것을 보고 곧 물러나왔다. 친교수는 일어서서 말했다. "두 학생에게 미안하네. 나는 지금 답변할 시간이 없으니 다음에 다시 이야기하세."

학생들이 간 뒤 교수는 편지를 다 읽고 나서 힘없이 긴 등받이 의자에 앉았다. 약 5 분쯤 지나 책상 위의 벨을 두 번 눌렀다. 얼굴에 살이 찐 학교 인부가 들어와서 인사를 했다.

"친교수님, 안녕하세요?"

친교수는 책상 아래에 있는 가방을 가리키면서 말했다.

"이 가방 안에 있는 책을 책꽂이에 꺼내놓고 가방 안에 내가 입는 옷을 넣어 주세요. 나는 일곱 시 기차를 타고 천진(天津)으로 가야해요."

바로 이때 친교수의 친구 장위성(張元生)이 들어왔다. 그 친구는 문에 들어서자마자 바닥에 놓인 가방을 보고는 물었다. "어느 지방에 가려고?…… 우리가 계획하고 있는 '개조사'가 빨리 진행되어야 좋은데. 나는 방금 전이(振義)에서 오는 데 내일 오후 한 시에 그 친구 집에서 회의가 있다고 전해 주래……. 갈 거야?"

친교수는 우물쭈물하면서 말했다.

"내일 회의에는 참석하지 못할 것 같아. 집에 급한 일이 있어서 가보아야 될 형편이야……. 그럼 자네가 대신 가지 그래?……"

"집에 무슨 일이 생겼어? 왜 이렇게 기분이 좋지 않아?"

"아무 일도 없어. 세상에 예측할 수 있는 일이 어디 있어? 좋아! 우리 회의 안건에 대해서 이야기 좀 하지. 쑤원(叔文)하고 연락되었어? 나는 구체적인 방안이 있어. 정기적으로 잡지를 내고 강연하는 것 외에도 분위기를 바꾸는 것이 급선무야."

"아! 오늘 강연을 했어? 왜 나에게는 알리지 않았어?"

쟝위셩은 갑자기 이렇게 물었다.

"강연했어. 임시로 결정된 것이라서 알릴 시간이 없었어. 어떻게 그 소식을 알았지? 또 달리 들은 말이 있어?"

친교수는 이때 얼굴색이 조금 비탄에 잠겨 기운을 잃은 듯 했다. 그는 그저 고개를 숙이고 친구가 대답하기를 기다렸다.

"그 소식은 쑤원이에게 들었어. 또 강연할 때 뒤쪽에서 어떤 사람이 미친 짓을 해서 강연장이 어수선해졌다고도 하던데. 기분이 나빴겠어……. 그 사람은 도대체 누구지?"

"나는 못 보았어. 청중들이 모두 일어났기 때문에 그 사람이 가려져 잘 보이지 않았거든."

"모든 사람들이 제 정신이 아니어서 그런 사람을 제지할 수 없었지."

오후 석양이 집안 구석을 비추고 있을 때 사십여 세의 한 남자가 창문 앞에 서 있었다. 바람에 흔들거리는 버드나무 가지가 어깨를 스치고 있었다. 그 남자는 하늘을 잠시 응시한 뒤 옆에 서 있던 중년 부인에게 말했다.

"청얼(成兒)의 혼인 문제에 대해서는 내게 다 생각이 있어요. 그 애도 벌써 결혼할 연령이 되었고, 더구나 여자 쪽에서도 여러 차례 편지를 보내서 재촉하고 있으니 좀 일찍 치릅시다……. 내가 벌써 편지를 써서 돌아오라고 했으니 아마 내일 오전에 집에 도착할 거요……. 이 애는 최근에 점점 더 내 말을 듣지 않아. 밖에서 무슨 연설이다 회의다 하면서 요란을 떠니, 아마 앞으로는 내 머리도 어지럽게 만들지도 몰라. 요즘 보통 젊은이들은 걸핏하면 가정혁명을 들먹이는데, 그 애는 또 외국에서 서양 물을 먹었으니……."

남자는 여기까지 말하고 나서 고개를 계속 저으며 탄식을 했다. 그러자 중년 여인이 "흥!" 하면서 말했다.

"내가 보기에 청얼은 오히려 좋아요. 당신처럼 이렇게 아버지가 형편없으니 바로 가정 혁명으로 응보를 받는 셈이죠."

곧장 얼굴이 굳어진 중년 남자는 탁자를 치면서 화를 냈다.

"내가 무슨 도리가 없다고? 난 너희들 마음을 알아. 제발 꿈 좀 꾸지 마."

"흥! 누가 꿈을 꾸고 있는 건지 몰라요? 당신이 한 일 가운데 떳떳한 게 있어요? 모두 우리 어머니가 눈이 없기 때문이어요. 나를 이런 사기꾼에게 시집보낸 건. 당신은 첩을 얻고도 모자라서 또 멀쩡한 다른 집 여자를 꾀어서 마누라가 죽었다고, 그런 말을 하다니. 나는 당신 집에 와서 조금도 해를 끼치지 않았어요. 어머니가 내게 물려주신 집하고 땅하고 돈은 내가 미친 소리만 하지 않았으면 앉아서 한평생 먹고도 남을 거여요. 당신은 갖은 방법을 다해서 나를 속여 보내고 첩을 또 두세 명 더 얻었죠. 흥! 세상에서 당신 같은 남자는 바로 왕이고 우리 같은 여자는 영원히 지옥 생활을 해야 마땅하죠?"

부인은 말을 마치고 소리내어 울기 시작했다. 그 남자는 그저 차가운 미소를 지으면서 슬그머니 안으로 들어가더니 연등(煙燈)에 불을 켜고 소리내어 아편을 즐겼다. 다른 사람의 슬픔이나 고통을 보아도 냉혹하고 이기적인 마음은 전혀 움직이지 않았다.

친교수는 어젯밤 위엔셩과 헤어진 뒤 밤새도록 몸을 뒤척이면서 잠을 이루지 못했다. 다음날 아침에는 기차를 티고 천진으로 갔다. 집 문을 들어설 때 어머니의 두 눈이 빨갛게 부어있는 것이 보였다. 일하는 여자에게 슬쩍 물어보았다.

"어머님이 또 누구하고 싸웠어?"

일하는 여자는 가볍게 대답했다.

"마나님과 나으리가 어제 저녁 내내 싸웠어요. 마나님은 화가 나서 진지도 드시지 않고……. 이 일로 가슴이 아프겠어요."

친교수는 이 말을 듣고 자기도 모르게 슬퍼서 눈물을 머금고 어머니를 뵌 뒤 아버지의 서재로 갔다. 부친은 책상에 몸을 숙이고 무엇을 쓰고 있다가 아들이 들어오는 것을 보자 차갑게 웃으면서 말했다.

"왔냐! 앉아라."

친교수가 아래쪽 의자에 앉아서 막 입을 열려는데 갑자기 부친이 나직하게 말했다.

"청얼! 아버지가 되기란 정말 쉽지 않다. 너희를 초등학교에서 대학 마칠 때까지 길렀고, 지금은 또 결혼시킬 생각을 하고 있단다. 너희는 아버지 노릇이 고되고 어렵다는 사실을 모르고 있을 뿐만 아니라 걸핏하면 무슨 가정 혁명이나 들먹이고 있다."

아버지는 이렇게 말하면서 자신도 슬픈지 마침내 눈물을 흘렸다. 친교수도 자신도 모르게 탄식을 하고 나서 말했다.

"아버님의 은혜에 저희는 물론 깊이 감동하고 있어요. 하지만……."

그리고 다음 말을 아주 이어가기 어렵다는 듯이 그저 잠자코 아버지를 바라보았다. 잠시 쉬었다가 아버지가 또 말했다.

"내가 이번에 너를 부른 것은 네 혼사 때문이다. 나는 몇 가지 조건밖에 없다. 네가 이렇게 따라서 하기만 하면 물론 문제가 되지 않는다. 그렇지 않으면 나는 아무 것도 상관하지 않을 것이고 앞으로 다시 내 얼굴을 볼 필요가 없다……. 너희 요즘 젊은이들의 생각과 의견이 새롭지만 내게는 익숙하지 않다."

친교수는 한편으로는 부친의 말을 들으면서 다른 한편으로는 그 조건이 적힌 종이를 들고 훑어보고는 한참 주저하다가 말했다.

"몇 가지는 모두 그대로 따라 하겠습니다. 다만 같이 사는 문제는 의논해 보아야 하겠습니다. 아버님은 현재 두세 군데 집이 있습니다. 만약 함께 사신다면 저희가 도대체 어느 곳에 살아야 하겠습니까? 한 달에 한 번씩 옮기시는 건 아니겠지요?"

부친이 막 말을 하려 할 때 어머니의 부르는 소리가 들렸다.

"성얼! 너는 다른 곳에 가서 사는 편이 좋아. 여기는 진작부터 싸워서 편안하지 않은데 네 처까지도 여기서 참고 지내야 하니? 나는 운이 나쁜 사람이다. 여자라면 모두 다 이렇게 비열한 학대를 당해야 되는 것은 아니겠지?"

친교수는 아버지와 어머니가 싸운 것을 알고도 자기는 무슨 말을 해야 할지 몰랐지만 이런 소란을 눈으로 직접 보게 되니까 정말 회의가 들고 풀이 죽었다. 외국에 있을 때 겪었던 일이 생각났다. 친구와 함께 풀 덮인 강가에서 아득히 푸른 물을 대하고 있으면 얼마나 뜻이 웅장해졌으며 귀국한 뒤 노력해서 성공할 것을 생각하면 얼마나 희망이 가득 찼던가?

그런데 그 지금은 어떤가? 처음 집에 발을 들여놓자마자 치유할 수 없는 상처를 입었다. 부패는 날로 더 심해지고 있기 때문이다. 아! 모든 것이 실패했다.

친교수는 생각하면 생각할 수록 점점 더 처량해져서 그 조건이 적힌 것을 들고 그저 멍하니 바라볼 뿐이었다. 그때 갑자기 아버지 하는 말이 들렸다. "어떠냐?"

친교수는 대답했다.

"함께 살 수 없는 것 외에도 또 한 가지 의논드려야 할……."

"흥! 나는 네가 꼭 내 말을 듣지 않으리란 것을 진작부터 알고 있었다. 사실대로 이야기하자. 옳으면 되었고 그렇지 않으면 나는 아무 것도 상관하지 않을 테니 아무 상의할 것도 없다."

"아버님! 화내실 필요 없어요. 할 수 있는 일이면 말씀을 따르지 못할 것이 없어요. 하지만 이것은 실제로 곤란……."

"그래! 내 벌써 네게 말한 적이 있다. 내 주장은 융통성이라고는 조금도 없다. 옳으면 된 것이고 그렇지 않으면 나는 참견하지 않을 테니 다른 말은 더 이야기 하지 말자."

"아버님이 이렇게 마음대로 하시면 아버님만 내버려두고 관여하지 않을래요."

"허! 이런 놈이? 내가 무얼 마음대로 했다는 거야? 내 진작부터 네 속마음을 알고 있었다. 너는 일찍부터 나를 아버지로 여기지 않았다. 강연회나 뛰어다니면서 무슨 첩을 두느니 아편을 피우느니 하면서 나를 욕하고……. 짐승만도 못한 놈! 너는 '세상에 나쁜 부모가 없다'라는 말도 제대로 모르면서 무슨 공부를 했다는 거냐? 나가 버려라! 너를 길러도 공이라고는 조금도 없다……."

친교수는 말했다. "할 말이 있으시면 말씀 하세요. 왜 욕을 하십니까?"

"내가 너한테 욕도 못하니? 이 짐승 같은 놈아! 당장 내 앞에서 사라져!"

"나는 죽는 한이 있더라도 이렇게 억지로 모욕은 당할 수 없어요. 잘 지내던 가정이 아버님 때문에 이렇게 되었어요. 중국이 쇠약해진 것도 올바른 가정이 없기 때문이 아니겠어요?"

"좋다! 좋아! 이젠 나를 욕하기까지 하고, 이 짐승 같은 놈! 내가 너를 낳았으니 너를 죽일 수도 있다."

아버지는 이렇게 말하면서 친교수에게 곧장 달려들었다. 어머니는 중간에서 서둘러 말리면서 눈물을 머금고 말했다.

"화 좀 가라앉히세요. 소란을 피우면 얼마나 보기 안 좋아요."

"나는 잘못한 일이 없어요. 아무 이유도 없이 나를 때리고 욕할 수 없어요……. 사실대로 말하죠. 나는 지금 절대로 참을 수 없어요. 나는 위신 없는 가정 때문에 마음 속으로 부끄러워하지 않을 수 없고 어떤 사람들이 등 뒤에서 수군거려도 못 들은 척하고 있어야만 해요. 하지만 아버님은 우리 아버님이기 때문에……."

"나는 너처럼 못난 놈이 필요 없다. 당장 여기를 떠나라!"

"가라면 가겠어요. 이런 가정에는 일찍부터 미련이 없었어요. 집이 없는 방랑객이 될 지언정 이렇게 비열한 가정에서 수모를 당할 수 없어요."

친교수는 말을 마치고 고개를 돌려 어머니를 바라보았다. 몹시 분개한 그는 집에 올 때 가지고 왔던 가방을 들고 집을 나섰다. 어머니는 나가는 아들을 따라가서 손을 잡고 눈물을 흘리면서 말했다.

"청얼! 화낼 필요 없다. 네 아버지가 물론 도리가 있는 건 아니지만 네가 이렇게 떠나면 내가 어떻게 안심할 수 있니? 얘야! 너 오늘 이렇게 아버지와 한바탕 했으니 곧장 돌아오면 자연히 또 싸우게 된다. 잠시 뻬이징(北京)에 머물러 있는 편이 낫겠다. 하지만 괴로워할 필요는 없고 네 할 일을 열심히 하거라……."

친교수는 어머니가 슬퍼하고 괴로워하는 표정을 보고 자기도 모르게 눈물이 났다. 목이 메어 그는 이렇게 말했다.

"어머니! 들어가세요. 몸조심 하시고 저나 아버님 때문에 상심하지 마세요. 한두 달 지나고 나서 어머님과 아버님을 북경으로 모시고 갈 작정이어요……."

친교수는 가방을 들고 천천히 길을 걸어갔다. 하늘에 걸려있는 아름다운 태양이 붉은 지붕 위에 반짝반짝 빛을 내고 있었다. 마른 버드나무 가지에는 잎이 하나도 붙어있지 않았어도 바람 앞에서 의연히 절개를 지키고 있었다. 마치 현재 자신이 처해있는 상황 같았다. 부친이 어질지 않고 의롭지 않았기 때문이기는 하지만 자신이 꿈꾸던 보람은 실패했다. 하지만 친교수는 참고만 있었다. 마치 마른 버드나무 가지가 생기를 띠면서 마음껏 뻗어나갈 수 있도록 따뜻한 봄이 오기를 신중하게 기다리듯이 천천히 참고 있었다……. 친교수는 여기까지 생각하고 여전히 의기양양하게 뻬이징으로 가서 교수 생활을 하면서 사회를 개조하는 사업에 종사했다. 그 부패한 가정을 친교수는 소극적으로 내버려두었다…….

1925년

낙원의 환멸

펑컹

온화하고 따사로운 초겨울 아침 해가 때마침 정원 구석에 웅크리고 있는 용나무 가지 끝에서 수정처럼 밝게 빛나는 작은 연못 위로 비스듬하게 비치고 있었다.

연못물은 맑고 그윽해서 흰 구름을 안고 있는 푸른 하늘과 연못가에서 떼지어 자라고 있는 작은 풀들이 거꾸로 비친 그림자를 모두 깊이 자기의 품 안으로 끌어들이고 있었다. 그것은 마치 우아한 정경 한 폭이 그 정경에 심취되어 있는 사람들의 영혼에 아무 흔적도 남기지 않고 교묘하게 스며드는 것 같았다. 하지만 짓궂은 태양은 어떻게 장난을 치고 있나? 태양은 때때로 아침 바람의 날개를 타고 한편으로는 연못물에 입 맞추고 한편으로는 날아올라, 그 깜박이는 빛발에 거꾸로 선 그림자가 모두 휘저어져 어수선하곤 했다.

부드러운 햇빛을 받으며 작은 돌을 쌓아 만든 길을 따라 정원으로 뛰어 들어오는 사람이 있었다. 열여덟 살쯤 되는 소녀의 육체와 영혼은 건강하고 청춘의 열기로 불타고 있었다. 눈과 입가에는 항상 미소를 머금고 있어서 마음속에 부드럽고 우아한 정서를 간직하고 있다는 느낌을 주었다. 푸른색 상의에 짧은 검정치마를 입고 있었으며 숫실로 흰 목도리에 매달아 놓은 구슬이 소녀의 걸음에 따라 오른쪽 왼쪽으로 흔들리고 있었다.

"오늘 날씨 참 좋다!……." 소녀는 이렇게 가볍게 말하고는 불현듯 주위 풍경을 만족한 듯이 세세히 감상했다. 그 풍경이 언제 그렇게 즐겁고 사랑스러웠던가? 하지만 오늘은 정원이 신선하고 기쁨에 차서 미소 짓는 얼굴을 따로 벌려 놓은 것처럼 곳곳에서 소녀의 눈을 오랫동안 머물도록 유도하고 있었고, 곳곳에서 소녀가 다시 보고 싶도록 흥취를 불러 일으켰다. 소녀에게는 모든 것이 너무 친절하고 미묘했다. 소녀는 가볍게 달콤한 휘파람을 불며 천천히 연못가 의자에 앉았다.

태양은 용나무 가지 끝에서 천천히, 하지만 경쾌한 듯이 솟아올랐다. 그리고 벌써 정원의 모든 것과 골고루 입맞춤을 했다. 정원 속에서 새로 핀 들국화, 선홍색으로 떨어지려하는 홍초, 매끌매끌 반짝거리는 돌, ……. 더욱이 풀 위의 이슬은 극히 가볍게 아양을 부리며 모두 깜박깜박하고 있었다.

아침 해의 열기로 소녀의 몸을 순환하던 피가 더 따뜻하게 흐르자 완전히 순종만 하던 심장이 미미하게 뛰기 시작했다. 소녀는 답답하고 더워서 조금 거추장스러워진 목도리를 느슨하게 풀어놓고는 두 팔을 머리 뒤 의자 등받이 위로 활짝 폈다. 마치 부드러움, 우아함, 선명함 등이 함께 어우러진 그 정경 속으로 스스로 곱게 도취해 들어가려는 듯이. 짧은 머리카락은 빗질을 하지 않은 듯이 이마와 귓가에서 휘날렸다. 고개를 옆으로 기울이고 있어서 따뜻하고 부드러운 목도리를 왼쪽 어깨에서 풀밭 아래로 늘어져 있었다. 불어도 차갑지 않은 바람이 가볍게 뺨과 콧등을 스쳐 지나갔다. 목도리의 보푸라기도 흐트러지기 시작해 바람에 따라 흔들리다가 늘어졌다……. 이런 것들이 소녀를 장식하고 있었고 소녀의 낭만적인 풍치를 표현해 주고 있었다. 이 따뜻한 날을 감싸고 있는 미묘하고 고요한 것들이 바로 우리 소녀의 눈과 마음처럼 모두 귀여웠다.

이렇게 어린 소녀라면 이런 상황 속에서는 동료들과 함께 아침체조를 하고 나서 종소리에 맞추어 교실에 들어가 공부를 해야 할 것 아닌가? 하지만 이 소녀에게는 이 시대에 풍족함이 있는 소녀들이 누리는 그런 환경이 없었다. 소녀가 이 글방 같기도 하고 유치원 같기도 한 초등학교에 온 지는 벌써 몇 년이 지났다. 물론 처음에는 소녀도 다른 젊은이들처럼 성취욕이 있었고 앞길에 대한 고민도 있었다. 하지만 어린 학생들이 너무 귀여웠고, 이 세상과 다투지 않는 초등학교와 약간 수리를 가한 폐정원에 호감을 느끼게 되었다. 최근에 소녀는 이 편안하고 담백하면서도 활발한 생활이 몹시 사랑스러워졌다. 학생 시절의 활기 없고 무료한 생활보다는 더 흥취가 있었다.

교사라는 직업이 괴로운 것이며 분필과 흑판의 삶이 어둡다고 누가 말하는가? 아침에 태양과 함께 일어나 바로 이 정원에서 이야깃거리와 시가(詩歌)를 학습 교재로 준비하고 먹고 싶은 음식을 스스로 만들어 아침 식사를 한다. 그리고 나면 고용된 이웃집 아주머니가 와서 온통 청소를 하고 정리를 해준다. 다음으로는 와! 그 작은 천사 같은 아이들이 몰려와 하루의 활력이 약동하기 시작한다! 풀밭에서 놀면서 그 어린이들과 함께 있으면 자신의 지위와 연령, 심지어 체구 같은 것도 완전히 잊어버리게 된다. 그녀는 항상 몸을 굽혀서 어린이들과 함께 손을 맞잡고 어린이 대장의 지휘 소리를 들으며 놀이를 한다. 그러다가 교실에 있는 작은 종을 아줌마가 치기 시작하면 소녀 역시 얼굴에 미소를 짓고 웃음소리가 아직도 입에서 흘러나오는 아이들 틈에 섞여 작은 길 위에 한 줄기 강물을 이루면서 교실 속으로 들어간다.

저녁에는 혼자 옷을 깁고 책을 본다. 최근 일 개 월 동안에는 윈(薹) 학생의 오빠가 여러 곳에서 빌려온 새로운 암시가 담겨 있는 책을 보고 있다. 책 속의 이론과 사실에 대한 증거는 없어도 소녀는 그 책들을 읽는 일이 무척 좋았다. 또 소녀는 어머니와 언니에게 편지를 쓴다……. 공휴일에는 꼬마 친구와 약속을 하고 이 작은 고장의 교외로 함께 나가 놀거나 그 친구의 가정에서 학부형에게 접대를 받으면서 이야기를 나눈다……. 모든 것이 편안하고 고요하며 활기가 넘친다. 소녀는 적막감도 느끼지 않으며 고민에 빠져본 일도 없다. 소녀에게는 모든 것이 현실적이고 유쾌한 것이었다. 앞길을 헤아려 본 것도 매우 적었으며 과거에 집착하지도 않았다…….

뜨거운 햇볕을 너무 많이 받은 까닭이었을까? 이때 평온하게 도취되어 있던 소녀의 마음이 갑자기 꿈틀거리기 시작했다. 고여 있는 호수처럼 잔잔하던 마음에 갑자기 잔물결이 일기 시작했다.

갑작스러우면서도 퍼져 나가듯이 유쾌하지 않은 어두운 그림자가 마음을 덮었다. 그 어두운 그림자는 신속하게 소녀의 마음속을 모두 덮어 버렸고 다른 알밉고 무서운 정서가 그 속으로 침입하기 시작했다. 소녀는 무의식적으로 몸을 한 번 돌려보았다.

그 어두운 그림자는 점점 응집되어 선명하고 흐릿한 두 가지 인상을 이루었다. 비록 강남의 초겨울 날씨였지만 밤에는 차가운 바람이 불어서 조금 썰렁했다. 어제 밤에 읽고 싶은 책을 더 읽고 나서 석유등을 끄고 잠자리에 들려할 때 옆방의 괘종시계가 열두 번 울렸다. 피곤하던 눈이 막 감기려던 순간에 갑자기 거리 쪽으로 난 창문을 두드리는 소리가 들렸다.

"뭐야?……"

소녀는 눈을 떴다. 마침 커튼이 가려지지 않은 창문 위쪽으로 그믐달이 들어와 방안을 비추고 있었다. 책상과 바닥에는 연푸른 빛이 그윽하게 깔려 있고 주위는 몹시 고요했다. 먼 곳에서 개 짖는 소리만이 두세 번 은은하게 들려 왔다.

소녀는 다시 눈을 감았다.

"똑똑!"

소리가 또 울렸다. 게다가 남자가 기침하는 듯 한 소리가 났다.

"누구……"

소녀는 괴로운 심정으로 이불을 젖히고 몸을 일으켰다. 위험하다는 생각은 미처 하지 않았기에 커튼을 열어 젖혔다. 회색 제복을 입은 그림자가 처량한 달빛 아래에서 창문 밖으로 사라졌다.

"헉!……"

한기와 두려움이 몰려들어 소녀는 전율했다.

"어제 밤…… 그 그림자는 도둑이었는지도 몰라…… 하지만 꼭 군인 같기도 하고…… 오늘밤엔 아주머니한테 집에 돌아가지 말라고 해야지."

소녀의 마음에는 점점 증오감과 두려운 예감이 생겨났다. 눈앞에 있는 모든 좋은 것이 빛과 아름다움 속으로 슬며시 사라진 것처럼, 또 다른 한 폭의 영상이 나타났다.

이 작은 고장도 최근에는 액운을 면할 길이 없었다. 소문에 따르면 이웃마을에 공공연히 강도질을 하는 사건이 발생해 시내에 주둔하던 군대가 병사를 모두 파견하여 학교에서 멀리 떨어지지 않은 사당에 주둔하고 있다고 했다. 이것은 이엔(姸) 어머니가 해준 말이다. 며칠 전에는 형(蘅)이 갑자기 연달아 사흘 동안 학교에 오지 않았다. 소녀가 그 학생 집으로 찾아갔을 때 형(蘅)은 문 앞에 앉아 병아리 떼를 돌보고 있었다. 웃음 많고 활기 넘치던 형(蘅)은 완전히 생기를 잃은 채 선생님이 나타나자 슬퍼하고 원망하는 목소리로 선생님을 부를 뿐이었다. 소녀가 의아하게 여기고 있을 때 형(蘅)의 할머니가 집안에서 뛰어나왔다. 할머니는 울어서 눈이 붉어져 있었고 백발은 온통 헝클어져 있었다. 할머니는 아들이 주둔군에게 돼지고기를 거저 팔았기 때문이라고 했다. — 할머니의 아들은 돼지고기를 파는 장사를 한다. — 돈을 주지 않는다고 그 주둔군들에게 몇 마디 대꾸하자 주둔군들은 아들을 한 바탕 구타하고 하루 동안 감금했다. 할머니는 수 개월 동안 기른 돼지를 한 마리 팔아서 손수 돈을 들고 사당으로 찾아가 큰절을 몇 번 올린 뒤에야 가까스로 허가를 받고 친족 두 사람에게 간청한 뒤 상처투성이인 아들을 데리고 올 수 있었다…….

소녀는 가난하지만 아직 재난을 당해보지 못한 가정에서 자랐다. 소녀의 심신은 건강하고 아름다운 청춘의 활기가 있어서 모든 것이 그녀에게는 아주 단순하고 안온해보였다. 또 두렵고 복잡한 사회에 아직 뛰어들지 않아서 사람들이 부딪치게 되는 추악하고 흉측하고 비통스럽고 참혹한 것을 겪어보지 않았다. 물론 거지의 두 다리가 썩어 문드러진 것을 보고 무서운 죄악상을 전해들은 일은 있었다.

"어째서, 어째서 그 사람들은 이렇게 죄악을 저지를까?……. 그 사람들은 형(蘅)의 가족을 해쳤다……. 또 듣자하니 흉악한 범행을 많이 저질렀다고 했다……. 어째서 이 민중은 반항할 생각을 못하나?……"

불안과 고뇌가 벌레처럼 소녀의 마음을 갉아먹어 소녀의 머릿속 한쪽이 텅 비어가는 듯 했다. 그 자리를 메우는 것은 원하지 않는데도 부단히 비춰지는 추악한 환영이었다.

"선생님! 안녕하세요! 선생님!……."

온화하고 아리따운 웃음소리가 그 증오스러운 환영을 떨쳐버렸다. 그 소리에는 유쾌하고 활기찬 힘이 있어서 소녀의 무겁던 고민을 압도시키는데 도움이 되었다. 눈앞에는 여전히 광명과 미묘함이 있었고 사람을 도취시키는 풍경이 충만해있었다.

"아! 이리 와, 어서 와! 우리 천사!……."

소녀의 얼굴에는 보조개가 나타나고 마음은 온통 유쾌함으로 가득 차올랐다. 그녀는 짧은 검정 머리 위로 붉은 모자 술을 휘날리면서 두 팔을 벌리고 자신에게로 달려오는 윈(蕓)을 바라보며 이렇게 외쳤다.

"너 오늘은 아주 빨리 왔구나!"

소녀 선생님은 온몸의 뜨거운 기운을 다해 윈(蕓)의 작은 뺨에 입을 맞추었다. 소녀는 아직 이성과 접촉해 본 일이 없어서 애정이 무엇인지 몰랐다. 다만 이렇게 깊이 빠져들게 하는 기쁨은 어머니 품과 어린 친구들의 얼굴과 웃는 소리에서만 음미하고 느낄 수 있을 뿐이었다.

이어서 또 팡(芳), 린(琳), 후이(惠) 등 여러 명이 왔다. 소녀는 지난날 그 친구들과 함께 섞여 놀던 때와 마찬가지로 소녀 고유의 것을 모두 완전히 회복하였다.

아침에 아름답고 요염하며 감미로운 미소를 짓던 태양이 이 시각에는 벌써 아주 엄숙하면서도 자애롭게 여러가지 오래된 꽃무늬가 새겨 있는 창문을 통해 비스듬하게 교실 안으로 뚫고 들어왔다. 태양은 교실 속에 있는 작은 생명들의 머리와 어깨를 골고루 비추고 있었다.

학생들의 복장은 양식과 무늬가 달랐다. 어떤 것은 신선하면서 곱고 반짝거리는 구슬 장식이 한두 개 달려 있었다. 어떤 것은 평범하고, 어떤 것은 심지어 낡기도 했다. 하지만 학생들의 얼굴은 한결같이 만족스러운 미소를 띠고 있었고 작은 입은 모두 조금씩 벌어져 있었다. 귀는 선생님의 음악 같은 목소리로 충만해있었고 눈은 모두 탐구적이며 기민한 빛을 발하고 있었다. 그 광선은 학생들 앞에서 기민하게 움직이며 친절하게 가르치는 선생님을 향해 한 방향으로 모아졌다. 학생들은 마치 자기 개인의 존재를 잊어버린 듯했고 학생들의 영혼은 함께 합쳐 긴밀하게 융합되어 있는 듯했다. 학생들은 자신을 분별하기가 매우 어려웠다. 누가 이 고장의 부유한 집 딸인지, 누가 관리의 자제인지, 누가 가난한 농민의 자녀인지, 누가 가난한 뱃사공의 자녀인지……. 귀엽고 아리따운 모습도 있었고 얼간이 같은 표정도 있었다. 또 팔다리가 살이 찌고 하얀 모습도 있었고 영양실조로 마르고 누런 얼굴도 있었다……. 이때 학생들은 모두 호흡이 가지런하고 정서는 일치되어 있었으며 편안한 공기가 햇빛 속에 가볍게 흐르고 또 흐르고 있었다. 소녀 선생님, 그 융합된 영혼 속에 함께 스며있는 우리 젊은 교사의 영혼은 자신이 간직하고 있던 지혜와 정서를 모두 꺼내 학생들의 그 순결하고 생동적이어서 진부하지 않은 머릿속으로 흘려보냈다. 선생님은 학생들의 탐구적이며 신비한 눈빛을 받을 때 자신이 얼마나 위대하고 자랑스러운지 몰라 했다.

오늘 수업 내용은 꿀벌에 관한 것이다. 선생님은 자신이 지어낸 꿀벌에 관한 이야기를 들려주었다. 이야기가 너무 재미있고 기묘해서 학생들의 작은 심장이 모두 두근거렸다.

"…… 꿀벌들은 정말 어쩔 수가 없었어요. 늙은 꿀벌과 어린 꿀벌들이 모두 곧 죽으려고 했어요……."

선생님은 학생들을 바라보았다. 학생들의 얼굴에는 모두 성인에게는 쉽게 나타나지 않는 비애가 깔려 있었다.

"하지만 꿀벌들은 마지막에도 방법이 없었을까요? 꿀벌들은 수가 백 마리, 이백 마리나 되었어요……. 그런데 매는 단 한 마리, 단 한 마리뿐이었어요……. 꿀벌들은 매에게 빼앗긴 양식을 다시 가져오고 싶었을까요?…… 꿀벌들은……."

"맞아요, 맞아요! 양식을 빼앗아 와야 해요."

"꿀벌들은 침으로 매를 쏠 수 있었어요. 꿀벌들은 날아가서, 한꺼번에 날아가서 매를 쏘았어요……."

"맞아요, 선생님! 꿀벌들이 양식을 가져와야 합니다."

"매를 죽이자! 그 매를 때려죽이자!……"

어떤 학생은 주먹을 쥐고 힘껏 공중을 향해 휘둘렀다. 어떤 학생은 일어서서 소리를 질렀다. 그 학생들의 얼굴은 모두 흥분되고 격앙된 표정이었다.

"……"

"……"

"아가씨, 우리 아가씨! 그 사당에 있던 군인 나리들이 정원 문으로 뛰어들었습니다. 저, 저……. 어째서?……"

학생들이 요란하게 떠드는 가운데 갑자기 아주머니가 입술을 떨면서 뛰어 들어왔다. 아주머니의 눈에는 벌써 불행을 예감하는 눈물이 고여 있었다.

"뭐라고요?…… 뭐라고요?……."

소녀는 갑자기 어떤 황량한 광야에 빠진 것처럼 아주머니의 이야기가 잘 들리지 않았다. 시끄럽던 교실이 한파에 얼어붙은 듯이 갑자기 고요해져 아무 소리도 들리지 않았다.

"그 사람들, 군인들은 무얼 하려고 하지……."

추악한 어두운 그림자가 신속하게, 그리고 더욱 음산하게 소녀의 머릿속에 다시 자리 잡았다.

"그 애들의 교사는?…… 여기?……."

소녀의 귀에는 벌써 성이 나서 외치는 듯한 소리가 들렸다. 증오스런 회색 그림자 두세 명이 정원에서 교실로 달려들어 왔다.

"무서워하지 말아요. 아니! 여기는 아무 일도 없어요, 아무 일도 없어요."

소녀는 깨어난 듯이 멍하게 있는 아이들 옆으로 급히 가서 섰다.

"당신이 여기 교사요?…… 음……."

얼굴에는 온통 곰보 자국이 있고 두 눈에는 음흉하면서 교활한 빛이 나는 고급 장교인 듯한 남자가 뛰어 들어왔다. 그 뒤에는 또한 대검과 권총을 찬 호위병이 두 명 따라 들어왔다.

"저, 무슨 일이어요?……"

불행한 예감이 이미 현실로 나타났다는 듯이 소녀는 망연해져서 물었다.

"아무 일도 아니오. 하지만 우리가 있는 곳이 너무 좁아서요. 지금 우연히 이곳을 보니까 괜찮아서 여기를 우리 사무실로 삼으려고 하오……. 알겠어요?……. 학생들에게 집으로 돌아가라고 하세요. 다른 의자와 책상, 이런 물건들은 움직일 필요 없어요……." 군인의 눈은 소녀를 위아래로 훑어보고 있었다.

다시 어두운 심연에 빠져든 것처럼 소녀는 눈앞의 일에 어떻게 대처해야 할지 몰랐다. 갑자기 이 중압감 있는 공간을 깨뜨리는 예리한 울음소리가 소녀의 심장을 찔렀다. 눈을 들어보니 이웃집 쥐엔(娟) 어머니가 뛰어 들어와 쥐엔(娟)를 데리고 갔다. 아이 두세 명이 겁에 질려 울기 시작했다. 다른 아이들은 모두 무력하고 의아해하는 눈빛으로 선생님을 응시하고 있었다.

"됩니다만……. 다른 곳을 찾아보시겠어요?……. 여기는 학교인데요……."

소녀는 자신과 이 아이들이 모두 여기에서 쫓겨나 다시는 서로 만나지 못하게 될 것이라는 것을 곧 알아차리고 몹시 고통스러웠다. 아이들과 헤어지기가 정말 싫어서 소녀는 용기를 내어 그 군인에게 나가라고 말해야 되겠다고 생각했다.

"흥! 학교면 어때? 우리는 이 고장 전체 인민의 생명과 재산을 보호할 책임이 있어요. 사무를 보는 일도 중대하지 않는가?……. 좋아! 리셩(李勝)! 돌아가서 내 개인 물건을 이리 옮겨오고 ×× 도적 두 명도 이곳으로 압송해 와."

연대장은 결심을 한 듯 호위병에게 지시하고는 고개를 돌려 다른 사람에게 말했다.

"아직도 아이들을 해산시키지 않았어? 왜 가만히 서 있는 거여?"

"그건 안 돼요, 안 돼요!……. 아주머니, 학교 재단 이사이신 왕 선생님을 빨리 모셔 오세요……. 애들아, 걱정 말아, 걱정 말아……."

소녀는 온몸에서 피가 부글부글 끓는 것 같았다. 두 팔을 벌린 채 그 흉악한 일을 저지르려는 호위병을 가로 막았다.

아이들의 울음소리는 점점 높아졌다. 이웃에서 소식을 듣고 온 아이들의 어머니 두 세 명이 황급히 뛰어 들어왔다.

"집으로 돌아가면 안 돼. 아이들아! 떠나면 안 돼, 여기를 떠나면 안 돼……."

소녀의 온정은 사라질 줄 모르고 그곳으로 전해졌다. 마음속에는 폭력에 저항하는 불꽃이 맹렬하게 타올랐다. 소녀는 그 온화한 낙원을 떠나고 싶지 않았지만 호위병에게 몸이 밀려났다.

"허허! 당신들 학교 재단 이사는 감히 오지 못할 거요. 온다고 해도 나를 어떻게 하겠소?……. 이 아가씨 정말 예쁘게 생겼네……. 이곳을 떠나지 않는다면 정말 잘 되었소. 내가 당신을 여(女)서기로 임용할지 모르지……."

연대장은 소녀를 바라보며 즐거운 듯이 웃었다.

"더러운 놈! 민중을 해치는 나쁜 놈!……."

소녀는 분노의 불꽃이 맹렬하게 솟아 심신이 부르르 떨렸다. 소녀는 추악한 모욕을 당했다. 이제 그것을 폭발시킬 순간을 기다리고 있었다. 소녀는 그 흉악한 얼굴을 물어뜯고 비스듬하게 가죽 띠를 맨 가슴을 들이받을 참이었다.

"하지만, 하지만 그게 무슨 소용이 있나?……. 내가 그렇게 하면 옷은 찢기고 육신은 구타를 당해 더욱 추악한 모욕을 당하게 될 텐데……. 하지만 아이들은 여전히 쫓겨나고 우리는 결국 헤어져야 하는구나……." 소녀의 몸과 마음이 모두 강렬하게 떨리면서 얼떨떨하던 정신이 맑아졌다.

"맞다, 맞아!……. 눈앞에서는 할 수 없이 양보하고 굴복해야 돼. 우리는 인내하면서 힘을 합치고 조직을 만들어서 저항해야 해. 모든 추악한 것에 대하여 저항하라는 그 책이 우리에게 그렇게 말하지 않았던가?……. 나는 깨달았다. 이 순간에 이렇게 우아한 낙원을 다시 탐내어 구할 가능성이 이미 없어졌다는 것을……."

소녀의 머릿속에는 밝은 앞길이 번쩍거렸다.

1929년 초겨울 상해에서

■ 작가와 작품 해설

루쉰(魯迅:1881-1936) : 본명은 저우수런(周樹人)이고 루쉰은 필명이다. 저장성(浙江省) 사오싱(紹興) 출생. 지주 집안에서 태어났으나 과거사건으로 인해 조부가 하옥, 아버지가 병사함으로 말미암아 집안이 하루아침에 몰락한다. 이로 인해 그는 어려서부터 사회의 진면목을 보게 된다. 1898년 난징의 강남수사학당(江南水師學堂)에 입학, 다윈의 진화론을 읽고 커다란 영향을 받는다.

1902년 일본 동경 고분학원(弘文學院)을 거쳐 1904년 센다이의학전문학교(仙臺醫學專門學校)에 입학하였으나, 환등기 사건으로 문학의 중요성을 통감하고 의학을 단념, 국민성 개조를 위한 문학을 지향하였다. 1909년 귀국하여 교사를 거쳐 교육부에서 근무하였으며 뻬이징 대학, 뻬이징 여자사범대학, 중산대학 등에서 강의하면서 활발한 문필 활동을 하였다. 《광인일기(狂人日記)》를 필두로 발표하여 가족제도와 예교(禮敎)의 폐해를 폭로하였다. 이어 《공을기(孔乙己)》, 《고향》, 《축복》 등의 단편과 산문시집 《야초(野草)》, 시사성 있는 《잡문》 등을 발표하여 중국 현대문학의 초석을 다졌으며 중국현대문단에 있어 가장 영향력 있는 작가로 자리매김 하였다.

《阿Q正傳》은 1921년 12월 4일부터 1922년 2월 12일까지 『신보申報』 문화란에 주 1회 또는 격주로 연재 발표된 것이다. 루쉰의 유일한 중편 소설로 가장 화제를 모았던 작품이다. 이 작품이 발표되자마자 많은 사람들이 자신의 모습을 소설화한 내용이라고 착각할 정도로 형상화에 뛰어난 작품이다. 루쉰은 수많은 중국인들의 특징을 모아서 아Q의 형상을 창조하였고 아Q를 통하여 중국 국민의 약점을 드러냈다. 오랜 봉건 사회 제도와 봉건 예교에 의해 마비된 영혼, 즉 아Q의 영혼은 중국 사회 특유의 산물이며 암울한 현실을 비추는 거울이었다. 아Q는 실패를 승리로, 치욕을 영광으로, 환상을 현실로 간주하여 스스로 변명하며 만족해한다. 루쉰은 이 추악하고 가증스러운 정신승리법을 가차 없이 폭로시켜 독자들에게 보여주고 있다. 또한 신해혁명 실패의 비운을 아Q의 죽음을 통해 잘 형상화한 빼어난 작품이다.

위따푸(郁達夫:1896-1945) : 본명은 위원(郁文). 저장성(浙江省) 푸양현(富陽縣) 출생. 1913년 일본에 유학하여 도쿄 제일 고등학교를 거쳐 도쿄 제국대학 경제학과에 수학, 1921년 일본에서 꾸어모루어(郭沫若), 청방우(成仿吾) 등과 함께 창조사(創造社)[1]를 창립한다. 1921년 처녀작 《타락(沈淪)》을 발표했는데 이 작품에서는 일본 사회에 성행하던 민족적 경시와 중국 유학생들에 대한 일본 군국주의의 억압, 이에 대한 강렬한 반제 애국 정서를 주인공의 우울증을 통하여 표현하였으며, 구예교와 구도덕에 대한 저항 정신이 나타나 있다. 또한 성적 욕구 및 영혼과 육체간의 갈등, 애정과 성에 대해 고민하는 주인공의 내면 심리에 대한 자기 폭로가 매우 대담하게 묘사되어 있다. 그러나 농후한 감상과 퇴폐적인 정서를 벗어나지 못하고 있다는 점은 이 작품의 한계로 지적되고 있다. 낡은 사회와 풍속을 증오하였지만, 단지 틀에 얽매이지 않고 제멋대로 행동한다는 정도의 소극적인 저항 방식을 취하고 있다는 것이다.

1923년에는 두 번째 소설집 《조몽집》을 발표하였고 이후에는 《과거》, 《자전(自傳)》, 《도연초(徒然草)》 등을 발표하였다.

《춘풍에 취한 그날 저녁(春風沈醉的晚上)》은 1923년에 발표되었다. 이 작품에서는 담배 공장에 다니는 여공 천얼메이라는 주인공을 통해 피착취계급의 비참한 생활과 자본가 및 그 주구들에 대한 격렬한 증오를 표현하고 있다.

---

1 중국의 신문학 단체로 중국 현대문학 운동의 발전에 커다란 기여를 했다.

로우스(柔石:1902-1931) : 이름은 쟈오핑푸(趙平復), 저장성(浙江省) 닝하이(寧海) 사람이다. 그는 일찍이 항저우(杭州) 제1사범학교 재학시절부터 신문학운동에 참가하였다. 1923년에 학교를 졸업한 뒤 교직 생활을 하였으며 이때부터 소설을 쓰기 시작하였다. 1928년부터 혁명문학운동에 참가하였으며 《語絲》 편집을 맡았고 루쉰과 함께 조화사(朝花社)를 꾸렸다. 1930年 3月에 중국좌익작가연맹(中国左翼作家联盟)이 만들어지자 집행위원과 편집위원이 되었다. 동년 5월 좌련대표자격으로 전국소비에트대표자 대회에 참석차 상하이에 갔다가 체포되어 국민당에게 비밀리에 피살되었다.

그는 1924년 처녀 소설집 《미치광이》, 1929년에는 중편소설 《세자매》와 장편 《구시대의 죽음》, 《2월》을 발표하였다. 《노예가 된 어머니(爲奴隸的母親)》는 1930년 《붕아崩芽》 1권에 발표된 작품으로, 우리 영화 「씨받이」를 상기시킨다. 봉건 제도 속에서 살아가는 중국 농촌 부녀자들의 비인간적인 생활이 잘 드러나 있다. 춘빠오 엄마는 아이를 낳는 씨받이로 저당 잡혀 인간의 권리를 박탈당한 채 죽음과 같이 고통스러운 긴 밤을 보내는데, 이는 바로 구중국의 암울한 현실과 같은 것이었다. 소재의 선택이 돋보이며, 문필이 소박하고 내용이 침울한 것이 특징이다.

이예즈(葉紫:1910-1939) : 이름은 여소명(余昭明) 혹은 여학림(余鶴林)이며 후난이양사람(湖南益阳人)이다. 그는 1926년 우한(武汉) 군사학교를 다녔다. 4·12 정변 후 아버지가 살해당하자 고향을 떠나 난징(南京) 상하이(上海) 등지를 전전하면서 인력거꾼, 인부, 군인, 초등학교교사와 신문편집 등의 일을 하였다. 1932년에는 천치사(陳企霞)와 함께 《無名文艺》를 공동으로 창간하여 문학의 길을 걸었다. 1933년 중국공산당에 가입하였고 1935년에 노신의 도움으로 이예즈라는 필명으로 《노예총서》에 〈풍년(豊收)〉을 발표하여 독자들의 이목을 끌었다. 이 작품은 반봉건사상으로 가뭄과 수해를 극복하고 풍작을 거두었지만 세금으로 모든 수확물을 빼앗기고 마는 구봉건사회의 비극적 현실을 반영하고 있다. 1935년 중편소설 《별》과 단편소설집 《산촌의 밤》을 출판했고 1939년에 폐병으로 사망하였다.

루어수(羅淑:1903-1938) : 이름은 노세(盧世)로 1903년 통상시엔(筒陽縣)에서 태어났다. 1929년 프랑스로 유학을 간 후 1933년에 귀국하여 교육, 번역 등의 작업에 종사하다 1938년 난산으로 사망했다.

작가가 세상을 떠난 후, 《生人妻》, 《地上的一角》, 《魚兒》 작품이 나왔다. 루어수의 작품은 쓰추안(四川)의 농촌생활에서 소재를 얻었으며, 옛날 중국 농촌의 빈곤한 농민들의 불행한 모습을 그리고 있다. 《염전 일꾼(井工)》은 1936년 《문총(文叢)》이라는 잡지에 발표되었다.

《염전 일꾼(井工)》은 염전 노동자 '라오꽈'의 비참한 일생을 묘사했다. 작가는 염전에 대하여 리얼하고 핍진하게 묘사하였으며 염전 노동자가 받는 억압과 비참한 삶을 매우 감동적으로 표현했다. 또한 《아큐정전》 못지않게 아큐와 같은 전형적인 인물을 창조해냈다는 데에 커다란 의의가 있다.

장꽝츠(蔣光慈:1901-1931) : 본명은 광츠(光赤). 안후이 성(安徽省) 리우안현(六安縣) 사람이다. 5·4운동 때 학생운동에 참가했으며, 일찍이 중국공산당에 입당했다. 소련 모스크바에서 유학했으며, 1924년에 귀국하여 혁명문학을 제창했다. 시집 〈새로운 꿈 新夢〉과 소설 〈소년 표박자 少年漂泊者〉, 〈짧은 바지의 무리 短褲黨〉·〈들 제사 野祭〉 등이 있으며, 시와 번역 작품도 많이 있다.

《압록강에서(鴨綠江上)》는 작가가 1921년 소련에 유학했을 당시 조선청년으로부터 망명하게 된 이야기를 듣고 소설화한 것이다. 조선조 귀족의 자식인 이맹한과 김운고는 일본의 침략으로 인해 압록강변에서 은둔 생활을 한다. 그런데 맹한의 부모가 독립운동을 한 혐의로 일본 경찰에 잡혀가 살해된다. 부모가 없는 맹한을 운고의 아버지가 돌봐주고 이러한 가운데 맹한과 운고 사이에 사랑이 싹튼다. 그러나 맹한은 일본 경찰의 수배를 받자 운고를 남겨두고 소련으로 망명한다. 맹한이 떠난 후 운고는 항일운동을 하다가 일본 경찰에 체포되어 살해된다. 이 소식을 들은 맹한은 슬픔과 분노로 복수의 날을 기다린다.

《압록강에서(鴨綠江上)》는 조선인 청년 이맹한(李孟漢)과 김운고를 통해 압박민족의 비참한 현실, 일본제국주의에 대한 강렬한 반항, 국제주의 정신 등을 잘 묘사한 작품이다.

루인(廬隱:1896-1934) : 이름은 황잉(黃英)이며 푸지엔셩(福建省) 민호후(閔侯)에서 출생했다. 북경여자사범고등학교를 졸업하고 베이징, 상하이 등지에서 교사생활을 했다. 루인은 5·4시기부터 창작활동을 했으며 1921년 소설월보(小說月報)에 첫 번째 단편소설 《유명한 작가》를 발표했다. 그 뒤 십년 동안 단편소설집 《해변의 옛 친구》, 《靈海의 밀물과 썰물》, 《曼麗》, 《장미의 가지》, 중편소설 《歸雁》, 《상아 반지》, 《여인의 마음》, 《구름과 갈매기의 연애편지》 등 여러 작품을 창작하다가 1934년 난산으로 세상을 떠났다. 루인의 작품은 대부분 애정생활을 제재로 삼았다. 루인은 편지나 일기 형식을 좋아했다. 그녀는 이러한 형식으로 등장인물의 내면을 예리하게 묘사했으며 현란한 형식의 기교를 추구하지 않고 평범하고 소박한 현실생활을 진실하게 나타냈다.

《승리이후》에서는 자유연애를 추구하는 여성이 승리를 쟁취한 뒤에 느끼는 환멸과 공허한 심정을 묘사, 5·4운동 시기의 소시민 계급과 여성의 정신세계를 표현했다. 이 소설은 작가가 주관적으로 파악한 서정적인 색채를 짙게 띠고 있어서 언어가 생생하고 감동적이다.

《친교수의 실패(秦教授的失敗)》는 《小說月報》(1925년 10月 10日 第16卷 第10號)에 발표된다. 이 작품은 그녀의 작품 중 독특한 면을 지녔다. 신사상을 가진 청년 친교수가 부패한 봉건가정을 개조하려 하지만 결국 실패하고 구세력과 타협하지 않을 수 없다는 내용이다. 봉건사상의 어두운 면과 부패상을 폭로하는 한편, 친교수와 같이 유약한 지식인을 조소하고 있는 것이다.

펑컹(馮鏗:1903-1931) : 이름은 펑캉(馮鏗) 혹은 링메이(嶺梅)라고도 한다. 차오저우시엔(潮州縣)사람이다. 1907년 가난한 교사가정에서 태어나 어릴 때부터 문학을 좋아했다. 1926년 고등학교를 졸업한 뒤 농촌에 가서 소설 교사를 담당하며 소설을 쓰기 시작했다. 1927년 4·12정변 뒤에 국민당이 공산당과 진보적 인사를 살육할 때 펑캉도 유랑하게 되었다.

1929년 상해로 가서 중국공산당에 가입하였다. 1930년 3월에는 좌련에 참가했고 러우스(柔石), 후이에빈(胡也頻) 등과 함께 좌련을 대표하여 전국 소비에트 대표대회에 참석했다.

펑캉의 작품에는 소자산계급 지식인들의 사상의 모순과 변화가 반영되어 있다. 그녀는 일찍이 서정시를 써서 광명에 대한 추구, 자유결혼 등 자신의 고민을 표현했다.

1928년 이전에는 중편소설 《최후의 출구》와 단막극 《태아》 등을 발표, 구사회의 어두운 현실을 폭로하고 여성해방을 외쳤다.

《낙원의 환멸(樂園的幻滅)》은 자신이 교사생활을 한 것에서 제재를 얻은 작품이다. 당시 국민당 통치하의 반교육적 행태와 아동을 박대하는 상황을 리얼하게 폭로한 것이다. 이 작품에는 작가의 감정이 순화되지 않고 리얼하게 묻어나있으며 작가의 잠재적인 문학적 역량이 그대로 드러나 있다.

■ 역자소개

엄영욱

전남대학교 대학원에서 문학박사학위를 받았다. 현재 전남대학교 동아시아연구소 소장, 중국학과 교수로 재직 중이다. 저서로는《정신계의 전사-노신》(2005년도 대한민국학술원 우수학술도서 선정),《중국근대문학사상 연구》(공저: 2009년도 문화체육관광부 우수학술도서 선정),《동아시아의 생사관》(공저: 2009년도 문화체육관광부 우수학술도서 선정),《노신의 문화사상과 외국문학》,《중국문학의 여행》 등이 있다. 번역서로는《아Q정전》,《중국현대 여성작가 작품선집》(공역) 등이 있다. 논문으로는〈노신과 이광수 문학의 여성주의 비교〉,〈중국과 북한, 사회주의 문학사 서술현황〉,〈중국문학에 나타난 성〉,〈한중 요절시인의 죽음의식 연구〉 등이 있다.

중국현대중단편 소설선

인쇄 | 2012년 1월 20일
발행 | 2012년 1월 30일

역자 | 엄영욱
발행인 | 김윤수
발행처 | 전남대학교출판부

등록 | 1981. 5. 21. 제53호
주소 | 500-757 광주광역시 북구 용봉로 77
전화 | (062) 530-0571~3
팩스 | (062) 530-0579
홈페이지 | http://altair.chonnam.ac.kr/~cnup

값 13,000원

ISBN 978-89-7598-981-0 (93820)

이 도서의 국립중앙도서관 출판시도서목록(CIP)은 e-CIP홈페이지(http://www.nl.go.kr/ecip)와 국가자료공동목록시스템(http://www.nl.go.kr/kolisnet)에서 이용하실 수 있습니다.
(CIP제어번호 : CIP2012000262)